黃慶雲 周蜜蜜 主編

香港文學大系

一九五〇——一九六九

兒童文學卷

商務印書館

《香港文學大系一九五〇—一九六九》編輯委員會已盡力徵求文章及相片刊載權。如有遺漏之處，敬請版權持有人與本編輯委員會聯絡。

香港文學大系一九五〇—一九六九・兒童文學卷

主　　編：黃慶雲　周蜜蜜
特約編輯：陳　芳
責任編輯：張宇程
封面設計：涂　慧
出　　版：商務印書館（香港）有限公司
香港筲箕灣耀興道三號東滙廣場八樓
http://www.commercialpress.com.hk
發　　行：香港聯合書刊物流有限公司
香港新界荃灣德士古道二二〇至二四八號荃灣工業中心十六樓
印　　刷：美雅印刷製本有限公司
九龍觀塘榮業街六號海濱工業大廈四樓A室
版　　次：二〇二一年七月第一版第一次印刷

ISBN 978 962 07 4615 4
Printed in Hong Kong

《香港文學大系一九五〇—一九六九》人員名單

編輯委員會

總主編　陳國球
副總主編　陳智德
編輯委員　危令敦　陳國球　陳智德　黃子平
　　　　　黃仲鳴　黃淑嫻　樊善標（按姓氏筆畫序）

顧問

王德威　李歐梵　周蕾　許子東　陳平原
陳萬雄（按姓氏筆畫序）

各卷主編

一	新詩卷一	陳智德
二	新詩卷二	葉輝　鄭政恆
三	散文卷一	樊善標
四	散文卷二	危令敦
五	小說卷一	馮偉才
六	小說卷二	黃淑嫻
七	話劇卷	盧偉力
八	粵劇卷	梁寶華
九	歌詞卷	黃志華　朱耀偉
		吳月華　盧惠嫻
十	舊體文學卷	程中山
十一	通俗文學卷一	黃仲鳴
十二	通俗文學卷二	陳惠英
十三	兒童文學卷	黃慶雲　周蜜蜜
十四	評論卷一	陳國球
十五	評論卷二	羅貴祥
十六	文學史料卷	馬輝洪

目錄

第二輯　故事

劉惠瓊

阿濃

第三輯　小說

第四輯　散文

第六輯　劇本

第七輯　漫畫

總序

陳國球

《香港文學大系》之編制體式，源自一九三五年到一九三六年出版的十冊《中國新文學大系》。兩者的關連，實在依違之間；前者第一輯的〈總序〉已有交代。[1]其中最要重要的一個相同立意，是向歷史負責、為文學的歷史作證。《中國新文學大系》由趙家璧（一九〇八—一九九七）主編，目的是為由一九一七年開始的「新文學運動」作歷史定位，因為他發現「新文學」到了三十年代中期，面對的社會環境已經不同，他深恐「新文學運動」光輝不再；[2]因此他設計的《新文學大系》由整體結構到每一冊的體式，綜之就是一種歷史書寫；這也是《香港文學大系》以之為模範的主

1 陳國球〈香港？香港文學？——《香港文學大系一九一九—一九四九》總序〉，載陳國球、陳智德等著《香港文學大系一九一九—一九四九．導言集》（香港：商務印書館（香港）有限公司，二〇一六），頁一—三九。

2 趙家璧後來在回憶文章指出當時幾個環境因素：一、一九三四年國民黨軍隊作第五次「圍剿」，又查禁書刊，成立「圖書雜誌審查會」；二、同年有推行舊傳統道德的「新生活運動」；三、湖南廣東等省實行尊孔讀經；三、「大眾語運動」批判五四以後的白話文為變「之乎者也」為「的那呢嗎」的「變相八股」；四、林語堂的《人間世》半月刊，「惡白話文而喜文言之白，故提倡語錄體」；五、上海圖書出版界大量翻印古書，社會上瀰漫復古之風。見趙家璧〈話説《中國新文學大系》〉，《新文學史料》，一九八四年第一期（一月），頁一六三—一六四。

因。正如我們以「大系」的形體去抗拒香港文學之被遺棄，《中國新文學大系》的目標也明顯是對「遺忘」的戒懼，盼求「記憶」的保存。[3] 這意向的實踐又有多方向的指涉：保存「記憶」意味着對「過去」發生的情事之意義作出估量，而估量過程中也必然與「當下」的意識作協商，其作用就是開發「未來」的各種可能；這就是傳統智慧所講的「鑑往知來」。因此，以「大系」的體式向「歷史」負責，同時也是向「當下」、向「未來」負責。

3 趙家璧在《中國新文學大系》初編時說：「這十年間寶貴的材料，現在已散失得和百年前的古籍一樣；假如不趁早替它整理選輯，後世研究初期新文學運動史的人，也許會無從捉摸的。」見趙家璧〈編輯《中國新文學大系》緣起〉，原刊《中國新文學大系》宣傳用樣本（上海：良友圖書公司，一九三五），收入趙家璧《書比人長壽：編輯憶舊集外集》（北京：中華書局，二〇〇八），頁一〇六。他後來追憶《大系》的出版時，曾舉出兩個事例，一是劉半農編集《初期白話詩稿》時，女詩人陳衡哲的感慨：「那已是三代以上的事（了），我們都是三代以上的人了」；另一是阿英編《中國新文學運動史資料》時不過離「新文學運動」只短短二十年，但回想起來已有「渺茫」、「寥遠」之感，而且要搜集當時的文獻「真是大非易事」。見劉半農編《初期白話詩稿》（北平：星雲堂書店，一九三三；新北市：花木蘭文化出版社，二〇一六年影印），頁七—八；張若英（阿英）編《中國新文學運動史資料》（上海：光明書局，一九三四），頁一—二；趙家璧〈話說《中國新文學大系》〉，頁一六六—一六七。

一、《大系》的傳承與香港

從製作層面看，《中國新文學大系》可說成功達標，不少研究者都認同它在文學史建構的功績。[4] 然而，當我們換一個角度去審視這一抵抗「遺忘」的製作之「生命史」，卻也見到其間別有一番掙扎浮沉。[5] 於此我們不作詳細論述，只依據趙家璧的不同時期記憶，配合相關資料，以簡述《中國新文學大系》的「記憶」與「遺忘」的歷史，當中香港的影子也夾纏其中，頗堪玩味：

一、一九五七年三月，趙家璧在《人民日報》發表〈編輯憶舊〉連載文章，提到當年《新文學大系》「先後經過兩年時間（案：即一九三五年到一九三六年），衝破了國民黨審查會的鬼門關才算全部出版。」[6]

---

4 參考溫儒敏〈論《中國新文學大系》的學科史價值〉，《文學評論》，二〇〇一年第三期（五月），頁五四—六一；羅崗〈解釋歷史的力量：現代文學的確立與《中國新文學大系一九一七—一九二七》的出版〉，《開放月刊》，二〇〇一年第五期（五月），頁六六—七六；黃子平〈「新文學大系」與文學史〉，《上海文化》，二〇一〇年第二期（三月），頁四—一二。

5 這是捷克結構主義者伏迪契卡（Felix Vodička）的文學史觀念之借用。伏迪契卡認為文學的過程並非終結於文學作品創製完工的時候；文學的「生命史」在於以後不同世代的閱讀；參考陳國球《文學史書寫形態與文化政治》（北京：北京大學出版社，二〇〇四），頁三三六—三四六。

6 趙家璧〈編輯憶舊．關於中國新文學大系〉，原刊《人民日報》，一九五七年三月十九日；重刊於《新文學史料》，一九七八年第三期（三月），頁一七三。

二、趙家璧在後來追記，《大系》出版後，原出版公司「良友」的編輯部，因應蔡元培和茅盾的鼓勵，曾考慮續編「新文學」的第二個、第三個十年。[7]不久抗戰爆發，此議遂停。

三、一九四五年春日本戰敗的跡象已明顯，他再想起續編的計劃，和全國文協負責人討論先編第三輯「抗戰八年文學大系」，因為抗戰時的材料，「都是土紙印的，很難長久保存；而兵荒馬亂，散失更多」，要先啟動。可惜戰後良友公司停業，計劃流產。[8]

四、趙家璧在一九五七年的連載文章說：「解放後，很多人建議把《中國新文學大系》重印。我認為原版重印，似無必要。」文中的解說是可以另行編輯他早年的構想——《五四以來文學名著百種》。[9]然而，他後來的文章說這是「違心之論」。[10]

7 蔡元培在《中國新文學大系．總序》結尾時說：「對於第一個十年先作一總審查，使吾人有以鑑既往而策將來，希望第二個十年與第三個十年時，有中國的拉飛爾與中國的莎士比亞等應運而生呵！」載胡適編《中國新文學大系：建設理論集》（上海：良友圖書公司，一九三五），頁九。茅盾為《中國新文學大系》的宣傳樣本寫〈編選感想〉也說：「現在良友公司印行《中國新文學大系》第一輯」；趙家璧認為他意指以後應有「第二輯」、「第三輯」。見趙家璧〈話說《中國新文學大系》〉，頁一七一。

8 參考趙家璧〈編輯憶舊．關於中國新文學大系〉，原刊《人民日報》，一九五七年三月廿一日，重刊於《新文學史料》，一九七八年第一期（一月），頁六一；趙家璧〈話說《中國新文學大系》〉，頁一八六—一八八。

9 趙家璧〈編輯憶舊．關於中國新文學大系〉，頁六一。

10 趙家璧〈話說《中國新文學大系》〉，頁一六二—一六三。

五、趙家璧在八十年代的追記文章又說：「一九六二年，香港一家出版社已擅自翻印過一版。」[11]這家出版社是「香港文學研究社」，出版時有李輝英撰寫的〈重印緣起〉，文中引用了蔡元培〈總序〉「十年總審查」以後，還有接着的「第二個十年第三個十年」；李輝英又說：「第一個十年總結過了，留下來豐富的十集《大系》」，然而，「這豐碑式的《大系》，現在海外竟然變成了孤本和古董」，於是出版社「決定本諸傳播文化的宗旨，……重印《大系》，……使豐碑免於湮滅」。[12]這裏有幾個關鍵詞：「擅自」、「海外」、「湮滅」。

六、趙家璧同時又指出「翻印《大系》的那家香港出版社，於一九六八年又搞了一套《中國新文學大系．續編一九二八—一九三八》」，其〈總序〉「居然把上述蔡元培為一九三五年良友版《大系．總序》裏所表示的重要期望，接了過去，自稱為是蔡序《大系》的繼承者，在海外漢學界造成了混亂。……國內學者更不會輕易承認這種自命的繼承。」[13]事實上，香港文學研究社出版《大系．續編》的計劃，早在翻印十集《大系》不久就開始，到一九六八年全套出版；其卷前的〈出版前言〉提到《續編》（一九二八—一九三八）和《三編》（一九三八—一九四八）的構想，完成的話，「中國『新文學運動』的歷史大致完整了」。這個出版計劃不無商業的考慮，〈出版前言〉謂各集編

11 趙家璧〈話說《中國新文學大系》〉，頁一六三。

12 〈重印緣起〉，載胡適編《中國新文學大系：建設理論集》（香港：香港文學研究社，一九六二），卷前，頁一—二。

13 趙家璧〈話說《中國新文學大系》〉，頁一八一—一八二。

者「都是國內外知名人物」，分處東京、新加坡、香港三地，編成後在香港排印。[14] 然而，由後來的相關追述可知，其實編輯工作主要由北京的常君實承擔，再由香港的譚秀牧補漏；二人並無直接溝通協調，加上兩地各有不同的客觀限制，製作過程困難重重。[15] 無論如何，在所謂「正」與「續」之間，不難見到「斷裂」與「繼承」的複雜性。

七、與香港文學研究社編纂《中國新文學大系．續編一九二八—一九三八》差不多同時，李棪與李輝英也在構思一個「一九二七—一九三七年」的續編，並已列為「香港中文大學研究計劃」之一；其中小說、散文、戲劇部分已有四冊接近編成。主編者認為「新文學第二個十年」的編選，「實為必要的也是刻不容緩的工作」。值得注意的是，他們「搜求資料的主要對象」是英國、日本、美國各大圖書館，而不是中國內地。他們也知悉香港文學研究社的出版計劃，視之為「同道者」的「姊妹編」。[16] 可惜，這個計劃所留下的只是一份編選計劃書。

14 〈出版前言〉載《中國新文學大系．續編》（香港：香港文學研究社，一九六八），卷前，無頁碼。

15 參考譚秀牧：〈我與《中國新文學大系．續編》〉，《譚秀牧散文小說選集》（香港：天地圖書公司，一九九〇），頁二六二—二七五。譚秀牧在二〇一一年十二月到二〇一二年五月的個人網誌中，再交代《續編》的出版過程，以及回應常君實對《續編》編務的責難。見 http://tamsaumokgblog.blogspot.hk/2012/02/blog-post.html（檢索日期：二〇一九年六月二十一日）。

16 參考李棪、李輝英〈《中國新文學大系．續編》的編選計劃〉，《純文學》（香港），第十三期（一九六八年四月），頁一〇四—一一六；徐復觀〈略評《中國新文學大系續編》編選計劃〉，《華僑日報》，一九六八年三月三十一日。

八、一九七八年，《新文學史料》創刊，編輯約請趙家璧撰稿；趙家璧婉拒不成，只好提交一九五七年刊發於《人民日報》的文章，文章開首就宣明沒有必要重印《中國新文學大系》。[17]同年末，他知悉上海文藝出版社打算重印《大系》，卻表示「完全擁護」，並撰寫〈重印《中國新文學大系》有感〉。[18]至一九八二年《大系》十卷影印本出齊。

九、一九八三年十月，他寫成長篇追憶文章〈話說《中國新文學大系》〉，次年刊載於《新文學史料》一九八四年第一期。這是後來大部分《中國新文學大系》的研究論述之依據。

十、一九八四至一九八九年，上海文藝出版社由社長兼總編輯丁景唐主編，趙家璧作顧問，陸續出版《中國新文學大系一九二七—一九三七》共二十冊；一九九〇年再有孫顒、江曾培等主編《中國新文學大系一九三七—一九四九》二十冊；一九九七年馮牧、王蒙等主編《中國新文學大系一九四九—一九七六》二十冊；二〇〇九年王蒙、王元化總主編《中國新文學大系一九七六—二〇〇〇》三十冊。

---

17 趙家璧在《人民日報》發表的連載文章，原題作〈編輯憶舊〉，其中有關《中國新文學大系》的部分，刊於《人民日報》，一九五七年三月十九日及廿一日；後來重刊於《新文學史料》，一九七八年第一期（一月），頁六一—六二；及第三期（三月），頁一七二—一七三。

18 文章正式發表有所延後，見趙家璧〈重印《中國新文學大系》有感〉，《文匯報》，一九八一年三月廿三日。參考趙家璧〈話說《中國新文學大系》〉，頁一六三；趙修慧編〈趙家璧著譯年表〉，載趙家璧《書比人長壽：編輯憶舊集外集》，頁二六五。

以上的簡單撮述，目的不在於表現巧黠的「後見之明」，以月旦是非；而是借檢視「歷史承載體」的歷史，重新思考「歷史」的所謂傳承，以至「歷史」的存在與否，大抵是「記憶」與「反記憶」、「遺忘」與「反遺忘」的心與力的爭持。我們都明白，一九四九年之後，無論中國內地還是港英統治下的香港，政治與社會都有一個非常大規模的變易與轉移。以趙家璧的一人之身，歷經世變卻又似斷難斷，在大斷裂之後試圖由「記憶」出發以作歷史（文學史）連接，並且非常着意連接的合法性，而疏略其形神之異。他的舉措很能揭示「記憶」的黏合能力，同時也見到其偏狹的一面。[19]如果論者想把這五輯《中國新文學大系》看成一個連續體，必須面對其間存在一個極大裂縫的問題：第一輯完成於一九三六年，第二輯開始出版於半個世紀之後的一九八四年；更不要說中間經歷天翻地覆的戰爭與政治社會的大變異，第一輯與後來四輯的編輯思想、製作方式與實際環境的千差萬別。考慮到種種因素，香港在上述過程中的參與角色，又透露了哪種意義？《香港文學大系》要作「續編」，又會遇上甚麼問題？都有待我們省思。

19 有關《中國新文學大系》第一輯與後來各輯的差異與區隔，可參考陳國球〈香港？香港文學？──《香港文學大系一九一九──一九四九》總序〉，頁十──十三。

二、「記憶之連續體」在香港

一九四九年以後，香港與中國之間有各種迴斡，其中文學與文化是兩邊關係的深層次展現。在五、六十年代期間，有一些文學現象可供思考。五十年代初從內地南下的馬朗（一九三三？—），在香港創辦《文藝新潮》，推動現代主義創作，引進西方文藝思潮，影響了香港一個世代的文學發展。《文藝新潮》的馬朗，在大崩裂的時刻意識到「遺忘」帶來歷史的流失。他在雜誌創刊不久的第二期就預告要編一個〈三十年來中國最佳短篇小說選〉的特輯。他的想法是：

> 中國新文學運動至今已卅餘年，其間不少演變，然而不論是貧乏還是豐饒，出版不下數萬種的小說倒底〔案：原文如此〕給三十年來的讀者群廣汎的影響，然而這些作品今日都在歷史的洪流裏湮沒了。目前海外人仕〔士〕即使想找一篇值得回味的小說，亦無可能。……〔我們〕借這個特輯來作一次回顧，讓大家看看中國有過甚麼出色的短篇小說，在文化淪亡無書可讀的今日，對於華僑青年，其意義又豈只是保存國粹而已。[20]

一九五六年五月《文藝新潮》第三期特輯正式刊出，收入沈從文〈蕭蕭〉、端木蕻良〈遙遠的風

---

20 《文藝新潮》，第一卷第二期（一九五六年四月），封底〈預告〉。

砂〉、師陀〈期待〉、鄭定文〈大姊〉、張天翼〈二十一個〉五篇。馬朗在〈選輯的話〉交代編選過程中遇到的困難：

> 中國新文學書籍湮沒的程度實在超乎意料，令人吃驚。譬如，曾經哄動一時的新感覺派奇才穆時英的〈Craven A〉、〈一個本埠新聞欄廢稿的故事〉、〈白金的女體塑像〉、〈公墓〉等等之中，似乎可以選擇一篇的，因為他首先迎接了時代尖端的潮流；還有直追梅里美擅寫心理的施蟄存，他的《將軍的頭》和《梅雨之夕》兩本書；以致〔至〕偽滿時代的「中國紀德」爵青，他的《歐陽家的人們》；再有蕭紅的〈手〉和〈牛車上〉，羅烽描寫瀋陽事變的〈第七個坑〉、萬迪鶴的〈劈刺〉、荒煤的《長江上》、戰後的路翎和豐村……。前者已永遠在中國書肆中消失了，後者卻在香港找不到。[21]

四十年代在上海主編《文潮》的馬朗，來到香港以後對現代小說的記憶，自然與他昔日的閱讀經驗有關。馬朗在《文潮》有個〈每月小說評介〉的欄目，當中就曾評論《文藝新潮》特輯的〈期待〉

21 〈選輯的話〉，《文藝新潮》，第三期（一九五六年五月），頁六九。

及〈大姊〉兩篇；也旁及荒煤的《長江上》和爵青《歐陽家的人們》。[22] 由此可見「香港」連結「中國」的軌跡之一，是「文學記憶」在空間（中國內地—香港），以及時間（四十年代—五十年代）上的傳承接駁。這個具體的例子說明，我們看到的不是「中華文化廣被四夷」；[23] 而是一種「記憶」的遷徙、搬動。因為這些文學風潮與作品，在原生地已經難得流通了。[24]

此外，六十年代又有一次更大型的「文學記憶」的連結工程。一九六四年七月廿四日《中國學生周報》創刊十二周年紀念，推出《五四．抗戰中國文藝新檢閱》專輯，前有編者的〈寫在專輯前面〉，羅列了一批當時香港讀者會感陌生的作家名字，如卞之琳、端木蕻良、駱賓基、穆時英、施蟄存、錢鍾書、無名氏、王辛笛、馮乃超、孫毓棠、艾青、馮至、王獨清等，指出「他們的聲名給『正統作家』們蓋過了，他們的作品被戰亂的烽火燒燬了。但是，他們對當代中國文藝的影響是永遠潛在的，他們的功績是不可磨滅的」；這個專輯的目標是：

22 蘆焚（師陀）〈期待〉的評論見馬博良（馬朗）〈每月小說評介〉，《文潮》，創刊號（一九四四年一月），頁七五。鄭定文〈大姊〉的評論見馬博良〈每月小說評介〉，《文潮》，第一卷第五期（一九四四年八月），頁九八—九九；當中提到爵青《歐陽家的人們》。再者，評論曉芒〈荒原〉時，曾以荒煤《長江上》作比較，見馬博良〈每月小說評介〉，《文潮》，第一卷第六期（一九四四年十月），頁九七—九八。

23 我們也留意到馬朗提到香港的年輕世代時，稱他們做「華僑青年」。

24 例如三十年代的「新感覺派」，在大斷裂之後，要到八十年代北京大學嚴家炎重新提出，並編成《新感覺派小說選》（北京：人民文學出版社，一九八五），內地的讀者才有機會與之重逢。相對之下，這份「記憶」卻搬移到香港，由五十年代開始一直在文藝界傳承。

> 分別從小說、散文、詩歌、戲劇、翻譯、批評方面，介紹文壇前衛作家們的成就。……希望能夠提醒今日的讀者們：不要忘記從五四到抗戰到現在這一份血緣！[25]

這個專輯與「現代文學美術協會」的幾位骨幹人物如崑南（一九三五—）、李英豪（一九四一—）、盧因（一九三五—）等關涉最多。例如盧因就以「陳寧實」和「朱喜樓」的筆名，分別討論端木蕻良的小說，和周作人以來的雜文和散文；崑南則談無名氏，同時翻譯辛笛的詩作為英文。至於詩論大將李英豪則以「余橫山」的筆名討論劉西渭和五四以來的文藝批評，更重要的一篇論述是以本名發表的〈從五四到現在〉：

> 時至今日，一些真有才華和創建性的作者，反而湮沒無聞；作品隨着戰火而被埋葬；……我們只以為，「五四」及抗戰時，中國只有寫實小說，或自然主義品，卻漠視了如以新感覺手法表現的穆時英，捕捉內在朦朧感覺的穆木天，打破沿襲語言辭格的駱賓基，追尋純美的何其芳，寫〈水仙辭〉的梁宗岱，和運用小說「對位法」與「同時性」的爵青。茅盾、巴金、丁玲等都受政治宣傳利用，論才華和穩實，都比不上駱賓基、端木

25 編者〈寫在專輯前面〉，《中國學生周報》，第六二七期（一九六四年七月廿四日）。文中所列舉作家（除了穆木天、艾青、馮至）大部分是當時內地的現代文學史罕有論及的。

薄良和李劫人；論狂放，更望塵不及無名氏。[26]

如果馬朗是搬動內陸的「文學記憶」到這個島與半島的文化人，李英豪卻是土生土長的本地「番書仔」，他的文化觸覺明顯與馬朗所傳遞的訊息有密切的關聯。但這並不表示李英豪一輩只是被動地接收單向的訊息。從文中可知他一樣看到由郭沫若到王瑤等傳揚的另一種文學史記述。換言之，李英豪等一輩人接收到內容有差異的訊息。顯然他們選擇相信文學的「過去」原本很豐富，但經歷滄桑歲月，「記憶」斷裂；精彩的作家和作品被「遺忘」。

由於對「遺忘」的戒懼，馬朗試圖將被隱蔽的「記憶」恢復。當他的私有「記憶」在易地以後成為一種論述，他高呼「人類靈魂的工程師，到我們的旗下來！」[27]當然是為了招集同道，發揮傳播的力量。至於論述的承受方，如崑南、盧因、李英豪一輩在本地成長的年輕人，緣此擴充了香港教育體制以外視野；[28]另一方面，在地的位置——作為面向世界的殖民地城市——也促使他們以更多元、多層次的思考，面對這些非他們固有的「文學記憶」；他們採取主動積極的態度，試

26 李英豪〈從五四到現在〉，《中國學生周報》，一九六四年七月廿四日。

27 新潮社〈發刊詞：人類靈魂的工程師，到我們的旗下來！〉，《文藝新潮》，第一卷第一期（一九五六年二月），頁二。

28 香港的文學教育並沒有提供這部分的知識，參考陳國球〈文學教育與經典的傳遞：中國現代文學在香港初中課程的承納初析〉，《現代中文文學學報》，第四期（二〇〇五年六月），頁九五——一七。

圖建構可以上下連貫的文學史意識時，也在衡量當下自身的位置。所以文中說：

我們並不願意墨守他們的世界，亦不願盲從他們的步伐。中國現代文學應落眼於開創的一面——不斷的開創。我們不一定要有隻手闢天的本領，但我們必得肩負數千年來沈重的中國文化，高瞻遠矚的看看世界，默默的在個人追尋中求建立，自覺覺他。

文章的結尾，李英豪又說：

「現代」是「現代」，是不容逃避與否認的，而那必得是個人的、中國的「現代」。[29]

他們心中的「我們」，顯然是由當下的年輕一代的眾多「個人」組成；這一群「我們」為甚麼要「肩負」一個沉重的責任？如果用趙家璧的話來對照，他們「居然」、「擅自」、「自稱」是此一文學與文化記憶的「繼承者」，可謂不自量力地「情迷中國」（Obsession with China）。由馬朗到李英豪，「情迷中國」的基礎並不相同，但在五、六十年代香港共同構建了奇異卻璀爛的華語文化論

29 李英豪〈從五四到現在〉，《中國學生周報》，一九六四年七月廿四日。

述。[30]正如香港出版的《民主評論》，在一九五八年元旦刊載了牟宗三、徐復觀、張君勱、唐君毅等四位流離於中國之外的儒學中人合撰的〈中國文化與世界——我們對中國學術研究及中國文化與世界文化前途之共同認識〉；[31]這些「新儒家們」的「文化記憶」在中國大地養成，他們的親身體驗，是支撐他們信念的依據。然而香港一個年輕人聚合的文藝團體，也在翌年（一九五九年）元旦發表他們的「文化宣言」。這個團體的主要成員是崑南（二十四歲）、王無邪（一九三六——，二十三歲）和葉維廉（一九三七——，二十二歲），組織名稱是「現代文學美術協會」；他們高呼：

> 為了我們處於一個多難的時代，為了我們中華民族目前整體的流離，更為了我國半世紀以來文化思想的肢解，於是，在這決定的時刻中，我們都面臨着一個重大的問題；這個重大而不可抗拒的問題，迫使我們需要聯結每一個可能的力量，從面裏〔裏面〕發揮每一個人的勇敢，每一個人的信念，每一個人的抱負，共同堅忍地正視這個時代，共同表現中華民族應有的磅礡氣魄，共同創造我國文化思想的新生。……讓所有人，有共

30 參考陳國球〈情迷中國：香港五、六十年代現代主義文學的運動面向〉，《香港的抒情史》（香港：香港中文大學出版社，二〇一六），頁二六一——三二〇。

31 牟宗三、徐復觀、張君勱、唐君毅〈中國文化與世界——我們對中國學術研究及中國文化與世界文化前途之共同認識〉，《民主評論》，第九卷第一期（一九五八年一月），頁十二——二〇。

同善良的願望的年青人緊密地站在一起，站在一起肩負一個偉大而莊嚴的使命。[32]

由語言措辭以至思想方向看來，他們的想像其實源於南來知識分子的「文化記憶」，是這種「記憶」的承納與發揮。他們建構（虛擬）了一個超過本土的文化連續體，由是他們既能立意開新，又有歷史（上一輩的記憶）的厚重。千斤重擔兩肩挑。香港文學史的這一段，可說是最能大開大闔，最有歷史承擔的一段。[33]更重要的是：他們的確開拓了華語文學的新路，展示了內地環境所未及容納的文學之可能。當然，他們大概不能逆料其勇於承擔有可能遭逢「合法性」的質疑，而這正正是「歷史」之弔詭，與悲涼。

32 〈現代文學美術協會宣言〉，載崑南《打開文論的視窗》（香港：文星圖書公司，二〇〇三），頁一六三—一六四。

33 這是評斷香港文學文化為「淺薄」的外來學者所未及注意的一面。例如陳麗芬曾引用呂大樂指「香港意識」為「淺薄」的說法，普遍化為香港人就是「淺薄」；見陳麗芬〈普及文化與歷史記憶——李碧華的聯想〉，載陳國球編《文學香港與李碧華》（台北：麥田出版，二〇〇〇），頁一二三—一三〇。其實呂大樂之說是專指香港戰後嬰兒組成的「第二代人」自我發明的「香港意識」，是七十年代期間快速發展起來的（自欺欺人的）神話，是無力的、排他的、淺薄的；其指涉有具體的範圍，與陳麗芬的想像有根本的差異。參考呂大樂《唔該埋單！——一個社會學家的香港筆記》（香港：閒人行有限公司，一九九七），頁一—三；二〇—三一。

三、歷史的崩裂與文學主體的更替

《香港文學大系》第一輯以一九四九年為編選內容的時期下限，現在第二輯在時間綫上作承接，以一九五〇年到一九六九年為選輯範圍。然而，時間上雖然相互啣接，其間的「歷史」進程卻很難說是無縫的連續體。從現存資料看到，一九四五年二戰結束，港英政府從戰敗的日本收回香港，當時的人口約六十餘萬；一九四六年增至一百六十餘萬人；一九四九年一百八十六萬，一九五一年二百三十萬。[34] 由一九四九年到一九五一年兩三年間的人口增長約四十四萬，再計算雙向移動替代的實際情況和趨勢，這個歷史轉折時期香港人口變化極大，政治社會、經濟民生等面貌大有不同；尤其在文化理念或文學風尚，更是裂痕處處，前後不相連屬。

按照最通行的解說，自抗日戰爭結束，國共內戰展開，香港成為左翼文人的避風港，不少人更在此地主理重要報刊的編務，由是這個文化空間也轉變成左翼文化的宣傳基地。到一九四九年國民黨敗退台灣，大批內戰時期留港的文化人北上迎接新中國；而對社會主義政權心存抗拒的各式人等，又紛紛移居香港，或以之為中轉站，再謀定居之地。其中不少文化人在居停期間，書寫

34 參考湯建勛《一九五〇年香港指南》（香港：民華出版社，一九五〇；香港：心一堂，二〇一八年重印），頁八—九；華僑日報編《香港年鑑．第四回》（香港：華僑日報公司，一九五一），頁二；華僑日報編《香港年鑑．第五回》（香港：華僑日報公司，一九五二），頁二一。

去國的鄉愁。一九五〇年韓戰爆發，緊接全球冷戰，美國大量資金流入香港，支持反共的宣傳；文藝界受益於「美援」，在應命的文字以外，也謀得一定的文學發揮空間。[35] 若暫且依從極度簡約化的「左右對壘」觀念，我們可以說：在一九四九年以前，香港文學由左派思潮主導；一九五〇年以後，右派的影響大增。[36] 準此而言，以連續發展為觀察對象的「文學史」，根本無從談起。

再細意的考察，可以《香港文學大系一九一九—一九四九》所載，時代較能相接的重要作家

---

35 相關論述最有代表性的是鄭樹森幾篇「港事港情」文章：〈遺忘的歷史·歷史的遺忘——五、六〇年代的香港文學〉（一九九六）、〈一九九七前香港在海峽兩岸間的文化中介〉（一九九七）、〈五、六〇年代的香港新詩〉（一九九八）、〈談四十年來香港文學的生存狀況——殖民主義、冷戰年代與邊緣空間〉（一九九四），均收入《縱目傳聲：鄭樹森自選集》（香港：天地圖書公司，二〇〇四），頁二一六—二二六；頁二二七—二五四；頁二五五—二六八；頁二六九—二七八。下文再會論及其中最重要的〈遺忘的歷史·歷史的遺忘〉一文。又參考王梅香《隱蔽權力：美援文藝體制下台港文學（一九五〇—一九六二）》（新竹：清華大學博士論文，二〇一五）；Chi-Kwan Mark, *Hong Kong and the Cold War: Anglo-American Relations, 1949-1957* (Oxford: Oxford UP, 2004); Priscilla Roberts and John M. Carroll, ed., *Hong Kong in the Cold War* (Hong Kong: Hong Kong University Press, 2016)。

36 部分親歷這個轉折期的文化人例如慕容羽軍、羅琅等，也各自有其憶述，他們的說法又與此宏觀圖像並不能完全吻合；大概當中添加了許多更複雜的人事轇轕的追憶，以及個別的遭際感懷。但究竟這些微觀經驗，是否比遠距離的觀察更可信？實在不易判定。參考慕容羽軍《為文學作證：親歷的香港文學史》（香港：普文社，二〇〇五）；羅琅《香港文化記憶》（香港：天地圖書公司，二〇一七）。

為論。《香港文學大系》第一輯所見表現精彩的詩人易椿年（一九一五—一九三七）、編輯兼作者梁之盤（一九一五—一九四一）、文藝理論家李南桌（一九一三—一九三八），均英年早逝；而曾在此地推動「詩與木刻」的戴隱郎又回到馬來亞參加戰鬥，無法在文藝活動上延續影響。至於在文壇非常活躍的「香港文藝協會」成員如李育中、劉火子、杜格靈，又如寫過「香港照像冊」系列的前衛詩人鷗外鷗，《中國詩壇》骨幹陳殘雲、黃寧嬰、黃雨，小說和散文作家黃谷柳、吳華胥、杜埃等，都相繼在一九五〇年後北上，在香港再沒有蕩漾餘波；更不要說奉命來港「工作」的文化人如茅盾、郭沫若、聶紺弩、樓適夷、邵荃麟、楊剛等，他們返國以後，再也不回頭。這些三、四十年代在香港有頻繁文學活動的作家選擇離開，各有其原因，不應究責；後來不少人更身陷困厄。值得注意的是：他們的作品從此幾乎在香港絕跡，不再流傳；換句話說，當初備受讚譽的作品，其「生命」卻未能在此地延續。

回到《大系》續編的問題。《香港文學大系一九一九—一九四九》及《香港文學大系一九五〇—一九六九》兩輯，年代相接；選入的作家理應有所重疊。但比對之下，結果令人驚訝。例如第一輯《新詩卷》收錄詩人五十六家，第二輯共兩卷收詩人七十一家。第一輯詩人在第二輯再次出現的僅有柳木下、何達、侶倫三人。侶倫擅寫的文類還有小說和散文，何達的詩歌創作生涯比較長；至於柳木下，到六十年代詩思開始枯竭。三人以外當然還有一些留港作家，如舒巷城、葉靈鳳、陳君葆等，仍然有在報刊撰文，以不同的文體見載《香港文學大系》第二輯；但相對於五十年代新近南移到香港的文人，以及在本土成長的新一代來說，這些香港前代作家的整體創作量和影響力遠遠不及。再者，新一代冒起的年輕文人如崑南、王無邪、西西、李英豪等，與三、四十年代香港作家的關係也不密切。[37]

這種前後不相連屬的崩裂情況，提醒文學史研究者重新審視歷史的「延續」問題；這又關乎「歷史」與「記憶」主體誰屬的問題。

四、「記憶」與「遺忘」的韻律

《香港文學大系一九五〇—一九六九》的選錄範圍是五、六十年代，正進行中的編纂過程有許多不容易解決的問題；不過，在這個時間範圍採集資料，我們得助於前人的工作甚多。在上世紀八十年代已見到從文學史眼光整理的五、六十年代資料出版，例如鄭慧明、鄧志成、馮偉才合編的《香港短篇小說選——五十年代至六十年代》。[38] 到九十年代香港另一個歷史轉折期前後，

37 在這個轉折時期，有更強韌力可以跨越時代，持續發展的是香港的通俗文學寫作人，如傑克、望雲、周白蘋、我是山人、高雄（三蘇）等；然而他們要應對的環境和寫作策略與前述者不同；在此暫不細論。

38 鄭慧明、鄧志成、馮偉才合編《香港短篇小說選——五十年代至六十年代》（香港：集力出版社，一九八五）。書中〈前言〉特別提到當時搜集資料工作之艱巨繁複。

也有劉以鬯和也斯的五、六十年代短篇小說選；[39]以及黃繼持、盧瑋鑾、鄭樹森三人更大規模的合作計劃。黃、盧、鄭三位從一九九四年開始合力整理香港文學的資料，最先面世的成果如《香港文學大事年表》、《香港小說選》、《香港散文選》、《香港新詩選》等，其年限都設定在一九四八年到一九六九年。[40]三位學者還有其他時段的資料陸續整理出版，決定先推出五、六十年代的部分，應該有深義在其中。[41]鄭樹森在一九九六年發表〈遺忘的歷史·歷史的遺忘——五、六十年

39 劉以鬯《香港短篇小說選：五十年代》（香港：天地圖書公司，一九九七）；也斯《香港短篇小說選：六十年代》（香港：天地圖書公司，一九九八）。

40 黃繼持、盧瑋鑾、鄭樹森合編《香港文學大事年表：一九四八—一九六九》（香港：香港中文大學人文學科研究所，一九九七）；《香港小說選：一九四八—一九六九》（香港：香港中文大學人文學科研究所，一九九七）；《香港散文選：一九四八—一九六九》（香港：香港中文大學人文學科研究所，一九九七）；《香港新詩選：一九四八—一九六九》（香港：香港中文大學人文學科研究所，一九九八）。

41 三人合編的其他香港文學資料還有：《早期香港新文學作品選：一九二七—一九四一》（香港：天地圖書公司，一九九八），《早期香港新文學資料選：一九二七—一九四一》（香港：天地圖書公司，一九九八），《國共內戰時期香港本地與南來文人作品選：一九四五—一九四九》（香港：天地圖書公司，一九九九），《國共內戰時期香港本地與南來文人資料選：一九四五—一九四九》（香港：天地圖書公司，一九九九），《香港新文學年表（一九五〇—一九六九年）》（香港：天地圖書公司，二〇〇〇）。

代的香港文學〉，可說是為其理念及這個階段的工作，作出綜合說明。[42] 從題目可以見到「遺忘」也是三位前輩非常關心的問題。鄭樹森在文章結尾說：

> 五、六十年代的香港文學，雖是當時最不受干預的華文文學，但也是物質基礎最薄弱、生存條件最貧困的。而當時政府圖書館的不聞不問，完全可以理解，但對今日的文學研究者，史料的湮沒，不免造成歷史面貌的日益模糊。任何選集、資料冊和文學大事年表的整理工作，都不得不面對歷史被遺忘後的窘厄，但也不得不去努力重構。而在這過程中，過濾篩選，刪芟蕪雜，又在所難免。換言之，重新構築出來的圖表面貌，不論是有意或無意，不免是另一種歷史的遺忘。[43]

42 〈遺忘的歷史．歷史的遺忘——五、六十年代的香港文學〉一文先在《幼獅文藝》及《素葉文學》發表，也收入《香港文學大事年表》作為書〈序〉；後來三人合著的《追跡香港文學》，也以這一篇文章放在卷首，可見這篇文章的重要性。分見《幼獅文藝》，第八十三卷第七期（一九九六年七月），頁五八—六三；《素葉文學》，第六一期（一九九六年九月），頁三〇—三三；《香港文學大事年表：一九四八—一九六九》（香港：香港中文大學人文學科研究所香港文化研究計劃，一九九六），頁一—八；《追跡香港文學》（香港：牛津大學出版社，一九九八），頁一—九。

43 〈遺忘的歷史．歷史的遺忘——五、六十年代的香港文學〉，《素葉文學》，第六一期（一九九六年九月），頁三三。

鄭樹森提到兩種「遺忘」：一是「集體記憶」的遺落，政府無意保存，民間社會也沒有「記憶」的需求；另一是史家技藝的限制，無法呈現「完全」的「記憶」。後者其實是前者的逆反：因為不滿「記憶」的遺失，所以要填補這缺失；卻因為要勉力拯救所失，求全之心生出警覺之心，甚或憂心。我們循此方向再作深思，或者可以從「記憶」的本質出發。「記憶」本是存於私我的內心，私我要尋求「生命歷程」的意義時，「記憶」是重要的憑藉。「記憶」從來不會顯現完整的「過去」，因為「過去」的每一刻都是無限大、無窮盡的；「記憶」本就是零散經驗的提取，如果要將所經驗的「過去」轉化成有意義的記憶（**making sense of the past**），則編碼（**encoding**）過程不可缺少；於是「現在」與「過去」、「私我」和「公眾」就構成對話關係，過程中既內省、再玩味、更參酌比照，當中自然有選擇、有放下；「遺忘」與「記憶」就構成辯證的關係。[44] 鄭樹森念茲在茲，

---

44 有關「集體記憶」、「歷史」與「遺忘」，可參考 Maurice Halbwachs, *On Collective Memory*, ed. and trans. by Lewis A. Coser (Chicago: The University of Chicago Press, 1992); Peter Burke, "History as Social Memory," in *Memory*, ed. by T. Butler (Oxford: Blackwell, 1989), pp. 97-113; Patrick H. Hutton, *History as an Art of Memory* (Hanover, New Hampshire: University Press of New England, 1993); Jeffrey Andrew Barash, *Collective Memory and the Historical Past* (Chicago and London: University of Chicago Press, 2016); Guy Beiner, *Forgetful Remembrance: Social Forgetting and Vernacular Historiography of a Rebellion in Ulster* (Oxford: Oxford University Press, 2018)。在參閱這些論述時，我們也要注意歷史學的關懷與文學史學不完全相同，因為「文學」的本質就與美感經驗相關。

是「集體記憶」的公共意義，「歷史」不應被（政治力量或經濟力量）刻意「遺忘」；謹之慎之，是為重構「歷史」過程的成敗負上責任。這種態度是值得我們尊敬的。

然而，當我們要整合思考《香港文學大系》第一、二輯的關係時，要面對的「記憶」與「遺忘」卻埋藏在更複雜的歷史斷層之間。尤其「文化記憶」在兩輯之間的失傳，是否宣明「文學」無力抗衡「現實」？只要政治社會有大變動，文學所能承載的「記憶」是否就必然失效，就此湮滅無聞？

可是，當我們還未在「歷史現實」面前屈膝之前，就發現香港的五、六十年代文人，其實在奮力抗拒「遺忘」，正如前面提到馬朗為三十年代的文學亡靈招魂；李英豪等更大規模的重整文學記憶。這樣的超越時空界限的香港文學事件不一而足，例如：曹聚仁寫《文壇五十年》正續編（一九五四、一九五五）；[45] 趙聰寫《大陸文壇風景畫》（一九五八）、《五四文壇點滴》（一九六四）；[46] 李輝英寫《中國新文學二十年》（一九五七）；構思《中國新文學大系．續編》

45 曹聚仁《文壇五十年》（香港：新文化出版社，一九五四）；《文壇五十年續集》（香港：世界出版社，一九五五）。

46 趙聰《大陸文壇風景畫》（香港：友聯出版社，一九五八年）、《五四文壇點滴》（香港：友聯出版社，一九六四）。

（一九六八）；[47]力匡以新月派風格寫《燕語》的離散心聲（一九五二）；[48]侶倫調整他的浪漫風格，以《窮巷》繼續「五四」以來的現實主義（一九五二）；[49]宋淇借梁文星重現四十年代的詩學觀念（一九五五）；[50]葉維廉用心融會李金髮、戴望舒、卞之琳等的風格（一九五九）；[51]崑南盡意追慕無名氏的小說（一九六四）。[52]應該注意的是，他們刻意重尋的「記憶」，其典範並非源自本土；但這也不是簡單的「情迷」心結，而是將更悠長深遠的「記憶」與當下的生活體驗以至生命感懷作出斡旋與協商；其中文字在文化脈搏中生發的美感經驗，或許更是關鍵樞紐，由是生發出在地的、新鮮的「文學記憶」。至於發生在《大系》兩輯時限之間的斷裂，前後輩作家之不相聞問，的確是我們所關懷且惋惜的現象。不過，我們或許要再放寬視野，只要有能力在崎嶇不平、滿佈坑洞的「歷史」長廊走遠，就會發覺已遺落的「文學記憶」，會乘隙流注，在意想不到的時刻直奔眼前。例如八十年代中段，久失踪影的鷗外鷗翩然重臨，向隔代的本地同道傳遞添加了滄桑

47 林莽（李輝英）《中國新文學二十年》（香港：世界出版社，一九五七）；李棪、李輝英〈《中國新文學大系．續編》的編選計劃〉。

48 力匡《燕語》（香港：人人出版社，一九五二）。

49 侶倫《窮巷》（香港：文苑書店，一九五二）。

50 林以亮〈詩的創作與道路〉，《祖國周刊》，第十二卷第五期（一九五五年五月），頁二五—三〇。

51 葉維廉〈論現階段中國現代詩〉，《新思潮》，第二期（一九五九年十二月），頁五—八。

52 崑南〈淺談無名氏初稿三卷〉，《中國學生周報》，第六二七期，《五四．抗戰中國文藝新檢閱》專輯，一九六四年七月二十四日。

苦澀的「記憶」；以舊作新篇為年輕世代的文學冶煉助燃。[53]「歷史（文學史）」不僅形塑「過去」，它還會搖撼「未來」。

風物長宜放眼量。文學「記憶」與「遺忘」的往來遞謝，或者好比一種即興式的「時間韻律」（rhythmic temporality），時而共鳴交感，時而沉靜寂寞。[54]我們未必能按軌跡預計「記憶」何時重訪我們的意識世界，因為現世中有種種有形與無形的屏障或壓抑。然而文學——依仗文字與文化生發的美感經驗——就有種「反遺忘」的力量，在意識的海洋上下浮潛而汩汩不息，或者衣缽相傳，也可能隔世相逢。年來我們努力梳理五、六十年代香港文學的作品和相關資料，每每驚嘆初遇其實就是舊識；因為，彼此都存活在這塊土地上。

五、同構「記憶」的大眾文化

以上的論述主要從「遺忘」戒懼出發，也牽涉到主體的問題，究竟誰在「記憶」？誰要「遺忘」？簡約式的回應是：南下文人滿懷「山河有異」的感覺，以「文學風景」作為寄寓。至於本地

53 參考陳國球〈左翼詩學與感官世界：重讀「失踪詩人」鷗外鷗的三、四十年代詩作〉，《政大中文學報》，第廿六期（二〇一六年十二月），頁一四一—一八一。

54 這是英國學者 Ermarth 討論歷史時間的觀念之借用；見 Elizabeth Deeds Ermarth, *Sequel to History: Postmodernism and the Crisis of Representational Time* (London: Routledge, 2012)。

的年輕「番書仔」，卻以文化源頭的「想像」承接文壇長輩的「記憶」，來抗衡殖民統治下的種種壓抑，以及在「現代性」的苦悶狀態下尋找精神出路。「反遺忘」的對象，就是大環境的政治與社會氣候。這些「抗衡政治」的論述，比較能說明精英文化層面的心靈活動。然而，各種力量的交鋒在更寬廣的民間社會可能有不同的表現，其中顛覆的意義更不能忽略。《香港文學大系》以文字文本的「藝術表現、社會感應，與歷史意義」作為觀察對象，但編輯範圍並不會囿限在新詩、小說、散文、戲劇、文學評論等自「新文學運動」以來的「正統」文學類型。第一輯十二卷在上述文體以外，還包括通俗文學、舊體文學、兒童文學等；編輯團隊認為在香港的文化環境中，這些文學類型能夠提供「額外的」審視角度。相關的編輯理念已在《香港文學大系一九一九——一九四九》的〈總序〉作出解說。在這個基礎上，《香港文學大系一九五〇——一九六九》保持第一輯的各種文體類型，再添加粵語、國語歌詞，以及粵劇兩個部分。歌詞和粵劇的相關藝術形式是音樂和舞台的表演，但其中的文字文本仍然佔了一個相當重要的位置。當然更全面以文字表達的大眾文化體類可以舉出盛極一時的武俠小說與愛情流行小說，以及別具形態的「三毫子小說」。本輯《香港文學大系》兩卷《通俗文學》會適切地反映這個現象。在《香港文學大系一九五〇——一九六九》的架構中，新增的《粵劇卷》和《歌詞卷》有助我們從更全面了解不同類型的文字文本如何融會成大家認識的香港文化。

粵劇本是廣東珠江三角洲一帶開展出來的地方戲曲，其原始功能是作為民間酬神的一種儀式，娛神的作用不少於娛人。隨着二、三十年代省（省城，即廣州）港（香港）澳（澳門）的城市化發展，粵劇演出的空間與時間也相與呼應，重心漸漸從臨時戲棚轉到戲院舞台，並由季候性的農閒祭祀活動變成市民日常生活的文娛康樂；演出所本也由固定劇目、排場之程式化與即興混合，進展到文人參與編訂提綱以至劇本。由是，文字的作用愈加重要，文學性質經歷一個由隱至顯的歷程。於今回顧，可知粵劇的文學階段之成熟期正正發生在大崩裂時代的香港；而粵劇的整體藝術表現，也在五、六十年代進入最輝煌的時期。是時，粵劇是這個城市的重要文娛活動，與社會大眾同一呼吸；相對同時其他嶺南地區，香港更有可以迴轉的精神空間，在市廛喧鬧間讓文字的感應和創發力量得以發揮。市民社會本來就複雜多元，在現實困厄中謀存活，難免有保守功利的一面；然而大眾意識中也不乏向上提升、或者挑戰威權的想望。這時期香港粵劇界出現最有駕馭能力的編劇家，在娛樂消閒與藝術錘煉之間游走；部分更蘊藏種種越界之思，乘間衝擊諸如生死、倫常、國族、階級等界限，暗中顛覆舊有的價值體系。[55] 當中文字與現實的博弈，透過不同媒介如電台廣播、唱片，或電影改編等廣泛傳播，植入不同階層的民眾意識之中，成為香港的重要「文化記憶」，在往後世代滋潤了許多文學以至藝術創作。[56]

---

55 例如《牡丹亭驚夢》（唐滌生，一九五六）及《再世紅梅記》（唐滌生，一九五九）的跨越道德與生死界、《碧海狂僧》（陳冠卿，一九五一）以「老妻少夫」的情節質詢愛情之「常態」、《鳳閣恩仇未了情》（徐子郎，一九六二）以「胡漢戀」撼動國族的界限、《紫釵記》（唐滌生，一九五七）中郡主與歌妓的階級身份置換等等。

56 參考陳國球〈粵劇《帝女花》與香港文化政治想像〉，未刊稿。

由粵劇的劇曲衍生出「粵語小曲」，再而出現受「國語時代曲」感染的「粵語時代曲」，發展到更「現代化」的「粵語流行曲」（Cantopop），是香港文化的其中一條重要發展脈絡。五、六十年代流行文化中的粵語歌未算鼎盛；要到七十年代開始，「粵語流行曲」才成為香港最重要的「軟實力」之一，影響不止遍及華語世界，在整個東亞地區都有其耀眼的位置。《香港文學大系》第二輯開闢「歌詞」一體，其中一個考慮點是為以後各輯的《歌詞卷》先作鋪墊。此外，作為這個時期的文字力量之一，粵語歌詞還有不少可以細味的地方；尤其與當時的「國語時代曲」對照並觀，更能見出在地的語言風俗與各方交涉周旋的意義。「國語時代曲」的原生地應該在上海。一九四九年以後，「樂人南奔」，一大批上海歌手、作曲家、填詞人移居香港；重要的唱片製作人、大型唱片公司也由上海南下，帶來上海先進的歌曲製作技術，資金又充裕，一時間「滬上餘音」瀰漫香江。[57]

香港的語言環境原本以粵語為主，書面語基本上與其他華語地區相通；但歌曲唱詞發聲，以聽覺主導，「國語時代曲」（與「國語電影」）在五、六十年代香港居然可以引領風騷，比粵語歌曲（及「粵語電影」）有更高的社會位置；這是值得玩味的現象。在一定程度上，可以見到香港文化

57　參考黃奇智《時代曲的流光歲月：一九三〇—一九七〇》（香港：三聯書店（香港）有限公司，二〇〇〇）；沈冬〈《好地方》的滬上餘音——姚敏與戰後香港歌舞片音樂〉上、下，《音樂藝術（上海音樂學院學報）》，二〇一八年第一期（三月），頁一二七—一四二；二〇一八年第三期（九月），頁七八—九一。

有一種在殖民統治影響下的寬鬆彈性：有時是逆來順受，有時是兼容並包。若有所抗衡，會選擇比較迂迴或含蓄的方式。粵語歌曲同時經歷「國語時代曲」與「歐西流行曲」的衝擊，再由在地意識浸潤洗練，七十年代以後就能奮起搶佔鰲頭。另一方面，國語歌曲在當時香港的寬廣空間也得以茁壯成長，進入這一種歌唱體裁的黃金時期；這時「國語時代曲」的創作人不止於追詠〈南屏晚鐘〉（陳蝶衣，一九五八），也會欣賞地道的〈叉燒包〉（李雋青，一九五七），漸漸體會身處的〈好地方〉（易文，一九六二）。可見「國語時代曲」也能接地氣，成為五、六十年代本地文化的一環。

粵語、國語的歌詞合觀，可見其中還是以情歌最為大宗。談情說愛在現代社會幾乎是人生的必經歷程，普羅大眾最容易感應；這方面的書寫，在語言鍛煉（或者堆疊）上，可以上承《香奩》、《花間》，往返於風雲月露、鴛鴦蝴蝶，不難造就一種「文雅」的面相。反而其他內容的創作表達與市民接收，更值得注意。流行文化本質上要隨波逐流，寫大眾喜見樂聞，或者憂戚同感的情事。這時期的國粵語歌展示了社會的眾多面相，例如：對富貴或者美好生活的嚮往；[58] 又有為低下階層的勞動生活打氣；[59] 反映大眾的社會觀感、居住環境的差劣；[60] 以至世代轉變帶來的家

58 如〈月下定情〉（張金，一九五一）；〈馬票夢〉（韓棟，一九五五）；〈我要飛上青天〉（易文，一九五九）；〈財神到〉（梅天柱，一九六七）。

59 如〈擦鞋歌〉（司徒明，一九五六）；〈工廠妹萬歲〉（羅寶生，一九六九）。

60 如〈飛哥跌落坑渠〉（胡文森，一九五八）；〈扮靚仔〉，（胡文森，一九六一）；〈一家八口一張牀〉（陳蝶衣，一九五六）；〈蜜蜂箱〉（李雋青，一九五七）。

庭代溝、青春之鼓舞與躁動；[61] 甚至女性主體意識的釋放。[62]《香港文學大系》這一輯統合香港國粵語歌曲的歌詞為一卷，更有助我們對照兩個語言表述傳統的異同，觀察二者在同一文化場域中如何周旋與互動，如何同構這個時段的「文化記憶」。再者，從整個《香港文學大系一九五〇——一九六九》的體系來看，我們也可以留心新增的《粵劇卷》和《歌詞卷》如何補足我們對香港文學文化的理解。

六、有關《香港文學大系一九五〇——一九六九》

《香港文學大系一九五〇——一九六九》共計有十六卷：《新詩》兩卷，卷一由陳智德主編，卷二葉輝、鄭政恆合編；《散文》兩卷，卷一樊善標主編，卷二危令敦主編；《小說》兩卷，卷一馮偉才主編，卷二黃淑嫻主編；《話劇卷》盧偉力主編；《粵劇卷》梁寶華主編；《歌詞卷》分兩部分，粵語歌詞黃志華、朱耀偉合編，國語歌詞吳月華、盧惠嫻合編；《舊體文學卷》程中山主編；《通俗文學》兩卷，卷一黃仲鳴主編，卷二陳惠英主編；《兒童文學卷》黃慶雲、周蜜蜜

---

61 如〈老古董〉（易文，一九五七）；〈青春樂〉（吳一嘯，一九五九）；〈莫負青春〉（蘇翁／羅寶生，一九六六）；〈我是個爵士鼓手〉（簫篁，一九六七）。

62 如〈哥仔靚〉（梁漁舫，一九五九），〈卡門〉（李雋青，一九六〇）。

合編；《評論》兩卷，卷一陳國球主編，卷二羅貴祥主編；《文學史料卷》馬輝洪主編。

編輯委員會成員有：黃子平、黃仲鳴、黃淑嫻、樊善標、危令敦、陳智德、陳國球。我們還邀請了李歐梵、王德威、陳平原、陳萬雄、許子東、周蕾擔任本輯《香港文學大系》的顧問。

《香港文學大系一九五〇——一九六九》編纂計劃很榮幸得到公私各方的襄助。其中李律仁先生再度捐贈啟動資金，香港藝術發展局先後撥出款項作為計劃的主要運作經費。在計劃醞釀期間，也得到香港藝術發展局文學藝術組全力支持，並提供寶貴的意見。出版方面，續得香港商務印書館高水平的專業支援，解決了不少編輯過程中的難題。中研院王汎森院士盛情鼓勵，為《大系》題籤。香港教育大學中國文學文化研究中心作為《大系》編輯的基地，各位同事和研究生們以最高熱忱協同編務。至於境內外文化界同道的熱心關懷，督促提點，在此不及一一。以上種種，我們都銘記在心，並以之為更大的推動力，盡所能以完成《大系》的工作。

在此還應該記下我對《大系》編輯團隊的無限感激。眾所周知，當下的學術環境並不鼓勵《香港文學大系》一類的工作，團隊同仁犧牲大量時間與精神參與編務，只說明我們認識的這個城市、這個地方，值得大家交付心與力。至於其中的意義，就看往後世間怎麼記載。

凡例

一、《香港文學大系一九五〇——一九六九》共十六卷，收錄一九五〇年（一月一日起）至一九六九年（十二月三十一日止）之香港文學作品，編纂方式沿用《中國新文學大系》的體裁分類，同時考慮香港文學不同類型文學之特色，定為新詩卷一、新詩卷二、散文卷一、散文卷二、小說卷一、小說卷二、話劇卷、粵劇卷、歌詞卷、舊體文學卷、通俗文學卷一、通俗文學卷二、兒童文學卷、評論卷一、評論卷二和文學史料卷。

二、作品排列是以作者或主題為單位，以作者為單位者，以入選作品發表日期先後為序，同一作者入選多於一篇者，以發表日期最早者為據。

三、入選作者均附作者簡介，每篇作品於篇末註明出處。如作品發表時所署筆名與作者通用之名不同，亦於篇末註出。

四、本書所收作品根據原始文獻資料，保留原文用字，避免不必要改動，如果原始文獻中有×或□，亦予保留。

五、個別明顯誤校、字粒倒錯，或因書寫習慣而出現之簡體字，均由編者逕改；個別異體字如無法顯示則以通用字替代，不另作註。

六、原件字跡模糊，須由編者推測者，在文字或標點外加上方括號作表示，如「不以為〔然〕」；

原件字跡太模糊，實無法辨認者，以圓括號代之，如「前赴（　）國」，每一組圓括號代表一個字。

七、本書經反覆校對，力求準確，部分文句用字異於今時者，是當時習慣寫法，或原件如此。

八、因篇幅所限或避免各卷內容重複，個別篇章以「存目」方式處理，只列題目而不收內文，各存目篇章之出處將清楚列明。

九、《香港文學大系一九五〇—一九六九》之編選原則詳見〈總序〉，各卷之編訂均經由編輯委員會審議，唯各卷主編對文獻之取捨仍具一定自主，詳見各卷〈導言〉。

十、本〈凡例〉通用於各卷，唯個別編者因應個別文體特定用字或格式所需，在〈導言〉內另作補充說明，或在〈導言〉後另以〈本卷編例〉加以補充說明。

導言

周蜜蜜

一

香港兒童文學，是香港文學的一個組成部分。誠然，在香港文學的各種類型、體裁之中，香港的兒童文學起步最遲，因此，難免有一部分人認為：「香港的新文學尚且被視為『小兒科』，那麼，香港的兒童文學更是『小兒科』中的『小兒科』。」[1]

然而，回顧香港文學的歷史進程，在特殊的環境及先決條件下，香港兒童文學從無到有，漸漸發展、推進，經歷了不同的歷史階段。而研究香港文學，也不可不研究香港兒童文學。

主編第一輯《香港文學大系一九一九—一九四九　兒童文學卷》的霍玉英博士曾經闡明：「三十年代的香港兒童文學，大都依附在報刊副刊而發展，要到了一九四一年才有了第一本的兒童雜誌——《新兒童》。戰後，在香港成立的兒童文學研究組，掀起了華南兒童文學運動，各大報章先後創辦兒童副刊，與一九四六年在港復刊的《新兒童》，以及『叢書』與『文庫』等兒童讀物，

1　周蜜蜜編《香江兒夢話百年——香港兒童文學探源（二十至五十年代）》，《香江兒夢話百年——香港兒童文學探源（六十至九十年代）》（香港：明報出版社，一九九六），頁四。

進一步推動香港兒童文學的發展。」[2]

因此，香港兒童文學卷終以相較於其他卷本屬最年輕一卷的面貌，納入了香港文學大系。

二十世紀的第二次世界大戰前後，尤其是在四十年代初始，南來北往的文化人，在戰火延燒之際，仍然堅持為香港兒童文學園地創作耕耘，除了在《新兒童》等雜誌、報刊上發表作品之外，還將香港兒童文學作品，以「叢書」及「文庫」等兒童讀物形式出版。一些報紙的兒童副刊，也繼續培育香港本土兒童文學的作者和讀者。

進入五十年代，中國內戰終告平息，中華人民共和國成立，流離於香港的大批文化人陸續「回歸」中國本土。不久，隨着韓戰的結束，香港經濟也逐漸復甦，社會、民生相對比較平定。但是，在五十年代這個特殊的歷史時期，香港的文化發展方興未艾，出現了較為複雜的局面。尤其是香港兒童文學創作的主要作家，流動性相當大，往往由於時局的改變而受到影響，產生了很多很大的變化，有關方面的創作一度冷落下來，甚至是停滯不前。因此，在某一個階段，香港兒童的文學出現了斷層期。正如當時一直活動於香港兒童讀物期刊出版界的楊治明所言：

「香港步入五十年代，一大批被戰亂和迫害來港的進步文化人又紛紛回國內參與新中國誕生後的文化建設。香港出現青黃不接、文化走向落寞的現象，尤其是兒童書刊的出版，由於《新兒

2 霍玉英〈導言〉，霍玉英編《香港文學大系一九一九—一九四九．兒童文學卷》（香港：商務印書館，二〇一四），頁四四。

童》半月刊的遷穗，更見落索。」[3]

直到五十年代中期，香港本地的電台舉辦兒童節目，從廣播翻譯或改編的小說、故事，到進而創作有本地內容的兒童故事。在這方面以香港麗的呼聲廣播有限公司的兒童節目主持人劉惠瓊為代表，她製作的兒童節目，很受兒童歡迎，其中有的廣播劇劇本，又改編為兒童電影上映。另外，也有相關的內容改編成書本出版的。

「劉惠瓊創辦麗的呼聲的兒童廣播節目，在節目裏創新採用戲劇化廣播，極力推廣優秀的兒童文學，好的兒童劇、好的童話、兒童小說等等，在天空和孩子會面，是率先以聲電媒介傳播的兒童文學。」[4]

不過，整體的情況，看起來還是不大樂觀。由於從五十年代到六十年代的香港社會情況，尤其是文化、教育制度比較複雜，出現了不少問題，兒童讀物的出版，也面臨着編寫、出版和經營等等各種各樣的困難，雖然有不少熱心人士多方努力，但還是不易解決：

「當年的香港經濟相當落後，工資低微，百業待興，政治保守，學校着重閉門教學，學生缺乏課外活動，不重視課外讀物，學校功課沉重，兒童的課外進修普遍受到忽視，造成經營少年兒童

---

3 楊治明〈五十年代的兒童期刊讀物〉，周蜜蜜編《香江兒夢話百年——香港兒童文學探源（二十至五十年代）》，頁一五二。

4 何紫〈生趣盎然的年代〉，原載《文藝報》，收入周蜜蜜編《香江兒夢話百年——香港兒童文學探源（二十至五十年代）》，頁八九至九十。

讀物的客觀困難。加上經營的回報率不高，印刷條件大部分局限於手工石印分色，出版周期長；此外，社會上從事兒童文化工作的人手奇缺，作為這一行業的從業者不多，作為社會行業來看，它還算不上是新興的、盈利的行業，遠遠引不起投資者的興趣。由於上述原因兒童文化這行業更見伶仃落索，自生自滅。

「創刊於一九五〇年的《孩子們畫叢》便是一個例證。畫叢由麗的呼聲兒童節目主持人劉惠瓊和《新兒童畫集》停刊後的編繪者楊治明合作，資金僅能支付出版印刷紙張費用，每月出版一期，合作人幾乎都是義工。讀者對象是低年班兒童，內容是童話故事、遊戲活動、唱遊等方面；發行與學校掛不上鈎，訂戶少，兒童家長一般都重視學校功課作業、忽略兒童課外進修讀物，印刷條件落後（黑白版圖失去吸引力），加上定價低廉，回報率自是偏低，出版了十二期便無疾而終。」[5]

「新中國成立，大批人才北上，一九五一年以後香港的兒童文學創作忽然沉寂了。坊間有三兩年完全沒有一本適合少年、兒童的雜誌。」[6]

值得注意的是，在當時的香港教育制度的限制之下，本地的少年兒童閱讀課外書籍時間極

---

5 同3，頁一五二至一五三。

6 何紫〈兩份長壽兒童刊物〉，周蜜蜜編《香江兒夢話百年——香港兒童文學探源（二十至五十年代）》，頁一五六。

少，除了聽電台播音或者看電影之外，翻閱連環圖漫畫成了新興的選擇，並且在短短的三數年間，很快就形成為一股潮流。

「……一時風起雲湧，街頭巷尾均有連環圖攤檔，小凳數條，群童麕集，閱讀者如蟻聚膻，出版者利市十倍，連環圖之市場，便由港九而海外，東南亞多少有華僑兒童的地區，一時風氣所播，爭相競購。一九五〇至一九五三年及一九五四年之間，可稱為是連環圖的黃金時代，也可說當時兒童讀物的主要類型，是連環圖畫，其他兒童讀物，都少得可憐。」[7]

在這一段時間，除了漫畫連環圖充斥兒童讀物市場之外，許多報紙、雜誌都刊載漫畫作品。隨着時間的推移，一些有代表性的漫畫作品，有大量的讀者羣，甚至於載入了香港五六十年代的漫畫史：

「到了五十年代末、六十年代，大量反映香港文化特色的土產香港漫畫和土生漫畫家陸續出現，日常生活和本土文化成為這些漫畫創作的重要題材。例如《十三点》展示了六十年代女性的衣著潮流；而在六七十年代，乘着功夫小說和電影的熱潮，《小流氓》和《李小龍》大有名氣。」[8]

---

7 餘弓〈十年來香港兒童讀物出版事業的發展〉，周蜜蜜編《香江兒夢話百年——香港兒童文學探源（二十至五十年代）》，頁一四五。

8 〈香港漫畫・香港故事〉，香港記憶及香港藝術中心網頁，©二〇一四。http://www.hkmemory.org/comics/text/index.php?p=home，瀏覽日期：二〇二一年三月廿一日。

「六十年代初期的主流漫畫仍以流行於上海的小人書為主，港產代表則包括許冠文的抗日漫畫《財叔》和伍寄萍的《童子軍》、《明仔》等；而何日君則以一系列美系英雄漫畫的港版如《飛俠黑蝙蝠》、《玉面霸王》、《原子七俠》等深受歡迎，這些漫畫都是以週刊形式二十四或三十二開本出版。

「隨着印刷技術進步，漫畫銷量日增，尤其是一九六四年王澤的《老夫子、秦先生AND大番薯》面世，此作品獨特的畫風，加入了當時不少港人的流行心態於其中，轉眼間便成為了當時最暢銷的漫畫。與此同時，有出版商將一些日本流行漫畫譯成中文集結成書，雖屬盜版之作，但因為畫風和題材與港產漫畫截然不同，又吸納了一班讀者，一時之間報攤可見漫畫三分天下，有港產作品、純日本漫畫和一些港人將日版漫畫改寫之作如《地球先鋒號》、《太空雷人》和《太空飛鼠》等等，選擇之多一時無兩。」[9]

針對兒童讀者的閱讀興趣，一九五三年創刊的《兒童樂園》畫報，深受孩子們和家長的歡迎。由「兒童樂園半月刊社」負責出版，羅冠樵主編。全書以彩色印刷，內容包括歷史故事、世界童話、兒歌民謠、長篇連環圖故事、謎語、遊戲、生活知識等，一直以日本的兒童刊物《小學生》

9 盧子英〈平民生活漫花筒——漫畫：屬於羣眾的媒介〉，香港記憶及香港藝術中心網頁，©二〇一四。http://www.hkmemory.org/comics/text/index.php?p=home&catId=4，瀏覽日期：二〇二一年三月廿一日。

雜誌作主要參考。早年，《兒童樂園》的內容一部分是閻起白翻譯的作品，插圖工作則主要由羅冠樵和其弟子李成法和郭禮明擔任。羅冠樵負責畫封面、兒歌，以及《小圓圓》、歷史故事、民間故事等三十多頁的篇幅；郭禮明筆觸細緻，所以由他繪畫高橋真琴的作品《人魚公主》和《賣火柴的女孩》等，而李成法則描繪《火箭人》及《小泰山》等。《兒童樂園》早年銷量約有六千至八千左右，到了一九六〇年代中期，銷量升至三萬多本，而且持續增長。而《兒童樂園》的主編羅冠樵創作的連環畫《小圓圓》較為突出，一期接一期的被許多小讀者追看。故事主要環繞姊姊小圓圓及弟弟小胖，兩人還有一個惹麻煩的弟弟毛毛，及一個乖巧的妹妹玲玲，至於他們的爸媽只會偶然出現而已。由於故事內容和圖畫相互配合，對兒童讀者相當吸引，產生了很大的影響。

著名作家亦舒，很早就是《兒童樂園》的讀者，她在《明報周刊》專欄「衣莎貝」上以題為《希臘神話》中寫道：「第一次接觸奧林匹斯山上諸神，是在《兒童樂園》……簡單透明的文字，配美麗精緻的七彩插圖，《兒童樂園》的故事使原著失色乏味。」

香港的另一位作家陶傑，從小也是《兒童樂園》的讀者，他在《明報周刊》「摩星嶺上」的專欄以〈兒童文學家〉為題寫道：

> 「香港六十年代有一批出色的兒童文學家。《兒童樂園》是其表表者。社長羅冠樵時代為《兒童樂園》奠定中西合璧基礎。每一期在每月的一日或十六日出版。那時我們做小孩，到月底隨同父母上街，就要看看報攤新的一期《兒童樂園》到了沒有？新書都放在當眼處，羅先生的繪畫封面光芒四射，令小孩在成人的報刊雜誌中一眼就看到。

「《兒童樂園》裏的故事作者，都有很別致的筆名：藍櫻、茂林、南阿姨姨、麼麼，都令小讀者狐疑，創作出這樣好看的故事的一夥大人是誰。這些筆名都很溫馨，名字本身已經在與兒童對話。打開一本新書，各故事的繪畫風格和講故事的文字方式都不同，只有那一手工整的民國風格大楷是一樣的。原來中華民國時代，三四十年代，中國教科書和兒童書也是這個樣子，用工整的楷書，令兒童對書法認識和發生興趣。」

到了一九五九年，另一本《小朋友畫報》創刊。原來在《新兒童》半月刊的插畫家李碩祥，擔任《小朋友畫報》的美術編輯，他創作了漫畫兒童故事《大華與小華》，是以兩兄弟為主角，充滿了香港兒童生活的趣味，哥哥「大華」較為成熟，弟弟「小華」則活潑頑皮，他們的故事，貼近香港孩子的日常，也大受歡迎。

至後來，《兒童樂園》和《小朋友畫報》這兩種最受兒童歡迎的畫刊，創造了奇蹟：成為香港最長壽的兩份兒童畫刊。

其他的兒童漫畫期刊，還有胡樹儒/王澤編繪的《小良友》，由良友圖書公司出版，因製作認真，口碑不錯，也得到學生家長和學校的推薦。

二

正值五六十年代，在以漫畫、連環圖為主的兒童畫刊成為香港本地的兒童讀物出版潮流之際，幸而還有一些報紙的兒童副刊和期刊，繼往開來，堅持進取，擴闊了兒童文學生息繁衍的園地：

「《華僑日報》的「兒童週刊」版開始容納不少兒童文學創作，並且漸漸有了影響力。」[10]就是這樣，由於有了兒童文學土壤的栽培，新一代的兒童文學作家劉惠瓊、何紫（何松柏）、阿濃（朱溥生）等，也漸漸崛起。

一九六〇年二月，由劉惠瓊創辦了《兒童報》，這是以彩色印刷的八開本報紙形式，成為香港第一份以文字為主的彩色兒童刊物。由於劉惠瓊當時擔任兒童節目的播音工作，她的名字已廣為聽眾所知，因此《兒童報》面世，旋即受到教育界及家長的歡迎。司徒華、何紫等曾經先後擔任該報的編輯，前者曾替該報撰寫多篇兒童故事，後者則成為香港兒童文學的重要作家。直至一九六六年九月《兒童報》停刊後，將刊登過的文章輯為叢書，不下百冊，其中包括《童話世界》、《童話天地》、《劉惠瓊生活故事集》等。

六十年代以來，劉惠瓊在她一手創辦的《兒童報》，由她本人及兒童文學作家何紫、阿濃等為兒童寫作，題材多樣化，包括童話、寓言、兒童戲劇、兒童詩、兒童小說。

劉惠瓊創作的童話故事，具有強烈的本土色彩，也能反映香港低下階層的兒童生活。比如《老

10　何紫〈生趣盎然的年代〉，原載《文藝報》，收入周蜜蜜編《香江兒夢話百年——香港兒童文學探源（二十至五十年代）》，頁八九。

鼠朋友》，寫的是在香港的木屋區，即六十年代的貧民區，有一個名叫小王的孩子，與一隻屋裏的老鼠做朋友，生活也可以過得去。但是，忽然木屋被拆毀，老鼠遷到富人華廈的洞裏，有吃不完的食餚。相反，牠的人類朋友小王卻無處棲身，飢寒交困。無奈之下，他寧願變做老鼠。仙人滿足了他的願望，人變了老鼠，倒過了一些好日子。後來他的老鼠朋友誤中人類設的機關，他救友心切，又變回人去救小老鼠。不過，他以後就失去回復老鼠之身的機會。故事結尾寫道：「可憐小王，從此又過着露宿街頭的生活了……」

這一個童話故事帶有本土況味的蒼涼感，卻也是五十至六十年代香港社會的真實寫照。何紫指出：「劉女士的童話顯然繼承了中國童話的特色，反諷社會與人生，以悲淒為基調。她寫作筆調明快，節奏感強，容易吸引孩子閱讀。」[11]

劉惠瓊、何紫、阿濃等人創作的兒童小說作品，大都是以本地少年兒童的生活故事為題材，富有濃厚的地方色彩，也各具社會、時代特色。由於他們本身都是兒童教育工作者，分別都有在不同的學校教書的經驗，能直接接觸香港的青少年兒童，除了能反映他們的學校和家庭生活之外，也能描繪出他們在成長中的心理變化，同時也顯示出教育的重要性。

劉惠瓊曾經表示：「我讀的是教育系，研究的是兒童心理，擔任中學教師……我認為寓教育

11 何紫〈童話在香港〉（一九八五年四月十三日在香港中文大學演講，十月修訂內容在蘇州筆會報告），《何紫談兒童文學》（香港：山邊社，一九九七年七月），頁一一七。

於娛樂，而並不是說教式的，對小朋友來說，實可收潛移默化之功。」[12]

劉惠瓊還寫了中篇兒童小說《妮妮的日記》，巧妙地通過一個香港小學生寫的日記故事，刻畫出一個被寵壞的任性的小孩子形象及其內心的想法和感受。小說的情節發展顯示，孩子本性不壞，只要教育方法得當，多加啟發，這樣的小孩子還是可以克服缺點，回到正確的軌道上來。

自從進入六十年代，何紫、阿濃等，就在《華僑日報》的「兒童週刊」和《兒童報》上，不間斷地為本地的青少年兒童創作，作品貼近本地的兒童生活，受到中小學生的歡迎。此後逐漸發展為本土兒童文學的主要創作力量，陪伴青少年學生的成長。

何紫在六十年代創作了數十個童話，都是發表在報紙副刊上。他寫的童話，情感細膩，例如〈雨和雨傘〉、〈船和船塢〉兩篇，用擬人法刻畫人的感情。第一篇故事嘗試寫一個理想主義者的矛盾，第二篇〈船和船塢〉寫兩代人的感情，折射現實的社會生活。另外，何紫創作的童話故事，往往以詠物的方式帶出，像〈原子筆的故事〉、〈自大的火柴〉、〈大字典出醜〉、〈刀叉和筷子〉等等，都屬於這一類的創作。

與此同時，何紫還勤奮地投入短篇兒童小說的寫作，源源不絕地在報刊上發表。他認為：「兒童文學裏更有兒童小說。小說和故事有甚麼不同呢？小說比較重視心理描寫和個性刻畫，也更講

12 劉惠瓊〈我的自述〉，周蜜蜜編《香江兒夢話百年——香港兒童文學探源（二十至五十年代）》，頁一〇三至一〇五。

究寫作的技巧。孩子漸漸長大，他們覺得單情節上的鋪陳不能滿足他們了，他們要欣賞較高層次的文學技巧，這樣兒童小說可以滿足他們。」[13]

除了報紙副刊之外，五六十年代的香港還有創辦成功的本土的青少年刊物，其中，影響比較大的有《中國學生周報》。該週報創刊於一九五二年七月二十五日，剛好迎上韓戰後期。其編輯取向主要是針對海外的華僑學生，以中學生、大專生及青少年為對象讀者，每週銷量高峰期達三萬多份。

另外，還有一九五六年四月十四日創辦的《青年樂園》週報。它的內容、分版、編排以及舉辦青年活動之類的做法，都明顯地有着和《中國學生周報》競爭的意味。不同的是《中國學生周報》創刊之初已標示其文化使命、民主自由理念和國族關懷，《青年樂園》卻在意識形態上故意低調，不突出它的思想路綫，反而強調趣味性、親切感、主要為莘莘學子提供健康的文娛活動、課外輔導等等。

當時的一些作家、青年文學愛好者，也為此刊物撰稿，比如侶倫、海辛，還有西西、林蔭、綠騎士、小思、崑南等等，成為土生土長的本土文學創作隊伍的中堅分子，形成了香港文學的重要作家羣。他們為香港青少年兒童讀者所寫的文學作品，以兒童為本，反映時代與社會現實，尤其是描繪出本土青少年兒童生活的情狀。

13 何紫〈淺談兒童文學〉，何紫《何紫談兒童文學》，頁九。

比如阿濃在《青年樂園》發表的兒童小說〈委屈〉，寫的是小說主人公——一個小孩子成長過程中和父親相處的三個「委屈」片段：由於同學搶他的風箏而打架，結果委屈地被父親打罰；另一次他原來想為父母分擔家務，卻不小心打碎了家中的花瓶，「委屈」地惹來父親的責罵；後來，由於家貧而沒錢交學費和買校服，「委屈」地被老師羞辱，最後，父親在無法向公司預支薪酬的情況下，把自己唯一的西裝當掉。這樣的結果，使他感動莫名，明白到其實生活中的「委屈」，全家人都有，他為自己過去對父母的埋怨和不解而後悔不已。這篇小說的內容寫實，情感真摯，引起許多青少年兒童讀者的共鳴，被選入香港中學語文教科書。

長期從事嚴肅文學創作的著名作家西西，原名張彥，創作豐富多元，被譽為香港最具代表性的一位作家，多次獲得港台和海外的文學創作獎。她從中學至大專時代，就不斷地在《中國學生周報》和《青年樂園》發表作品。她以「藍子」作筆名發表在《青年樂園》的散文〈和孩子們一起歌唱〉，從一個小學教師「我」的角度出發，真實地描寫了新入職的教師和孩子之間相處的點滴，筆法細膩而真摯，當中流露的情感，能體貼地遊走於新任教師與不同的學生之間，充滿童心童趣，令在學的讀者們讀來倍覺親切。

隨着社會迅速發展，兒童和青少年對閱讀的渴求與日俱增。

「良友之聲出版社」，是慈幼會屬下的非牟利機構。慈幼會創辦人鮑思高神父重視出版工作，五十年代中擴大旗下出版讀物的種類，包括故事書、文集，以及兒童雜誌《良友之聲》和《樂鋒報》，兩者均以純正的宗旨、清新的風格和有趣的內容，迎合小讀者的閱讀口味。著名作家陳重馨（筆名秀娣、綠騎士），也曾在香港大學讀書的學生時代，參與了《樂鋒報》的編輯工作並創作兒童故事。她回憶道：「我和主編各人負責一半稿件。他主要是處理與宗教有關的題材，其餘任我發揮。我以兒童樂園為藍本，化了很多筆名。設立了歷史故事、外國名著改編、科學新知、遊戲、小朋友創作園地之類專欄。為此，常到圖書館找資料。創作的則有一些配漫畫的小故事等，而最主要的是一系列兒童生活故事：創作了一羣〈樂鋒會員〉，是性格不同的小朋友，如何互處和面對各種日常會遇到的問題。主要是鼓勵友愛和積極人生態度。難免帶說教意味，只有盡量寫得輕鬆。像是耕耘一個小小花園，感覺十分愉快。又想像，如果有些故事能在一些小朋友心上留下點痕跡，像自己當年讀兒童樂園時那麼感動，會多麼美好。」[14]

有人認為，在四十至五十年代，香港兒童文學的創作人流動性比較大——「曾經有學者這樣評價四十年代的香港兒童文學：一、創作隊伍並非土生土長，流動性大，……然而，就創作隊伍的流動性來說，有認為『對香港文學的發展造成了負面的影響，但也指出是『這個小島城市在文學發展的一個特色』。」[15]

那麼，經過多年的培養、歷練，到了五六十年代，香港的兒童文學就已經有了土生土長的、

---

14 綠騎士〈五、六十年代的香港兒童讀物與我〉，寫於法國巴黎，二〇二〇年二月，應主編邀約而寫。

15 王宏志〈「竄迹粵港、萬非得已」：論香港作家的過客心態〉，轉引自霍玉英〈導言〉，霍玉英編《香港文學大系一九一九—一九四九·兒童文學卷》，頁四五。

相對穩定的本地創作隊伍。

三

由於香港的特殊歷史地位，上世紀的五六十年代，無可避免地，政治取向依然左右着兒童文學的創作和出版。《中國學生周報》、《青年樂園》分別有所反映：

「《學周》（即《中國學生周報》）是友聯出版社旗下的首份期刊。該社由一羣一九四九年前後由大陸來港的青年大學生創辦，其共同想法是不同意馬列主義，反對大陸的共產政權，要『教導自由世界，尤其東南亞的中國青年認清共產主義和共黨統治的真相，與東南亞其他人民全心合作，以對抗共黨的顛覆活動。我們所有中文出版物，殊途同歸地都以東南亞華僑為主要對象——知識分子、青年學生、以及兒童。』（刊於友聯出版社介紹小冊，轉引自《博益月刊》第十四期，一九八八年十月十五日）《學周》出版後，友聯先後再出版了對象是知識分子的《祖國周刊》（一九五三年一月創刊）、《兒童樂園》半月刊（一九五三年一月創刊）、《大學生活》月刊（一九五五年四月創刊），並設立了研究中國國情的友聯研究所，和友聯書報發行公司，友聯印刷廠等。

「反共無疑是《學周》的其中一項任務，但《學周》並非一份政治刊物而是份文化刊物，觀其二十二年來的表現，它起的作用是要從思想與文化生活上影響青年一代，是比較長期的潛移默化。其中文化生活包括青年人的娛樂喜好、課外活動、文化藝術欣賞與創作。」[16]

「《青年樂園》相當重視宣傳和介紹有關民族主義的思想和內容，故刊物在不同的版面均會不時刊載與中國的歷史、文化和名山大川有關的內容。在介紹中國歷史知識時，《青年樂園》最大的特色是有意避談與國共相關的敏感內容，而集中在中國歷史上的民族英雄及晚清至民初中國被列強分割、剝削的歷史，從而直指列強諸國的邪惡可憎，強化讀者的民族認同和對國族存亡的危機感。《青年樂園》的閱讀與寫作版，每期都有介紹中國古典文學或現代文學的專文。一九六四年前後開始更幾乎每期都有『中學國民參考資料』的欄目，介紹傳統文化、古代詩歌和詩人等等；至於中國的名山大川，一般會在文林版的『遨遊中國』作專門介紹。這些內容，除了可以推廣中國文化之外，更令讀者從感性開始，認識以至認同自己的國家。」[17]

以上二份刊物，可謂各有特色，各有發展：

「要言之，《青樂》的策略是要平易近人，吸引各種文化程度、階層的青少年讀者，以分化《學周》的影響力。但《青樂》似乎搶走了不少《學周》的核心讀者，兩者基本上是各自發展。」[18]

---

16 羅卡〈冷戰時代《中國學生周報》的文化角色與新電影文化的衍生〉，黃愛玲、李培德編《冷戰與香港電影》（香港：香港電影資料館，二〇〇九），頁一一一。

17 陳偉中編《誌．青春：甲子回望〈青年樂園〉》（香港：火石文化有限公司，二〇一七年一月），頁十。

18 同16，頁一一五。

由於當時的政治因素，兩岸關係只能通過香港作為橋樑，無論在經濟、文化還是文學均如此，兒童文學的創作交流，微乎其微，但還不至於完全斷絕。

黃慶雲一九六四年由廣東人民出版社和外文書局出版的兒歌集《花兒朵朵開》中、英文版本，也間接地被介紹到香港，並引起兒童文學界的關注。

一九六六年，劉惠瓊在她主編的《兒童報》，連續幾期在封面刊登及介紹黃慶雲的兒歌。後來，香港兒童文學作家何紫撰寫專題論文，研究黃慶雲的兒歌。他指出：「黃慶雲的兒歌有幾個特點：一是柔，水柔柔的，意柔柔的，一念就知道是嶺南出品，彷彿只有珠江三角洲河道縱橫才會孕育出這樣的作品來；二是樸，俏麗的也藏在鄉土氣息下。」[19]

四

上世紀五六十年代，距今已經差不多有一個甲子的悠長歷史，當年活躍在兒童文學創作圈中的作家前輩，依然在世的已經寥寥無幾。令我感到慶幸的是，一九九六年在香港藝術發展局的支持下，實行了《香江兒夢話百年——香港兒童文學探源（二十至五十年代）》、（六十至九十年代）》

---

19 何紫〈黃慶雲的兒歌〉，周蜜蜜編《香江兒夢話百年——香港兒童文學探源（六十至九十年代）》，頁三三五。

的計劃，能以當事人——作者、編者與讀者的回憶自述，記錄了香港兒童文學的一路發展的軌跡，及時留下了非常珍貴的第一手資料，以及填補了某一些空白。進入二十世紀之後，許多當年的作家和出版人先後離世，以至於蒐集他們的作品，也增加了相當的難度。

比如劉惠瓊前輩，在遙遠的海外度過晚年後辭世，除了留下她主編的《兒童報》電子版之外，很難找到其他的作品。後來我通過同樣是生活在海外的著名兒童文學作家阿濃先生，才可以看到劉惠瓊結集成書的作品。在此必須向阿濃先生致以衷心的感謝。

有關本卷內容編集，總述如下：

甲、香港五、六十年代，兒童讀物以漫畫書和圖畫雜誌佔領大部份的市場，成為一時之潮流，其中以一九五三年創刊的《兒童樂園》和一九五九年創刊的《小朋友畫報》最為突出，擁有很多兒童讀者和訂戶，後來也成了最「長壽」的兒童畫刊。本書選錄這兩本畫刊發表的最受歡迎的漫畫連載故事。

乙、在兒童文學創作方面，《中國學生周報》創刊於一九五二年七月二十五日，《青年樂園》週報創刊於一九五六年四月十四日，這兩本以香港學生為閱讀對象的期刊，提供了重要的創作園地，培養了本土的重要作者和讀者。香港文學的主要作家西西、小思、海辛、阿濃等，從學生年代開始就為這兩本期刊寫作，其中的一些作品，至今還在不同的專集和選集中收錄、出版。

丙、五六十年代的《華僑日報．兒童週刊》、《兒童報》，是香港兒童文學的重要園地，著名的兒童文學作家劉惠瓊、何紫、阿濃曾經先後擔任主編、編輯和主筆、作者，本卷的許多作品，也是源出於此。

丁、何紫先生是多產的香港兒童文學作家，從小就是《新兒童》半月刊的忠實讀者，上世紀八十年代中國開放改革，何紫熱心地向黃慶雲提出要讓《新兒童》在香港重新發刊。但黃慶雲認為時代已經不同了，自己也年事已高，不適宜在香港辦雜誌，反而建議何紫創辦兒童文學出版社，出版本地和兩岸的優秀兒童文學作品。何紫欣然接納，不久即創辦了「山邊社」，出版了許多青少年兒童文學作品，直至他本人病逝。其後山邊社併入聯合出版集團，至今一直出版青少年兒童文學作品，包括何紫的全部遺作。

戊、何紫離世比較早，但作品一直廣受香港青少年兒童讀的歡迎，本卷選錄的何紫的作品，是原來發表在不同時間的報紙副刊的散篇，由何紫的女兒何紫薇小姐專門提供，在此也向何紫薇小姐特別致謝。

己、香港著名作家、畫家陳重馨，最常用的筆名為綠騎士，一九六八至六九年，她在香港大學讀最後一年的時候，曾為兒童半月刊《樂鋒報》做兼職主編以及寫稿。遂以《兒童樂園》為藍本，化了很多筆名。創作一些配漫畫的小故事等，而最主要的是一系列兒童生活故事。後來她畢業以後，旅居法國，直至二〇一九年，從法國回香港參加一個大型文學研討會，應邀寫下了有關的回憶，並且提供了當年的兒童文學代表作。

庚、本卷從報紙副刊、雜誌、畫刊中選輯作品，也從單行本、叢書以及文庫中選輯作品。

辛、所有選輯於本卷內的作品，都是原創作品，翻譯作品不在編選之列。

壬、香港五十年代創刊的「最長壽的兩本兒童畫刊」——《兒童樂園》和《小朋友畫報》，前者保存得好，有全部的電子版；後者從缺，連作者和編者李碩祥先生本人也沒有存留，所以本卷輯錄的前者為多。

五

繼第一輯《香港文學大系一九一九—一九四九．兒童文學卷》由霍玉英主編，商務印書館出版之後，「文學大系」的總主編陳國球教授邀請家母黃慶雲與我合編第二輯《香港文學大系一九五〇—一九六九．兒童文學卷》，如此重任，只恐難以承擔。然陳教授盛意拳拳，對家母十分尊重，又對我鼓勵有加，經過考慮，決定接受。無奈歲月逼人，二〇一八年，母親滿九十八歲，走完了人生旅途的最後一載，編寫此書的重任，最終要由本人獨力完成。幸而本人自從事兒童文學編寫和創作以來，一直受到母親和諸多前輩的指教引導，主編《香江兒夢話百年》一書的經驗，成為我編寫該書的可靠依據，令我多多少少增強了承擔重任的決心和信心。能夠編輯出版這一卷書籍，也可實現我向香港兒童文學作家前輩致敬的多年心願。

•（上右）黃慶雲
•（上左）劉惠瓊
•（下）羅冠樵

• （上）何紫

• （下）阿濃

一九六零年二月二十七日 星期六　兒童報　農曆庚子年二月一日　第一版

一九六〇年 二月 27 星期六

兒童報
CHILDREN's WEEKLY

每期出紙兩張　創刊號　每份售價港幣弍毫

督印人：劉・惠・瓊

林敏怡和她的獎品　上圖的林敏怡小朋友，是個九歲的聰明活潑的小姑娘，不要看輕她年紀小，三年來她參加學校各項比賽獲得的獎狀軍銀盃銀盾可不少啊！

國際新聞

二十世紀將有最新行車執照
無輪汽車試行

【東京電訊】日本狄原久雄最近發明了一種無輪車，前些時候在東京首次試車。日本官員給難個困惑，竟不知發給何種汽車執照。這種無輪車是置於一條「空氣墊」上，全車重一百三十二磅，由兩座六四馬力的引擎發動，載重二百磅，最高速度差不多到每小時二十哩，行車時離地吋半至二吋，幾乎沒有聲響。

耐勞的小鳥

一隻體重僅有一安斯的沙錐鳥，從澳洲伯斯出發，旅行西伯利亞北部之後，重返伯斯，一共飛行了一萬六千哩。

海水取鈾

【東京小電】日本一家研究機構，最近發現在製鹽時所隨得的鹽水中，有鈾元素存在。

地球上空最熱的地方

美國一位科學家基洛格博士說：在地球上空最熱的地方是北極，北極上空六十哩高處，發現新的熱源。

旅行太空有來回票

蘇聯一位女天文學家阿拉馬西維奇教授，最近在英國作旅行演說：人類旅行太空，須先有來回票。意思是如果乘太空船旅行太空，必先保証安全才可。她又說在全世界已有一萬五千人寫信報名，都是自願參加太空旅行的。

創・刊・詞

親愛的小朋友：經過多月來的籌備工作，我們的創刊號終於出世了！就像一個嬰兒呱呱墜地似的。它雖然是幼小，需要人家的培養與扶持，然而它是充滿了新生的力量，前途是無可限量的。讓我們預祝它壯大長成吧！

嬰兒在慈母胎中孕育，我們的報，卻在一群熱愛兒童的工作者的苦心焦思下孕育，各校老師及社會人士的通力合作支持下誕生。親愛的小朋友，你們可知道我們為了計劃報紙的內容，熬盡多少無眠之夜？你們可知道我們為了介紹本報而到處奔波？今天，眼看着我們的報，散佈在報攤上，散佈在小朋友手中，我們這一群工作者，怎能忍得住內心的激動？怎能禁得住嘴邊泛起微笑？這是我們長時期辛勞所得的成果啊！

今後，我們將會在小朋友的支持與鼓勵下，全心全力去充實報的內容，務求適合你們的需要。使你們有了它，彷彿得到一位益友，一位良師。因為只有這樣，才可以對得住社會人士的支持，老師們的愛戴，和家長們的信任。

親愛的小朋友，請記着：這是你們的報，你們要關懷它，愛護它。要是它稍微顯得軟弱，你們便要感到不安，反之，它有一分的長進，你們便應覺得快慰。因此，它的一點一滴，都需要你們密切來關注。親愛的小朋友，請盡量提供你們的意見，使我們的報天天在改進，在長成！

小評論
提防意外！

許多事是我們意料所及，但是有些卻是我們想不到的，凡是想不到的事，我們就叫它做意外。

意外的事，雖然是想不到，但是小心也可以提防。

在香港這個地方，天天都有意外事發生，而發生在孩子們身上的最多。試翻開當天的報紙看看，在港聞欄裏，所刊載的不是車輛失事、便是失足墜樓、被迫販毒……。都是以傷殘小生命的，例如本月六日發生的一個大孩子背着一個小孩子從天台墜下，無辜犧牲了兩條寶貴的生命。

這件意外的事，大人們應該負最大的責任，因爲在天台拆去了欄杆，沒有注意到安全的問題，沒有事先好好的準備。但是小朋友的粗心大意也應該負一部份責任，所以大家隨時隨地，都應該注意到安全問題，提防意外才好。

本港新聞

滙豐新紙幣
嬌小玲瓏大受歡迎

【本報訊】新出的滙豐銀行紙幣已在市面流通，面積較舊有的紙幣小，攜帶方便，極受歡迎，傳渣打銀行不久也將發行新鈔票。

銅鑼灣畔新闢大道

【本報訊】銅鑼灣的電器道，將延長數百碼，和北角的渣華道相啣接。此後，由銅鑼灣區直通北角區，可以不須轉道繞行了。

兩條小生命

【本報訊】二月六日下午四時，九龍李鄭屋村徙置大廈，發生了一幕慘劇。一個十三歲的女孩吳秋蓮，背着一個男嬰鄭玉生，從六十呎高的天台上失足下墜，雙雙身受重傷在送入醫院途中，氣絕身亡。

原來該座大廈，正在進行建築工程，把天台周圍的鐵絲網卸了一部份，以致釀成慘劇。查兩個遇難者是鄰居的關係云。

學校新聞

會考佳音
新中學增開三間　小朋友不愁升學

【本報訊】現在有一項好消息特向參加本年度會考的小朋友報告。

本年度已增設三間中學，作爲會考學生升讀之所，該三間學校爲黃鳳翎中學，巴富街中學，及西貢崇眞中學，連同舊有之三十八間，共爲四十一間。

據估計今年會考人數將達一萬三千名左右。比上屆增加百分之三十有強。

會考日期已定於五月廿五、廿六、廿七及廿八，一連四天舉行。

學校圈外
多少兒童渴望入學

【本報訊】根據有關當局報告，截至目前爲止，徙置各區木屋居民人數，共達三十餘萬，其中包括有七至十五歲之適齡學童，有十萬之多。即使有少數幸運兒能進官校就讀，但大部份仍彷徨於失學中。

（歡迎小朋友參加本報通訊組，惠寄校內消息，通訊處：筲箕灣信箱四〇八三號）

《兒童報》創刊號首頁，一九六〇年二月二十七日

神奇的馬

劉姐姐

親愛的小朋友：

你們都好？我也好。藉着新春的時候我在這裡祝各位快高長大，身體健康，學業進步。

親愛的小朋友啊，你們能告訴我你們喜歡聽些什麽故事嗎？我眞希望我說的每一個故事，都是你們喜歡聽的。今天說個什麽故事呢？讓我想一想，唔，有了，我就說一個著名的古代波斯的故事吧。

從前，在波斯國境裏，住着一個蘇丹(註)，有一天，一個衣衫襤褸的印第安人，帶着一匹馬去到王宮裡，對蘇丹說：「這是全世界最神奇的馬，牠不單衹是外形美觀，還可以載着你到你所要到的地方去。」

「這樣嗎？你就到山頂去摘一枝橄欖枝回來給我吧！」蘇丹指着窗外遠遠的山對他說。

印第安人便躍上馬背，扳動馬頸上的木掣，那匹馬立刻把他帶到天空上，不一會兒，便在視線消失了。幾分鐘後，他帶了一枝橄欖枝回來。

蘇丹非常驚異，想買那匹馬，但是他先要他的兒子騎上去試試。得到印第安人同意後，王子便騎上了馬，扳動了馬頸上的掣，馬便飛騰起來。

「糟了，王上，」那印第安人忽然大聲叫起來，「要是王子遭遇了什麽的不幸，不要怪責我，他去得這樣快，我來不及告訴他怎樣回來。如果他找不到第二個掣，他便永遠不會回到地面來的。」

蘇丹惱怒非常，把那印第安人囚禁起來，要一直等到王子回來，才把他釋放。

這時候，王子飛在天空裏，沒有辦法去停止那匹馬，最後，他找到第二個掣，同時扳動了它。馬立刻下降，停在一所王宮的屋頂上。

那時是晚上，四周都是黑沉沉的，王子摸索了許久，才找到梯子下去，梯子直通到一間很大的寢室，那是一間很大的寢室，那裏一個非常漂亮的公主在床上熟睡。

王子叫醒了公主，把他自己冒險的經過都告訴了她，並且請她保護。公主說：「王子，你放心好了，我們會誠心誠意歡迎你這位客人的。」

王子就在那裏住了兩個月，他愛上了公主。

後來，他惦念着父王，想回到波斯去。公主非常捨不得他，希望他帶她一起去。王子答應了，他們便一同騎在馬上，回到波斯。

王子先將公主安置在城裏的一間屋子裏，他自己去見父王，向他報告平安回來的消息。

蘇丹看見他的兒子無恙歸來，快樂得眼淚也流出來了，他同意王子跟公主結婚，還打算用盛大的禮節去迎接她。但是他記起那囚在獄裏的印第安人，便下令先把他釋放，還吩咐他帶着他的魔術馬，永遠離開波斯國境。

那印第安人被釋放後，來到城裏，他知道王子帶了一位美麗的公主回來，爲了報這點仇怨，他立下陰謀，把公主騙走，他果然成功了，因爲公主以爲他是王子派來迎接她的，她毫不猶豫地騎上了馬，和他一同飛去。

王子看見公主跟着

劉惠瓊〈神奇的馬〉，一九六四年三月七日香港《兒童報》雙週刊第二〇六期

•《兒童報》雙週刊第二〇一期、第二六九期封面，後者刊有黃慶雲〈摘根野草當簫吹〉兒歌

• 《兒童樂園》（半月刊）創刊號，一九五三年一月十五日；第十期，一九五三年六月一日

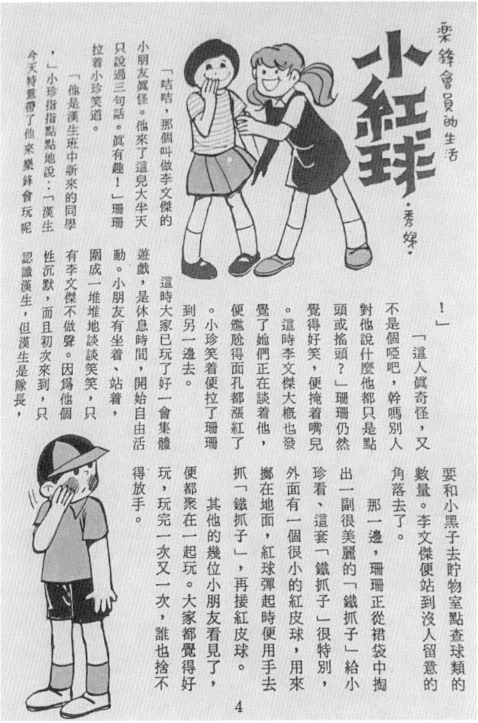

小紅球

樂鋒會員的生活

·秀娣·

「咭咭，那個叫做李文傑的小朋友眞怪。他來了這兒大半天只說過三句話。眞有趣！」珊珊拉着小珍笑道。

「他是漢生班中新來的同學。」小珍指指點點地說：「漢生今天特意帶了他來樂鋒會玩呢！」

「這人眞奇怪，又不是個啞吧，幹嗎別人對他說什麼他都只是點頭或搖頭？」珊珊仍然覺得好笑，便掩着嘴兒。這時李文傑大概也發覺了她們正在談着他，便尷尬得面孔都漲紅了。小珍笑着便拉了珊珊到另一邊去。

這時大家已玩了好一會集體遊戲，是休息時間，開始自由活動。小朋友有坐着、站着，圍成一堆堆地談談笑笑，只有李文傑不做聲。因爲他個性沉默，而且初次來到，只認識漢生，但漢生是隊長，要和小黑子去貯物室點查球類的數量。李文傑便站到沒人留意的角落去了。

那一邊，珊珊正從裙袋中掏出一副很美麗的「鐵抓子」給小珍看、這套「鐵抓子」很特別，外面有一個很小的紅皮球，用來擲在地面，紅球彈起時便用手去抓「鐵抓子」，再接紅皮球。

其他的幾位小朋友看見了，便都聚在一起玩。大家都覺得好玩，玩完一次又一次，誰也捨不得放手。

4

• （上）《小朋友畫報》第二期封面，一九五九年五月十日

• （下）秀娣〈小紅球〉，一九六九年九月二十八日香港《樂鋒報》

黃慶雲《花兒朵朵開》英文版，北京：外文出版社，一九六六年

Flowers
in Full Bloom

Carrying the Goose
I break a bamboo cane to drive the goose to the river
For spring has come and the water now is warm.
The spring wind stirs the endless field of grain,
But the river is nowhere to be seen.
I lay down my cane to carry the goose in my arms.
Goose, don't be angry with me!
I would never beat you.
I'm just afraid you may trample on ~~our~~ the ~~commune's~~ grain.

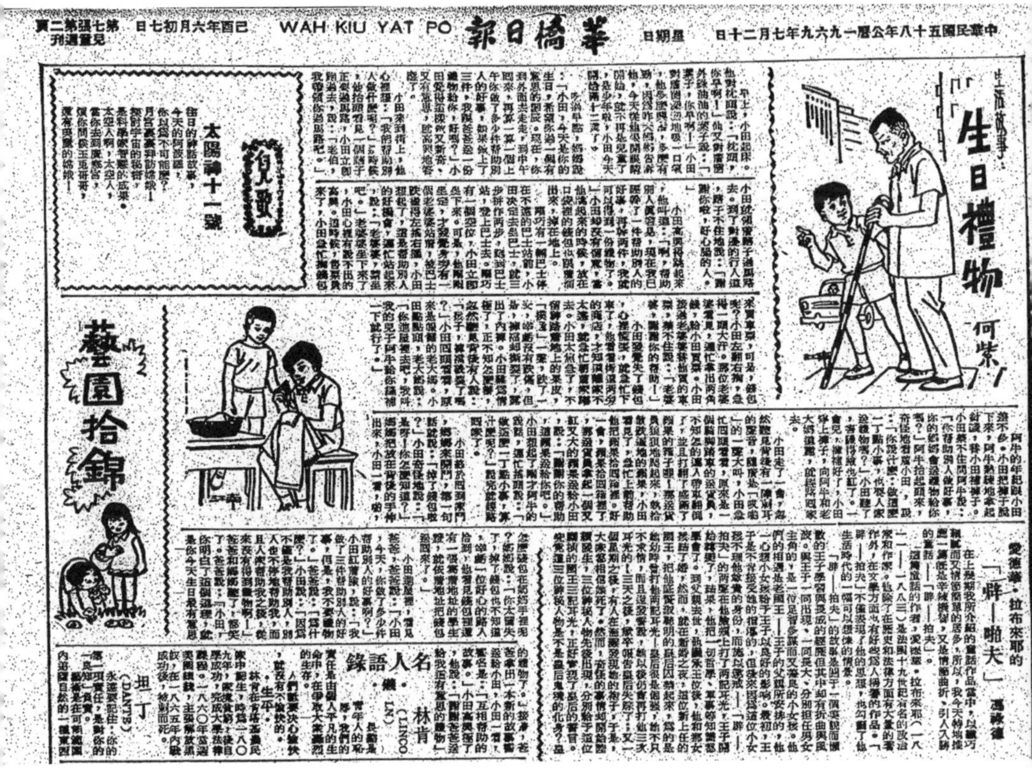

中華民國五十八年公歷一九六九年七月二十日 星期日　華僑日報 WAH KIU YAT PO　己酉年六月初七日 第七張第二頁 兒童週刊

生活故事：「生日禮物」　何紫

兒歌　太陽神十一號

藝園拾錦

名人語錄　林肯

愛德華・拉布來耶的「胖——啪夫」

坦丁（DANTE）

何紫〈生日禮物〉，一九六九年年七月二十日
香港《華僑日報・兒童週刊》

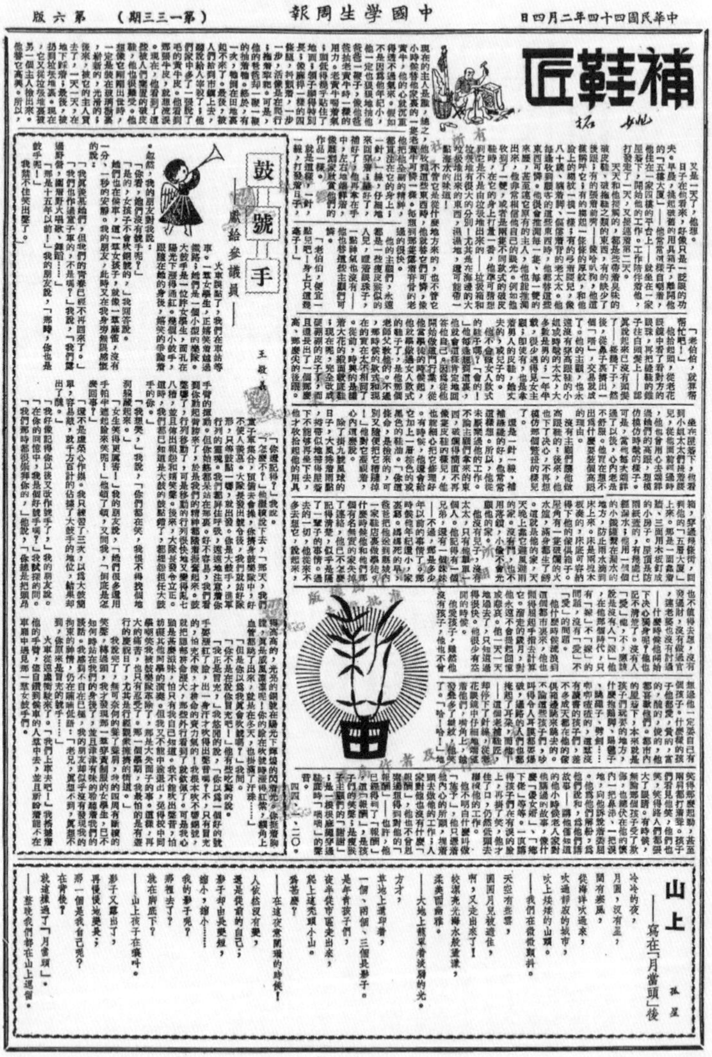

姚拓〈補鞋匠〉，一九五五年二月四日香港《中國學生周報．新苗》

《青年樂園》第一期首頁，一九五六年四月十四日

第一輯　童話

劉惠瓊

碧琪歷險記一・我的小檔案

我是這樣誕生的

小朋友，你猜猜，我是誰？

我是一個很漂亮的女孩子，見過我的人都會齊聲讚美。有些說：「碧琪長得真好看！」有些說：「可不是？牠好像穿了一件黑絲絨的外套。」聽見這些讚美，我的小主人便會高興得不得了。還有人提議叫我做黑美人，小主人馬上贊成：「好，就叫牠做黑美人吧！」

據我所知，我原籍西班牙。不知哪個年代，先祖移民到了這裏。由我祖父的祖父生了我祖父的爸爸，我祖父的爸爸生了我祖父，我祖父生了我爸爸。爸爸和媽媽結婚後不久，就不知所終了。那時候，我還沒有出世，天天蹲在媽媽的肚子裏。媽媽大概非常活潑好動，她雖然肚子大了，可是還十分好動，弄得肚子裏的我非常不舒服。

幸虧這些日子不久便完結，我終於出世了。記得當我出世的時候，混混沌沌的，耳邊只聽見「轟隆轟隆」的聲音，其他甚麼也不知道了。

我睡醒後，覺得有些柔軟的、溫暖的、濡濕的東西舔着我，跟着我聽見一把溫柔的聲音說：「我的好寶寶，你睜開眼睛看看這世界吧！」

我睜開眼睛，但是被一些很強烈的東西刺得很痛，我馬上閉上眼睛。隨後，我覺得那柔軟、溫暖和濡濕的東西在舔我的眼睛，溫柔的聲音又再響起：「好寶寶，不要怕，那是太陽光罷了！」

我鼓起勇氣，終於睜開眼睛，我看見的不再是黑漆漆的世界了。

我輕輕轉側小頭顱，看見躺在我身旁的是一團黑漆漆、毛茸茸的東西。我起初很害怕，後來聽見一把柔和的笑聲說：「傻孩子，不要怕，我是你的媽媽。靠着我吧！我會令你得到溫暖和安全。」

我再看看身旁，那兒還有一個東西哩！我覺得有點奇怪。

我覺得身旁那一團毛茸茸、濕漉漉的東西很討厭，我想把它推開，可是，我這麼軟弱，身體只是微微一動，便又顫顫巍巍地倒下。我的「黑媽媽」（我喜歡這樣叫我的媽媽）大概知道我的意思，用舌頭舔着我說：「孩子，你得站起來，但現在還不是時候哩！」

「為甚麼不能？我要！」我說。

「為甚麼一定要站起來呢？」黑媽媽有點不耐煩地說。

我有點害怕，但我實在無法忍受我身旁那團毛茸茸的東西。我用盡氣力說：「它，我討厭它！」

黑媽媽笑了，她又變得溫柔起來了，再用舌頭舔我，說：「傻孩子，你不能討厭他，他是你的哥哥，是你的親兄弟！」

黑媽媽說着，帶點驕傲的神色，大概她為生了這麼出色的孩子而感到驕傲吧！

可是，我卻不這樣想，只覺得這個同胞兄弟的樣子很難看，耳朵長，嘴很尖，眼睛老是閉着，有點傻裏傻氣。我不知道自己長成甚麼樣子，但希望不要像他。如果像他，那就糟透了！

後來，我慢慢長大了，知道他的確是我的兄弟，而我長得和他一模一樣。這時，我沒有難過，因為我已習慣了，我知道我們的同類都是這個樣子的。

黑媽媽告訴我，我的同胞兄弟並不止他一個，據說有六七個，但是出世後不久，就被主人送了給別人。所以當我睜開眼睛看世界時，就只看見他。每次提起這件事，黑媽媽總是十分難過，轉過頭來輕聲說：「別提了！」

黑媽媽很愛護我們，她原本是好動的，但為了我們，整天困在狹小的籃子裏，也就是我誕生的地方，給我們餵奶，給我們講故事。

一天，黑媽媽對我們說：「寶寶（那時候，我們還沒有名字），今天天氣好，我帶你們到外邊走走，順便看看小主人吧！」

我們勉力站起來，跟着黑媽媽走過一條長長的甬道，走到一個華麗的客廳。黑媽媽昂首帶領我們踏進去，好像在說：「看，我的寶寶多值得驕傲啊！」

一會兒，一個女孩子尖叫起來說：「媽咪，大黑帶了牠的孩子出來哩！」跟着，她便蹲在地上，逗我們玩，黑媽媽悠悠自得地躺在一旁，我着我們。

我的小主人

我漸漸長大，懂得的事情也多了。我知道這個家庭頗為富裕，主人姓黃，人人都稱他做黃先生，家裏的傭人都稱他做大少。女主人就是大少奶，也就是黃太太，她很漂亮，而且很溫柔。此外，我還有兩個小主人，女的叫做小英，男的叫小明。小英對我們很好，尤其對我，她常常抱起我，逗我説話。我恨自己不會說話，不然，我可以對她說：「你真好！」

小明卻和小英剛剛相反，他的脾氣很壞，有時無緣無故把我提到半天高，然後把我拋落地上，把我嚇得魂飛魄散。媽媽看見了，急得嗚嗚地哀求。當我着地後，便馬上跑到媽媽的身邊哭訴，並且撒嬌地說：「媽媽，咬他，替我報仇！」

「好寶寶。」媽媽總是用溫柔的聲音安慰我說：「他是你的小主人，年紀小，不知好歹，原諒他吧！」

媽媽雖然這樣說，但我心裏很不高興。從此，我喜歡小英，看見小英放學回來，我便搖着短尾巴歡迎她（媽媽告訴我，我們一出世就要把尾巴割得短短的了）。如果看見小明回來，我便忍不住要吠幾聲，但總被媽媽制止。

最初，我不喜歡我的哥哥，因為媽媽有時為了照顧他而忽略了我。後來，我覺得有哥哥跟我一起玩，比起自己獨個玩好得多，我漸漸喜歡哥哥了。而且，媽媽又常常對我說：「你們本來有好幾個兄弟姊妹，現在都分散了，剩下在我身邊的，只有你們兩兄妹，你們應該相親相愛才是。況且，這個日子也不會太久了！」媽媽說着，咽住了，面上現出愁容。我們都覺得奇怪，一起追問：「媽媽，為甚麼？」可是媽媽沒有回答。

我住在黃家，吃好住好，有媽媽的照顧，有哥哥跟我玩，小英和黃太太也非常愛我，我十分幸福。可是，這些日子不長，我終於明白媽媽曾經說過的話了。

一天中午，一位打扮得非常漂亮的太太來找黃太太，黃太太把我們叫出來。那位漂亮的太太一見哥哥，便把他抱起來。哥哥掙扎了幾下，便貼貼伏伏地讓她抱走，大概媽媽已經知道是怎麼一回事了，她很傷心地蹲在一個角落裏，眼瞪瞪地望着那位太太抱着哥哥走了。我急得滿屋跑，滿屋吠，我一邊吠一邊說：「媽媽，你為甚麼讓人家把哥哥抱走？」媽媽卻慢慢地說：「唉！孩子，有甚麼辦法呢？這是我們的命運啊！」

自從哥哥被抱走後，我凄涼、難過，整天坐立不安，還不停跟媽媽說：「媽媽，我不相信這是我們的命運！」

媽媽給我囉唆得不耐煩了，便歎息了一聲說：「唉！不是命運是甚麼？我爸爸本來有許多兄弟姊妹，後來分別送給人家。媽媽也有許多兄弟姊妹，後來也遭到同樣的命運，至於我，不也是一樣嗎？你爸爸曾經告訴我，他一生下來便給人買了回去，連他的媽媽是甚麼樣子，他也不知道哩！我們命中註定一生下來便要送給人，而且很難再與親人相見！」媽媽說着，眼睛都紅了。

「真的嗎？媽媽，那麼我永遠不能和哥哥相見嗎？」我發狂地問。

「孩子，安靜些，你已經漸漸大，你應該知道我們的處境了！聽我說，你很難有機會和你的哥哥再見了。即使我辛辛苦苦生下他，也難跟他再見。」媽媽嗚咽着說。

這時候，我才知道有哥哥在身邊的樂趣，想起哥哥平時待我那麼好，我不禁後悔沒有好好地愛過哥哥。

「媽，我要哥哥，我要哥哥！」我竟撒賴起來。媽媽有點生氣，責備我說：「孩子，你再是這樣，我就不要你了。」

我聽了，害怕得哀求說：「媽媽，你說不要我，是真的嗎？你不要把我送給人家，你答應我，你答應我！」

「唉！」媽媽又歎息一聲：「你總是不明白，你以為一位母親辛辛苦苦生下了寶貝，她願意讓人家帶走他嗎？不，誰都不願意，但有甚麼辦法？一切都操縱在主人手上，我不能作主啊！」媽媽頓了一頓，繼續說：「我教你滾球吧！」說着，媽媽把整個身體翻過來又覆過去，在地上滾來滾去，活像一個大黑皮球。我也跟着去做，母女倆就這樣玩着，暫且忘記不愉快的事情。

後來，小英放學回來了，我立刻撲到她腳下，想把哥哥不幸的遭遇告訴她，可是，小英聽不懂我的話，而我又不會說那些她聽得懂的話，我不會，媽媽也不會，怎麼辦？可是，小英竟察覺了，她抱起我來，走到她媽媽黃太太的跟前說：「媽，另一隻小黑呢？」

「送給李姨姨去了！」黃太太簡單地回答。

「媽，為甚麼？」小英「嗚」一聲哭出來了，我覺得非常痛快，因為有人重視我們，她真是我的知己。

我遇見怪物

自從我哥哥給抱走後，我便悶悶不樂。媽媽為了逗我開心，搖頭擺尾做些怪樣子來引我發笑。我看了，只得笑笑，但心裏沒法忘記哥哥，覺得只有他跟我玩才是最快樂的。

小英似乎很了解我的心事，每天放學回來，總要把我抱在懷裏，低聲地跟我說：「我的寶貝，你為甚麼不開心，在想念哥哥嗎？」

我很想回答她說：「是的，請你替我把哥哥找回來吧！」可是我不能夠，只好輕輕哼了兩聲代替回答。

有一個晚上，我躺在媽媽的懷裏，她跟我說從前的故事。她說爸爸長得非常英俊，哥哥就很像他。這樣，我更加想念哥哥了。

後來，媽媽睡着了，我也迷迷糊糊地入睡，突然看見一個黑影從窗口掠過，跟着就是一陣叫嚕的聲音（這種聲音，人們說是吠聲），好像是哥哥的聲音。我立刻睜大眼睛，仔細聽聽，真像哥哥的聲音啊！我站起來，跳上窗口，窗是打開的，我便從窗口跳了出去。當時我似乎聽見媽媽在後面叫：「你到哪兒去？」

「我去找哥哥！」我一邊跑一邊回答。

「不，我的寶貝，你快快回來，外面挺危險的！」媽媽顫聲地叫。

「危險？」我心裏想：「甚麼是危險？我想總不會比家裏壞，哥哥不是在家裏被帶走了嗎？我留在家裏，將來也許會遭遇同樣的命運，還是去找哥哥吧！」

想到這裏，我甚麼也不怕，頭也不回地一直往前跑，跑了很遠，還依稀聽見媽媽在叫喚我。跑着跑着，我已經跑了好幾條街了，街上冷清清的，甚麼也沒有，沒有哥哥，連那個黑影也沒有。我開始有一點害怕，我後悔跑出來，現在從哪兒回去呢？我想，媽媽一定為我出走而傷心得哭了，我恨那個引誘我的黑影，不，我簡直恨我自己，但是，有甚麼用？

突然，一個巨大的怪物走來，牠用兩隻放光的眼睛盯着我。我被嚇得魂不附體，搖着兩隻長耳朵拚命地逃。只聽見一聲怪叫，那怪物突然停下來，原來怪物的肚子裏載着幾個人，其中一個人說：「是一隻小黑狗。」另一個人說：「有沒有受傷？」又另一個人說：「幸虧沒有受傷，我們開車走吧！」跟着「砵砵」兩聲，怪物走了。可是一波未平，一波又起，剛剛逃過一隻怪物，另一隻怪物又出現了！

我剛剛避過「砵砵」的怪物，卻又遇見另一隻怪物，那怪物很可怕，長長的嘴巴，尖尖的牙齒，全身都是毛茸茸的，我害怕得甚麼似的，一邊發抖，一邊喝問道：「你……你是誰？」

「哈哈！」那怪物大笑起來說：「我就是你的爸爸！」跟着他又笑了，笑得可怕極了！

「不，不，你不是我的爸爸！」說着我便拚命地往前跑。

那怪物緊緊地跟着我：「你是我的孩子，讓我親親你！」

我害怕得透不過氣來：「你不是我的爸爸，你是怪物，媽媽說我的爸爸長得很好看的，像我的哥哥一樣好看，但是你……」

我一不留心，碰着一塊橫在馬路邊的石頭。我痛得忍不住哭起來，大聲地叫：「媽媽！媽媽！」

怪物走近我的身邊，安慰我說：「傻孩子，你在這裏叫媽媽有甚麼用？我看你還是跟我到外面走走吧！相信我，我是你的爸爸！」

「不，」我站起來又繼續往前跑，「我不相信你的話！」

「唉！」那怪物歎息了一聲，他再沒有追上來了。

我舒了一口氣，心裏奇怪：「難道他真是我的爸爸？如果是，為甚麼他這樣可怕？希望他不是我爸爸就好了。」

我跑着跑着，只希望跑回家，我多渴望躺在媽媽的懷裏！我的確太累了，可是，愈走愈遠，不知走到哪裏？我後悔為甚麼不聽媽媽的話？

我一邊走一邊想，想到要是出現另一隻怪物時，該怎麼辦？我愈想愈害怕。

突然，天上閃閃發光，跟着「隆隆」地響着。我想難道又有另一隻怪物出現？這怪物是從天上來的，一定比剛才遇見的怪物更厲害，我一定逃不過牠了！

我唯一的辦法就是跑，我也不知道該跑到哪裏。忽然，天上倒下很多水來，把我身上的毛都弄濕了，是那怪物流下的眼淚嗎？牠為甚麼要流淚，是不是也像我一樣找不到家呢？

當我跑到一個房子的面前，我已全身濕透了。

一個新的家

身上濕透真難受啊！那天上的怪物為甚麼要把水倒下來？我恨不得咬牠一口，可是我不能夠，我只好對他大罵：「你真——真——真不好，你不是好東西，你——你是壞東西，你欺負我，我要告訴媽媽，媽媽會打罵你……嗚嗚……我要媽媽……」我的聲音愈來愈小，也不再罵那天上的壞東西，我只要媽媽。想起媽媽，我愈覺淒涼，便嗚嗚地哭着哭着。

忽然，房子的大門打開了，一個男孩叫道：「媽咪，我沒聽錯，真是一隻小狗哩！」說着便走近我，彎下身子想抱起我。我瞪着他，向後退幾步，轉身想跑。他立刻叫住我：「碧琪，別走，別走！我給你吃東西！」

奇怪，聽見他叫我「碧琪」，我便不期然站住。雖然我不叫碧琪，也從沒有人這樣叫過我，但我喜歡這個名字。

「碧琪，來，讓我抱你，看你全身都濕透了！」那男孩子伸手抱我，我猶豫起來，不知道該不該讓他抱，還是逃跑。但是，我的確有點餓，要是他真的能給我一點東西吃，讓他抱抱又何妨？

我立刻蹲下，發出嗚嗚的聲音。他馬上把我抱起來，然後跑進屋裏。

「媽咪，你看，是一隻很漂亮的小黑狗哩！」男孩高興地把我高高舉起，我真擔心他會把我掉下來。

一個很漂亮很溫柔的女人走出來，她不是小英的媽媽，但要比小英的媽媽好看。她輕輕用手撫摸我說：「真可憐，全身都濕透哩！」說着，她用一條大毛巾把我裹住，然後抱在懷裏。

不知為甚麼，我突然喜歡這裏。這裏雖然沒有小英的家那麼闊氣，但是讓我感到非常溫暖。我尤其喜歡那個男孩和他的媽媽。

那個男孩子果然給我很豐富的食物，我吃得飽飽的，本想睡去，卻想起媽媽。這裏雖然好，但在媽媽的懷裏不更好麼？於是，我撲到門邊，預備跑出去。誰知道男孩一把抱住我，在我耳邊說：「小寶貝，你不要走吧！」跟着轉過頭對他的媽咪說：「媽咪，我可以收留碧琪嗎？」

男孩的媽媽溫柔地說：「可以的，自從你可憐的碧琪給汽車輾死後，你便整天不快樂，現在這個『碧琪』可以減輕你的難過了。」

「媽咪，媽咪！」那男孩子興奮地抱着我。我想：「要是我留下來能使他這樣快樂，這樣高興，那我便留下來吧！」

一個夜裏，大寶（我的小主人）跟媽咪去喝喜酒，臨走的時候，他抱起我說：「碧琪，你好好地看門口，我帶一塊蛋糕回來給你吃。」

我張開嘴巴，伸長舌頭，似乎是答應他。後來，他們走了，我覺得很無聊，坐也不是，站也不是，走也不是，身上癢癢的，好像有許多蝨子在作亂。我猛力咬下去，想向蝨子報復，誰知一不小心，竟咬痛了自己，我禁不住大叫一聲：「媽媽！」

想起媽媽，心裏便難過起來，要是媽媽在我身邊，她一定不會讓我給蝨子欺負！她常常用舌頭替我捉蝨子，多舒服，多痛快！媽媽又常常帶我曬太陽，讓我的身體保持清潔乾爽。現在，誰替我捉蝨子？誰帶我曬太陽？

大寶雖然喜歡我，但他不了解我，他不知道我喜歡甚麼，不喜歡甚麼。有時他以為我喜歡的事情，偏偏是我不喜歡的，真令我啼笑皆非。不過，這也難怪的，他不是我的同類，要求他了解我，實在沒可能的了。

我愈想愈覺得媽媽可愛，非要尋回媽媽不可。突然，遠遠聽見一些微弱的聲音，似乎叫喚着我從前的名字：「寶貝。」只有媽媽才這樣叫我。

是的，一定是媽媽在叫喚我了！我要回到媽媽的懷裏，心想為甚麼不趁着這機會逃跑？可是，我不能夠，我剛才不是答應過大寶要守門，等他回來的嗎？我怎能跑掉？

我反覆想了好幾遍，一方面懷念媽媽，另一方面又不忍背棄大寶，怎麼辦？唉！要是我會寫字該多好，我可以給大寶寫封信，告訴他我回去見媽媽，過幾天便回來。

我想來想去想不通，焦急得在客廳裏團團轉。老實説，我不比人類，能自我克制，要是這個時候，只要碰着甚麼東西，我便會狠狠地把它咬一口。現在，只好去咬那張討厭的地氈，我咬着咬着，竟咬掉一角。在這情形下，要是我再呆在這裏，整張地氈都會給我咬掉。不！我不能這樣，我一定要跑出去。

我像一匹野馬似的衝出去。在街上跑着跑着，那些路忽然變得熟悉起來，我記得那晚我來時，是轉了這個彎，又轉了那個彎的。再向前直走，穿過那條馬路，不就是小英的家嗎？

啊！果然給我找着，屋內靜悄悄，只有媽媽蹲在露台上，無精打采地歎氣，她是在想念我嗎？

尋犬廣告

自從回到媽媽的懷抱後，我感到生活有趣得多，媽媽也不再沒精打采了，還常常帶我到露台上曬太陽，説有趣的故事給我聽。當然，狗的故事和人的故事不同，狗的故事只有狗才聽得懂。

日子雖然過得很快樂，但我時常念記大寶。他在風雨中救了我，給我溫暖，給我食物。他愛我，現在失去我，他一定很難過，我真想回去探望他。

有一天，小英的媽媽回家，打開報紙指給小英看。小英一邊看一邊表現很緊張的神情，我好奇地撲到她的身上去。她摟着我説：「我的寶貝，你看，報上刊登了你的相片哩！」説着便指給我看。我果然看見報紙上登了一隻黑色的狗的相片，我不知道自己的樣子是怎樣的，但有時我喝水的時候，水面上反映的正是這個樣子。

為甚麼報上會有我的相片？我心裏不覺有點害怕，向小英叫了幾聲。小英似乎明白我的心事，一邊摸着我的毛一邊說：「寶貝，這是一則尋犬廣告，裏面說一個男孩子叫做大寶……」我一聽見大寶的名字，感到非常難過，嗚嗚地叫個不停。

「寶貝。」小英繼續說：「靜下來聽我說吧！大寶有一頭愛犬，名叫碧琪。有一天他外出，碧琪竟然出走了。大寶自從失去碧琪後，日夕都想念牠，現在竟然生起病來。大寶的母親很擔心，所以登報尋找碧琪。寶貝，你聽懂我的話嗎？」

我沒有回答小英，我像飛箭一般從她的身上跳起來，從窗子跳到街上去。小英在後面追上來，媽媽也跟着跑來，她一邊跑一邊叫着：「我的寶寶，你跑到哪裏去？」

我回頭對她說：「媽媽，我這次真的要離開你了，我有足夠的能力獨自生活，我要到大寶那裏，因為大寶需要我。媽媽，再見了！小英，再見了！」

跟着，我聽見媽媽說：「好吧，寶貝，這是你獨立的時候，我會為你祝福的。」小英的媽媽也安慰小英說：「讓寶貝去吧！」

當我回頭再看他們的時候，他們都沒有追上來，只遠遠向我招手罷了！

這時候，好像有誰引領着我，不，是一種聲音引帶我，是大寶的聲音。是的，我要去找大寶，因為大寶需要我。

不知為甚麼，我好像長大起來，甚麼也不害怕似的。我穿過馬路，走過橫街，轉入小巷，彷彿已走慣了這些路。其實，我只走過兩次，第一次是在雨夜，第二次是回家看媽媽。

走着走着，不覺已到了大寶的家，我蹲在那裏吠。記得那天晚上風雨交加，那時候，大寶救了我。想到這裏，我更急切要見大寶，我忍不住一邊吠一邊抓大門。一會兒，我聽見有人出來應門，我便不再吠了。

門開了，大寶的媽媽看見我，高興得大叫起來：「大寶，大寶，碧琪回來了！」沒等她說完，我已闖進屋裏，跳進大寶的懷裏。

大寶摟着我，埋怨地說：「碧琪，你真頑皮，為甚麼要偷偷逃跑？」

我想告訴他，我因為想念媽媽和小英，所以回去看她們，但大寶聽不懂我的話。我真不明白為甚麼狗和人類的語言不統一起來，如果能夠說同樣的話，人和狗就會成為更要好的朋友了。

不過，大寶到底是我的知己，他雖然聽不懂我的話，但了解我。他安慰我說：「碧琪，我不會怪你的，你一定回去看你的媽媽了，是嗎？愛媽媽是應該的，我也愛媽媽。以後，你可以常常回去看媽媽，我不會怪你的，但可不要偷偷跑掉才好。」

我當時高興得幾乎要摟着大寶，可是我不能夠，我只好伸長舌頭去舔他的臉、他的手，表示對他的敬意。

自從我回來後，大寶的病好了，常常展露笑臉。每天放學回來，他必先跟我玩一會兒，然後才溫習。當他溫習的時候，我老是伴着他，不論他讀多久，我都伴着他。如果有意外發生時，我想，我一定要保護他，甚至犧牲我自己。

有一回，大寶因為考試，晚上溫習得很晚，喝了許多咖啡，據我所知，喝咖啡可以消除睡意，可惜我沒有這個習慣，沒有喝過一滴咖啡。但我依然陪伴他，因為我不忍心獨自去睡。

我和大寶的感情日益增加，知道大寶不能沒有我，我也不能沒有大寶。但是我有時會想起媽媽和小英，偷偷跑去看她們。我常常懷着一個心願，如果大寶和小英能做好朋友，該有多好哩！是的，我應該努力，使我的願望實現。

紅蝴蝶結

立下心願後，我便努力想辦法實現。可是，要完成心願，那是相當困難的。因為小英和大寶的家距離很遠，他們又不是同學，連碰面的機會也沒有，怎樣才能讓他們認識呢？

有一天，我回到小英家看媽媽，媽媽問我：「大寶好嗎？他對你好嗎？」我覺得媽媽太囉唆了，這個問題幾乎問了一百次，而我每一次的回答都是一樣：「好，他很好，他待我很好！」難道除了這些問題，媽媽就沒有別的問題嗎？譬如怎樣使大寶認識小英？是的，媽媽也許有辦法，我為甚麼不向她提出來？

媽媽聽了，瞪我一眼說：「你真好管閒事，告訴你，我們的職責是看守門戶，其他的事少管為佳。」媽媽伸了一個懶腰說。

媽媽真的老了！為甚麼她那麼懶得動。我和她剛好相反，我不動便好像全身癢癢的。媽媽叫我少管閒事，我偏偏要管，因為在我看來，這並不是一樁閒事啊！

後來，小英回來看見我，她非常高興，把我抱起來。我兩手搭在她的肩膊上，發覺她髮上結了一個紅蝴蝶結，好看極了！突然，我靈機一轉，用手撥落她的蝴蝶結，然後一躍下來，銜着蝴蝶結便跑了。小英在後面喊了幾聲，沒有追上來。

我甚麼都不管，只管拚命跑回大寶的家。

回到家裏，大寶正埋頭溫習。我爬到他的身邊，他也沒注意到，大概讀得太入神了。於是，我由矮凳跳到高凳，攀到他的書桌邊緣，偷偷把那個紅蝴蝶結放在他的書包裏。

後來，大寶發現那紅蝴蝶結，驚奇地說：「這是甚麼東西？是女孩子的，怎麼會到我這裏來？」

我笑了！

大寶看見我，好像猜中了幾分，指着我説：「是你這頑皮東西幹的嗎？告訴我，你從哪裏偷來的？」

我很想辯白：「不是偷的，我別有用心！」可是我不能説話，真是有冤無路訴！

有一天，我回家看媽媽，小英剛好放假在家。我看見她悶悶不樂，不禁低聲問媽媽説：「媽媽，小英為甚麼不高興？」媽媽説：「小英有一個漂亮的紅蝴蝶結，不知道在甚麼時候，也不知道在甚麼地方丟掉了，她因此而不快樂。」

我聽見後感到非常不安，心想：「為使大寶和小英成為朋友，我才偷了小英的紅蝴蝶結，想不到會讓她這樣難過，我真對不起她！」

我默默地想着，媽媽見我不開腔，便問我説：「你到底有甚麼心事？」

這時候，我坦白承認一切了：「是的，媽媽，我有一樁心事，現在不能不告訴你了！我因為喜歡大寶，同時也喜歡小英，我希望他們成為朋友，因此……因此我偷偷銜了小英的紅蝴蝶結，放在大寶的書包裏。」

媽媽帶着責備的語氣説：「寶貝，你真頑皮！你可知道小英為了這件事賠了多少眼淚呢？她非常喜歡那個紅蝴蝶結，因為那是她媽媽送的生日禮物。」

我聽了立刻跑出去，媽媽叫住我説：「寶貝，你到哪裏去？」我説：「媽媽，回頭見！」

我一直跑到大寶那裏，大寶正拿起那個紅蝴蝶結在把玩，自言自語説：「到底這是誰的？從哪裏來的？」

我一聲不響，撲到他的身上，銜了蝴蝶結便跑。大寶被我嚇了一跳，尾隨着我，一邊走一邊大叫，「碧琪，碧琪，你跑到哪兒？」大寶尾隨着我。

我跑到小英家，小英依然悶悶不樂地坐在那裏。我把紅蝴蝶結丟在她的身邊，小英馬上面露笑容，一手拿起蝴蝶結，一手撫摸着我說：「碧琪，你真能幹，替我找回這個漂亮的紅蝴蝶結！」

這時，大寶站在門外不敢進來。我銜着小英的衣角，把她拉到門外，大寶望着小英，小英望着大寶，許久沒有說話。我想：「要是我能夠說話該有多好，我可以給他們介紹介紹。」

終於，大寶問：「這是你的蝴蝶結嗎？」

「是的，是我的蝴蝶結！」小英回答他：「是你替我找回來的嗎？」

「不是。」大寶吞吞吐吐地說：「我也不知道這個蝴蝶結是誰的。」

他們又沉默了一會兒，大寶忽然說：「你是碧琪的舊主人嗎？」

小英點點頭，大寶說：「我真感謝你，你給了我一個最親密的朋友！」

驚險的一夜

自從我介紹大寶認識小英後，回家看媽媽的次數便多了。有時，我故意留着不走，大寶便會來找我，他們因此更熟絡了。

一天傍晚，大寶和我離開小英家。天色逐漸昏暗，氣溫也寒冷起來。我雖然有着厚厚的、鬈曲的長毛，但仍覺得有點寒冷。我想大寶的絨外套不比我的長毛暖和，他一定比我更覺得寒冷，怪不得他的身體在顫抖，狗似乎要比人類更勝一籌哩！

冒着寒風，我們終於回到家裏，家裏真溫暖啊！想到隨街流浪的野狗，心裏便很難過。

吃過晚飯，大家很早便上牀睡覺，連電視也不看。大寶匆匆做完功課，也罕有地早睡，我一直陪着他，等到他睡着，我才去睡。

我閉上眼睛，壁上時鐘才敲過九下。

真冷啊！風不知從甚麼地方吹來，一直刺進我的體內，很久也睡不着。我把身體縮作一團，把雙手蓋着臉，這樣似乎好一點。這時候，我忽然想起媽媽來，要是媽媽在我的身旁，她一定會擁抱着我睡覺。想着想着，不覺迷迷糊糊地睡着了。矇矓間，我忽然聽見一些腳步聲，跟着又聽見有人低聲說：「你知道錢放在哪裏？」另一個說：「放在房間的抽屜裏。」

「小聲點，我們進去！」

我看見兩個黑影躡手躡腳地走進房間，我想立刻大聲吠出來，但我不知為何非常害怕，也許我年紀太小，沒有經歷過很多事情吧！

我心裏明白這兩個人不是好東西，從前我也曾聽媽媽說過，人類中也有敗類，常常幹着不法的勾當，譬如偷東西。對了！這兩個壞東西一定是來偷東西的。

我恨不得撲到他們身上，狠狠地咬他們一口，替社會除害。但細想，我還未滿半歲，前幾天剛掉下第一隻乳牙，而新的牙還沒長出來，怎有力氣咬他們呢？我愈想愈害怕，愈不敢作聲。

不過，媽媽常常告訴我，我們的職責是看守門口，我怎能逃避職責，枉生為狗呢？媽媽不是常常教導我，要勇敢、要忠於職守嗎？

是的，我雖然不能咬他們，但我總得想個辦法才是。

每當無法可想的時候，我便會想起媽媽。對了！我為甚麼不跑去跟媽媽商量商量呢？媽媽是全世界最聰明的，一定可以想出辦法來。

我不顧一切，輕輕躍上窗沿，跳到街上。跑啊，跑啊！跑到小英家的時候，我已上氣不接下氣，幸虧我四條腿長得特別長，不然，我不會跑得這麼快！

媽媽已熟睡了，但我剛踏進門口，她已聽見聲音吠起來。這是狗的特長，對聲音特別靈敏哩！

我喘着氣説：「媽媽，是我！」

「原來是我的寶貝，半夜三更，你放棄守門的職責，跑來幹嗎？」媽媽半責備半驚奇地問。

「媽媽，我家裏來了兩個偷東西的傢伙，我很害怕。媽媽，你想個辦法吧！」我顫抖着説。

「你看見小偷，自己竟逃跑了，真沒長大哩！現在閒話少説，待我請幾個朋友一起去捉賊吧！」

我聽見「捉賊」兩字便心花怒放，差點要叫出來：「真好啊！真熱鬧啊！」但是我沒有，怕媽媽再責罵我。

媽媽帶我走到隔壁，輕輕吠了兩聲，就有一頭大獵狗走出來。媽媽告訴他去捉賊，他馬上興奮地説：「捉賊是我們的責任，我去！」

跟着媽媽又走到對門的一家，把一隻拳師狗叫了出來，拳師狗很激昂地説：「我要捉盡天下所有的賊！」

一路上，媽媽結合了十多個朋友，他們都威風凜凜的，我真佩服媽媽結交了這樣多的好朋友。

我們一邊跑，一邊加入隊伍的狗隻愈來愈多。我領着他們浩浩蕩蕩地直跑到大寶家，我覺得非常威風，簡直好像一個小英雄！

跑到大寶家的時候，我們靜下來，分列在門口兩旁等候。我又是害怕，又是興奮。門輕輕地打開，兩個黑影閃出來，一個輕鬆地説：「這回過肥年了。」

我們就在這個時候衝上前，你一口，我一口，把兩個賊咬到七零八倒，大叫救命。這時我也不怕了，我的牙齒雖然不夠鋒利，也乘機狠狠地咬他一口，總算盡了我的職責。

大寶一家被我們吵醒了，起來發現有賊，便馬上報警。警察到來把兩個賊捉去，大寶爸爸對我們捉賊有功，大加讚賞哩！

接受獎章

兩個小偷被警察拘捕後，大寶的爸爸高興地說：「狗真是人類的好朋友，怪不得人類都愛狗。」大寶的媽媽竟也感動得流出眼淚來：「如果不是牠們及時趕到，我們不單損失財物，說不定連性命也沒法保住哩！」

大寶乘機誇獎我說：「要不是我的碧琪拼命趕去通風報信，牠們也沒法幫忙，碧琪真是捉賊的小英雄！」

大寶爸爸一邊撫摸我的頭，一邊說：「我們的碧琪真了不起啊！」

我興奮得無法形容，大力搖動我的短尾巴。媽媽站在我的身邊，輕輕咳了一聲，提醒我說：「我的寶貝，別得意忘形，當心你的短尾巴會搖掉哩！」

跟着媽媽又說：「朋友，我們該回去了！」

於是獵狗啦、拳獅狗啦、貴婦狗啦、大笨狗啦……都隨着撤退了。大寶媽媽感到非常抱歉地說：「勞煩各位捉賊，未能好好招待你們，抱歉得很！」

媽媽走在最後，很有禮貌地說：「不要客氣，我們只是盡我們的責任罷了，用不着招待我們。」但是，我敢肯定大寶的媽媽聽不懂媽媽的話。

此後，大寶越發喜歡我，每天回來便跟我玩，有時還帶同學回家跟我玩。我知道他在同學面前曾極力讚賞我，因為他們都稱我做「神犬」！

有一天，大寶正在房裏做功課。我躺在房門口，下巴緊貼地板，四條腿伸直，這樣躺着是最舒服的了。

忽然，門鈴響了，我立刻站起來吠了兩下，大寶媽媽便去應門，原來是郵差伯伯送信來。媽媽接過信，大聲說：「大寶，是你的信，是警察局寄來的。」

大寶從房裏衝出來，拆開信一看，高興得跳起來說：「媽媽，媽媽，警察局要送給碧琪一枚獎章，請我下星期一帶牠到警察局領獎哩！」

我聽了也很高興，我雖然不知道獎章是甚麼，但我看見大寶這樣高興，也感到非常高興！

到了星期一，大寶很早起來，他先替我洗澡，然後把我鬈曲的長毛梳得整整齊齊，跟着用一根紅絲帶繫在我頭上。大寶抱起我，給他的媽媽看，他的媽媽也稱讚我漂亮哩！

大寶昂起頭，得意洋洋地走在前，而我也昂起頭，跟在後面，路上的人看見我都驚歎不已。我們到了警察局，警官跟大寶握握手說：「恭喜你，有一頭這樣可愛的狗！」跟着便把一枚獎章掛在我的頸上。

我原以為獎章會是一塊肉骨頭，或者是可口的東西，但它只是一塊硬硬的東西。獎章掛在脖子上，怪不舒服，我不喜歡它！當我接受了獎章後，我忍不住吠了幾聲，把頒獎的警官嚇了一跳。

大寶有點不好意思地說：「對不起，警官！」跟着對我說：「碧琪，你為甚麼這樣沒禮貌？」我一邊搖頭，希望把獎章甩掉，一邊嗚嗚地說：「大寶，我真不喜歡這個獎章！」

大寶好像了解我的意思，安慰我說：「碧琪，你覺得掛了獎章不舒服嗎？過些時候便會好了，這是你的榮譽，你應該覺得很高興才是。」

我聽見大寶這樣說，我只好靜下來。大寶向警官道謝後，便帶我離開警局。

一路上，許多人都好奇地望着我，有些交頭接耳，好像在議論着我似的；有些直接走過來向大寶說：「小朋友，你的狗佩帶的那個是甚麼？」

大寶有點驕傲地說：「那是警局發給牠的獎章，牠捉賊有功哩！」

創作於五十年代，選自劉惠瓊《碧琪歷險記一．我的小檔案》，香港：螢火蟲文化事業，二〇〇四

小溪流

小溪流從山上流下來，經過一叢楊樹，經過一塊草地，繞過小村莊，繼續流着，流到很遠很遠的地方去。

當小溪流經楊樹的時候，水很平靜，反射出楊樹的影子來，楊樹非常喜愛它，把它當作一面鏡子說：「小溪流，你眞了不起！」

當小溪流經過草地的時候，水很清潔，吸引了小鵝兒小鴨兒大家都到水裏去游泳。把它當作一個小池塘說：「小溪流，你眞了不起！」

小溪流聽了他們的贊美，漸漸覺得驕傲了。

它心裏想：「他們都說我了不起，我也的確了不起。楊樹要靠我才看得見他們自己的影子，小鴨兒小鵝兒要靠我才能游泳，那些男孩子女孩子也要靠我才得到快樂的遊戲。我給了他們這許多的東西，但是他們給了我一些甚麼啊？既然他們甚麼都要靠我，就應該他們來找我，為甚麼我還要天天流水去方便他們？」

小溪流愈想便愈不服氣，它決定停了水流，讓楊樹看不見自己的影子，讓小鴨兒小鵝兒沒法游泳，也讓男孩子女孩子失去了嬉戲的天地。

小溪流眞的照着它的決定去實行了。從此，水再也不流，楊樹不快樂，小鴨兒小鵝兒也不快樂，男孩子女孩子更不快樂了。可是小溪流却暗地裏高興，它認為它的計劃成功了。

第一天平靜地過去，第二天也平靜地過去，可是再過幾天，小溪流就再也不高興，而且感覺到很煩惱了。因為它停止了流動，那些垃圾、沙石都積聚起來。因為它停止了流動，那些水就變得污穢混濁。它再不像一面鏡子，再不像一個小池塘，更不是孩子們遊戲的地方了。小溪流開始覺得很寂寞，它再不快樂了。

楊樹藉着別的水源的滋潤，依然長得非常茂密。但是小溪流已經變成了泥淖，再也不能反射出它們的美麗的影子，小溪流眞的懊悔極了。

小鴨兒小鵝兒在別的地方找到一個池塘，大家天天都到那裏去玩，經過小溪流，也不願停留在那裏，小溪流眞的懊悔極了。

男孩子女孩子也有了別的遊戲，他們都高高興興地玩着，漸漸把小溪流忘記了，小溪流眞的懊悔極了。

小溪流靜靜地想：「現在，為甚麼他們都不喜歡我，都不理會我，都遠離了我？這還不是因為我太驕傲，太自私？我以為大家都要靠着我，我便停了水流，想令到大家都得不到我的利益，可是想不到我自己却先受了害。」

小溪流明白了自己的錯誤，於是便努力地把上源的水流下來，日夕不停地流着。小溪流再變成小溪流了。它反映出楊樹的美妙的姿態，它給小鴨小鵝兒快樂地游泳，小孩們也再來嬉戲了。大家都非常快樂，小溪流也快樂了。

（按：當發覺孩子們有點自私、驕傲、離開朋友的時候，不妨給他們說這一篇故事）

選自一九六〇年三月十九日香港《兒童報》第四期

蝸牛媽媽和她的女兒

春天的天氣很好，有一天，蝸牛媽媽對她的女兒説：「出外散散步，後面的小樹林裏，長滿了野花，樹上也抽出了綠芽，你到外邊可以呼吸一些新鮮的空氣，也可以看看這春天的美麗。」

小蝸牛聽了母親的話，便起程去了。她慢慢地爬着爬着，最後她轉回來了。

她說：「我到了後面的小樹林，但是那裏沒有野花，也沒有嫩芽。只有綠葉，還長滿了李子與櫻桃。」

「啊，」蝸牛媽媽説：「我的女兒啊，你走得太慢了，當你走到後面的小樹林，那裏已經不是春天而是夏天了。不過，也好。你就趁着這時候，出外散散步吧。後面的小樹林裏，長滿了綠葉，樹上掛滿了水果。你到外邊可以呼吸一些新鮮的空氣，也可以看看這夏天的美麗。」

小蝸牛聽了母親的話，便起程去了，她慢慢地爬着爬着，最後她轉回了。

她說：「我到了後面的小樹林，但是那裏沒有綠葉，也沒有水果，有的只是黃金色的葉子，滿地生着也是黃金色的花。」

「啊，」蝸牛媽媽説，「我的女兒啊，你走得太慢了，當你走到後面的小樹林，那裏已經不是夏天而是秋天了，不過也好，你就趁着這時候，出外散散步吧，後面的小樹林裏都是黃金的葉子襯上黃金的花兒。你到外邊可以呼吸一些新鮮的空氣，也可以看看這秋天的美麗。」

小蝸牛聽了母親的話，便起程去了。她慢慢地爬着爬着，最後她轉回來了。

她說：「我到了後面的小樹林，但是那裏沒有黃金的葉子，也沒有黃金的花兒。有的只是落葉，還有那一陣陣强勁的北風。」

「啊，」蝸牛媽媽說，「我的女兒啊，你走得太慢了，當你走到後面的小樹林，那裏已經不是秋天而是冬天了。不過，也好，現在這麼冷，外面也沒有什麼好玩，你現在在家休息休息，明年的春天就要來了！」

正在這時候，小蜜蜂收集好冬糧，閒着無事，經過這裏，順便來探訪蝸牛媽媽。

小蜜蜂滿面歡笑地說：「蝸牛太太，你好嗎？一年過得眞快啊，現在又是冬天了。」

「是的，蜜蜂弟弟，這一年來，你過得好嗎？」蝸牛媽媽很關心地問他。

小蜜蜂說：「好極了，這一年來，我做了許多工作，春天採花粉，夏天釀蜜糖，秋天找糧食，現在一切都預備好了。正預備過一個快樂的冬天。」

蝸牛媽媽很感慨地說：「蜜蜂弟弟，你這一年過得眞有意思，你能够趕得上時間，做了這許多的工夫，而我的女兒却因為動作遲慢，荒廢了不少光陰，太可惜了。」

蝸牛媽媽說完，深深地嘆惜了一聲，小蝸牛也覺得非常慚愧，不敢說話了。

（按：要是兒女做事緩慢，不懂得掌握時間，最好給他們說這故事）

選自一九六〇年四月九日香港《兒童報》第七期

淚仙子（又名母親的眼淚）

夜深了，大地熟睡了，大地上的一切生物，也在大地的懷裏熟睡，像孩子熟睡在母親的懷裏。一切像是非常寧靜。只有一個年青的母親，這時却得不到寧靜，她的初生的孩子不肯安睡，還哭個不停，母親的心也碎了。……

在山的那邊，密密麻麻的木屋裏，有一間最小的木屋，比一個木箱大不了多少，那就是這孩子誕生的地方了。

孩子的父親，為了生活，就在孩子誕生前一個月，遠渡重洋，到外地謀生去了。母親用她自己的肩膊，挑泥擔石，所賺的僅够養活她自己，直到把孩子生下來。

孩子的誕生，使母親嘗到初為人母的喜悅，可是用什麼養活孩子？她又不能不感到焦急與徬徨！夜已深了，別的孩子都安睡在母親的懷裏，但她的孩子却在她的懷裏哭啼，為了飢餓，也為了寒冷。

母親緊緊地摟着他，像摟着自己的生命。她希望用自己的體溫去溫暖她的孩子，可是她自己也冷得發抖啊！孩子哭得愈來愈厲害，母親的心也片片碎了。

「我的寶寶，你不要哭，你要肚子飽，媽媽願意變麪包，你要和和暖，媽媽願意變衣服！」

母親柔和的歌聲，也止不住孩子的哭啼，她傷心極了，眼淚串連流下，一滴一滴晶瑩的淚珠，落在那潮濕的地板上，她哭得眼睛也睜不開了。

母親的眼淚，並沒有溶化在地上，它們一滴又一滴慢慢地站起來，每滴都有着一雙明亮的眼睛，身上還長着一對小小的翅膀，原來它們都化成美麗的淚仙子。

第一個淚仙子飛起來，站在孩子的臉上，用她的小小仙棒，輕輕地點着孩子的眼睛說：「好寶寶，快睡吧，免你的媽媽難過吧。」孩子果然不再啼哭，安然睡在母親的懷裏了。

淚仙子轉過身來對其他的淚仙子說：「姊妹們，我們是慈母的眼淚化成的，我們是最知道慈母的苦心，我們要幫助這位可憐的媽媽，解決她的苦難。」

「我們能做些甚麼呢？」淚仙子們齊聲問。

「這位可憐的媽媽，為了孩子寒冷而傷心，為了孩子沒得吃而哭泣，我們要去為她找東西給孩子吃，做衣服給孩子穿，不然，說不定孩子明天就會死去。」

「好的，我們要救救孩子，我們馬上就去！」一羣淚仙子答應着，就從破爛的窗檽飛出去了。

淚仙子分作兩隊，一隊去為孩子找食物，一隊去為孩子做衣服。

負責做衣服的仙子可眞忙透了，飛這飛那，把可以做衣服的東西都找來了，蜘蛛網啦，破布棉花啦，他們又要忙着織忙着縫，他們要用盡心血去做成一件最美麗的最耐寒的衣服。

負責找食物的仙子可更忙了，飛這飛那，把最鮮美的植物都找來了，把植物的汁都搾出來了，又把汁液灌在一朵一朵的牽牛花上，像杯子裝滿了牛奶，他們又把牽牛花的藤，連續起來，又把藤一直拉進這小屋子。

淚仙子們整整地工作了一個晚上，孩子的衣服織成了，他們輕輕地披在孩子的身上，孩子得到了溫暖。

母親醒了，看見屋子裏長滿了美麗的牽牛花，而花藤滴下乳白的汁液，她嘗嘗那汁液，像乳汁一般香甜，她用來餵餵她的孩子，孩子再也不哭了。

以後，孩子有衣服穿，要是他餓了，母親便把牽牛花藤，拉到他的嘴邊，讓他啜食，潔白香甜的液汁流到他的小嘴裏，液汁源源不絕，他再也不必捱餓了……。

母親懷疑這一切都是夢，却不知道她自己那些充滿親情的眼淚感動了仙子，而出現了這些奇跡哩。

選自一九六三年五月十一日香港《兒童報》第一六八期

洋娃娃的夢

這是一間很具規模的玩具店，出售的玩具，都是世界名廠的製造品，這裏，是孩子們快樂的園地，沒有一個孩子到了這裏而不流連忘返。

在大門的兩邊有着一個很大的玻璃櫥窗，左邊櫥窗裏最當眼的地方，擺着一個漂亮的洋娃娃，金絲的髮鬈柔和地覆蓋額上，亮晶晶的大眼睛，不時向人們注視，好像在看誰配做她的主人。有時，她也很多情地去看看他身邊的同伴，小黑鬼啦，小狗熊啦，大笨象啦，還有那隻兩眼放着綠光的猩猩。她覺得他們都是那麼難看、愚蠢而又無知，只有對窗（右邊窗櫥）站着的小鼓手，長得倒也英俊，穿得整齊漂亮，那件紅色的外套襯着白色窄褲管的褲子，和他漂亮的臉兒，正配合得恰當。

「他才配做我的朋友哩！」洋娃娃心裏這樣想，但又覺得有點難為情，想垂低頭來，可是却不由自主，因為她是沒有脊骨的。

「唉，今天還沒有找到一位主人，天快黑了，又要和這些討厭的同伴們一起過夜了！」洋娃娃感慨地歎惜了一聲。

天幕漸漸低垂，黑晚終於來臨了，店主人把大門拉上了鐵閘，一天的買賣結束了，夥伴都回家休息了，店裏靜悄悄的，只有老時鐘滴搭滴搭地響着。

「眞可怕了，我希望我睡着就好了，睡着了就什麼也不知道害怕。」洋娃娃恨不得把身體蜷曲作一團，她勉强把眼瞼垂下，心裏不斷數着：「一、二、三。」希望快點睡着。

突然，一陣狂風吹來，櫥窗的玻璃也給打碎了，洋娃娃一驚而醒，可是她已被一對毛茸茸的臂膀緊緊的抱着，使她動彈不得。

「救命啊，救命啊！」洋娃娃尖聲地叫着，跟着她昏了過去了。

「糟了，糟了！洋娃娃被大猩猩擄去了！」小黑鬼張大喉嚨喊，把店裏的玩具都吵醒了。

「小黑鬼，你大聲叫什麼？」小鼓手隔着窗問。

「洋娃娃被大猩猩擄去了！」小黑鬼顫抖地叫着。

「眞的嗎？」大笨象說。

「還有不眞的，你看玻璃都碎了！」小黑鬼指着櫥窗的碎玻璃說。

「那麼，我們應該去救她才對！」小狗熊提議，大家都贊成，小鼓手勇敢地站在前頭，打響了鼓，一隊一隊的錫兵排好了隊伍，背着槍，槍上了子彈。小鼓手發命令說：「我們要勇敢，衝上前，把我們的同伴救回來！」

他們走在前頭，還有其他的玩具跟在後面，整間店子的玩具都出動了，飛機、大炮、機關槍、坦克車都被搬出作為武器，一場空前玩具戰，就這樣掀起。

大猩猩抱着洋娃娃，被追到山上，躲在洞裏，不敢出來。小鼓手說：「我們爬上山去！」山路是很崎嶇的，他們一個拖着一個，像一條巨纜似的，把全隊人馬都帶到山上了。

小鼓手站在洞口大聲叫：「大猩猩，快放了洋娃娃，不然，我們不饒你！」

大猩猩說：「我不放，看你們怎樣？」小黑鬼說：「我們放炮吧！」但是小鼓手阻止他說：「不要這樣，因為會傷害了洋娃娃，我們還是靜靜地等他出來吧！」

這樣他們埋伏在洞口左右，天快亮的時候，大猩猩以為他們都已走了，走出洞口去找點食物，小鼓手看準了他，待他一個不留神，把他推到崖下。

他們把洋娃娃救了出來，洋娃娃看見小黑鬼、大笨象都來了，感動得流出淚來說：「你們眞是我的朋友。」

小鼓手，錫兵和其他玩具排齊隊伍，趕回玩具店，還好，店主還沒來，一切回復原來的位置。

店主人來了，他拉開鐵閘的聲音，把洋娃娃從夢中驚醒，她想原來是夢，但是那隻大猩猩躺在櫥窗下，斷了一隻手臂。又似乎眞的發生過什麼事了。

選自一九六三年八月三日香港《兒童報》第一八〇期

貪心的國王

親愛的小朋友：

你們也許聽過許多關於國王的故事了，是不是？但是你們有聽過國王孟達斯的故事沒有？今天我就說說他的故事吧！

孟達斯是古代的一個國王，他很貪婪、愚蠢和自私。在他的生命裡只有一樣東西是存在的，那就是金錢了。在他的王宮裡堆滿着那些黃金和無價之寶，他雖然有這麼多了，但是仍然想盡辦法繼續去積聚。

有一天，國王的僕人把一個老年人帶到國王的面前，因為那老人要求見國王。國王看見他的穿著很是古怪，頭上戴着一頂用花朵和象牙串成的冠，身上却穿上一件陳舊的滿是皺摺和塵土的袍子。孟達斯覺得他很面善，但是又忘記是在那裡見過的，忽然他想起來了，便歡呼他說：「啊，你就是我的老朋友聖倫尼斯，畢加士的老師嗎？」

親愛的小朋友，你們也許會覺得很奇怪，國王為什麼這樣高興，畢加士是誰呢？那麼，你們聽我說下去吧！

畢加士是當時的「酒神」，是孟達斯所崇敬的，當他看見聖倫尼斯，便立刻吩咐僕役預備豐富的酒餚，還有歌舞助興，這樣的宴樂，一連過了十天，到第十一日，孟達斯對那老人說：「親愛的朋友啊，我眞希望能夠永遠和你在一起，天天這樣宴樂，但是我担心你的學生畢加士惦念你，我想這個時候你應該回到他那裡了。」聖倫尼斯表示同意，國王便陪伴他，起程回去。

在奧廉勃斯山上，住着酒神畢加士，他確是惦念着他的老師，還派遣了一隊人到處去找尋他的下落。當他看見國王護送聖倫尼斯平安地歸來，便歡喜若狂，為了要酬謝國王的好意，便答應了凡是國王的願望，他一定使他能得到實現。」

於是自私和貪婪的國王便這樣回答說：「我希望凡是我的手摸過的東西，都能變成黃金。」

「好的，你的願望將會實現的。」畢加士說。

國王興奮得忘記了道謝，也忘記了曾經走過長途的疲倦，他立刻起程回去，他想快些試試他自己是否眞的有這種法力。當他經過樹林的時候，他隨便折斷一枝樹枝，樹枝立刻變成黃金，國王高興得實在難以形容了，走了五哩的路，他覺得實在太熱了，太疲倦了，他便停下來，在一條小河邊洗洗臉，可是水經過他的指縫滴下來，就變成一顆顆閃耀的黃金。最後，他回到王宮的門前，他用手去敲那兩扇巨大的門，門邊立刻變成發着亮光的黃金了。

「好了，我現在成為全世界最富有的國王了！」孟達斯說，他實在感到非常的滿足哩！

親愛的小朋友，你們以為這位國王眞的得到滿足了嗎？不，相反的，他得到的是非常的煩惱，你們也許會問：「為什麼呢？」好吧，聽我說下去便知道了。

孟達斯經過長途的旅行之後，覺得非常餓了，他吩咐僕人為他預備一頓豐富的食物，但是，糟透了，他碰着什麼的東西，便立刻變成黃金，他拿起一樣東西想吃，就變成黃金，甚至拿起酒想喝，酒也變成黃金。整整三天了，他沒吃過一點東西，只望着美味的食物垂涎，他再也忍受不住了，怎麼辦呢？他只好走去見畢加士。

「唉！神明的畢加士啊，」他雙手舉起對着奧廉勃斯山說，「唉，神明的畢加士啊，我向你請求這樣的禮物，眞是愚蠢極了，現在請你憐憫我，從這個法術中釋放了我，讓我可以吃和喝吧。」

「好的，我要使你快樂，」畢加士說，「但是，但是你一定要先把你身上的金洗去，那麼你就要走到柏吐老河裡洗個澡。」

柏吐老河是在小亞細亞，從國王的王宮走到那裡，是一條很長的路程，但是孟達斯這時候即使要他走遍一個世界，如果能解除那討厭的法術，他也願意的。

他經過很長的路程，最後來到柏吐老河畔，他好像急不及待的把他自己浸在河裡，用盡力去擦他身上的皮膚，直至他感覺到痛為止。當他從河裡走出來，他高興得眞的要叫出來了。

親愛的小朋友，什麼事使他這樣快樂，是他從河裡撈得了寶物嗎？是他獲得更多的黃金嗎？都不是，相反的，他已洗去了他身上全部的黃金，恢復他原來的膚色了。

「以後，這個國王還想要黃金嗎？」親愛的小朋友，你們也許這樣問，我可以肯定地回答你們，他再也不想要。當他在柏吐老河洗完澡後，坐在河邊，用他新的眼光去看這世界，美麗的天鵝自由自在地游在水裡，鮮艷的野花和綠草點綴着整個大地，柏吐老河的水，不特洗去他身上的黃金，還洗去他藏在心裡的貪婪和卑鄙。

直到現在，在小亞細亞的柏吐老河畔，還不時會發現一粒粒的金沙，相傳就是孟達斯國王洗澡時留下的，親愛的小朋友，信不信由你，但有一件事你要相信的，那就是在下期裡我將會說一個更動聽的故事給你們聽。

選自一九六四年一月一日香港《兒童報》雙週刊第二〇二期，「劉姐姐講故事」專欄文章

女巫的奇遇

親愛的小朋友：

今天我說的故事，叫做女巫的奇遇。

從前有一個女巫，她只是個「有名無實」的女巫，因為她什麼法術也不懂。但是這個「秘密」只有她自己知道，別的人都以為她是眞正的女巫。

她的生活過得十分貧苦，因此她常常希望得到一些金錢，可以買一點好的東西來吃吃。

有一天，她從街市回家，正在那鄉村的小路上走着的時候，碰見了一個高高瘦瘦的男子漢，頭上戴着一頂綠色的帽子，趕着一隻白色的牛到街市去。她起初一點也不為意，直到在小路轉角的地方，她又碰見一個農夫，農夫問她有沒有看見一隻白色的牛，牠是剛才被人家偷了去的。女巫才意識到是什麼一回事了。

她於是叫農夫到她的茅屋去，說她會用法術找出誰是偷牛的賊。

他們去到茅屋裏，女巫拋下了兩把粉狀的東西在火裡，火立刻發出藍光，女巫的兩手像推磨似的慢慢地動着，嘴裡喃喃地說了一些別人聽不懂的話，最後她對農夫說：「我的朋友，我已看見那個賊了，他的個子高高瘦瘦，戴着一頂綠色的帽子，他正趕着你的牛到街市去賣，你快些把他捉住吧。」

「好的，如果我捉到那個賊，找回我的牛，我會報酬你的。」農夫說着便奔出門外去追賊。後來果然給他追到那個賊，並且得回他失去的牛，他高興得很，送了許多禮物給女巫。這件事一傳十，十傳百，人人都知道了，都說女巫眞是法力無邊，這消息一直傳到松林那邊的王宮裡，傳到王子的耳朵裡，恰巧他失去了一個載滿了金子的箱子，他正急於要找回它，因此他便親自去拜訪那女巫。

「今晚請妳到我的王宮裡去住，明天早上你便要告訴我誰是那個偷金子的賊。」

王子便帶着女巫到王宮去，並指定一間華麗的房間給她住，說：「你可以在這裡安靜地施用你的法術了。」

當王子離去之後，女巫坐下來，靜靜地想着：「這回可真糟透了，因為我不是真的女巫，叫我怎樣能夠替王子找回那個賊呢？」愈想愈覺得担憂，忍不住大聲叫出來，責罵自己說：「唉，一天都是你這個女人不好，你快得到你應得的懲罰了！」

原來偷了金子的是一個女僕。她一向聽見女巫的大名了，現在看見王子請她到王宮來捉賊，心裡已畏懼幾分，這時候她在門口偷聽了女巫的話，不覺害怕得全身顫抖起來，以為女巫真的知道她是賊了，便衝進房裡，伏在女巫的脚下說：「噢，仁慈的女巫啊！請你可憐可憐我吧，不錯，金子是我偷了的，但是，請你不要告訴王子吧！」

女巫想了一想說：「好的，我答應你，但是，你一定要告訴我，你把金子藏在那裡？」

「好的，我告訴你，金子藏在花園裡的池塘邊那棵柳樹下面。」女僕回答說。

第二天，王子來看女巫，問她找到那賊沒有。女巫說：「那賊已經逃走了，他一偷到了的金子，便逃出了王宮，唔，如果我現在閉上眼睛，還可以看見他在樹林裡奔逃哩。」

「那麼他有沒有帶着金子一起逃走？」王子着急地問。

「沒有，你不必担心，他沒有把金子帶走，他把它埋在花園裡的柳樹下。」

王子真的找回他失去的黃金了，女巫為了怕被露出馬脚，一心只想快些離開王宮，但是王子特別高興，挽留她去解決另一個問題，便對她說：「今晚你和我們一道吃飯吧，我要讓我的朋友認識你，知道你的法力。」

那天的晚上，女巫和王子，還有王子的朋友坐在一起吃晚餐，她的兩個膝頭顫抖得互相敲擊着，她害怕「眞相」給人家識破。

王子吩咐厨子預備了一頓很特別的晚餐，他和他的朋友吃的是燒鷄肉，給女巫吃的是燒烏鴉的翅膀和脚，王子要看女巫的反應是怎樣。當大家都坐下來享受他們的燒鷄的時候，女巫却愁眉苦臉地呆坐着，一動也不動，因為她正担心着不知道王子又要她解決什麼難題呢。

她愈想愈害怕，不覺叫起來說：「你這隻可憐的老烏鴉，你就快要完了！」

王子很是驚異，他以為女巫是對着碟子裡的烏鴉說話，還不知道她是自言自語哩。

「你眞了不起，我想不到你會猜中我給你的是燒烏鴉，我要賞賜你一袋金子。」

女巫離開王宮時，揑了一把汗說：「我幸運沒有被識破，但是我再也不作僞了。」

從此之後，女巫重新做一個誠實的女人，她知道做了欺騙別人的事，會使她終日提心吊胆，得不到快樂的。

選自一九六四年一月二十五日香港《兒童報》雙週刊第二〇三期，「劉姐姐講故事」專欄文章

魔術煤

親愛的小朋友：

上期我說了一個什麼故事，還記得嗎？給你們做的遊戲，有沒有做好？

今天我說的故事叫什麼？對了，叫做魔術煤。

在瑞士的雪山上，住着許多小矮人，他們都是很有趣而又仁慈的小傢伙，他們喜歡和人們做朋友，雖然他們不常出現，但是他們喜歡在暗地裏助人們。

在許多小矮人中，有一對很要好的朋友，他們只有兩呎高，頭上戴着尖頂的紅帽子，身上穿着長得拖地的袍子，頭髮和鬍子都像銀一般的白。他們的樣子是極其相似，如果一定要找出他們不同的地方，就只有鬍子和頭髮，一個鬍子較大，就叫他做大鬍子，一個頭髮較長，就叫他做長頭髮，他們住在雪山的洞裏，平常是不輕易出來的。

有一天，長頭髮生了病，他病得很辛苦，躺在床上呻吟，口很渴，想喝一點稀粥，大鬍子只好生火去煮，可是他們平常從沒有煮過東西的，小朋友，你們知道啦，小矮人是不必吃煮的東西的，他們只要吃一些山上長的香菌，喝一點露珠便夠了。所以大鬍子生火時，手忙脚亂，把鍋打破了，爐子弄濕了，還弄得滿臉的灰，最後鬍子也給火燒着了，痛得他「雪雪」的叫着。

長頭髮看見他這副可憐相，心裏實在不忍，便對他說：「你弄不來，到山上找一個人來幫幫忙吧！」

「好的，我馬上去。」大鬍子走到山上，去拍農夫阿里的門，阿里經過一天勞苦的工作，這時已熟睡得像死去一般。阿里妻給大鬍子吵醒了，心裏想：半夜三更，是誰來敲門呢？

她去開了門，大鬍子氣喘喘地對她說：「我的朋友病了，請你去照顧照顧他吧！」

「唔，」阿里妻遲疑地說，「天氣這麼冷，叫我到你那裏去？」

「請你答應我吧，我們會報答你的。」大鬍子懇求她說。

阿里妻是個好心腸的婦人，她不忍拒絕小矮人，她便把門關上，跟着大鬍子到他住的洞裏去。

山路十分難走，但是他們終於去到山洞，長頭髮很高興地說：「你來了？我快要渴死了，煮一點稀粥給我喝吧！」

阿里妻便隨便從屋角裏，檢起一些煤，生了一爐火，兩個小矮人看見火都高興地說：「眞暖啊！」一會兒，粥燒好了，兩個小矮人齊聲說：「眞香呀！」

阿里妻倒了一大碗稀粥給長頭髮，長頭髮喝得津津有味，喝過了稀粥，病也就好了，他和大鬍子都高興得很。大鬍子說：「你醫好了我的朋友，眞是謝謝你了。但是我說過要報答你的，讓我想一想，送些什麼給你好。」

長頭髮也幫着想，大鬍子忽然跳起說：「有了，我想到了，我們就送給她一些煤吧。」長頭髮也十分贊成地說：「很好，很好，就多送她一些吧。」

阿里妻心裏不高興，可是也不好意思推却，只好拉起圍裙，讓大鬍子把煤鏟起，放在圍裙裏。

兩個小矮人高高興興地把阿里妻送出洞口。

山路本來就不容易走的，現在阿里妻的兩手還要拉住圍裙，再沒有手去扶那些樹枝或石頭，路上又蓋滿了雪，好幾次她都差一點要絆倒，圍裙裏的煤似乎也愈來愈沉重，她也愈來愈惱怒了，終於耐不住性子，埋怨着說：「倒運的煤，不值一個錢的，我才不稀罕它呢！」說着，她把一些煤拋掉，走了幾步，她又再拋掉了一些。

兩個小矮人突然跟在她的後面，一邊走，一邊唱：「煤變少，眼淚多，要再找，已錯過。」他們唱得這樣輕鬆，阿里妻心裏更恨，她故意再把一些煤拋得遠遠的。

她喘着氣回到家裏，已經累極了，她懶洋洋地把兩手攤開，讓剩下的幾塊煤滾落到地上，可是，就在這刹那間，她驚奇得把眼睛睜開，嘴巴張大，你們猜，她為什麼會這樣？

原來那些滾在地上的煤，都變成閃閃發光的黃金了，阿里妻想起丟在路上的那些煤，不由得着急起來，她馬上把阿里從睡夢中叫醒，她們循着原來的路，去找那些被丟棄的煤。可是那裏找着呢？一路上，有的只是石頭、亂草和白雪。

阿里妻回到家裏，坐下來愈想愈傷心，眼淚不停地流，阿里安慰她說：「我們應該感謝小矮人，他們這樣仁慈照顧我們，我們有了這些黃金，已經足夠過着很好的生活了。」

阿里妻聽了，也不再哭了。後來他們買了一塊地，耕田種菜，勤儉地過着非常愉快的生活。

選自一九六四年二月八日香港《兒童報》雙週刊第二〇四期，「劉姐姐講故事」專欄文章

美女和太陽神

親愛的小朋友：

我接到一些小朋友的來信，說要等兩星期才能聽我一個故事，實在等得太久了，但是，我也沒有別的辦法，只希望每期選出的故事，都是你們愛聽的，也許可以慰你們渴望的心情吧。

今天，我說的是美女和太陽神。這是古代希臘一個著名的神話，那時候的人，都相信太陽是神，是一個英勇無比的神，白天升上天空，晚上回到大地。到了今天，小朋友們都知道太陽是什麼了，可是對於太陽神的富有詩意的故事，却也非常喜歡聽聽。

在古代希臘國裡，有一個美麗的姑娘，她的名字叫花拉。她底長長的秀髮是黃金色的，眼睛却藍得像海一樣藍。當她很小的時候，她的父母相繼去世，留下可憐的她，孤零零地住在山邊的小園裡，住在山裡的小動物都非常喜歡她，因為平日她照顧牠們，而且常常為牠們醫治傷口。小動物們為了答謝她的恩惠，經常帶給她許多食物，使她不至捱飢抵餓。

春天的一個早上，天還沒有亮，花拉突然驚醒了，她彷彿聽見一個陌生的聲音在呼喚她，但她看不見也聽不見有誰在那裏。她只好打起了燈籠到屋外看看。

四周是黑漆漆的，當她站在門口的時候，一個奇異的景象出現在她的眼前，那裡，在高高的山上，站着一個漂亮的青年。她馬上知道他就是太陽神阿波羅。他正駕起他的金馬車準備飛馳到天上，當他起程的一剎那，在地球上就是一天的開始，太陽出來了。

花拉自從看見太陽神後，心裡時刻都想念他，看見他愈升愈高，進入天上，她想如果她能夠和他在一起，橫過半個宇宙，該是多麼有趣的事。

在花拉住的地方附近，有一條很深很濶的河，河裡住着一個惡魔，他的名字叫郭洛，他也看見阿波羅升上天上，同時還看見站在門前那個美麗的姑娘。每天他都偷偷看着她，私自愛上了她。現在他親眼看見她朝着太陽神注視的那種神情，心裡便明白花拉是愛上太陽神了。他又怒又恨，他決心要把花拉佔為己有。

整個早上，郭洛默默地坐在河邊，想盡千方百計，要去跟那姑娘結婚，但一點用處也沒有，因為他是這樣老和醜，性情又是强暴而兇惡，誰也不會喜歡他的，他唯一的辦法就是綁走那姑娘，把她禁錮在深深的河底，讓她永遠看不見太陽神。他計劃好了，便跑到山邊，花拉正坐在門前梳理金髮，就被他捉住了。

花拉拚命掙扎，可是郭洛身軀雄偉有力，也毫不費力地便把她制服，回到河裡他的家了。花拉傷心極了，她怎也不願嫁給那老醜的惡魔，永遠住在那黑暗的河底。她便高聲求救，住在山脚的人們也都聽見了，可是他們不敢去救她，因為他們知道要是激怒了惡魔，他會使河水泛濫，淹沒他們的家。

在河底郭洛的家裡，陽光永遠射不到的，因為郭洛最討厭太陽神阿波羅和他黃金般的光芒，因此他就選擇最深的河底建築起他的家。花拉知道陽光既不能到達那裡，阿波羅就永不會知道她的遭遇了，因此她更拚命呼號。希望聲音能夠傳到阿波羅的耳裡。

那時候，太陽神阿波羅正駕上金馬車在高高的天空上奔馳，忽然聽見了她的聲音。便向下望去，看見一個美麗的姑娘被惡魔郭洛欺負，不覺對她憐憫起來。於是他集中全身力量，抛出最大的光芒，投入那惡魔躲藏的河底。慢慢地河水變熱了，後來更愈來愈熱，開始沸騰了，最後，水化為水蒸氣了，河水完全乾枯了。剩下的只有郭洛和一塘髒水。

河水開始變暖的時候，花拉已預感到阿波羅正打救她，使她勇氣加倍，不顧一切地從魔掌裡掙脫出來，爬到岸上去。

那天的晚上，阿波羅從天上下來，花拉站在那裡正等着他。他看見她是這樣美麗，馬上對她發生了愛情，後來還跟她結了婚。

花拉做了太陽后，每天的早上，她一定陪着太陽神駕着金馬車直向天空而去，地球上又是新的一天。

花拉為了要紀念阿波羅救命之恩，從此，在太陽神未出現，她把地球上所有的花朵洒上了水點，來代表她對阿波羅感激的淚珠。

親愛的小朋友，你們不信嗎？明天清早，你們到室外看看便知道了。但是你們會對我說：那些是露水啊！不錯，你們說的是科學的解釋，我說的却是一個神話哩。

你們喜歡聽些什麼故事？不妨寫信給我，我決不會使你們失望，再見吧。

選自一九六四年二月二十二日香港《兒童報》雙週刊第二〇五期，「劉姐姐講故事」專欄文章

神奇的馬

親愛的小朋友：

你們都好？我也好。藉着新春的時候我在這裏祝各位快高長大，身體健康，學業進步。

親愛的小朋友啊，你們能告訴我你們喜歡聽些什麼故事嗎？我真希望我說的每一個故事，都是你們喜歡聽的。今天說個什麼故事呢？讓我想一想，唔，有了，我就說一個著名的古代波斯的故事吧。

從前，在波斯國境裏，住着一個蘇丹（註），有一天，一個衣衫襤褸的印第安人，帶着一匹馬去到

（註）回教國王稱做蘇丹。

王宮裡，對蘇丹說：「這是全世界最神奇的馬，牠不單祇是外形美觀，還可以載着你到你所要到的地方去。」

「這樣嗎？你就到山頂去摘一枝橄欖枝回來給我吧！」蘇丹指着窗外遠遠的山對他說。

印第安人便躍上馬背，扳動馬頸上的木掣，那匹馬立刻把他帶到天空上，不一會兒，便在視綫消失了。幾分鐘後，他帶了一枝橄欖枝回來。

蘇丹非常驚異，想買那匹馬，但是他先要他的兒子騎上去試試。得到印第安人同意後，王子便騎上了馬，扳動了馬頸上的掣，馬便飛騰起來。

「糟了，王上。」那印第安人忽然大聲叫起來，「要是王子遭遇了什麼的不幸，不要怪責我，他去得這樣快，我來不及告訴他怎樣回來。如果他找不到第二個掣，他便永遠不會回到地面來的。」

蘇丹惱怒非常，把那印第安人囚禁起來，要一直等到王子回來，才把他釋放。

這時候，王子飛在天空裏，沒有辦法去停止那匹馬，最後，他找到第二個掣，同時扳動了它。馬立刻下降，停在一所王宮的屋頂上。

那時是晚上，四周都是黑沉沉的，王子摸索了許久，才找到梯子下去，梯子直通到一間很大的寢室，那裏一個非常漂亮的公主在床上熟睡。

王子叫醒了公主，把他自己冒險的經過都告訴了她，並且請她保護。公主說：「王子，你放心好了，我們會誠心誠意歡迎你這位客人的。」

王子就在那裏住了兩個月，他愛上了公主。

後來，他惦念着父王，想回到波斯去。公主非常捨不得他，希望他帶她一起去。王子答應了，他們便一同騎在馬上，回到波斯。

王子先將公主安置在城裏的一間屋子裏，他自己去見父王，向他報告平安回來的消息，蘇丹看見他的兒子無恙歸來，快樂得眼淚也流出來了，他同意王子跟公主結婚，還打算用盛大的禮節去迎接她。但是他記起那囚在獄裏的印第安人，便下令先把他釋放，還吩咐他帶着他的魔術馬，永遠離開波斯國境。

那印第安人被釋放後，來到城裏，他知道王子帶了一位美麗的公主回來，為了報這點仇怨，他立下陰謀，把公主騙走，他果然成功了，因為公主以為他是王子派來迎接她的，她毫不猶豫地騎上了馬，和他一同飛去。

王子看見公主跟着那印第安人騎着馬飛走的時候，要制止也來不及了，他發誓要把公主找回來，於是他化裝成為一個乞丐。

經過幾星期的尋覓，王子去到一個地方，聽見那裏有一個美麗的公主，住在國王加舒美的王宮裏，生了很嚴重的病。原來公主被一個印第安人虐待不堪，加舒美國王救了她回來，想跟她結婚，但她拒絕了，國王看見她終日愁眉苦臉，怕她是生病，請了無數的名醫來為她醫治都沒有效。

王子知道那就是他心愛的公主，他打扮成一個醫生的模樣，去到王宮對國王說：「公主的病，是由於那隻帶她來到這裏的魔術馬引起，必須讓她再騎上那魔術馬，才能救她的命。」他請求國王把那匹馬帶到王宮中間的廣場上，同時讓他親自去見公主。公主正坐着唱歌懷念她心愛的王子，看見一個陌生的醫生闖進來，便立刻認出他，並且知道他是來救她的。

王子去到廣場上，國王已經吩咐人把魔術馬牽了來。公主穿起最華貴的服裝，配戴耀眼的珠寶，宮女們扶攙她騎上了馬。

王子早已準備了許多木料，堆滿在那匹馬的四周，公主上馬以後，王子把木料燃燒起來，濃煙把整匹的馬都遮沒了，他趁着這機會，騎上馬背，扳動木掣，馬便在空中飛騰起來，等到地面的人發覺，已經太遲了。

「加舒美國王！」王子從天空大聲叫下來，「下次當你要跟人結婚的時候，你應該先要徵求對方的同意才好！」

魔術馬帶着王子和公主回到波斯，後來他們結了婚，過着快樂幸福的日子。

選自一九六四年三月七日香港《兒童報》雙週刊第二〇六期，「劉姐姐講故事」專欄文章

雪公公

親愛的小朋友：

這幾天天氣眞冷，很容易使人想起下雪來，不過，在香港、南洋這些地方，不論怎樣冷，也從沒有下過雪，可是在北方，每到冬天，便大雪連天，冷得使人發抖，不過下雪時的情景，却是十分美麗的，詩人會為了下雪而作詩，文人也因此而有了靈感，孩子們呢，除了堆雪人玩雪球之外，更會想起許多美麗的故事。安徒生的雪后，也是這樣而寫成的。

今天我說的故事是從俄羅斯流傳過來的。俄羅斯位於寒冷地帶，冬天的時候，到處鋪着厚厚的白雪，相傳有一個雪公公，他終日忙碌，到處去用雪花點綴冬天的世界。

許久以前，在遙遠的俄羅斯的領土裏，住着一個美麗的姑娘美格達，她和她的父親、後母、還有兩個後母所生的女兒住在鄉村的一間小茅屋裏。

她的兩個姊姊，戴妮亞和瑪花，都是極其懶惰，而又愛吵鬧的姑娘，她們常常為了誰比誰更美麗，或者誰能嫁給一個更富有的丈夫這一類無聊的問題而爭吵半天。

可憐的美格達卻從早到晚，都要做着粗重的家務，即使她愛吵架，也不會有這些時間。

有一個嚴寒的冬天，糧食非常缺乏，價錢就貴起來。一天，後母對她的丈夫說：「美格達也該出嫁了，我們窮成這樣子，她嫁了也可以減少我們的負担。」

她的丈夫也表示同意，那天的晚上，她又對丈夫說：「明天早些起床，帶美格達到森林裏去，留下她在那裏，讓她的丈夫找着帶走她。」

這個可憐的丈夫十分迷惘，但是他對妻子一向都是唯命是從的，他就只好這樣做了。當美格達察覺自己被遺棄在森林裏，便傷心地痛哭起來。她穿得這樣單薄，而天氣又是這樣寒冷！她孤寂地坐在樹下，冷得發抖，忽然她聽見樹葉間有些「瑟瑟」的聲音，接着有千萬片雪花降落她的眼前。正當她眼花撩亂的時候，一個穿着綴滿耀眼的珠寶的白袍雪公公站在她的面前。

「你一個人在這樹林裏做什麼？」他說。

「等一個肯做我丈夫的帶我回家去。」美格達回答說。

「你覺得怎樣？」雪公公說。

「還好。」美格達溫柔地說。

「你覺得冷嗎？」雪公公問。

「是的，有一點兒，因為我沒有禦寒的衣服。」

「是不是因為我的雪花使你覺得這樣冷？」

「不是的，雪花是美麗的，要是我有一件厚厚的衣服，我便不怕冷了。」美格達回答着，她的上下牙齒，互相打得「格格」地響。

雪公公看見這情形，心裏不由得可憐她，便對她說：「我的雪花不會傷害你的。」說着，他把一件厚厚的皮裘給她穿起來，還送給她皮靴和手籠，在她的頸上，又給她戴上鑽石鑲成的頸鍊。

第二天，她的父親因為惦念着她，整個晚上都沒有睡覺，一早起來便到森林去找尋她。他發覺她平安無事，還穿戴得漂漂亮亮，又驚又喜，便立刻帶她回家去。

她的後母看見這些寶貴的東西，不覺妒忌起來，她希望她的兩個女兒也一樣得到雪公公的贈予。於是她吩咐她們到森林去，等待雪公公的降臨。

戴妮亞和瑪花坐在森林裏的樹下，雖然她們穿着厚厚的外套，雙手套着手籠，但是仍不斷顫抖，戴妮亞說：「我希望媽媽說的是眞的，我們的丈夫快些來找着我們，不然，我冷得快要結冰了。」

「這樣冷，眞倒霉，」瑪花說：「但是，假如只有一個男人的時候便怎辦呢？唔，我相信他一定會選擇我，因為我比你美麗。」

「不，選我才眞，我比你美麗得多，」戴妮亞不服氣地說。

為了這個問題，她們又吵起嘴來，這聲音遠遠給雪公公聽見了，他便走前來對她們說：「這樣冷的天氣，你們到這裏來做什麼？」

「在這裏等我們的丈夫來帶我們回去。」她們咬牙切齒地說。

「好的，你們覺得怎樣？」雪公公問。

「我們快要凍死了，我眞恨死那些雪花。」她們同聲地說。

「你們都穿上了厚厚的外套，還會覺得冷嗎？」雪公公問。

「難道你瞎了眼睛嗎？你沒有看見我們在發抖嗎？」瑪花大聲地叫起來，「快滾開，老頭子！」

雪公公聽了十分生氣，他伸出手指指着戴妮亞和瑪花，她們的外套立刻變成冰雪，她們就被藏在冰雪裏，永遠沒有回去，後來她們的媽媽到森林裏去找她們，可是也永遠沒有回去了。

選自一九六四年三月二十一日香港《兒童報》雙週刊第二〇七期，「劉姐姐講故事」專欄文章

長鼻公主

親愛的小朋友：

今天我說的故事叫做長鼻公主，當你們聽見這個名字，在你們的小腦裏一定會出現許多問題，譬如：公主的鼻子為什麼會長？有多長？好吧，小朋友，別急，請慢慢聽我說吧！

從前有一個年青的兵士，他離開家鄉差不多兩年了，一天，他請准了假，要回家去一趟。他趕了半天的路，天黑時，經過一個樹林，便決定在樹下睡覺。

他收集了一些樹枝，生了火，因為火光嚇走那些野獸。一切安排好了，他把毛氈包裹着自己，很快便睡着了。他睡得很酣，還做着甜蜜的夢。突然他給一個巨大的聲響吵醒。他立刻跳起來，看見在黑暗裏站着一個小矮人。

那小矮人的樣子很怪，有着一把長長的白鬍子和一個尖尖的鼻子，看來好像又冷又餓。兵士很同情他，叫他走近火堆取暖，並且把食物分給他吃。小矮人很高興地接受了。當他吃過東西之後，便對那兵士說：「你這樣仁慈，我要報答你，我送給你這件寶袍，不論什麼人，只要穿上這件寶袍，心裏想什麼便會得到什麼。」小矮人說完，把寶袍交給那兵士，說聲再會，便在樹林裏消失了。

那兵士急切想証實小矮人說的話是眞是假，於是立刻把那件寶袍披在身上，心裏想着：「我願意擁有一座巨大的城堡，有着許多僕人和兵士，還有許多獵狗和馬匹，倉庫裏堆滿了金銀珠寶。」這時一聲巨響，火光閃耀，就在這刹那間，他眼前出現一座巨大的城堡。

城堡裏有着他期望的一切東西：無數的僕人站在路的兩旁，看見他走過，便慌忙向他行禮，他走進大客廳，那裏掛着許多美麗的油畫和明亮的鏡子，他從鏡子裏看見他自己，穿着黃金的衣服，完全和往日不同，差一點連他自己也不認識了。

從此，他天天跳舞、打獵、宴飲，過着極其豪華的生活。

有一天，他去參加一個國王的宴會，國王的女兒一直懷疑那年青的兵士的來歷。於是公主和他跳舞的時候，便乘機打聽他從那裏得來這些財富，他在無意中向公主告訴了一切。於是公主趁着兵士和別人跳舞時，溜出王宮，走到那兵士的城堡去。她瞞過了守城衛士，並且向那些僕人騙得了寶袍。

第二天早上，兵士回到城堡裏，發現他的寶袍被偷去了，他向那些僕人查問，知道公主曾經來過，他想起在跳舞時她問過許多問題，又想起在舞會進行中她曾消失踪影。因此，懷疑那寶袍是給公主偷了去。

「怎樣才可以向她要回那件寶袍呢？」他怎也想不出一個辦法來，這時候，那矮人突然再度出現說：「有什麼事發生嗎？」兵士把寶袍被偷的事請告他，他說：「我可以幫助你，」說着他從褲袋裏掏出一包東西，是用手帕包着的，打開手帕，裏面是一個鮮紅的蘋果。他對兵士説：「拿這個蘋果去送給公主，以後的事情，你等着瞧吧！」

兵士立刻騎上馬，跑到王宮，在公主的寢室裏，他見到了公主，説道：「我給你帶來一件很好的禮物。」説着，他把蘋果遞給公主。

公主看見蘋果又紅又香，忍不住滴下饞涎，她用力咬了一口，奇怪的事就馬上發生了。她原來長得很漂亮的鼻子，忽然變長了，而且愈來愈長，長到從窗口一直伸到街上，沿着地面生長，伸到城牆，再從城牆伸到郊外，足有幾哩長呢！小朋友，你們見過這樣長的鼻子沒有？

公主的鼻子還繼續長着，已經長到山脚，爬上山谷，伸展到鄰國去，這時她的鼻子最少也有幾百哩長了，可是它還不斷繼續生長。

公主焦急極了，拖着一個這樣長的鼻子，動也動不得，更説不到參加什麼打獵、舞會了。最使她担心的，就是如果有什麼碰着她的鼻子，很容易令她受到創傷，即使平安無事，但是冬天的時候，也會使她露在外邊的長鼻子，冷到變成冰條的。

她愈想愈悲傷，忍不住流出眼淚，她懇求那兵士替她解除魔法，兵士説：「好的，但是你要把寶袍還給我，不然，你的鼻子不會停止生長。」

公主答應了，馬上吩咐侍女把寶袍拿出來還給他，兵士得回寶袍，公主也得回一個正常的鼻子，從此之後公主再也不貪心了，兵士也厭倦了那些享樂的生活，他把寶袍還給小矮人，回到家鄉，過着樸素而愉快的生活。

選自一九六四年四月四日香港《兒童報》雙週刊第二〇八期，「劉姐姐講故事」專欄文章

魔鬼與小偷

從前義大利有一個貧窮的農夫，他要養活一個妻子和許多個兒女，但他既不會做買賣，又沒有田地，他只好到處去做雇農，出賣自己的勞力，來換取一點兒的食糧，他和他的一家就過着這樣半飢不飽的生活。

有一天，從早到晚，他都找不到工作，他垂頭喪氣地一路走回家一路想：「我的妻子和兒女一定餓得發慌了，但是我現在沒有錢，也找不到糧食，怎麼好呢？但無論如何，我都要找點東西給他們吃的，唯一的辦法就是去做小偷，偷到一些錢給他們買東西吃。」

農夫想起住在他家附近的大財主，有一輛華貴的馬車和一匹很好的馬。想起這兩樣東西，農夫暗自打算着：「等到深夜，財主睡着了，我才到馬房去把馬車和馬匹偷回來，然後趕到鄰鎮去賣，這樣我便有足夠的錢買糧食，可以維持一段長的時期了。」

農夫等到深夜起程。他從來沒有偷過東西，所以想起來便不由自主地有點害怕，一路上，他吹着口哨來鎮靜自己。

半途上，他遇見一個人，和他走着同一的方向，那人披着一件大斗篷，頭上蒙着一個面罩，農人沒法看清楚他的面目，便問他說：「你是誰啊？」那人回答說：「我是魔鬼。」

「怎麼？你是魔鬼？」農夫聽了嚇得怔住了，但那魔鬼慢條斯理地回答說：

「魔鬼並不可怕呀，我能夠坦白告訴你，就表示我不會傷害你，何況你是個窮鬼，你的靈魂不受魔鬼歡迎的。喂，看你的寒酸相，你又是誰啊！」

「我是小偷，」農夫回答說：「我去附近偷財主的馬車和馬。」

「好得很，」魔鬼說，「我也是去偷東西，我去偷財主的靈魂，我們一起走吧！」

「你說的是眞的嗎？」農夫詫異地說，「偷馬車和馬已經夠困難了，偷靈魂不是更難嗎！」

「容易得很，」魔鬼回答說，「我等一會兒，去到他的睡房，便叫醒他，他會立刻吩咐他的僕人給他倒水，等到僕人倒了水給他離開之後，他用水洗臉，就會開始打噴嚏了，他會不斷地打着，除非有人對他說：『上帝保祐你！』他才能停止，不然他會打噴嚏打到死去，那時候他的靈魂便屬於我的了。所以，農夫你必須記住，你千萬要保持緘默，別說一句話。我偷到他的靈魂，你當然也可以隨便去偷他的馬車和馬，因為他家裡的人發覺他突然死去，必然會混亂非常，還有誰會注意到家裡失去什麼東西呢？」

農夫答應了魔鬼保持緘默，當他們一路去到財主的田莊，魔鬼一直走到財主的睡房去。

農夫好奇地躲在睡房的窗外，想看看事情是怎樣的發展。

他看見財主睡在床上，呼嚕呼嚕的像殺豬似的哼着。魔鬼走到他的床前，吹了一口氣，就把財主床上的被褥、枕頭全吹到地上，財主就這樣被弄醒了。這時候魔鬼跳上煙囱上邊躲起來，財主一點也不覺察，以為窗外剛才吹來一股猛風。他起床了，果然和魔鬼預言的一樣，立即吩咐僕人給他倒水，僕人倒來一盤暖水，可是當財主用熱水澆到面上時，馬上變成冰涼的水，跟着財主便瘋狂地打起噴嚏來了。

「乞嗤！乞嗤！……乞嗤！啊喲，好難受呀，乞嗤！很辛苦呀！乞嗤……」

農夫被打噴嚏的聲音嚇驚了，他又看見財主打噴嚏時那種辛苦的樣子，便不覺生了同情之心，忍不住便叫起來說：「願上帝保祐你！」

財主立刻停止了打噴嚏。魔鬼匆匆地從他隱藏的地方跳出來，躍出窗外，當他經過農夫的身邊，憤憤地說：「豈有此理，你破壞我的計劃，我詛咒你偷東西永不會成功的。」

這時農夫才記起自己到來的目的，剛才當他看見別人痛苦時，竟然忘記了自己的處境。財主看見窗外有一個人鬼鬼祟祟的，便大聲叫喚：「小偷呀！小偷呀！」可憐的農夫就這樣被人捉住了。

問他為什麼躲在窗外，又為什麼要大聲說：「願上帝保祐你！」農人只好把遇見魔鬼的經過詳細告訴了財主，並且說：「當我看見你打噴嚏打得厲害，我不能見死不救，便不由自主地說：『上帝保祐你！』」

財主才知道自己在死亡的邊緣，全憑這農夫一句話救了他，便感激地說：「謝謝你，好心的人，你是我的救命恩人，我要報答你，我不但給你馬車和馬，並且還給你一塊土地，再給你一些錢去買種子，讓你可以在土地上耕種，你和你的家人都可以有吃有穿了。」

農夫高興得很，以後他勤勤懇懇地做個好農夫，再沒有想到偷東西了，魔鬼咒他偷東西永不會成功，這句話，也永遠沒法得到證實哩！

親愛的小朋友，這是一個義大利的民間故事，我們要知道天下間是沒有魔鬼的，只是故事虛構一個這樣的人物，來道出一個有意思的故事罷了。

下期，我再給大家講一個蘇格蘭童話。

選自一九六四年四月十八日香港《兒童報》雙週刊第二〇九期，「劉姐姐講故事」專欄文章

白兔王子

親愛的小朋友：

今次，我講一個蘇格蘭童話給大家聽。這故事是講一隻平常的小白兔，却竟然當起國王來了，你要知道是什麼原因嗎？大家留心聽我講吧。

從前，蘇格蘭有一個國王，年紀很老了，可是沒有兒子來繼承他的王位，為了這件事，他和王后感到非常憂傷，國裡的人也都覺得很不快樂。

有一天，宰相對國王說：「我知道說出來會令你難過，但是又無可避免，因為國裡的人都急急要知道未來的國王是誰，你也應該早日決定王嗣了。我知道在我們國境裏，年少有為的人多着，陛下何不從他們中選出一個適合的來繼承呢？」

國王接受了宰相的勸告，到處發出告示：凡是生長在本國貴族家庭的青年，有才智有勇敢的，都可到王宮裡去應徵，由國王面試後，選出最適合的，作為王嗣。

到了約定的那天，第一個到達王宮的是金米努王子，他是國王的表兄弟，長得英俊非常，國王也覺得他是最適合繼承王位。在金米努王子的心裡，一心想做國王，他夢想做了國王之後，可以得到優厚的入息，可以擁有華麗的王宮和無數的珍寶，他還有權力去增加稅收，去享受一切榮華……

這時候，應徵的人陸續來了，王宮外面却圍着一大堆人看熱鬧。

喇叭聲一響，所有的年青人排成一字站在國王的面前，衛兵高聲讀出應徵者的名字，由金米努王子起，一直輪着次序下去，最後是一隻漂亮的小白兔。當小白兔走前向國王行禮的時候，看熱鬧的人忍不住哄然大笑，衛隊們用脚踢牠，想趕牠走，可是牠一點也不畏縮，很莊重地說：「請不要趕走我，我是從一個高貴家庭來的，今年我已足二十一歲，誰說我沒有資格應徵？」

國王感到非常為難，因為他的確沒有充份理由取銷牠參加的資格，但是國王相信一隻兔子是沒法通過他的三個試驗的，因此他沒奈何只好宣佈小白兔也可以參加試驗。

第一個試驗是賽跑，由國王發出訊號，各應徵者以最高的速度向着目標跑去，沒多久，金米弩便一路領先，他驕傲地回頭看看那一群遠遠落在後面的人，禁不住得意地微笑，他那裏還會注意到在他身邊跑着小白兔呢？當快到目標的時候，小白兔像閃電一般衝過王子，以數碼之差獲勝。

第二個試驗是比劍，失敗者都紛紛退出了，最後只剩下金米弩王子和小白兔，金米弩王子心裡很不高興，但他相信他怎也不會敗於一隻小白兔的，便狠狠地揮動他的長劍，向小白兔刺去，小白兔敏捷地跳過一邊，用牠的短劍刺向他的脚，金米弩王子不支，倒在地上。

國王實在不願意讓小白兔繼承他的王位，因此在第三個試驗中，由全國最聰明的人，出了許多難題給金米弩和小白兔回答：原來金米弩是空有其表，木頭木腦的，他連最淺的問題也答不出，小白兔却充滿才能和智慧，對每個問題都能應對如流。國王承認小白兔勝利了，緊緊握着牠的前掌，宣佈立牠為王子。

剎那間，響了一聲巨雷，太陽立刻隱沒，黑雲佈滿了四周，一會兒，太陽再次出現，黑雲也消散了，小白兔已不知去向！站在那兒的是一個漂亮的青年，他跪在國王的面前說：

「我原是一個王子，妖巫下了惡咒，把我變成小白兔，要等到有一個國王，願意封我為王嗣的時候，我才可以恢復人形。」

國王百姓都高興非常，後來國王老了，王子做了國王，他是一個很好的國王，大家生活很快樂。

選自一九六四年五月一日香港《兒童報》雙週刊第二一〇期，「劉姐姐講故事」專欄文章

老鼠朋友

老王是個木匠，靠一雙手養大了中王，中王也是個木匠，也靠一雙手養大了小王。小王今年七歲了，沒有讀過書，也不知道讀書是什麼一回事，在他小小的腦袋裡，只知道學做木匠，將來要做一個好木匠，像他的爺爺、爸爸一樣。他們一家三代，就住在爺爺和爸爸親手做的一間小木屋裡。

小木屋的確小得可憐，三個人躺下睡覺時，就沒有多少餘地了。他們的工場、客廳、飯廳、臥室、厨房甚至厠所都在同一塊地方。這還不足為奇，在這塊小小的地方裡，除了小王一家，還住了另一家，這一家也是祖孫三代。小朋友，你們一定會發出疑問：怎住得下？

這一家，就是鼠爺爺、鼠爸爸和小鼠鼠，牠們的家是在小王的床底的一個小洞裡，小王對於牠們，最初是沒有什麼好感的，他怕牠們長長的尾巴，他更怕牠們在他睡着的時候來吮他的手指和脚趾。可是日子久了，跟牠們相處熟了，他開始喜歡牠們了，有東西吃的時候，便把一些放在洞口給牠們吃，而牠們跟小王也漸漸友善，白天也敢出來跟他玩在一起和小王成為很要好的朋友。

爺爺和爸爸並不反對小王跟老鼠做朋友，爺爺常常說：人們都認鼠類不好，可是在這世界上，比鼠類更壞的還多着呢！」

有一天，爺爺和爸爸相對無言，臉上罩滿愁雲，爺爺很沉重地嘆了一口氣說：「拆了，要拆了，我們只好住在街邊了。」

「街邊也不讓我們住啊！」爸爸憤恨地説。

小王聽了，明白是什麼一回事了，因為鄰近一帶，都一同發出這樣的嘆惜，這樣的憤恨。這裡的木屋都要拆遷了！

小王也很担憂，他想：從此他不能學做木匠，他要做個好木匠的志願也粉碎了。

這時候，他的好朋友，小鼠鼠從洞裡鑽了出來，看見小王眼角上的兩點眼淚，不覺同情起來。小王咽着悲哀，對小鼠鼠說：「小鼠鼠，這裡快要拆了，我們沒有家，你們的家也要毀了。」

小鼠鼠悲傷地說：「我已經知道了這不幸的消息，爺爺告訴我，我們要搬到一個新的地方去了，我特地來看看你，以後我也會常常來看你的。」

「恐怕我已不在這裡了。」小王說着，眼淚滴下來。

「但是，無論如何，我都能找到你的！」小鼠鼠很有信心地說。

幾個月後，一個風雨交加的深夜，在一條橫街的屋簷下，幽暗的街燈照射着；一個瑟縮的孩子，雙手抱在胸前，好像向上天祈求不要下雨，讓他有個睡的地方。

這時候，有一隻小老鼠，冒着大雨，跑到那孩子跟前，氣喘喘地說：「小王，小王，我找你許久了，到底給我找到了！」

「小鼠鼠，原來是你！」小王遇見他的老朋友，高興得什麼似的。

「小王，怎麼你一個人在這裡，你的爺爺和爸爸呢？」

小王流下眼淚，嗚咽着說：「爺爺死了，爸爸要找生活，到別的地方去了，剩下我一個，無家可歸，白天討飯充飢，晚上露宿街頭，爸爸說，他找到事做便回來接我去了，但是，也不知他什麼時候會回來。」小王說着，忍不住哭起來了。小鼠鼠覺得十分難過，連忙安慰他說：「哭吧，哭了你會好過些的。」說着，牠自己也哭起來了。

小鼠鼠陪着小王哭了好一會兒，小鼠鼠才勉强忍住哭說：「不要哭了，還是想個辦法吧！」

「什麼辦法？」

「小王，我們自從那天離開你家後，爺爺便帶我們到一所很漂亮的大廈住下，我們是住在主人房間的衣櫥裡，那裡眞舒服了，小王，我帶你去看看好嗎？」

小王答應跟他去了，但是到了大廳前，只見鐵柵木門重重鎖着，而小王又沒法像小鼠鼠那樣，走那地下隧道，他在門前徘徊許久，沒法進去。

忽然在他們的前面，出現一個白鬚的老公公，笑嘻嘻地說：「小孩子，你想進這座大廈嗎？我可以幫助你。」

小王十分詫異地說：「你是誰？」

白鬚的老公公說：「我是土神，專管這座大廈的，小孩子，我有辦法使你進去，但是你要變成一隻老鼠，你願意嗎？」

「要我變成一隻老鼠？」小王吃驚地說。

「是的，這裡有兩顆丸，你吃了大的一顆就變成小鼠，吃了小的一顆你便回復人形，可是你要注意，我只能幫助你一次，兩顆丸用完之後，便再不能變老鼠了。」老公公說着，從袋裡掏出兩顆丸，交給小王，便消失了。

小王吃了那顆大的丸，果然變成一隻小老鼠，他靈活地跟着小鼠鼠鑽進隧道裡，通過了隧道，便到達一間雪亮的廚房。

「這裡有許多好吃的東西，任你享受的。」小鼠鼠滿神氣地說。

後來，他們到了主人的房間，那裡佈置得堂皇華麗，小王不覺停下來呆着，小鼠鼠說：「快跟我進來，給主人看見，不是好惹的」

他們從牆角的一個秘密洞進到衣櫥裡，那就是小鼠鼠的家了。鼠爺爺和鼠爸爸看見小鼠鼠帶着一個同伴回來，最初不知道是小王，後來小鼠鼠說明一切，他們表示十分歡迎，還留小王和他們住在一起。

小王無家可歸，也安心住在這裡，再不願變回人形了。他覺得做老鼠比做人好得多，有地方住，不怕風吹雨打，還有好的東西吃，什麼魚翅啦，燕窩啦，做人時是見也沒見過的，現在做了老鼠，竟可以嘗到這些美味。

小王願意做一輩子老鼠，有時他也懷念起他的父親，尤其當他嘗到美味的東西的時候，他便會想起：「要是爸爸也變了老鼠多好，不用再捱餓了！」

但是，老鼠的生活，並不如小王想像的那麼幸福，不幸的事終於來臨了。

有一天，小鼠鼠一早出去找尋食物，許久還不見他回來，鼠爺爺很是担心，鼠爸爸出去探聽消息，後來匆匆回來，臉色慘白，悲傷地說：「不好了，小鼠中了人們的圈套，牠被困在鐵籠裡了！」

鼠爺爺聽了不覺流出眼淚，小王也傷心到哭出來，後來，他忍住悲哀說：「我們要想個辦法，拯救小鼠鼠才是。」

「拯救我們的小鼠鼠？唉，難了，難了，落在人類的手裡，我們的小鼠鼠是難得生還了。」鼠爺爺搖頭嘆氣地說。

「拯救我的小鼠鼠，除非是人啦。」鼠爸爸沉痛地說。

「什麼，你說人就可以拯救小鼠鼠嗎？唔，我有辦法了。」小王說。

於是他悄悄地懷着土神給他那顆小的丸，走到厨房，果然看見小鼠鼠在籠裡焦急地闖着。小王走到籠邊，安慰他說：「小鼠鼠，我來救你了！」說着，他便吞下那顆小的丸，刹那間，他已回復人形了，他連忙用手打開籠門，讓小鼠鼠逃出籠來。他對小鼠鼠說：「他們快來了，你快快逃吧。」

小鼠鼠依依不捨地說：「小王，為了我，你變回人形，以後，你又要流離失所，捱飢抵餓了！」

小王勇敢地說：「小鼠鼠，不要惦記我，快快回到你的家去吧，你的爺爺和爸爸都在等着你，以後你要小心，要提防人們的圈套！」

小鼠鼠逃回家了。可是小王却給兇惡的廚子捉住了，把他交給主人，當他是小偷，把他打個半死，然後把他踢出大門。

可憐小王，從此又過着露宿街頭的生活了，茫茫人海，何處去尋他的爸爸？

選自一九六四年九月十九日香港《兒童報》雙週刊第二二〇期

嫦娥下凡

嫦娥自從偷吃了靈芝草，被后羿追迫，逃到月亮後，便一直在月宮住下，一晃便是幾千年。藉着靈芝的藥力，她還是丰采依然，沒有半點兒老態，可是世上的變遷，人間的苦樂，她却毫無所知了。有時她也會憑欄下望，但是茫茫的雲海，把她的視綫隔絕，她只好喟嘆一聲，躲回她的香閨，去過那寂寞凄清的日子。

在閨中陪伴着她的有小白兔，牠生得精靈機警，眼能看見萬里以外的東西，耳能辨別四方八面的聲音，牠常常把所見所聞告訴嫦娥，嫦娥得牠作伴，也減少一些兒的寂寞。

那天晚上，夜色如水，月宮裏顯得特別寒冷，嫦娥在御花園散步，感到寒意侵人，正想回宮睡覺，只見小白兔遠遠跑來，把嫦娥嚇了一跳，禁不住輕聲責備牠說：「小白兔，你老是這樣冒失，匆匆跑來，究竟有什麼事啊？」

小白兔喘過氣說：「嫦娥姐姐，今晚是中秋佳節，人間正要瞻仰你的丰姿，你為什麼一早便去睡了？」

嫦娥這時才記起，今晚是一年一度的中秋節，她微微嘆了一聲說：「唉，去年的中秋節好像就在昨天，怎麼今年中秋節又來了？」小白兔說：「當然啦，嫦娥姐姐住在月宮，又那裏知道人間的時間？」

嫦娥跟着玉兔經過庭院，登上望遠亭，在那裏依稀可以看見下面的人間。

小白兔很興奮很高興地指着這邊，指着那邊，告訴嫦娥說：「你看，他們都設了香案，陳列了瓜果餅食，向着你膜拜，他們是多麼仰慕你啊！」

人們的膜拜和仰慕，並沒有解脫嫦娥的寂寞和憂鬱，她沉着聲說：「唉，他們那裏會知道廣寒宮裏日子的難過啊？」

忽然，小白兔的兩隻長耳朵高高的豎起，彷彿受到一種聲音所刺激，跟着牠現出滿臉難過的神色，眼淚也差點要流下來，嫦娥詫異地說：「小白兔，你為什麼難過起來了？」

小白兔雙淚流流地說：「我聽見人間有無數悲慘的聲音，所以我忍不住便哭了。」

「小白兔，」嫦娥一邊撫摩着小白兔柔軟的白毛一邊安慰牠說：「你不要難過，但是，你告訴我，你到底聽到什麼悲慘的聲音呢？」

小白兔揩乾眼淚說：「我聽見砲火毀掉無數家庭，寡婦在哀訴，孤兒在悲啼；我聽見天災人禍，許多人流落街邊，輾轉哀號；我聽見許多考試落第的學生，書空咄咄；我還聽見那些貧病交逼的人，痛苦呻吟……」

「夠了，夠了，」嫦娥連忙掩住小白兔的嘴巴，她實在不願聽下去了，她的心彷彿被利刃割得片碎了。她長久地住在月宮，那裏會知道人間的慘劇？

「還有，」小白兔掙脱嫦娥的手，繼續説：「你聽，那悲慘的哭聲！一個慈愛的母親，為了無力撫養親生的愛子，忍痛把他丢棄街邊，嬰兒在寒風裏掙扎，哭了，母親也哭了！」

「怎麼？母親竟忍心丢棄親生的兒子？」嫦娥驚叫起來説：「不，這是不應該有的慘劇，我要到凡間，我要用女性的愛，去撫愛這個嬰兒。」

「但是，」小白兔説：「凡間離這裏幾億里路，人們用盡方法研究，製造火箭和飛機，還未能到達我們這裏，我們又那能下到凡間。」

「為什麼你們不請教我呢？」一個粗厲的聲音説，幾乎把嫦娥和小白兔嚇得從望遠亭掉了下來。小白兔定神一看，原來説話的是吳剛。

吳剛來到月宮後，被罰斬那棵永遠斬不斷的丹桂樹，到現在已經幾千年了，他對這種枯燥乏味的工作，已是非常厭倦了，他早就希望有一天回到人類的社會裏，過着普通人所過的生活，所以，多少年來，他決心苦練，要斬下丹桂樹，製成一隻神通廣大的飛船，有了那隻船，他便可以回到世間，完成他的志願。

現在，他聽見嫦娥和小白兔的説話，正和他的志願相投，所以忍不住插嘴説了。

嫦娥聽見吳剛訴説他的抱負，便高興地催促他快把丹桂斬下，還動手去幫助他，小白兔忍不住也拿起斧頭幫着去斬。説也奇怪，吳剛日夕不停斬了數千年還斬不下的老桂樹，在三人齊心合力之下，只消幾分鐘，已經把它斬下了，而且很快便造成一隻飛船了。

他們三個坐上飛船，向着地球進發，嫦娥回頭看看月宮，不覺感慨地說：「再見了，寂寞的地方！我現在要去拯救那被棄的嬰兒，去拯救那千萬受苦的人們，雖然我明知世間多苦難，但我也要去的！」

「是的，」吳剛說，「我也要去盡我的力做一番事業！」

他們已經漸漸接近地球了。親愛的小朋友，你們在中秋節的晚上，是不是看見月亮冉冉而下呢？

選自一九六五年九月四日香港《兒童報》雙週刊第二四五期，「劉姐姐講故事」專欄文章

區惠本

望夫石的故事

那一天，周末，我和英到了沙田。當火車轟隆轟隆的走開了，我們離開了車站，穿過這鄉村唯一的墟市（已經染上了濃厚都市色彩的了），向着山的那邊走去。

田間的小徑非常利足，可惜我們迷了路，走到了車轍不通、荊棘滿佈的地方，我們隨即轉身回頭走，雖然跑了不少冤枉路，拐了幾個彎，畢竟，我們要攀登的山頭在望了。

「你看，這真像一個人像！」

英說着，像初次見到了陌生的東西一樣感到驚奇。她指了指在望的山峯轉過身來看着我。

「錯了，豈止一個人，你試仔細看清楚，不多不少，有兩個……」英隨即再轉回身，向山的那邊望，這回她覺得我說得有理，點了點頭。

「記得別人都說你長於講故事，這回又是怎樣的一個故事？我願意聽。」

「好吧，到了山那邊，讓我們就坐在那一大一小的母子石像之下，我對你講這已經古老的故事。」

說着，我們的腳步加快了，英更興高采烈的走在我的前面。

……

就坐在這像母子般的巨石之下，凝望着四周，我開始對這裡的自然山川，一草一木，發生了極大的興味。

山，不能說是巍峨的，但遠望也頗為可觀。早晨這裡的山頭一定充滿了雲霞霧靄的，就像帷幔一樣，把山峯蓋上一層朦朧。黃昏，夕陽掛在天邊，草地上的陰影就是它溜走的腳步。幾隻晚鴉會在這時隨影追逐，樣子倒像是淒清、寂寞。

環繞着半山的，是一些矮矮的松樹，生得挺蒼老的，挺有生氣的，立在山腰。微風吹過，還可以看得見那松針的吹落和聽到隱約的松濤。

這時會有冷氣襲來，幾片樹葉飄過，你覺得地球上完全沒有一點聲音。

「給我講一個故事——一個發生在這山峯的故事。」

英祈求着，她牽動着我的手。

「好的，我答應給你講一個有關這山上的故事，但如果這故事是快樂的，你可以快樂；如果這故事是近乎悲哀的——你不可以悲哀。」

英點點頭，她已經在凝望着我。

於是用像說故事的人的口吻，我說：讓時光倒流吧，載我們到從前的世界，回到了我們老祖母的那一代，這裡發生過一件事，一個女人，從活人變成了化石，至於她的名字早被人遺忘。在古老的歲月裡，的確有過這樣悲慘的故事，現在對年輕的一輩來說，恐怕是發霉了的歷史了。

這事發生在附近的鄉村。古老的日子，女人的命運是悲哀的，而我要說的這個女人也沒有例外。從小，她就受到了人世的虐待，她的爸媽不疼愛她，說她是「賠本貨」，她的兄弟歧視她，不把她當作親姊妹看待，在寂寞的小心靈裡，她已經感到了世界的可怕，背着別人的時候她偷偷落淚。除了她家人，遠近的鄉人都稱讚她，她年輕，人品好，本領又高強。

當她還未懂事，身心都未能發育完全時，她那忍心的爸媽，憑了媒人的一張油嘴，貪慕對方的優厚禮金，給她定下了一頭親事。

她是憑了別人走漏的一點風聲知道的，過去的日子雖然痛苦而寂寞，但要來的卻是那未知的命運。她的閨閣生活，縱然鬱鬱寡歡，但她是熟悉的。現在她要嫁到一個陌生的男人那邊，「這是怎樣的一個男人呢？如果她也像我的爸爸，我的兄弟……」她一想到這個，又會傷心的哭了。如果遇上了一個更粗暴無情的男人，她是無能為力的。

但畢竟她是「想通」了，這是命運，我們不要怨尤。跪在神龕前，她默禱但願未來的丈夫是溫柔的……在她的腦海裡所充滿着的是：月下老人，赤繩繫足……

她嫁了，這時候她才能看一眼她的丈夫——而且是偷看的。上天並沒有辜負她的一番私願，她嫁得很好，她生活得很幸福。那種恩愛而纏綿的日子，蜜一樣的，婚後才真正開始了她底初戀。一想起她底丈夫的心細、體貼，她的臉上又是泛起陣陣的紅霞。

這時候她工作得更辛勤，知道這個家是自己的，她很容易就心滿意足，總是覺得她以前的想法錯了，不應該沒有根由的胡思亂想。她曾經恐懼他是否能適合她的心意——一想到這裡又頗有點歉意似的。

但春宵苦短，幸福的日子是多麼易逝呢。她所常常擔心的問題終於發生了。她的丈夫是一個華僑，為了生活，他不能不重新挑起擔子，別離了那溫柔而又賢淑的妻，飄洋過海，再回到過去工作的地方。那日子近了，一想到命運的多蹇，難怪她又偷偷的下淚呢！

那一天，使她難過的一天終於來了。屋子外刮着風，簾子也翻飛的吹着，在屋子裡的她卻下着雨般的眼淚。這是他要遠行的前夕。她羞澀的伏在他的耳際，說她已經有了幾個月的身子……

他提着簡單的包袱，眼淚汪汪的走了。

從此她空守着羅幃，那懶散而寂寞的日子，陪伴她的，是落着眼淚的雨。

那遠行的人，一去已永不回頭。

時光像小溪水一般的向前急流，一年、二年、三年，她的孩子長得活潑天真了，可是遠行人一紙信息也沒有。

她的家，正對着那長滿松樹的山峯。每天，她背着孩子，攀上荊棘的山頭，整天竚立着，向着那遙遠的彼方，那水和天的接合處，張望、張望、張望。

一天失望了，第二天仍是失望。

也不知道經過多久，當燕子又一度歸來了，翦着海波；雁南飛了，長空裡一聲聲的呼嘯；那山峯上，微風仍然吹吻崗巒上的松林，於是人們開始發現了母子的化石竚立着，永遠瞭望着遠方。

……

當我回望我身畔的英時，她的臉上也不知甚麼時候淌着眼淚。這只是一個古老的故事，發生在那逝去了的年代，隨便在山附近的那一個牧童都會說的。

選自一九五七年十二月七日香港《青年樂園》第八十七期

范劍

青蛙吃太陽

快到黃昏時分，那已經工作了一整天的太陽，帶着疲累的神態，開始向山背後，慢吞吞地沉下去——它的光芒，再沒有白天那麼熾熱。現在，它只用柔和的、深紅色的餘光，照耀大地。於是，樹林、大海、沙灘、稻田，像潑濺了紅顏色似的，是紅通通的一片！

現在，快將從山頂降落的太陽，顯得更圓更大，更可愛啦！

在同類中自稱為「萬能專家」的青蛙先生，也在這時分，從水田裏跳到野草叢生的阡陌上來，——我們的青蛙先生，一向有個習例，那就是每當黃昏的時刻，喜歡在阡陌上散散步，好欣賞欣賞四處優美的景色。今天，牠並不例外，一樣開始牠的散步。

牠抬起頭，看見一羣羣飛回家去的鳥兒，便朗聲嚷：

「我的孩子們，回家去麼？」

「對，對，青蛙先生，散步麼？」鳥兒們向牠揮手。

「唔，孩子們，我是萬能專家，你們有什麼幹不來的，找我幫你們忙好啦！」青蛙先生露出蠻威嚴的神情。

鳥兒只以嘲弄的，嘻嘻哈哈的笑聲答覆青蛙先生，接着向前飛去了。

青蛙先生討了個沒趣，繼續向前行。牠行近一條水流澄清的小溪，低頭看見水裏一陣游魚在嬉耍，便伸着脖子放聲嚷：

「我的孩子們，在玩水麼？」

「對，對，青蛙先生，散步麼？」游魚吐着泡沫嚷。

「唔，孩子們，我是萬能專家，你們有什麼幹不來的，找我幫你們忙好啦！」青蛙先生又道貌岸然地說。

魚兒們不屑牠那大口氣，大家打着泡沫，不回答牠半句話，便向別的地方游去了。

「不識抬舉！」青蛙先生罵了牠們一句，又慢條斯理地散自己的步。

牠又抬頭，瞧見那個緩緩向西沉的太陽，忍不住想：「多大多圓的太陽！看來，它倒像個大蛋黃，把它吃進肚子裏去就好了！」

走了好一會，牠又自信地想：「我是萬能專家，我何不把太陽吃掉！」

想着，牠果然停止了散步，把頭兒伸得高高，把眼兒閉的緊緊，把口兒張得大大的說：

「太陽呀太陽，我是萬能專家——快送到我的口中來！」

再過了一些時候，青蛙先生張開眼睛時，發覺太陽已經不見踪影，大地是一片黑暗，像潑濺了墨水也似的。青蛙先生快樂得在阡陌上跳躍、唱歌：

我的本領高，

我的本領大。

天上的太陽呀！

只好在我肚中晒。

牠自己興奮、狂歡了一陣，覺得有點疲累，便一蹦一跳地回到水田睡覺去。

天還沒亮，青蛙先生從好夢中笑醒過來，牠念念不忘跳上阡陌去看天空。

「看看我把太陽吃掉的天空是怎樣的？」

牠沾沾自喜地自言自語，心急地抬頭——噯，那廣濶的天幕是一片黑沉沉的，星星在黑幕上放射出微弱的光芒；牠們顯得很可憐，像為自己的同伴——太陽被吃掉而傷心下淚！

青蛙先生可越加神氣啦，牠挺着胸脯向前行——拍！由於黑暗，牠看不見前路，一頭碰在一塊石碑上，這下子可把牠碰得頭破血流，不禁雪雪呼痛。

牠咒罵了石碑可惡可恨之後，便坐下來休息。

「不妙！不妙！」青蛙先生想：「要是我永遠把太陽吃在肚子裏，不是大地永遠黑暗，瞧不見東西？——嗯，我還是把它吐出來好！」

於是，牠站起來，把頭兒伸得高高，把眼兒閉得緊緊，把口兒張得大大，說：

「太陽呀太陽，我是萬能專家，現在，我好心放你出來！」

不久以後，青蛙先生張開眼睛時，大地已是一片光亮，青綠的樹林，急湍流水的小溪，遠處的山巒，都歷歷在目前——太陽，已升上來啦！

這一趟，青蛙先生更加高興和自信，牠唱：

我是萬能，

我是神仙。

肚子裏的太陽，

我可以把它送上天！

當天，青蛙先生找到一羣同伴，聲音朗朗地告訴牠們自己吃掉太陽的事情，以為大家一定驚佩自己的本領，奉牠為神明，誰料牠們聽了，都不相信。

「吹牛，吹牛，你怎可以把太陽吃掉。又吐出來？」

「青蛙先生，你的騙人技倆眞拙劣！」

同伴們挖苦牠，更有一個同伴說：「我的萬能專家，既然你的胃口那麼大，可以把太陽吞掉；那麼，你可以把前面的一潭水喝乾麼？」

青蛙先生自信地答：「當然可以啦！」

為了證實自己能吞掉太陽，青蛙先生拼命吸水潭裏的水，吸着、吸着，牠的肚子高脹如鼓，可是潭裏的水，還是絲毫不動。同伴們勸牠別吸了，牠仍拼命地吸——吸——吸，最後，牠的肚皮終於穿了！

選自一九六〇年四月十六日、四月二十三日香港《兒童報》第八期、第九期

何紫

雨和雨傘

淅瀝、淅瀝……雨水下個不停。一把咖啡色的雨傘，隨着它的主人，在雨天裏走着。雨水打在雨傘面上，雨傘說：「啊，好涼快呀！」雨水說：「是我，是我帶給你涼快的，小蘑菇。」雨傘說：「哈哈，小雨點，我不是蘑菇，我是雨傘呢。不過，我昨天還在傘店裏，昨天主人把我買了，剛巧今天就下雨，主人用上我了，哈哈，我是第一次和你們打交道呢！」小雨點說：「小蘑菇，原來你是個新丁，難怪你在雨裏覺得這麼有趣。告訴你，有時候我們會變成傾盆大雨，更嚴重的，還會結成冰雹，撲撲的打下來，那時候你這小蘑菇可受不了啦！」雨傘聽了，剛才的興趣都沒有了，因為，他知道雨點不停地叫它做小蘑菇，是故意的，也許這是惡意的表示。雨傘馬上繃着臉，擋着雨水，說：「不！我不是小蘑菇，你是大花灑！不要臉的大花灑！」雨點聽了，也起勁的說：「小蘑菇！小蘑菇！」這樣，「小蘑菇」、「大花灑」的對罵着，蓋過了淅瀝淅瀝的雨聲。

回到家裏，雨傘還是一肚子氣，主人把它放在雨傘架上，它靜下來，想起自己天真友善地對待新相識的雨水，可是，雨水卻罵它，它越想越氣，流下淚水來了。雨傘總在想：「也許我跟雨水，就像貓跟老鼠，是勢不兩立的吧。可不是嗎？雨水要打濕人的身體，我卻偏偏擋着它們。我明白了。我和雨不是朋友，是……嗯，也許是敵人！」

以後一個多月，天氣都蠻好的，沒有下過雨，連半片陰雲也沒有。這樣，主人當然沒有帶雨傘上街。雨傘一直待在雨傘架上發呆。這時候，它又懷念雨水啦，它多希望雨水快下來，讓它有機會去擋着它，即使是再吵嘴也好。

第二天正午，主人忽然來拿雨傘。雨傘高興極了，它輕輕的叫：「啊！多好呀，我又可以看見那可愛——不，可惡的雨水了！」主人走到街上，張開雨傘，雨傘閉着眼，它等待着雨水打下來，它等待着叫喚它做小蘑菇的聲音。可是，等了好一會，只覺得一陣陣炙熱，它張開眼看看，藍藍的天空，火紅的太陽，哪裏有雨水的蹤影？原來主人這一回是拿它來遮擋太陽光哩！雨傘失望極了。

「天有不測的風雲。」這話大概不錯，忽然吹來一大片烏雲，一時烏天暗地。還有不知哪兒來了一股颷地風。轉眼間，大雨來了，雨傘不禁叫起來：「小雨點！我盼到你來了！」雨傘高興得張開了每一根骨，迎向雨水。

「哈哈哈！小蘑菇，我來了，這一回你可遭殃了！哈哈哈！」

那笑聲叫人聽了打寒顫。雨傘最初覺得涼快，可是，漸漸，雨水傾盆而下，來勢非常淩厲，還夾着狂風，雨傘心裏慌了，一忽兒，向下彎曲的傘骨，被吹颷得向上挺直了。雨傘吹反過來，它再不能遮擋着主人，主人嫌它沒有用，把它扔在地上，抱頭在雨中直奔。雨水不留情的打呀打，打在渾身濕透的、躺在溝渠邊的破雨傘上。雨傘不停地哭，分不出哪是淚水，哪是雨水了。

寫於六十年代，選自何紫《26短篇童話集》，香港山邊公司出版部，一九七九

船和船塢

在船塢裏，有一艘新輪船剛剛建好了，下水禮那天，成千上萬的人來觀禮。一瓶香檳酒撞向船頭，「乒乓」一聲破碎，新輪船就徐徐滑下水去，開始它的航程了。

新輪船得意極了。那輪船誕生之地——船塢，含着淚送它出去，船塢說：「船啊，祝你一路順風！」這聲音被歡呼和喝采聲蓋過，輪船沒有聽到，它實在沒有留意船塢含淚向它惜別的樣子。

從此，輪船迎着海風，衝破巨浪，在五洲四海到處流蕩。輪船在大海中，多麼豪爽呀，有時它太得意了，就禁不住「嗚嗚嗚」的高叫，那烏黑的煙就直衝上雲霄去。海鷗和它玩捉迷藏，浪花也常常來湊興，和它玩猜拳遊戲。

可是，船塢卻懸念着輪船哩！船塢常常託燈塔去找尋它的行蹤。有一次，船塢聽見燈塔說：「那一次，我遠遠就看見它了，我透過我發射的光芒，輕輕撫着它的頭，在它耳邊輕輕的說：『喂，船呀，船塢惦念着你，託我來問候你呢。』但是，輪船卻像忘記你了，它漫不經心的說：『有這麼一回事麼？』就駛進礁石間，輕巧地避過急流暗灘，嗚嗚長鳴幾聲去了。」船塢聽見，就高興得眼眶湧出淚來，說道：「你看見它？你看見它還是那麼矯健？那太好了！那太好了！」燈塔看見這情景，鼻子也酸了。

又一次，燈塔又看見那輪船了，這一次，它用強烈的光芒瞪着輪船，厲聲斥責它說：「忘情的傢伙！難道你不知道船塢多麼惦念你麼？為甚麼你不回到它的身旁去？」

輪船受到了教訓，終於有一次經過船塢，它把船頭朝着船塢駛去。船塢真不相信自己的眼睛，它起初是狂烈的高興，接着卻又變得害怕，到最後，它嚴厲的說：「輪船，住步！你幹麼來這兒呀？快走！快滾呀！快快離開這兒，離開這兒越遠越好！」

輪船怔住了，接着十分氣憤，急急掉頭，「嗚嗚」的遠去了，船塢遙望着那縷縷黑煙，淚水又湧出來，自言自語說：「真的，它沒有事，它很好！它去了，啊！祝福它用不着回來。」

燈塔看見這情景，奇怪極了，燈塔問船塢說：「你不是一直惦念它麼？可是它回來了，為甚麼你又忙不迭趕跑它？」船塢抹着不知是高興還是悲傷的淚，說：「唉，我雖然多麼想念它，但是，我卻希望它一直遠離開我，因為，如果有一天它回到我的身旁，恐怕是它身上出了甚麼岔子，要躺下來修理了。」燈塔聽了，不斷眨着眼，只覺得船塢的感情太難理解了。

寫於六十年代，選自何紫《26短篇童話集》，香港山邊公司出版部，一九七九

原子筆的故事

自從原子彈發揮過它的威力之後，人們都仰慕原子彈的大名，可是，卻難得見到原子彈的廬山真面目。

在文具店裏，有各種各樣的文具、紙張、橡皮、鉛筆等等，晚上關了店門以後，它們無聊得很，就閒談起來了。它們也談起了原子彈哩。

橡皮說：「聽說現代的武器，最厲害就是原子彈啦！」

毛筆說：「是啊，第二次世界大戰打得乒乒乓乓，後來美國在日本丟下了兩個原子彈，迫得日本

無條件投降。」

間尺說：「不過，這兩枚原子彈殺死了很多無辜的日本老百姓，有的人事後責難美國，說她可以避免動用原子彈的，因為那時候在戰場上，日本軍也正在節節敗退啊！不過，無論如何，叫世人第一次懂得原子彈的威力！」

這樣，它們談得好不熱鬧。有的吐吐舌頭，覺得原子彈的確犀利無比；有的憤憤地說原子彈是害人精，聰明的人類早就應該把它廢掉。

過了幾天，這文具店裏來了個新朋友。晚上，橡皮就向這新朋友說：「朋友，請問尊姓大名啊！」這個新朋友說：「我的名字叫做原子筆。」

「甚麼？原子……筆？」所有的文具都不約而同的大叫起來。因為，它們的名字叫大家想起原子彈來了。練習簿不禁小聲地問：「你的名字叫原子筆？那，請問，你跟那個厲害無比的原子彈是有點關係麼？」

「原子彈？啊，對對對，那是我的大哥嘛！你們看，我們是同姓的，它是姓原子叫彈，我也是姓原子名叫筆，我們是兄弟。」

所有的文具不禁對原子筆另眼相看，原子筆也就洋洋得意了。後來，它還印了一張名片，上面寫着：「原子家族，原子彈令弟，原子筆。」把名片到處派發，別人收到它的名片，都肅然有點敬意。

不久，文具店裏增加了圖書部，來了一大批圖書，店子裏熱鬧極了。這時候，原子筆忙不迭的派發它的名片了。它碰到了一本又大又厚的硬皮書，原子筆遞上名片，硬皮書一看，就大聲說：「啐！你這個騙子！你怎麼是原子彈的兄弟？撒謊！」原子筆聽了，生氣的大叫：「怎麼？你這大塊頭欺負我嗎？怎麼說我是騙子。」

這硬皮書把它的身體打開，喲，原來它是一本現代大辭典，上面一頁明明白白寫着：「原子筆：是圓珠筆的別名，靠着油墨管和尖頂的金屬珠達到書寫作用的工具。外國騙子故意把它和原子彈攀上關係以廣招徠。」原子筆在辭典面前面紅耳赤，在所有文具面前露出真面目來了。

寫於六十年代，選自何紫《26短篇童話集》，香港山邊公司出版部，一九七九

自大的火柴

火柴匣裏邊住着一羣火柴，火柴匣外面貼着一張寫着「安全火柴」的美麗招紙。

有一天，其中一根火柴大發牢騷，嚷着説：「啊！這裏的環境太擠迫了，太不像話了！這哪裏是火柴住的地方？我們給人類帶來光明，帶來熱力，我們是人類的大恩人，為甚麼他們這樣對待有恩的人啊！」

可是，大夥兒都沈默着沒有聲音，因為誰也沒有想過自己的地位原來這樣重要。

這根火柴更憤怒了，他叫喊道：「你們這羣只會沈默的傢伙，就像一羣豬玀等待人家屠宰。我不能和你們在一起，我要離開這個不是火柴住的地方！」

於是，這火柴努力爬出來了，他爬出了火柴匣。一根老誠持重的火柴勸告他：「朋友，你離開了這裏，離開了大家，還有甚麼作為啊！」這根火柴聽了更生氣，他「呸」的啐一沫口涎，快快地奔跑，遠遠地離開那火柴匣了。

火柴在廚房裏漫遊，他自由自在，哼着那流行的《花之歌》，數着自己離開家園多少里：「啊！五百里，又五百里！」

他來到了一個新的國度——廚櫃國，那兒有刀、叉、筷子、碗、碟等等，大家看見來了一個黑頭的瘦削的小傢伙，都好奇地跑來把他圍攏了。

「嘻！」火柴興奮了，他開始滔滔而談：「我是光明的使者！是普羅米修士的化身！你們看我的黑頭，那裏蘊藏着無限的光與熱，只要我一抖身，你們就會看見比彩虹更美麗的光芒。唉，可憐，你們一直住在黑暗的世界裏，你們哪裏會見過光明呢！我來了！我來了！我給你們帶來光明了！」

刀和叉聽見都高興得互相碰撞，發出鏗鏘的聲音。筷子拍着東方的節奏，為這位光明的使者唱一闋筷子之歌。碗和碟雖然身軀笨重一點，都乒乒乓乓跳起舞來了。

廚櫃國舉行國宴，隆重地款待這位貴賓。宴會上大家都爭相到講壇上演説，表達大家渴望看見光明的心情。

火柴在廚櫃國裏經過十天的遊宴，吃得肚滿腸肥了，享受到最高的榮譽了，他躺在讚美的言詞和鮮花堆裏飄飄欲仙了。

後來，大家都要求他快快把蘊藏着的光和熱發出來。大家高呼：「火柴閣下！請你抖抖身，發出比彩虹更美麗的光芒吧！我們等待已久了！」

這一剎那，火柴才記起他離開了火柴匣，沒有火柴匣外的「黑牆壁」，他是不能擦着火的。

於是，一個「光明的使者」，變成一個大騙子了。

寫於六十年代，選自何紫《26短篇童話集》，香港山邊公司出版部，一九七九

大字典出醜

在那偌大的圖書館裏，有一本厚厚的字典。它端端正正的放在書桌一旁，一派高不可攀的嚴肅的樣子。

有一本新書來了，其他的書本都小聲地對新書說：

「喂，小兄弟，你是剛來的，你知道我們這兒的規矩嗎？」

那新書搖搖頭，說：「圖書館是個人們讀書的地方，我們書本也有甚麼規矩嗎？」

一本薄薄的書說：「你是新來的，不懂規矩也不怪你。告訴你吧，誰來到這兒，都要拜見我們的老大哥——喏，就是那書桌上厚厚的大字典啊！」

那新書瞧瞧那硬皮厚字典，果然威風凜然。新書說：「為甚麼我們都要拜見它，我們同是圖書館裏一份子罷了。」

另一本書說：「它生下來就是了不起呀，我們誰都佩服它，害怕它。因為，我們每一本書裏的所有的字，它的書裏都有，那就是說，它一本書，就包藏我們所有的書的所有的字了，你說它是不是了不起？」

那本新書聽了，半信半疑，心想：「怎麼可能一本書就等於所有的書呢？這圖書館少說也有幾萬本書啊，難道一等於幾萬麼？」但既然那是個老規矩，它也走到大字典面前，鞠一個躬，說：「大字典老大哥，你好！」

那字典眼睛沒瞧它一眼，只從鼻子裏「哼——」一聲，算是回禮了。

那新書想知道清楚這老大哥是不是有真本領，就問道：「聽說，你一本書，就能等於我們所有的書，是麼？」

那字典說：「嘿嘿，你不相信嗎？請你張開肚皮，找任何一個字出來，我再讓我的一頁給你看，是不是也有你的字吧。」

那新書張開自己一頁，有一個「太」字。字典哈哈大笑，立即打開「大」字部首，找到那「太」字。那新書又請字典找那「空」字，字典又翻到「穴」字部首，果然有那「空」字。那新書再指着一個「人」字，字典又馬上翻到「人」字部首，就有個「人」字了。大字典不耐煩地說：「別說這些淺易的字了，更深更僻的字我身上都有呢！你這新丁哪來的膽子來考我？」

但那新書不慌不忙，說：「那麼『太空人』三個字合起來，是甚麼意思，你的字典裏可有解釋麼？」

那大字典冷不防這麼一問，它連忙翻翻自己每一頁，可是，三個字串起來的意思卻沒有說明，它再翻一遍又一遍，出一身冷汗。那新書說：「大字典老大哥，你不用翻了，這些最新的詞兒你當然沒有了，你只有每一個單字，可是，卻沒有串起來的每一句話的意思；這好比一個幼稚園學生，學會英文字母從 A 到 Z，你能說他甚麼英文都懂麼？」大字典慚愧極了。從此它不敢再自大，安安分分在圖書館裏一角盡它的職守了。

寫於六十年代，選自何紫《26短篇童話集》，香港山邊公司出版部，一九七九

刀叉和筷子

廚房裏有一個廚櫃，櫃裏放着各種各樣的廚具；一些廚具是主人吃東方的食品用的，另一些廚具，是主人吃西式的食品用的。

廚具們一向相安無事，大家各做各的職能。有一天，廚櫃裏添了一塊新的抹布。這抹布全身光滑，聽說它不是棉和麻造的，而是一種高級的人造纖維紡織成的，而且上邊印上美麗的圖案。

這抹布遇見了筷子，立即打恭作揖，說道：「啊，高貴的筷子，我知道你們有悠久的歷史，中國人早在五千多年前，就開始用你們來幫助飲食了，你們是人類開化和文明的象徵啊！看，你們一個個都是用那最名貴的象牙造的，潔白無瑕，高雅極了！我以能天天為你們拂拭、為你們服務而感到無上光榮呢！」

於是筷子們高興極了，連所有的東方廚具都覺得自己沾了光彩。

抹布又遇到了刀和叉，它立即脫帽敬禮，說道：「呀！高貴的刀叉，你們全身鍍上純銀，閃閃生輝，真教人肅然起敬哩！人類用刀叉吃東西，充分表現了權威和尊嚴，你們簡直是人類權力的象徵啊！我願意天天為你們拂拭，不讓你們沾上半點塵埃！」

於是刀叉們被讚譽得有點飄飄然了。連所有的西式廚具都覺得有一份光榮。

第二天，抹布遇上筷子，就小聲地說：「高貴的筷子，那邊的刀叉在我跟前嘲笑你們呢！它們說你們瘦削柔弱，如果有人還以兩根瘦竹子來用餐，那簡直是落後的表現。唉，那嘲笑真不成話！」

筷子們生氣極了，那些東方的廚具都很不高興。

後來，抹布又遇上了刀叉，它又小聲地說：「威武的刀叉，那邊的筷子在我跟前嘲笑你們呢！它們說你們又粗又笨，用刀叉吃餐，是古代野人未開化的遺跡。哼，這樣的嘲諷真不成話！」

刀叉生氣得碰撞出鏗鏘的聲音，其他西式廚具都覺得不平。

有一次，刀叉和筷子碰巧在同一個餐桌上遇上了，兩家立即各不相讓，面紅耳赤的爭吵起來。筷子認為它們文明得早，有深厚的文化底子；刀叉又認為它們是最先進的，是經過不斷淘汰和改革而成的最好的餐具。兩方吵個不休，那愛挑撥的抹布卻在一角暗暗偷笑。

有人說，直到現在，刀叉和筷子還是不和。你看桌子上有刀叉的時候，筷子總不肯露面的；同樣的原因，有筷子的時候，刀叉都躲開了。

寫於六十年代，選自何紫《26短篇童話集》，香港山邊公司出版部，一九七九

第二輯　故事

劉惠瓊

愛

貝兒半夜醒來，叫媽媽，沒有應，叫爸爸，也沒有應，公公却一邊穿着睡袍一邊推門進入她的房間，安慰她説：「好貝兒，睡吧，媽媽不在家哩！」

貝兒聽見媽媽不在家，便再也不肯睡了，坐起來哭着説：「媽媽呢？」

「媽媽剛才到醫院生弟弟了。」公公故作溫柔地説。

「爸爸呢？」

「爸爸開車送媽媽去的。」

「婆婆呢？」

「婆婆也陪着去哩。」

「這裏就剩下公公和貝兒嗎？」貝兒想起來又哭了。

公公一邊替她揩淚一邊把她摟在懷裏説：「貝兒，你不是希望有個弟弟嗎？現在你快有個弟弟了，還哭做甚麼？」

貝兒聽見公公這麼一説，果然破涕為笑，親切地貼着公公的臉説：「貝兒不哭了，貝兒很喜歡弟弟。」

貝兒今年只有四歲，去年的春天，她跟着爸爸媽媽移民到了加拿大，住在一間很大的屋子裏，屋子裏就只有爸爸媽媽和她三個人。貝兒有着一間自己的房間，晚上她一個人睡也不怕黑，媽媽常常稱讚她說：「貝兒眞勇敢！」

最近，公公和婆婆從老遠的香港來探他們，公公和婆婆住在一間客房裏，這間屋子多了兩個人，平添了不少熱鬧，貝兒也高興得多了。

媽媽懷孕多月了，貝兒不懂得甚麼是懷孕，只見媽媽的肚子一天天大起來，她好奇地摸着媽媽的肚子說：「媽媽，為甚麼你的肚子這樣大的？」

「媽媽快給你生個弟弟了，你也是從媽媽的肚子裏來的。」媽媽為她解釋說。

貝兒當然不明白貝兒她這麼大，媽媽的肚子怎能裝得下？但她沒有再問下去，她一心想着，她有一個弟弟，該多好啊！

她想起，她常常都羨慕隔壁的蘭斯有個小弟弟，現在她可以告訴蘭斯她也有個小弟弟了。

媽媽果然給貝兒帶來一個弟弟，媽媽住在醫院裏，很想念貝兒，那天是星期天，媽媽叫爸爸載小貝兒到醫院來探望她，貝兒聽見她可以到醫院去看媽媽和新生的弟弟，高興得跳起來，她自己到衣櫥找衣服穿，又趕忙替自己穿鞋子，可是急忙中她把鞋子調轉穿，左邊的穿在右脚上，右邊的穿在左脚上，給爸爸罵她做笨孩子，其實不是貝兒笨，而是貝兒這時心裏只想着弟弟吧了。

到了醫院，只見媽媽躺在一張高床上，不見有她的弟弟，她急忙地問媽媽說：「媽媽，弟弟呢？」

「弟弟在 baby 房，你想看看他嗎？你自己去看吧，對門那間房子就是。」媽媽說着，便儘管跟爸爸細聲談話。不管貝兒了。

貝兒孤零地走出房門，站在對面房間的門口，那房間有一列玻璃窗，下面是矮牆，從玻璃窗可以看到裏面的，但是貝兒矮小，踮高了脚尖也只及矮牆的一半，她正失望地站在那裏，剛好一位好心的外國護士走過那通道，逗她說：「親愛的，你想看看你的弟弟嗎？」

貝兒雖然到加拿大不及一年，但她從電視中學到了好些英語，她會很自然回答那護士說：「yes！」那個好心的護士給她搬來一張椅子，讓她站上去看個飽，貝兒站在椅子上，可以從玻璃窗望進baby房裏，噢，那裏一排排的都是baby，那個是她的弟弟呢？

剛好這時，不知從那兒來了一個金髮的男孩子，大概有五六歲了，比貝兒高得多，他一點也不客氣地也站到椅子上來，一隻手搭在貝兒的肩膊上，另一隻手指着窗裏一個金髮的嬰兒驕傲地說：「那是我的弟弟！」

貝兒也不肯「認輸」似的指着另一個嬰兒說：「那是我的弟弟，我的弟弟啊！」

「那一定不是你的弟弟，」金髮的孩子說：「你的頭髮是黑的，那個baby的頭髮是金的，我想那個黑髮的baby才是你的弟弟。」

貝兒細看那個黑髮的baby，覺得他更可愛，她更喜歡有一個這樣的弟弟，從那時候起，她便決心要做這個baby的好姐姐了。

過了幾天，媽媽出院了，抱着一個只會「唔呀，唔呀」地喊着的嬰兒回來，貝兒留心看看，果然是黑頭髮的，就是她在醫院從玻璃窗望進去認為最可愛的那一個啊。

「貝兒，你來！」媽媽在叫着她，她立刻走到媽媽的身邊說：「媽媽，你叫貝兒做甚麼？」

「貝兒，以後你要做媽媽的好助手，有了弟弟，媽媽的工作更忙了，媽媽要你做的事情，你都能做嗎？」媽媽撫着貝兒的頭說。

「能的，媽媽，貝兒甚麼都能做！」貝兒興奮地說。

貝兒自從被媽媽委任為助手後，她時刻都記着：「我要幫媽媽做事，我要幫媽媽照顧弟弟！」

貝兒自任助手以來，非常稱職，弟弟撒了尿，她便給媽媽拿尿布，弟弟要吃奶，她也會去拿奶瓶，不夠高嗎？她會搬櫈子踮高，總之，她要努力做媽媽的好助手。

貝兒的耳朵是很靈敏的，只要她聽見弟弟一點兒動靜，不論她在樓下 Family room 看電視也好，在遊戲室玩玩具也好，在餐廳吃雪糕和啫喱（她最心愛的食物）也好，她會立刻放下一切，三步併作兩步，跑到樓上去照顧弟弟的，可是，她這樣做，常常招致媽媽的喝罵：「貝兒，看我就要打你哩，你把弟弟弄醒，給我麻煩！」

貝兒眞有點像蒙着不白之寃似的，其實，她沒有弄醒弟弟，只不過是弟弟醒了她去照顧他吧了！她屢次被寃枉，不能不為自己辨白啊，於是她說：「媽媽，弟弟醒了，我給我的手指他吮，他就不哭了！」

貝兒最喜歡吮她自己右手的大拇指的，她認為世界上最好吃的東西就是她的右拇指，有一次她拿着刀子剝橙吃的時候，不慎把那隻拇指割損了，婆婆為她塗上紅藥水，包了紗布，想不到貝兒哭得很傷心，婆婆還以為她手指痛，但是貝兒一邊哭着一邊說：「手指包着紗布，我怎樣吮啊！」說着大滴大滴的眼淚連續地流下來。

貝兒把自己的右拇指當作寶貝，有些人故意戲弄她說：「貝兒，給你的手指我吮吮吧！」

「啊！」貝兒馬上把手收在褲袋裏，說：「這是貝兒的，不是你的。」

現在貝兒把她認為最寶貝的，最好味的拇指給弟弟吮，可想而知她是多麼的愛她的弟弟啊，可是她的媽媽聽見她把手指給弟弟吮，便連忙喝止她說：「不要給弟弟吮你的手指，你的手指很髒，弟弟吮了生病，我可不饒你啊！以後，不要你做助手了。」媽媽說着，便趕快把弟弟抱在懷裏，好像怕貝兒會傷害她的弟弟似的。

貝兒害怕地退避到角落裏，自己吮着她的右拇指，津津有味的，心裏想：「我是愛弟弟的，這樣好味的東西，為甚麼不給弟弟嘗嘗？現在媽媽生氣再不要她做助手，媽媽不愛她了。」

她突感到一陣孤單，一陣悽涼，哇的一聲哭出來了。

原創於五十年代，選自劉惠瓊《劉惠瓊生活故事集一・愛》，香港：兒童書報社，一九八六

萬能表哥

明生是個十二歲的孩子，上月初他跟着父母移民到溫哥華來。

明生的姑媽和姑丈，很早時便已移民到加拿大來了。他們在這裏生了一個孩子，名叫 Allan，Allan 是土生的，從未到過香港，不過，他的父母都說廣東話的，因此 Allan 在家裏也說廣東話，正因如此，明生和他的表哥，在語言上可以溝通，不致發生隔膜。

姑丈和姑媽，為了明生初到，便吩咐 Allan 照顧他，並且常常帶他到處走走，介紹給他一些新奇的事物。

明生和 Allan 同住在一房間裏，早上，Allan 起床上學，明生看見他沒有穿上校服，便好奇地問道：

「你為甚麼不穿校服啊？」

「校服？」Allan 睜圓了眼睛說：「我們是不用穿校服的。」

明生心裏想：眞奇怪，在香港，由幼稚園開始，便要穿校服上學了。

他還記得當他讀幼稚園時，有一次沒有穿校服，便給老師在他的手冊上蓋了一個黑豬仔的記號，讀小學的時候，有一次不穿校服，便不准入課室，但這裏可以不穿校服，眞是自由得很。

還有一樣使明生羨慕的，便是他的表哥晚上不用做功課了，他記得在他初到的那幾天晚上，大家吃完晚飯，圍在電視機前看電視，表哥也一同來看，後來，明生終於忍不住了，便問表哥說：

「你沒有功課要做嗎？」

表哥詫異地說：「功課？在學校都已做好了，回到家裏還有甚麼功課好做？」

明生想起爸爸媽媽常常說，孩子送到外國讀書要容易得多，記得他讀幼稚園時，便要開始寫字、認字，每晚都要做家課，讀到幼稚園高班時，功課更加緊了，經常都要測驗，爸爸媽媽怕他考不上小學，便請了一個家庭教師替他補習，那時候，他多麼渴望玩啊！可是爸爸媽媽和老師都不准他玩，逼他讀書，讀中文外，還要讀英文，做算術，玩的時候都被剝奪盡了。到了小學時，功課更加緊張，他剛讀英文小學一年級，單是英文書便有十多本，加上中文、算術等書，使書包重甸甸的，他幾乎背也背不起。每晚讀書，都要讀到深夜，爸爸媽媽還怕他追不上，於是同時請了兩個補習先生，一個替他補習英文，一個替他補習算術，他的時間，除了上學，便是補習和做功課，那裏還有時間看電視和玩遊戲呢？表哥生活的輕鬆，眞使他艷羨不置。

有些地方，明生對他的表哥不祇羨慕，還叫他佩服而決心要去學習的，就是表哥的能幹了。那是一個星期天，天氣相當寒涼，明生穿起羊毛衫還覺有點寒意，但他的表哥只穿一件 T 恤，一早起來，便到車房去幫他的爸爸洗車，很快把車子洗得明亮照人。後來姑丈駕車載姑母和明生的爸爸媽媽到鄰鎮去買肉和菜，出門時姑丈吩咐 Allan 弄午膳。他們去後，明生忍不住便問 Allan 說：

「天氣這樣冷，為甚麼還要自己動手洗車？你不怕着涼嗎？」

Allan 聽了不禁笑起來說：「着涼？不會的，我很少生病的，洗車，在我看起來，是最輕微的工作了，你看，後面的菜地，是爸爸媽媽和我親手種的，你看，那間 Workshop 是我們自己親手蓋的，還有，你看見嗎？那邊的狗屋，是我單獨做的，不錯，爸爸常常都贊我能幹，不過這也不算甚麼啊！」

明生望着他能幹的表哥，想起自己除讀書外，還懂得做甚麼呢？記得有一次，他家裏的女傭請了病假，剛好那天他的爸爸媽媽有應酬，只留他一人在家裏，他不會煮飯，便只好到餐室去吃。現在姑丈吩咐表哥做午飯，表哥眞能勝任嗎？

他於是問他表哥說：

「你會煮飯？」

「當然會啦！人會吃飯，便應該會煮飯了。」Allan 很自負地說。果然不錯，他的表哥首先把冰箱裏的肉拿出來解凍，然後洗菜、洗米、炒菜、煮飯，一會兒把飯菜通通弄好，等到姑丈等回來時，大家便一起吃飯。明生嘗嘗表哥做的小菜，味道非常好，覺得比他家裏的傭人做的要好不知多少倍。

明生一面佩服他的表哥，一面覺得慚愧，表哥說過：「人會吃飯，便應該會煮飯。」他不是也會吃飯嗎？但他連飯滾是怎樣的也不懂，眞難為情。

下午，他的表哥拿出一把舊風扇來，要把它修理好，那把風扇是兩星期前他在舊貨攤用兩塊錢的代價買回來的。表哥修理風扇時，明生很耐心地看着，後來很天眞地問道：

「為甚麼不買一把新的？在香港，這些舊風扇根本就沒有人要的！」

「買新的？」Allan 聳聳肩膊說：「新的貴得很，住在這裏的人，一切都要精打細算的，這把風扇雖然舊些，但修理好後，一樣可以用的，為甚麼一定要買新的呢？」

明生心裏當眞佩服他的表哥了，他耐心地看着，直至他那位萬能的表哥把風扇修理好，一會兒，風扇果然會轉動了，Allan 高興地說：

「今年夏天，我們可以有風扇用了！」

明生下了決心，他以後一定要跟他的那位萬能的表哥學習，他要做到凡是別人能做的事，他都能做到，小朋友，我相信明生一定會成功的，俗語說：「有志者事竟成。」明生的將來，就是一個好例子了。

原創於五十年代，選自劉惠瓊《劉惠瓊生活故事集一．愛》，香港：兒童書報社，一九八六

老父

「誰說母愛偉大，父愛不是一樣偉大嗎？為甚麼世人只知歌頌母愛，而忽略了父愛呢？」

這個思想不斷地在力行腦際出現，他很不明白，他還有點憤憤不平，為天下父親而抱不平。

說起來，力行有着這種思想，是有其原因的，他有着一個慈祥而又有學問的父親，從小他就受到父親的薰陶，喜歡靜靜地看書，父親每次帶他出外，不是到茶樓酒館，不是到影院劇塲，而是到書店去，父親看書，小小的力行也看書，他們父子倆，站着看幾個鐘頭毫無倦容，難得的是力行的年紀

小小，竟有這樣的忍耐力，母親常常取笑他們說：「有其父必有其子，父親是個書獃子，兒子當然也是啦！」

力行的父親聽了，從心裏露出一個微笑，他對兒子的期望，一不必做大官，二不必發大財，只要做個有學問的人，將來能在社會上貢獻一點力量，就是如此簡單吧了。

力行也不負父親的期望，他讀書非常用功，成績從不落後，因此順利地完成中學和大學的課程，那時他的年紀才十八九歲。

他為了要到外國深造，同時又不願加重老父的負擔，他申請到獎學金，由於他大學畢業時，考到一級榮譽，所以外國許多大學都接受他的申請，他最後選擇了加拿大的一間很有名氣的大學，就在三年前，他離開他生長的地方，離開溫暖的家庭，離開仁慈的雙親，背着簡單的行李，投到一個陌生的環境去了。

三年來，力行更成熟了，不論思想、行為、學問，都已有了顯著的進步，他的成績使到那些多少存有種族歧視的外國學生，也為之折服，他每次的家書，都使雙親老懷安慰，尤其是他的老父。

力行的父親的確已漸入老境了，說眞的，時間無情，它悄悄地帶走人們的青春，人到老時，總不免會嘆惜說：時乎不再！

但是，力行的父親，人雖然老了，但他仍然像他年青時一樣，喜歡讀書，他似乎沒有甚麼所求，也沒有甚麼遺憾，當他想起力行，便不由自主地露出安慰的微笑了。

力行碩士畢業的消息，從信裏帶給老父，老父便和老妻商商量量，拿出銀行的存摺，計計算算，終於他們決定提出大部份積蓄，買了兩張到加拿大的來回機票，携着簡單的行李，千里迢迢，去探望他們闊別三年的兒子。

當他們初到那地方，力行的爸爸首先發覺力行住的地方和學校相距很遠，力行為了節省，始終以巴士代步，每天天未亮便要起程，天黑才能回到家裏，多麼的不方便，於是老父悄悄地跟他的老妻商量，最好給兒子買一部車子，他們看過許多新車了，但價錢很貴，不是他們能力所能付得起的，終於他們以五百元加幣，買了一部老爺車。

這部老爺車已有七年的行車歷史了，在外國，每年行車萬哩不算多，所以說起老爺車最少已有七八萬的行車哩數。

父親買好這部車子，滿懷興奮地把車匙交給力行說：「這部車子雖然老，希望它能像你父親一樣，寶刀未老！」

力行的父親說這句話，一點也沒有自誇，他博學多才，有專門學術，如果用起來，比那些後輩強得多哩，雖然他早已退休了。

可惜，這部老爺車一點也不像力行的父親，它的而且確是一部名符其實的老爺車，它彷彿是個百病叢生的老人家，時刻都會倒下來的。有好幾次，力行駕着它，載父母出遊，誰料它中途便停下來喘息，怎樣推它也推不動，又有好幾次，力行正要上學，要它爬上山坡，可是，它卻只能向後退下來，這部老爺車帶給他們的不是方便而是麻煩，他們眞想把它賣掉了。

經過幾次的家庭會議，為了使力行勉强得到代步的工具，也為了適合他們的經濟條件，便決意把它留下，後來父親還親自把它送到車廠付出和它的身價相等的代價，把它修理，它總算暫時能夠行動了。可是這樣一來，老父所付出多少的精神和時間，力行心裏有數，當他看見老父駕着修理好的車子回來，他不禁感動地說：「爸爸，你為我想得眞週到！」他立刻轉過頭去，因為他的眼睛忽然潤濕起來。

他的父親為力行何止想得週到，簡直可以說是無微不至，他把車子修理好後，又想到冬天到了，天氣冷了，就快下雪啦，那邊不比香港，到了冬天，車子要換上雪呔，還要在後窗裝上消霧器，這一切，力行的父親，要在他離開前，一一為力行辦妥。

那天，正下着大霧，力行的父親駕着那部車子，到七哩外的一間汽車公司去換雪呔，那公司的職員問他：「要配一個（原來已有一個）還是要兩個都換新的。」一向自奉甚廉的父親竟毫不猶豫地說：「兩個都換新的！」因為他心想，為了兒子安全，多花一點錢也不算甚麼，事實上，他的行囊將盡，但他認為其他可省，這却不能省的。

最使力行不能忘懷的，倒不是新呔舊呔的問題，而是那一天，他們久候老父不回，大家都着慌了，在這地方，人生路不熟，難道他迷了路，抑或是發生意外？

力行的母親急得哭了，他叫力行出去找他，但是到那兒去找呢，這是個大都市，何況天黑，大霧迷漫，除了報警，別無他法了。正當他們焦急萬分，却遠遠聽見汽車慢慢駛近的聲音，果然是老父回來了，他的鼻子給冷得紅紅的像一顆熟透的荔枝，他微露一點倦態地說：「換好了，換好了，兩個都是全新的，太多人等着換，要排隊，我連午餐也未吃哩，不過，做妥了一切交給你，我離開後，也放心些！」

力行終於帶着依依不捨的心情，到機場送別了，老父臨上機時，還叮嚀地對力行說：「那部車子，還有着許多毛病的，你駕駛時要萬二分小心，大霧和下雪，最好不要開，將來……」

「爸爸！」力行聲音也有些顫抖了，「我知道的。」

力行已經二十多歲了，可是在老父的眼中，他還是那麼小，力行也願意在老父心中永遠是那麼小，讓他永遠活在偉大的父愛中。

現在，他正駕着那部老爺車，想着老父，車子上，載滿着父愛，那怕它是最豪華的車還不及它豪華，因為他已是最富有和最幸福的人。

原創於五十年代，選自劉惠瓊《劉惠瓊生活故事集一・愛》，香港：兒童書報社，一九八六

寒衣

海清出國讀書了，留下薛媽一人在家裏。

薛媽是一個寡婦，丈夫死去的那年，海青只有十一二歲，以後，就靠着薛媽在工廠做工，賺錢渡日。海清中學畢業後，便要求薛媽讓他出國深造，海清人頗聰明，也很用功，在學校成績相當不錯，他的老師也讚許他為可造之材，薛媽為了兒子前途，寧願忍受更刻苦、更孤單的生活，讓兒子成行了。

自從兒子出國後，薛媽更夜以繼日地做工，盡量節省，希望多積到一點錢寄給兒子。她心裏常常這樣想：我老了，還有甚麼所求呢？只希望海清好過些，不必擔心生活，讓他可以專心讀書。

幾年來，她很少應酬，更少為自己添製新衣，但是，前幾天，天氣忽然冷了，她的短棉襖早已破爛，不能再穿了，同居的人忍不住勸她說：「薛媽，你也眞是太省了，穿得這麼單薄，小心着涼啊！」

薛媽心裏想：快過年了，趁這個時候縫件新棉襖過新年也是好的，橫豎她自己會縫，買些料子便行了。

那天，她領到半月的糧款，正想出門去買料子做件棉襖的時候，看見信箱裏有信，她開了信箱，信是海清寄來的。

還有甚麼事比海清的信更重要呢？她拿了信便跑回樓上，關了房門，拆開信來看：

「親愛的媽媽：

您好嗎？我一切都很好，功課我也追得上，只是天氣太冷了，帶來的衣服不夠，室內倒有暖氣，路上却冷得難耐，從宿舍到學校，要走二十分鐘，親愛的媽媽，試想每天來回的四十分鐘，我是怎樣過的！

要是媽媽有空，最好替我縫一件中國式的短棉襖，那比甚麼東西還要暖的……」

「眞的，那的確比甚麼東西還要暖的」薛媽沉吟着。

跟着她便匆匆出門去了。

那天的晚上，薛媽關着房門，亮着燈，同居的竊竊私語說：「薛媽一定在趕着做件新衫過新年了，今次她眞的為自己想想，她實在為兒子想得太多了！」

薛媽是聽見她們這樣說的，心裏想：「我這次又何嘗不是為海清呢？」

事實上，薛媽在急急地裁着，急急地縫着的不是她自己的寒衣，而正是海清的。當她剛收到海清的信後，便改變了主意，決定買些料子做棉襖給海清，而把為自己做新衣的計劃暫時擱置了。

她想：「這裏說冷，怎也沒有那邊冷，那裏是冰天雪地，叫我的海清怎樣過？」

想到這裏，她腦裏便出現一片白濛濛的雪地，天空還紛紛飄着羽毛似的雪花，一個高瘦的青年遠遠從雪地躑躅而來，他身上沾滿了冰雪，全身發抖，他怎麼穿得這麼單薄？

「媽，我很冷啊！」聲音為甚麼這麼熟悉？他不就是海清？

「海清，你眞苦，媽媽現在不是趕着為你做件禦寒的絲棉襖嗎？我今晚一定要把它縫好！」

「媽，絲棉不是很貴的嗎？棉花已經夠好了，為甚麼不買棉花？」

「不，媽媽要給你買最好的料子，上等的絲棉，這樣做成的棉襖，才夠輕夠暖！」

「媽，那麼，你呢？你的雙手都冰冷了，你的身體也冷得發抖哩，為了我的溫暖而令你捱冷，叫我如何安心呢？」

「海清，我的好孩子，只要你得到溫暖，媽媽冷死也甘心的！」

「媽媽，為甚麼，為甚麼你對我這樣好？」

「不為甚麼，孩子，只因為我是你的媽媽！」

「但是，媽媽，你自己冷得不能支持了，你冷得僵硬的手指連針也拿不牢了！」

「眞的，怎麼我的指硬到發痛，連針也拿不牢了！」

薛媽這才從幻覺中醒過來，她一邊在地上找針，一邊自言自語説：愈來愈冷，我要生個炭爐取暖，因為今晚我無論如何要趕起這件棉襖，明天便要寄去給海清的。

薛媽生起一個炭爐，炭爐的火光，放出一點溫暖，好像撫慰着這顆慈母的心。

她低頭密密地縫着，眼前看見的又是一片的冰天雪地。

「唉，可憐的海清，媽恨不能把這件寒衣立刻送到你的跟前，不，立刻親手替你穿在你的身上！」

「媽媽，我現在不是站在你的面前嗎？請替我穿上吧！」

「眞的？海清，你回來了嗎？那眞太好了，你的寒衣，媽媽已給你縫好，讓媽來替你穿吧！」

「媽，怎麼你的手冷得像冰條呢？你看，炭爐的火快熄了！」

一陣冷風吹來，薛媽打了一個寒噤，驚醒了，她看看四週，只有她孤伶的一個，那裏有她的海清？心裏一陣難過，兩點淚珠不期然滴下，她連忙把它揩去，看看炭爐的火眞的已熄了，該加點炭了，剛才她實在因為太累，不覺瞌睡了一會兒，現在看看時鐘，快到四點鐘，不久便天亮了，她必須在天亮前趕好這件棉襖，等到郵局一開門她便可以拿去寄了。

薛媽不再胡思亂想了，她集中精神拿起針綫，密密地縫。

寒衣果然在天亮前縫好。

「但願早日穿在海清身上！」薛媽小心地包紮，低聲地祝禱。

海清穿上寒衣時，那裏會知道那寒衣裏蘊藏慈母多少的心意？更那裏會知道那是母親以自己的寒衣換取的呢？

原創於五十年代，選自劉惠瓊《劉惠瓊生活故事集一・愛》，香港：兒童書報社，一九八六

水仙花

古太是培植水仙的能手，每年，大概農曆新年前一個月，她便買了好些水仙頭，浸在水裏，取出利刀小心剝割，移植在水仙盆裏，天天換水，還要追着陽光移動盆子，古先生常常說：「水仙花價錢不貴，年卅晚逛年宵時買幾棵不就是了，何必麻煩！」

古太不同意地說：「你懂得甚麼？花是自己種出來的香，買回來的沒有價值。」

古先生也無話反駁，反正增加工夫的是古太，她不嫌麻煩，誰還敢干涉？

古太栽出來的水仙花也的確與衆不同，有一年，她栽的水仙花一棵長出了十二枝，每枝有十二朵，盛開時，溫馨盈室，古太高興了好幾天，認為是吉祥之兆。

今年，古太竟然有點例外，她似乎忘記浸水仙頭，古先生暗暗計算，已經是十二月初十了，還有二十天便過新年，怎麼古太還沒有提議去買水仙頭呢？這回倒引起古先生的好奇，便向古太問：「今年你不浸水仙頭嗎？」

「唉！浸了又有誰來欣賞呢？」古太說着，眼眶滚紅了。

古太說這句話，古先生是明白的，在往日，每到新年，雖然分開住的兒、女、孫輩，總會在新年回來給兩老拜年，他們每次看見古太栽植的水仙，都盡情欣賞，贊不絕口，使到古太老懷大慰，可是自從前年，兒子出國深造，媳婦跟着又去了，又去年，女兒女婿，全家移民，現在剩下的只有她和古先生兩老。她的確感到寂寞和空虛，難怪她再沒有心情去培植水仙花了。

這次，還是古先生提起興趣來，他說服了古太，還親自陪她去選購水仙頭。

古先生這點心情，古太是了解的，她也勉強打起興趣，把水仙頭買回來，他們兩老在互相慰藉中，稍解孤寂的苦悶。

古太依照往年的方法，把水仙頭浸好了，過了幾天，水仙頭發出嫩綠的芽，而且在綠葉中已隱約出現花蕾的影子，她知道再過不久，這些花蕾便會開出淡素清雅的花朵。

「媽，你為甚麼特別喜歡水仙？」她還記得在一個新年，女兒還未出嫁時曾經這樣問過她。

「我愛它，因為它樸實不華，芬芳不俗，陶淵明愛菊，而我獨愛水仙，我常常覺得水仙是名符其實水中的仙子，有時我會把它幻想出一個美麗的童話來。」

古太是一個富於幻想的人，她的女兒最喜歡聽她的幻想出來的故事，於是便央求她說：「媽，告訴我，水仙花的故事！」

古太稍稍沉思，便說：「從前有一對年老夫婦，他們是以捕魚為生，他們的小艇常常在小河裏飄蕩，河上除了野鶴閒雲，便甚麼也看不見了，他們實在感到寂寞，有一天，老漁婦對老漁夫說：『要是我們有一個女兒該多好呢？』就在這個時候，艇上忽然出現一個穿着雪白衣服，繫綠腰帶，鬢間插着一朵小黃花，身上放散多種異香的女孩子，微笑向着他們。

「從此之後，這對年老的夫婦再也不寂寞了，他們把這個女孩子當作女兒，而這個女孩子也把他們當作父母，相處非常快樂。」

「過了許久，一天，女孩子忽然愁容滿面，向老夫婦拜別說：『爹爹，媽媽，我要走了，我不得不走啊！』

「老漁婦捉着她的衣角，不讓她走，但那女孩子告訴她，她有更重要的事情要去做，因為她要去安慰更多寂寞的人。

「老漁婦垂着淚問她說：『你到底是誰？你以後將要到那裏去啊？』

「女孩子回答她說，她的名字叫水仙，是水中的仙子，以後，他們在河的兩岸，便可以看見她的踪跡了。

「說着，女孩子便消失了。後來，這對年老的夫婦在小河邊果然看見長出一簇雪白花朵，有着黃色的花蕊，他們知道這就是他們的女兒水仙了。」

古太把幻想出來的故事，說給女兒聽，女兒明知這是編造出來的，但也感到很滿足，古太更感到滿足，因為她覺得：女兒有着她的遺傳，靈活、富於幻想。

現在，古太雖然有更好的故事，但是誰來傾聽呢？聽了之後，又誰有像她的女兒一樣的感受呢？

「你又在想着他們嗎？」

古先生看見古太望着那些水仙的綠葉出神，不覺站到她的身邊問道。

古太給他嚇了一跳說：「難道你不想念他們嗎？」

古先生沉着不語，實在他也非常想念他們的。

「唉，」古太嘆惜一聲說：「我想今年栽的水仙花一定沒有往年好，這正象徵我的情緒。」

「不是象徵我們的命運嗎？」古先生故作頑皮地說，他是想逗古太高興。

「不過，」古太沒有注意他說的，儘管自己繼續說，「即使開得多燦爛，也不會有人來欣賞了！」

古太還是抱着這種悲觀的論調。

「就讓我們自己來欣賞吧！」古先生處處引古太開心。但是，新年到了，古太有點意想不到的，水仙比往年開得還繁茂，有一枝開出十六朵花，古先生高興得頻頻說：「破紀錄，破紀錄！」

古太一想到如此美麗的花，沒有欣賞的人，便覺得有點掃興。

不過，在元旦那天，有一件事更使古太意想不到的，就是當他們吃過早餐後，門鈴忽然響起來，古太去應門，門開處，站着一大羣年青人，都是古先生的學生，他們喜氣洋洋地說：「老師、師母，恭喜身壯力健！」

古先生是一間中學的教師，他很得到學生的愛戴，每年他們都給老師師母拜年的，但在往年，他們倒不覺得甚麼，可是，今年，這份感情，剛好填補他們的寂寞和空虛，所以覺得是難能可貴的。

「這眞像我給女兒說的水仙花的故事了！」古太不覺自言自語說。

「水仙花？」一個女學生說：「噢，這些水仙花眞太漂亮，師母，是你栽種的嗎？」

幾十雙眼睛，齊來欣賞水仙花，幾十張嘴巴，齊來贊美，古太老懷大慰，感到溫暖尚在人間。

原創於五十年代，選自劉惠瓊《劉惠瓊生活故事集一・愛》，香港：兒童書報社，一九八六

送財神

時間：丙辰年除夕，深夜裏。
地點：香港，一個寒風凜冽的街頭。

故事發生的時間和地點，已經介紹過了，現在讓我來介紹這個故事的主人翁吧。

他是一個十一二歲可憐的孩子，說他可憐只不過輕輕地給他一個形容吧了，其實，他的遭遇，比安徒生筆下的火柴女更悽慘，最少，火柴女還有個不像家的家，有個不太慈祥的父親，衣服雖然單薄點，但脚上還有一雙祖母遺留下來的鞋子，而我筆下這個孩子，連這些都沒有，他只穿着一件百孔千瘡的毫不稱身的毛綫外衣，那是年前那些自命慈善家們施捨出來的，他那對沒有穿襪子更沒有穿鞋子的雙脚，早已冷到僵硬了，麻木了，他沒有爸爸，更不知那裏是他的家，不，他原有一個像木箱似的家的，但是不幸得很，去年的除夕，給一把「無名」的火燒了，被波及的有幾百家這類的家，也製造出無數這類可憐的故事。當局聲稱要調查「起火原因」，可惜始終沒有下文，所有的事都是不了了之，

這是不足怪的。

還是讓我繼續告訴你們這個可憐孩子的故事吧，那塲火後，使他喪失了他的做苦力而殘廢了的父親，喪失了剛剛出世幾個月的妹妹，更不用說那個像木箱似的家。剩下的只有他和一個孱弱多病的母親，從此，他們就過着悲慘中之悲慘生活了。

他們也曾嘗試過申請救濟申請配給房屋，可是等待復等待，無了期的等待。

母親患病，不能工作，而他年紀太小，在禁止僱用童工的條例下，也沒法找到一份足以糊口的工作，平日，他唯一可以供養母親的，就是靠到菜市塲拾些殘餘的菜葉，和一些敗懷的肉類吧了。

舊曆新年快到了，市面充滿了熱鬧的氣氛，他看見別人買着大包小包的年貨，準備過快樂的新年時，他不禁便羨慕起來，他希望他也能夠得到一點錢，即使是幾角錢也好，最少，他可以買些好吃的東西給母親吃，讓她也可以享受到新年的快樂。

不過，他怎樣才可以得到一點錢呢？搶嗎？他害怕！偷嗎？他不會！乞嗎？誰會施捨！忽然，他想出一個妙計來了。

不知從那裏他找來一根枯枝，用火燒成了炭條，在路上又拾到一些人家丟棄了的紅紙，他把紅紙用心地裁成小方塊，他讀過幾年小學，勉强會寫「財神」兩字，他一共寫了十多張，準備在除夕的深夜裏，逐家走去送「財神」，也許會得到幾塊錢來過年的。

「送財神」這是廣東人的習俗，財神是人所歡迎的，財神到門口，理應要接財神，那麼對送財神來的人就有所賞賜，他從小就看慣了，他的母親年年都接財神，可是財神却沒有顯靈，沒有為他們帶來財運，但是母親總是自我安慰地說：「這是遲早問題吧了！」

他看在眼裏，記在心裏，現在給他想起「送財神」這個辦法來了，這也是投人之所好，因為人誰不想發財？

除夕的晚上，寒風瑟瑟，他躑躅街頭，手裏拿着十多張寫了財神的紅紙，時間還早，他看見街上熙來攘去，到處都是賣鮮花賣糖菓的攤檔，鮮花對他不會引起興趣，但糖菓却具極大的吸引力，他站在那些攤檔前徘徊不捨，他想：要是「賣」了「財神」他便要買一些糖菓，回到他的家——在後巷用草蓆搭成的棚架，和母親共渡快樂的新年。

「媽，這是朱古力，你許久都沒有嘗過了，很好吃的。」他彷彿把朱古力放在母親的嘴邊。

「孩子，你吃了它吧？我知道小孩子都喜歡吃朱古力糖的，你也許久沒嘗過它的滋味了，你就吃了它吧！」

母親慈祥地把朱古力糖推到他的嘴邊，他咽下一口垂涎說：「媽媽，你吃吧，我剛才已吃了許多了！」

「你那裏來那麼多的錢？」

「我的財神通通都賣出了！」

他看着手上拿着的那叠財神不禁想入非非。

「喂，你在想甚麼？想偷我的糖菓嗎？」糖菓檔的伙計說。

「快給我滾，不滾，看我揍你！」糖菓檔的老闆伸出老拳說。

可憐的他，那有想到要偷他們的糖菓呢？不過，實在沒有容他說話的餘地了，他只好一股煙地溜走了。

天已晚了，家家戶戶都吃過團年飯了，他從來都沒有享受過吃團年飯的滋味，但是他知道團年飯是很豐富的，有鷄、有鴨、有燒鵝、還有……噢，許多好吃的東西，這些東西，他許久之前好像曾經吃過的，但是已經不嘗久了，想起來便饞涎欲滴，這才記起他連晚飯也未吃，他的母親也正餓着肚子等着他哩。是的，他要趕快把財神送出，然後接到一些財，然後買一隻鷄，不，也許只能買一隻鷄脾，然後回家給母親吃。

他想着不敢再事怠慢，立刻趕到一座大廈門前，那座大廈是有二十多層高的，他想只要有十伙八伙人家肯接他的財神，就夠他買些糖菓，買一隻雞脾，還買……

但是，糟得很，大廈門前竟加了鐵閘，他怎能進去呢？他瑟縮地在那裏坐了許久，終於鼓起勇氣隨便按了一下門鈴，等了許久，來了一個中年婦人，站在鐵閘裏，望望他，問道：「你找誰？」

「財神到！」他抖着聲音說，「大姑，接財神吧！」

「過主啦，我們信教的，不信財神，」說着，轉身便走了。

一開頭便遇到困難，他眞有點失望，但是，他終於鼓着勇氣，再按另一個門鈴，但是，按了許久，仍然沒有人下來，直至那管理大廈的人走出來趕他說：「喂，你還不走，我報警拉你！」

那人惡聲惡氣，把他嚇得連忙逃掉了。

難道他就這樣空手而回嗎？他不能也不忍令母親如此捱餓的，他拖着軟弱而疲倦的身子，走到另一條橫街去，在微弱的街燈照射下，他意外地發現有一間沒有鐵閘的樓宇，他艱難地爬上二樓，輕輕地按了一下門鈴，門內有一個女孩子的聲音在問道：「誰啊？」

「送財神啊！」他軟弱地回答說，事實上，他飽受飢寒相逼，眞有點支持不住了。

門「呀」的一聲開了，女孩子拿了一個五元大銀出來，正要接他的財神時，突然被一隻大手搶回那個大銀，「碰」的一聲把門關上。

「爸爸，為甚麼不給他，他很可憐的！」女孩子哭着說。

「為甚麼要給他？我們又不是慈善機關，現在壞人多，小心防賊要緊！」

他突然感到天旋地轉，脚步一浮，就從樓梯滾下來了，等到被人發現時，便立即打電話叫十字車，把他抬去了，而那些「財神」却散落得滿地都是，天快亮了，大家都忙着迎新的一年，誰還有注意到那已經是過了時的故事呢？

原創於五十年代，選自劉惠瓊《劉惠瓊生活故事集一．愛》，香港：兒童書報社，一九八六

望子成龍

「福嬸瘋了？」

「是的，聽說前幾天被送進青山醫院，唉！她眞可憐！」

「她為甚麼會瘋的？」

「還不是為了她那個寶貝的兒子！」

最近，富仁大厦的住客三五聚在一起時，就會這樣談論起來，話題總離不開福嬸。

福嬸的遭遇，也着實可憐的，自從富仁大厦落成後，她的丈夫福伯便在大厦看更，他們一家三口住在柴灣徙置區裏，那時福嬸為了照顧幼小的兒子，沒有出外做事，生活雖然窮一點，倒是樂也融融。

但是不幸的事情，往往降臨於貧苦人身上，那天，福嬸永遠難忘的一天，當消息傳到福嬸耳邊，

她暈了過去，完全不省人事了。經鄰人合力把她救醒後，她瘋狂地直奔，不管那無數在她面前緊急煞掣的車輛，也不管那不少用疑惑的眼光望着她的人羣，她唯一的目的就是以最快的速度，趕到富仁大厦去證實那消息的可靠性，她多希望那僅是訛傳，她的福伯依然無恙。

可惜，她的希望落空了，一切都證實消息的可靠，福伯的屍體剛剛被送進殮房去，留下的是他的一灘鮮血。

「那些匪徒眞猖狂，眞兇狠！」

「福伯眞英勇，眞值得人佩服！」

「可不是嗎？要不是福伯英勇抗匪，我們人財都會受到損失的，可惜他因此殉職了！」

「可惜！眞可惜了！」

人們的贊嘆惋惜，怎也不能填補福嬸心頭的創傷，不過，她算是個相當堅强的婦人，在富仁大厦的業主和住客同情下，給她一份工作——倒垃圾，工作雖苦，仍可維持她母子倆的生活。經過一段日子，時間把她磨練得更堅强，她知道她還能活下去，她還須要活下去！

母子相依為命的日子，又過了差不多十年了，成龍由小學而中學，轉眼又是中學畢業了。成龍一回家，雙手捧着畢業證書交給福嬸，福嬸看不懂上面寫的是甚麼，但她被窮愁的歲月刻畫成滿佈皺紋的臉，不期然綻出多年來消失了的微笑，她感到一切苦難，一切艱辛都得到補償了，這麼重大的一個日子，她終於盼到了，於是她立刻想到兒子該找到一份好工作，可以減輕她這些年來所負起的重擔，也許，不久的將來，她會替兒子找到個對象，從此她就可以安享晚年了。

她想着，忍不住要再綻出第二個微笑時，却給成龍的一句話所驅散了。

「媽！我要出國！我有好幾個同學都已申請到了，我也要申請！」

「甚麼？成龍，你……」福嬸似乎懷疑她的聽覺有毛病，聲音抖着說。

「我要出國，我要到加拿大去讀書。」成龍重複這句話。

福嬸雖然不知道加拿大在甚麼地方，但她工作的富仁大厦也有些住客的子女到加拿大讀書的，他們有時會跟她提及，所以加拿大三個字對她倒很熟悉，她知道那是在很遠很遠的地方，坐飛機也要十多個鐘頭才能到達的，她還知道那裏的錢很貴，要五元才能換他們的一元，這樣算起來，她每天辛苦所賺的錢，只值那邊的叁塊錢吧了。

「不去不成嗎？」福嬸輕輕地說，聲音細得似乎是對她自己說的，這些年來她已把成龍看成她的命根，她生存的希望全部寄託在成龍身上，一向以來，成龍要甚麼，她便給成龍甚麼，從未逆過他的意的，但是這一次他要求出國，却實在使她有點為難了。

「媽，不去叫我做甚麼好，在這個地方，不讀大學找不到好工作，媽，你也不想我苦死一世，像你做垃……」成龍吞下來到唇邊的字眼，他知道說出來會太傷她母親的心，但福嬸已意會到他要說甚麼了。

她想到自己做着低微的、給人瞧不起的、終日與垃圾為伍的工作，無論怎樣她決不肯讓她心愛的兒子跟她一樣苦一輩子的，所以多年來她辛辛苦苦供成龍讀書，只希望成龍能在寫字樓找到份職，但她怎也料不到成龍讀完中學，還未感到滿足，還要求出國讀書，這眞叫福嬸心亂如麻，一時也不知怎樣去勸阻她的兒子去改變他的初衷。

其實自小任性慣的成龍，他要做的事，要得的東西，便一定要做，一定要得到的，他們母子倆經過多次的懇談，成龍倒很忍耐的把出國的好處向他的母親解釋，說甚麼畢業回來可以在政府機構做大官啦，說甚麼將來可以當廠長當經理賺大錢啦，不過，這些都不能打動福嬸的心，做大官、賺大錢都不是她對兒子的期望，她只希望成龍有一份較舒服的工作，不要像她一樣苦，就是如此的渺小吧了。

成龍看見說理不成，只好蠻幹，他放棄找職業的機會，終日躲在家裏遊手好閒，悶悶不樂，人也天天消瘦，福嬸看見心也碎了，她終於屈服了，答應讓兒子出國了！

在銀行她有一個儲蓄了十多年的戶口，已有一萬多元了，這些都是她一塊錢一塊錢的積起來，而每塊錢都是她用血汗換取的，平時，她從未動用過分文，因為這是她的穀種，養老全靠它的了。

為了成龍出國，她終於毅然把全部的錢提出來，跟着就是為成龍準備行裝，定機票……等到一切手續辦妥後，成龍的行期已定了。

這一段日子，福嬸老是盼望它能夠拉長些，愈長愈好，因為一提到別離，她的心一陣酸，一陣苦，眼淚不期掉下來，富仁大廈的住客，有些關心地勸慰她，但他們又怎能了解到福嬸內心的感受呢？

別離的日子終於來臨了，福嬸到機場送別，強忍着眼淚，千叮囑萬叮囑成龍路上要小心，要珍重身體，眼光光望着成龍進閘後，她那一連串的老淚便奪眶而出了。

此後，她過着更孤伶、更寂寞、更刻苦的日子了，最初成龍不時有信回來，她不認得字，都是富仁大廈的住客給她讀的，但後來信逐漸少了，一個月、兩個月……都沒有信了，半年、一年還未見有隻字寄來了，她愈來愈變得茫然，常常不知道她自己在做着些甚麼。

一天，她在一間涼茶舖喝涼茶，看電視新聞報告說香港青年在加拿大販毒，她彷彿聽到毒販中有一個叫甚麼龍的，但到底是不是成龍，她可沒聽清楚了，不過，她從此瘋了！是的，她真的瘋了。

原創於五十年代，選自劉惠瓊《劉惠瓊生活故事集一・愛》，香港：兒童書報社，一九八六

空中飛瓶

那駭人的救護車響號，震撼了整個新區，每個人都意會到又有甚麼意外發生了。平時，這個新區一點丁兒的事都引來大堆好管閑事的人羣，何況現在救護車就停在廣場進口的地方？

阿成一個人在家裏，正感到無聊的時候，從窗口鑽出頭看下去，那輛救護車剛好停在他的樓下，警車也來了，從警車上跳下幾個雄糾糾的警員，驅散那些好事的人羣，阿成是最愛看熱鬧的，他覺得這是千載難逢的機會，豈容錯過？他連門也忘記上鎖，便直衝下樓湊熱鬧去了。

阿成已經十五歲了，他讀完小學，考升中試落第，便一直留在家裏。阿成的爸爸是個泥水匠，附近的人都叫他做成叔，阿成的媽媽成嬸為了幫補家計，在附近擺賣一點熟食，例如粽子，蘿蔔糕這一類東西。

成叔也算得上是個正派人，他沒有甚麼嗜好，只喜歡杯中物，每餐不論早晚，總是杯不離手的。阿成還有一個七歲的小妹妹，長得聰明伶俐，活潑可愛，她是附近的一間天主教學校小二的學生，鄰近認識她的人都喜歡她，都稱她做妹頭，說也奇怪，阿成對這個妹妹，好像有一份非常深摯的感情，幾乎把她看成自己生命的一部份，也許由於他以下的幾個弟妹，不是胎死腹中，便是出生不久便夭折，他一直渴望有個弟妹，使他能眞正做起哥哥來，這個願望直至妹頭出世後才實現。

他不論吃東西時或跟他的朋友玩得開心時，他總會記起他的妹妹，希望能和她分享，甚至此時他正趕着要去看一宗甚麼的意外，他也想到他的妹妹，事實上，這時候他的妹妹應該放學回家了！為甚麼還不回來，錯過了這個湊熱鬧的機會呢？

他一直跑到那堵人牆那裏，拼命地在人家的腋下鑽去，可是那些縫隙實在擠得太緊了！他被人用手臂撞了出來，他不由得不口出粗言，剛好這時碰見他球塲的死對頭阿發，平日他不肯低首下心向阿發打招呼的，這回阿發沒看見他，只管指手劃脚地跟旁人討論着，阿成竟破例地向阿發先開口說：「阿發，到底發生了甚麼事啊？」

阿發看見他，氣急地叫着：「阿成，你還不知道嗎？你的妹頭受傷了！傷得很厲害啊！」

「受傷？她怎麼會受傷的？」阿成一邊叫着一邊發狂地撞進人羣裏。

不知那裏來的氣力，他一連推開幾個大漢，闖進人牆的內圍，在一灘殷紅的鮮血旁，躺着一個女孩子，動也不動地躺着，她的衣着不就是妹頭穿的校服？散落在一旁的白膠鞋，也跟妹頭穿的一模一樣，她的頭髮，她的髮夾，她的書包，沒有一樣不像是妹頭的，他沒有聽錯；沒有看錯；沒有猜錯，那個受傷的女孩子的而且確就是他的妹頭，他簡直失去了理智，撲過去，可是給警員攔阻着。

「你為甚麼要攔住我？她是我的妹妹，她是我的妹妹啊！」他瘋狂地叫着。

「你沒看見那些救護員正和她施行急救嗎？」警員一邊用力地推開他一邊說。

「她為甚麼受傷？你快告訴我，誰打傷她，我要跟那人拼命？」他氣嘘嘘地說，也許他太激動了，聲音也有點顫抖。「你安靜一點，她不是被人打傷的，是被那些不顧法紀的人從樓上擲下的玻璃樽擊中頭部受傷的。」一個警員氣憤地說。

「被玻璃樽擊傷？不會的，不會的。」阿成陷入瘋狂狀態了。

「怎麼不會？」另一個警員指着旁邊的一堆玻璃碎片說，「碎了半截，還有半截，是一個啤酒樽！」

「啤酒樽，我不信，我不相信會有這件事發生！」阿成簡直發瘋了，他用力抓着他的頭髮，好像要試探自己是否還有知覺似的。

他只聽見許多嗡嗡的聲音，似乎都在議論着這件事：「擲玻璃樽的是個殺人兇手，應該處死刑！」

「這眞是一件傷天害理的事！」

「妹頭是個好孩子，如果這樣送了一命，眞不值！」

「那些差人為甚麼不把兇手擒拿！」

「他們已經上樓逐戶調查了！」

「那個害人精肯承認才奇哩！」

這些話祇模糊得像輕風一般飄過阿成的耳邊，他似乎已失去了知覺，呆呆地望着救護員抬着受傷的孩子上了救護車，地上留下的一灘鮮血，一些玻璃碎片和半截啤酒樽，他張開嘴巴在喉間發出一些聲音說：「不會的，不會的！」

救護車風馳電掣地駛離現場了，警員將人羣逐漸驅散了，正在這時一個穿短衫褲的女人，像發瘋似的從市場那邊飛奔過來，她推開攔着她的人，一直走到現場上，顯得異常的緊張惶恐，當她一眼看見地上那灘鮮血時，她就神經質地叫喊着：「妹頭，妹頭，你在那裏啊？」

她的身邊立時圍攏起一些認識的和不認識的坊衆，有些安慰她，有些把事情眞相告訴她，有些勸她趕快雇的士到醫院去看看，有些還指着呆站在不遠處的阿成說：「那是阿成啊，叫他跟你一起到醫院去打聽一下消息吧！」

阿成還是呆若木鷄似的站着，成嬸看見他便走過去，阿成嘴裏仍喃喃自語地說：「不會的，不會的。」

成嬸一時動起氣來，她狠狠地朝着阿成的臉上打了一巴掌，厲聲說：「叫你照顧妹頭，為甚麼讓她發生這件事呢？」阿成好像清醒過來，哇的一聲哭出來了，他一邊哭一邊盡力張開喉嚨說：「是我害了她，是我害了她！」

後來成叔得到消息也趕來了，他們三人雇了一輛的士趕到醫院去。

在醫院急救室外，他們苦候了八九個鐘頭，急得眞有如熱鍋上的螞蟻，阿成一言不發，好像有無限的隱衷，突然，他走到成嬸面前，叫了一聲媽，還想說些甚麼，當他看見成嬸滿面愁容，便欲言又止了。

終於等到醫生出來了，他們立刻走過去探聽消息，醫生說經過一切緊急搶救後，可惜那女孩子還未脫離危險期，吩咐他們先回家，明天再來探問消息。

平時已經少有歡笑的家，現在更加罩上一層愁雲慘霧，成嬸祇顧低聲哭泣，成叔默默地找他的啤酒去了，他認為祇有酒才可以眞正消愁。

妹頭的膠拖鞋，她用過的水杯，玩過的布娃娃，甚至送給他的一張圖片，都成為觸發阿成懷念着妹頭的東西了，這裏除了成嬸的嗚咽聲，成叔的啜酒聲，四週是寂靜得可怕的，因為，夜已深了！

突然，阿成發狂似的叫起來說：「我要去自首，我要去自首，玻璃樽是我丟下去的，妹頭是我親手殺死的！」

他的叫聲像一枚炸彈似的落在侷促的屋子裏，成叔停止了喝酒，成嬸停止了哭泣，定睛望着這一頭癲狗似的阿成。阿成終於哭出聲來了，鼻涕和眼淚混成一片模糊，掩蓋了他的眼和臉。

「甚麼？阿成，你說甚麼？」

一陣震驚到使人窒息的時間過去，成嬸才能說出這句話來。

「我說，玻璃樽是我丟下去的，妹頭是我親手殺死的。」阿成故意裝作鎮定地說。

一個耳光打過來，阿成故意把臉湊近成叔說：「都是我不好，爸爸，打死我吧！」

「阿成，你說，你為甚麼要把玻璃樽丟下街上？那個玻璃樽是……」成嬸一邊揩着眼淚一邊說：

「是……啤酒樽，就是爸爸昨晚喝完酒那個空樽，是我，我……懶得拿去丟，不，我……我貪好玩，順手就扔到街上了，想不到……媽，我眞是想不到的……」阿成說着，又哭起來了。

「蠢材丟東西落街，總會傷人的，那個碰着那個就當災，怎麼連這點道理也想不到？」

成叔的氣又來了，望着阿成臉上又是一巴掌打過去。

阿成狠狠地咬着嘴唇，開了門，成嬸喝住他說：「阿成，你到那兒去啊？這麼晚了！」

「我到報案中心去，我要自首，這件事是我一手做成的。」阿成住了哭，揩乾眼淚鼻涕，好像一個英雄慷慨就義似的。

「你不要去！」成嬸一手關上大門，一手推開阿成，懇求似的說：「阿成，你千萬不要去，也不要再跟別人提起這件事，我已失去一個了，我不能再失去你！」

「讓他去！」成叔淩厲地下着命令似的說：「阿成是應該受到懲罰的，如果這次縱容他，難免他沒有下次，下次擊傷的不是我家的女兒，是人家的兒女，人家也跟我們一樣傷心的，阿成，我跟你一道去，我要控告你誤殺罪名！」

成叔怒不可壓地捉住阿成的臂膀，到報案中心去了，阿成輕輕地說：「爸爸，別捉得那麼緊，放鬆的啦，我不會逃走的。」

成嬸靠在窗口，一雙模糊的淚眼望着他們背影，向着廣塲的報案中心移去，逐漸消失在黑暗中。

原創於五十年代，均選自劉惠瓊《劉惠瓊生活故事集一．愛》，香港：兒童書報社，一九八六

妮妮的日記

妮妮到今天來說，她已經十二歲一個月另五天了，她是參加本年度升中試的學生，早在一個月前，她生日那天，爸爸放工回來，妮妮趕快去去開門，在往日，妮妮做事是沒有這樣爽快的，爸爸知道她的心意，便對她說：「妮妮，今天是你的生日啦，爸爸給你買了一份禮物。」

說着便從公事包裏拿出一份用花紙包好的禮物，遞給妮妮，妮妮高興極了，竟忘記說聲謝謝，便急不及待地拆開來看，原來是一本精緻的日記，還有一把小鎖匙，可以鎖上的。

妮妮雖然覺得這本日記很美麗，但她不喜歡作文，更不喜歡寫日記，日記對她的用處實在不大。

爸爸已看出她的臉色沉了，沒有剛才那股興奮，便鼓勵她說：「妮妮，寫日記可以幫助你作文，還可以培養良好的品德，你天天寫，養成習慣，你自然會喜歡它了。」

妮妮自從有了那本日記，就把它擱在書桌上，天天對着，她不寫，日記好像張着嘴巴向她招呼說：「妮妮，寫吧！為甚麼不寫啊！」

妮妮從此就下了決心寫她的日記了。

×月×日

今天，我不知醒，雖然床頭有個鬧鐘，但一點用處也沒有，因為我實在太疲倦了，我模模糊糊聽見一點點的聲音，還以為是蒼蠅飛過，我在耳邊撥去這種討厭的聲音，跟着又睡着了。

不知是甚麼時候，媽媽在我耳邊低聲說：「還不起來？你要遲到了！」

聽見遲到兩個字，我一跳起床，趕快穿好衣服，看看那個鐘，已經差十五分鐘便九點鐘了，我急得哭起了，一邊哭一邊大聲嚷着「你為甚麼不早些叫我起床，都是你不好，累我遲到！」

我於是連早餐也不吃便走了。

×月×日

我最討厭中文堂的，那個「大肥佬」連一點「文藝氣質」也沒有，學人教甚麼中文。眞奇，我那裏學到「文藝氣質」這樣美妙的句子，唔，我記得了是××小說裏有這樣寫過的，幾個月前，逸羣買了幾本小說帶回學校，好像要向我們示威，不過還好，她到底答應借一本給我回家看。

提起逸羣，我一點也不喜歡她，她作文老是拿高分的，哼，還不是先生偏心她嗎？

那個「大肥佬」今天又派作文，他又大贊逸羣那篇寫得好！其實，有甚麼好？偏心鬼，死偏心鬼！罵你一百次還不能洩我心頭之憤！

×月×日

班上的「三姑六婆」眞正太多了，她們又在我背後說三說四的，她們看見我來，就偏偏不說，但我偏偏要聽，她們愈是不給我聽，我就非要聽不可。

小息的時候，我又看見她們三五成羣，聚在一起，我走過去，她們正在拿起英文書，指手畫脚的，唔，我知道了，她們一定是在交換「貼士」但是她們為甚麼不讓我知道？難道怕我考高過她們，把她們的學位搶了去？哼，眞是「小氣鬼！」終於忍不住了，故意大聲說：「有甚麼『貼士』嗎？為甚麼不給我一點呢？」

「不是有『貼士』」她們齊聲說，我們「不過一起溫書吧了！」「溫書？假正經！」我心裏說。

我不相信她們，她們一定是假正經！商量「貼士」，却說是「溫書」。

×月×日

眞倒霉，今天考算術，偏偏出正那些我不懂的，等着「肥佬」好了。若標，黃可兒，何妙琴，還有，還有多啦，差不多我們全班都不夠水準的，其實教算術那個「老鄉」教書時叫人要打瞌睡，怎能教得好我們。

不過，她們就幸運，家裏有錢，可以請補習先生，我爸爸是個「打工仔」，當然沒有錢給我請補習先生，沒有補習先生成績不及他們是意料中事了。

如果我有了錢，該多好呢？我可以請補習先生，替我補好算術，但是補習先生到來，我不是少了自由的時間嗎？這樣說來，補習還是不大好的，最好就是不讀書了，眞的，有了錢，可以不讀書，愛玩甚麼便玩甚麼，愛吃甚麼便吃甚麼，該多好啊！可惜我沒有錢，噢，這個世界為甚麼這樣不公平呢？

×月×日

一月之間考完三科，我自知考得不好的，所以心情比未考時更沉重，我悶着氣回家，媽媽開門給我，我好像沒看見，連「唔該」也沒有說一聲。

一步踏進我的小房間，本來想關上門來逃避一切一切的，想不到門還差六七吋才關攏，媽媽却一個箭步側身閃進來，她是不讓我安寧，還是怕我會……哼，討厭，眞討厭！

媽媽强笑問我說：「妮妮，今天考得怎樣？」

我早就知道她要問這一句，我便沉着聲說：「不知道，你去問那些主考官吧！」

媽媽可謂太不懂人家心理，自討沒趣，不關我的事啊。

媽媽只好搭訕地走出房門，我馬上大力把它關上，那「砰」的一聲，連我自己也嚇了一跳。

我感到很疲倦，漸漸……漸漸……

房子裏忽然來了一陣嗚咽聲，悽悽切切的，妮妮奇怪地說：「是我自己哭嗎？」

她用手摸摸眼睛，乾巴巴的沒有眼淚，妮妮安慰自己說：「不是我哭，當然不是啦，我為甚麼要哭？我的升中試雖然考得不理想，但是，那不是我的錯，是老師教得不好，是同學不給我『貼士』，是媽媽沒有指導我，是爸爸沒有錢替我請補習先生，即使我『肥佬』，也是他們的錯，不是我的錯，我為甚麼要哭？」

妮妮肯定那哭聲不是她的，但是在這個小房子內，除了她，再沒有別人了，到底誰在哭呢？那些哭聲斷斷續續的，好像就在她身邊發出來的，她想起那些她曾經看過的或讀過的鬼故事，不覺害怕起來，顫聲問道：「誰？誰在哭？」

「是我，妮妮，是你的朋友！」聲音一邊哭一邊回答她。

「不要做鬼做怪，快說，你是誰？躲在那裏？」妮妮有點生氣地說。

「我就站在你的面前，我是日記。」那聲音說。

妮妮俯着身，側着頭，仔細聽聽，那聲音的確是從日記發出來的。妮妮覺得有點驚奇，有點詫異，自從她有記憶以來，她從未聽見過；看見過，更未經歷過這樣的怪事，日記會說話的，也許，祇有在童話中才會發生的故事。

可是，現在是在現實生活裏啊，為甚麼日記竟會說起話來，漸漸地，在日記上，還出現一雙眼睛，一對耳朵和一張嘴巴，日記簡直變成人形了，不由得妮妮不害怕起來了。

嘴巴一張一合，日記又在說話哩：「妮妮，你太使我失望了，你所說的話，我都聽不入耳，你所作所為，我更加看不過眼。」

「為甚麼？」妮妮有點生氣地說。

「你要知道，你的爸爸買了我送給你，是一片苦心的，他希望你在我的身上，記起你一些高尚的品德，善良的言語，和一些優美的行為，但想不到僅僅到你手上幾天，我便發現你的一切，完全和你爸爸的希望，背道而馳，就是說你的言談舉止，沒有一點使人滿意的，現在你可以明白我為甚麼要傷心流淚啦！」日記滔滔地說着，把眼睛睜得圓圓的盯着妮妮。

妮妮生氣地說：「不明白，我一點也不明白，我寫的日記有甚麼不好？」

「請聽着吧！」日記很有禮貌地說：「你還記得嗎？第一天，你上學卻要倚賴你的媽媽叫醒你，這已經是不應該了，更不應該的就是把遲到的責任推委人，埋怨鬧鐘，埋怨你的媽媽。

「第二天你上中文堂，你討厭那個中文先生，給他起花名，又故意誹謗同學，妒忌同學績分高，自己不虛心學習，反而說先生偏心。

「第三天，你對同學充滿懷疑，當別人努力溫書的時候，你却懷疑他們是交換『貼士』，腦子裏想的儘是些不正當的事。

「第四天，你的算術考得很差，但你對自己的不夠努力，毫不懺悔，反而歸咎於爸爸不替你請補習先生，怨恨家裏沒有錢，你又說不喜歡讀書，只喜歡享樂，這是一個好學生的行為嗎？

「第五天，參加升中試，你完全未盡過力，當然考得不好啦，難怪有一肚子悶氣的，你媽媽關心你，你却向她大發脾氣，對媽媽說話毫無禮貌，這樣的女兒，眞使媽媽傷心了！

「我相信以你這樣的人，即使繼續寫下去，也是使我失望，使我蒙受羞辱的，我還是及早逃走吧！」日記說着，抽身要逃，妮妮着急起來了，她用整個身體撲過去，把日記重重地壓着……

媽媽走進房子來，把妮妮叫醒，妮妮看看日記，果然是壓在她的身子下，她好像清醒過來地說：「媽媽，原諒我吧！我以後做你的好女兒。」

跟着她又把嘴唇貼在日記上，喁喁地說：「你放心，我以後決不會使你失望的。」

原創於五十年代，均選自劉惠瓊《劉惠瓊生活故事集二・妮妮的日記》，香港：兒童書報社，一九八六

一個新生嬰兒的話

母親，自從我還是一顆精子的時候，在你的肚子裏，已給你帶來不少的麻煩了。

最初，你感到身體不舒服，接着，嘔吐頻頻，最後，你去看醫生，醫生斷定你有喜，你興奮極了！那時候，你的情緒是很不穩定的，有時你為了將會有一個新生的嬰兒而高興，為快做母親而驕傲，可是，有時卻給那種病苦所困擾，使你煩燥難堪，我雖在你的肚子裏，但我依稀可以聽見你曾跟爸爸細語：「我真不能忍受了，你看，數十天了，我吃甚麼便嘔甚麼，叫我如何熬得下去？我想：還是打掉他吧！」

我打了一個寒噤，母親，也許當時會感覺到肚子一陣顫動吧！但是，母親，我相信你絕對不忍這樣做的，因為你是最偉大的母親。

果然不出我所料，你繼續忍受，一天天的忍受，一月月的忍受，一切都為了我，為了賦與我新的生命！

我在你的溫暖的、舒適的、充滿安全感的肚子裏逐漸成長了，偉大的母親啊，你已經把我塑造成人的形象了。你的腹部漸隆，而我卻學會了一些頑皮的動作，我開始會伸展我的手，我的腳，我很用力地推向你的腹壁，我似乎將來要在人世間做一個拳擊家，現在先在母體內練習似的。我如此頑皮，可是你一點不動怒，有時祇輕輕地拍我一下：「別頑皮，你可知道你踢得媽媽很痛嗎？」

有時我還聽見母親跟爸爸細語：「你喜歡男的還是喜歡女的？」

「當然男的啦，你呢？」這是爸爸的回答。

「我嗎？男的女的都一樣喜歡，因為那是我用生命換來的。」母親堅決地說。

那時候，對他們來說，我是男是女，簡直是一個謎，至於我，也實在分不出自己是男還是女，我一直在母胎裏，何者為男，何者為女，叫我如何辨別呢？不過，我默默地禱告着：不要令他們失望，最好我一半是男一半是女啦！

日子一天天過去，我在母親的肚子裏住得有點透不過氣來了，雖然它還是那麼溫暖，那麼安全，但，或許我的身子一天天長大，肚子的空間似乎容不了我，我受到很大的壓抑。又或許，我這小生命也渴望着出去看看這世界，更渴望着看看我親愛的母親，終於有一天，我初則蠢蠢欲動，繼則拼命衝出去，我祇聽見母親誠惶誠恐地說：「孩子快出世了，快請醫生吧！」

跟着，我知道母親被送到醫院去，她躺在那張高的床子上，她痛苦、掙扎、呼號，她眞像死去活來，我一陣衝，母親一陣痛楚，我一連衝了幾陣，可是我還未能衝過那難關，但是母親已經痛得夠受了。

後來，醫生説：「胎兒長得太大了，非動手術不行！」

我聽了不覺大吃一驚，因為我擔心我的母親會有危險，但我祇聽見母親呻吟着説：「祇要我的胎兒平安，我的生命又何足計較？我願以我的生命換取我孩子的生命！」

他們就這樣決定了，我真後悔在胎裏吸取太多養料，把自己長得太胖，累得母親受苦，但後悔又有甚麼用呢？

我終於在血淋淋中被取出來了，我睜開眼睛看看這世界時，我已躺在母親的懷裏，她軟弱地微笑地吻着我，她似乎忘卻了一切痛苦，忘卻了我所給她的一切麻煩。

原創於五十年代，均選自劉惠瓊《劉惠瓊生活故事集二·妮妮的日記》，香港：兒童書報社，一九八六

定驚、受驚

李師奶也説得上是一個很好的家庭主婦，她愛她的丈夫，愛她的家庭，更愛她獨生的女兒曼麗，她把家治理得井井有條，每天一早，她送曼麗上學，便順道到街市買些餸菜回家，中午弄好午飯，便又忙着去接曼麗放學。

曼麗今年已經五歲多了，長得健康活潑，祇要看見她那張圓圓的臉兒，那雙大而有神采的眼睛，便誰都會贊美一聲：這個孩子眞可愛啊！在學校裏，沒有一個老師不愛曼麗，當然最愛她的就是李先生夫婦了。

李先生在中區一間銀行服務，由於交通不便，例不回家午膳，但晚飯卻從未缺席，他的確是一個標準的丈夫，同時又是一個標準的爸爸。

這個家庭無疑是值得人羨慕的，它是這樣美好；這樣平靜；這樣滿足，要是非從其中挑出一些缺點不可的話，那祇有一點，的確祇有這一點，就是李師奶有時會偶然約三數知己，趁着丈夫上班，女兒上了學的時候，雀戰幾圈，不過，許多家庭主婦都是這樣的，李師奶又何獨不然？

李師奶最親密的雀友要算是住在隔壁的馬太了，她是一個上了年紀的人，兒女都長大，結了婚，她跟媳婦合不來，因此搬出來，租了一個房間，獨自居住，生活費由兒子按月供給，生活倒也過得優悠寫意，因為住得近，便成為李家的常客，李師奶也因為她年紀老，經驗豐富，把她當作長輩看待，在蔴雀枱上，常常向她請教一些家庭瑣事。

那天，她們又組成雀局，馬太看見李師奶面有憂色，便關心地問：「是身體欠佳嗎？」

李師奶嘆息一聲，跟着便說：「我的曼麗近來不知為甚麼，常常在夢中驚醒，孩子晚上睡不好，食慾自然不振，她瘦了，怎教我不躭心！」

「我還以為是甚麼大不了的事，原來是芝蔴綠豆的小事情，孩子夢中驚醒，一定是在學校裏，撞了邪或受了驚，祇要買一塊玉墜給她佩戴着，就可以驅邪定驚，眞是比靈符還要靈的。」馬太一口氣說着。

李師奶聽到入神，幾乎忘記碰白板，跟着她隨口問道：「是眞的嗎？但是玉的價錢不便宜啊！」她頓了一頓，跟着說：「不過，為了曼麗好，我怎也給她買一塊的。」

晚上，當李先生回來的時候，李師奶第一件事便是告訴他關於買玉治邪定驚的事。

李先生不同意地說：「那是無稽之談，不能置信！」

李師奶立刻板起面孔來說：「這是馬太經驗之談啊，她養大幾個孩子，她說她的孩子一出世，她都給他佩戴一塊玉的，所以她的孩子個個都能平安無事，長大成人，俗語有說老人是寶，老人家的話我們那能不信呢？」

李先生看見妻子之意已決，也不再加可否，反正他覺得給曼麗佩戴一塊玉，也無傷大雅的。

第二天，李師奶把三百元的私蓄，從銀行提了出來，約同馬太到玉器市場去挑選一塊玉，馬太說她認識那個夥計，價錢可以相宜些，而且可以買到好貨色。

她終以二百九十五元的代價買了一個玉扣回來，馬太又教她用尼龍繩穿好掛在曼麗的脖子上，尼龍繩是堅韌不易斷的，這是最安全的辦法。

李師奶急不及待地等到曼麗放學回家，便把那個穿了尼龍繩的玉扣，給她戴上，並再三吩咐她說：「孩子，這是很貴重的東西，你千萬不要丢掉啊！」

第二天，曼麗戰戰兢兢，佩着那個玉扣上學。同學們都唱歌了，她呆着不動，同學們都做律動了，她呆着不動，同學都到外邊玩遊戲了，她也呆着不動。

老師覺得很奇怪，因為曼麗平時不是這樣的，曼麗是個天眞活潑的孩子，歌唱得好，律動做得好，遊戲常常領先的，為甚麼今天變得這樣呆滯？

班主任陳老師把曼麗叫到身邊，輕聲地問她說：「曼麗，你不舒服嗎？為甚麼不玩？」

曼麗指着她掛在胸前那個玉扣說：「媽媽說這是丢不得的！」

陳老師現在明白了，她有點不高興，因為在學期開始時，學校已發出通告，勸諭家長千萬不要給孩子佩戴飾物，以免遺失和發生危險，怎麼曼麗的媽媽竟然這樣不合作呢？

陳老師把那玉扣取下，當中午放學時，李師奶來接曼麗，陳老師便親手把玉扣交還李師奶，並且對她說：「不要給曼麗佩戴這些飾物回校吧，這很容易招致危險的。」

李師奶立刻現出不高興的臉色說：「陳老師，你有所不知，我的曼麗白天在學校受了驚，晚上便不安睡，我看見這情形才買這塊玉給她戴着來定驚的，你怎麼竟把它除下？」

「玉能定驚嗎？事實上，曼麗在學校也沒有受過甚麼驚呀，孩子晚上睡不好，許多時由於消化不良所致，你最好在她的飲食上多些注意，或許帶她去看看醫生。」陳老師說。

「我衹有曼麗這麼一個孩子，她的一飲一食我已經十分注意了，曼麗在學校受驚，也不是不可能的，譬如給同學推倒啦、跌倒啦，陳老師，玉的確能定驚的，這是老人家說的啊，希望你以後不要干涉曼麗佩戴這個玉扣吧。」李師奶很負氣地一邊說着，一邊把尼龍繩再掛回曼麗的脖上。

陳老師看見李師奶不可以理喻，衹好說：「你要是堅持這個意見，我也無話可說，不過，我得事先聲明一下，對於這個玉扣我們學校是不負任何責任的。」

李師奶拖着曼麗轉身便走，走了一步，回過頭來裝出一些笑容說：「請你放心，不必你們負責的。」

照理說，曼麗佩戴了那個治邪兼定驚的玉扣後，晚上可以安睡了，可是相反的，她睡得更不安寧，常常在夢中驚叫起來說：「我的玉扣，我沒有丟掉啊。」

這不是可以證明這個玉器沒有定驚作用嗎？不過馬太有很好的理由解釋，曼麗佩戴的日子淺，自然還未能發揮作用啦，不過她敢保證玉無論如何也可以治邪的。

這又是不是眞的呢？且看李師奶在一場混亂，一場驚擾，一場悲痛，一場創傷……總之，是一段非常複雜的時間——是多久的時間，一時也說不出來了，總之，在這之後，便可以得到答案了。當李師奶摟着失而復得的愛女的時候，嘴裏不斷呢喃地說：「玉能治邪？不，它簡直招邪，不錯，它招引那些邪惡的人的貪念！」

事情發生在當天的下午，曼麗午睡醒來，她看見媽媽正在打蔴雀，便纏着媽媽說：「我肚子餓，我要吃麵包！」

李師奶家裏沒有麵包，而她的雀戰又不能暫停，雖然樓下就是士多店，來回不須一分鐘，但賭起來最怕洩氣的，馬太忍不住便插嘴：「曼麗是大個女了，讓她自己到樓下買買麵包也不要緊的。」

李師奶覺得說來有理，曼麗快要升上小學，也該學點本領啦，反正樓下士多店的老板彼此也熟悉的，於是就給了曼麗一塊錢，讓她自己到樓下士多店去買麵包，還叮囑她說：「買了麵包便馬上回來！」

李師奶繼續迷頭迷腦地打她的牌了，隔了一會兒，聽見門鈴有人按得很急，她突然記起她的曼麗，更慌張地去開門，原來是樓下士多店老板，他神色倉皇地說：「李師奶，不好了，剛才曼麗到我店子裏來買麵包，買好了，剛出門口，便碰見兩個飛仔，他們強搶曼麗頸上的玉扣，可是那尼龍繩很堅韌，飛仔扯來扯去還扯不斷，便立刻用刀去割，搶了玉扣，飛快地跑過馬路，曼麗一邊哭，一邊追，我最初祇顧做生意還不知道出了事，後來立刻幫着喊『搶嘢』，一邊喊，一邊走出店門，可是那兩個飛仔已跑掉了，連曼麗也不見了。」

「怎麼，曼麗，我的曼麗不見了！」李師奶急得跳起來，她一手推翻了蔴雀枱，蔴雀散落得滿地都是，她瘋狂地直奔下樓，一邊奔跑一邊嘴裏叫着曼麗，街上的人也駐足觀看，有些還向她提供一些資料。她跑了幾條街，仍然毫無結果，她的心和腳步一樣，愈來愈沉重了，她差點陷入精神分裂狀態了。

不知是那個好心的朋友給她打了個電話到銀行通知李先生，李先生趕回來，第一件事就是去報警。

警局立刻派出大隊警員到處搜索，並用電話通知巡邏車幫着去找，還算不幸中的大幸，警員終於在附近一條橫街找到這個飽受驚慌的可憐的孩子，她的肩上有輕微的刀傷。

「我的曼麗，玉扣給飛仔搶了就算了，你為甚麼還要去追啊？你差點連命也沒有了，媽媽也差點被你嚇死哩。」李師奶把曼麗摟得更緊，生怕會給誰奪走她似的。

「媽媽是你說過的，玉扣是不能丟掉的。」曼麗扁着嘴，紅着眼睛說。

「傻孩子，丟了玉扣事小，生命要緊！」李師奶這時終於破涕為笑了。

李先生舒了一口氣說：「好了，真的，丟了玉扣算了，得回孩子的生命，我們也算是萬二分的幸運了。你看看這份晚報！」他說着，把一份報紙遞給李師奶，李師奶接過來看，在港聞版上的一則新聞裏報導一個孩子為了一個玉墜而喪失了生命的消息，原來那個女孩子當父母外出後她便跟幾個姊姊玩，正當這時候，她脖子上掛的那個用一根尼龍繩繫着的玉墜竟夾在碌架床的板縫中，小女孩於是拚命的拉，希望把玉墜拉出來，不料尼龍繩就這樣把她勒死了。

李師奶看了這則新聞後，不勝感慨地自言自語說：「這件事要是發生在我的曼麗身上，我會怎麼樣呢？」

李先生插嘴說：「今天我們發生的事情，其危險程度也跟報上所載的那件慘事差不多，所幸的就是我們不致悲劇收場，不然，報上又會多一則類似的新聞了，所以我一直不贊成你給曼麗戴上玉扣之類的東西的。」

李師奶不斷點頭贊同他說：「我知道，我知道，真可怕，我以後再不相信甚麼定驚治邪的辦法了！」

第二天，曼麗因為飽受驚恐，生起病來，李師奶特別到學校替她請假，李師奶還悄悄走到陳老師跟前，把昨天的事一五一十說出來，最後還補充一句說：「我以後絕對跟學校合作了！」

原創於五十年代，均選自劉惠瓊《劉惠瓊生活故事集二．妮妮的日記》，香港：兒童書報社，一九八六

小長腿

小長腿從小就沒有爹娘，誰也不知道他的身世，因此無法知道他究竟有多大年紀；如果從他的身材的高度來說，應該是十二三歲了。誰也不知他叫甚麼名字，連他自己也不知道自己的姓名；祇因為他有一雙又瘦又長的腿，所以認識他的人，都叫他做小長腿。

從他有記憶的時候起，他是跟着跛腳阿三過活的。阿三缺了一隻腳，走起路來不方便，小長腿卻有一雙瘦長的腿，特別會跑路，這正好幫助了阿三，而無親又無故的小長腿，也就有了依靠。白天，他們一起去討飯；晚上，一起露宿在街頭。阿三把小長腿當作自己的兒子，叫他做小長腿；小長腿也把阿三當作父親，叫他做三叔，他們就這樣過日子。

近來，天氣漸漸冷了，他們的日子也一天天難捱了；他們穿着破破爛爛的衣衫，寒風像利刃一般刺進他們的肌肉裏，那種滋味是很夠受的。不過，在他們的心窩裏，卻是暖烘烘的，因為在他們之間，有着眞誠深厚的愛，互相幫助着，互相安慰着，所以就感覺得很溫暖了。

平時，當阿三討得一碗冷飯的時候，他一定從自己的碗裏，多撥一點到小長腿的碗裏；而小長腿也不忍自己多吃，偷偷地又撥回一點給阿三，這樣你推我讓，阿三終會忍不住說：「小長腿，你這個年齡，應該多吃一點東西的，多吃一點東西，才會快高長大。」這句話常常引得小長腿笑起來，因為他自己想他的腿已經這麼長了，三叔還怕不夠高，如果再長高了，豈不是變成長人！

在寒風蕭瑟的夜裏，小長腿把身體緊緊地貼着阿三，靜靜地聽着他用嘶啞的聲音講故事。阿三每次講的故事都是一樣的，一千次一萬次都是這樣開頭：「小長腿，要是我的兒子沒死去，比你還要大些，……」停了一停，也是用從沒有改變過的話繼續說下去：「唉！那時眞想不到會有今天。那時候，我一雙腳好好的，可眞有勁；我的氣力又大，人家兩個人扛不起的東西，我一個人一扛就扛起。人家就給我一個綽號，叫我做『楚霸王』；你知道嗎？楚霸王眞是天下無敵的英雄，有很大的氣力，一隻手就可以舉起一個大鐵鼎。那個大鐵鼎，哼！眞是一百幾十個人合起來都舉不起的，楚霸王一隻手就舉起了，多大的氣力啊！他們把我比作楚霸王，我眞高興，有了這個名銜多神氣。當時我不知道楚霸王有烏江自刎的一天，這是一個不好的預兆啊，你不信嗎？你看，我現在倒霉到這個田地就不由你不信了。那時候，我自恃氣力好，祇要有東西叫我扛，從早到晚都不覺得累，我養得起老婆，還養得起我的兒子，十天八天就可以吃一大頓豬肉。」

阿三嚥下一口饞涎，小長腿也嚥下了一口饞涎，他趁着阿三停了嘴的時候，就搶着問：「豬肉很好吃的，是不是？」

阿三嚥了一嚥，沒有理會小長腿的問題便繼續說：「唉！誰知人的身體到底不是鐵做的，氣力也會慢慢用完的。我自從吐過一次血之後，身體就不行了，常常會有一陣頭昏眼花。我老婆叫我少扛些東西，她說我的吐血也是由於操勞過度，嘿！誰不曉得，可是，不出賣氣力，哪兒來的錢來養妻活兒？祇好賣命的幹。我記得很清楚：有一天，我吃過稀飯，拿起擔杆和繩索，趕到碼頭找生意，碰到一間鐵廠要搬運鐵塊，他們望望我，問我夠不夠氣力，我拍拍胸膛，誇口說出我是楚霸王，他們就叫了我幹活。想不到我扛完第一擔的時候，我的頭有點暈，氣很喘，想蹲下來歇歇，卻給那管工大聲一喝，我祇得拼命去扛第二擔。我眼前一黑不知怎的，竟然整個身體倒栽了。當我醒來的時候，發覺我的一隻腳已給壓斷了，唉！那些人眞沒良心呀！看見我受了傷就不要我了，連一塊錢的醫藥費也不肯賠給我，沒錢醫，沒錢生活，老婆和兒子也就活活地給餓死了，留下我一個，孤零零的，而且少了一隻腳。」說到這裏，兩串珠淚從他多皺紋的眼角流出。但他馬上用袖子去揩乾，强作歡容地繼續說下去：「好在天公還可憐我，就在那年，在垃圾箱的旁邊撿到了你。要是我的阿毛還在，比你還大些呢，唉！」

長長的一聲嘆惜，結束了他的故事。

這樣的故事，小長腿聽到熟到背也背得出來了。但是他每次仍舊很耐心地聽着。因為他知道除了他自己，再沒有誰肯聽阿三的故事了；而他自己，除了阿三，也再沒有誰肯講故事給他聽的。

有一天，是聖誕節的前一天，也是入冬以來最寒冷的一天。

天氣雖然這麼冷，街上來往的人卻不少。清早，阿三帶着小長腿，懷着很大的希望，站在最熱鬧的街頭，伸出顫抖的手，向老爺太太們求乞。

可是，他們都皺着眉掩着鼻子走開，誰也沒有理會他們。

黃昏的時候，行人逐漸稀疏了，但是他們仍舊站在那裏，袋子裏空着，肚子裏也空着，阿三有氣無力地說：

「小長腿，回去吧！」

「三叔，就這樣回去嗎？」

「小長腿，還有甚麼辦法呢？」

他們趁着太陽還沒有西下的時候，回到他們的家——一個陰暗的將要拆卸的樓梯底下。他們把一塊麻布袋蒙了頭，彼此緊緊地偎依着，可是仍抵不住寒風的侵襲。

小長腿怎也睡不着，低聲說：

「三叔，你睡着了沒有？」

「這樣冷，怎睡得着。」

阿三上牙和下牙互相碰擊的聲音，比説話的聲音還要響。

「三叔，我想起一些東西。」

「甚麼東西？」

「就是擺在百貨公司的玻璃橱窗裏的羊毛毯子啊！三叔，那些東西，蓋在身上，是不是很暖的呢？」

「傻瓜，這還用説嗎，當然很暖的啦，但是，那是有錢人才有福氣享受的呀。」

「那麼，有錢人永遠不會受冷了，是不是？」

「傻小子，這還用説嗎，他們住得好，穿得好，吃得好，還會冷嗎？」

「三叔，你一説到吃，我便想起好吃的東西來。我們天天經過餐館的門前，玻璃橱窗裏擺着的糕餅，花式眞精緻，但不知道味道怎樣，你有吃過嗎？」

「我也祇吃過一次，許多年以前，那時你還小，不會吃東西，有一天，一位姑娘拿了一包東西給我，她説拿去吃吧。我打開一看，原來是蛋糕，雖然不太新鮮，但味道還很好。」

小長腿一邊聽着，一邊咽着饞涎説：「我的肚子響得很厲害，好像裏面有妖怪呢。」

「傻瓜，肚子哪會有甚麼妖怪，餓得厲害就會嗚嗚響的。你不要老是想着吃東西，睡着了就會好的。等到明天天氣暖些，我們也就會好過些，你把眼睛閉起來吧，不要胡思亂想，慢慢就會睡着了。」

小長腿心裏想，也許三叔累了，也就不再説甚麼，閉上眼睛，矇矇矓矓地睡着了。……

他彷彿跟着阿三，走了一段很長的路，已經由黑夜走到天亮了。東方的天邊透出了紅色的光綫，這時他才發覺阿三走起路來很快捷，原來的一雙腳都很健實，再不是跛腳阿三了。他驚奇地問：「三叔，你的腳怎麼會好了呢？」

阿三笑着説：「路好走，我的腳就好起來了。你看，這條大路是多麼平坦啊！」

他看見街道的確清潔寬闊，來往的人也個個打扮得樸素整齊，他再看自己和阿三所穿的破爛的衣服，便不覺慚愧起來，很想能夠換一套新的。

後來他們走到一間服裝店的門前，看見豎起的一塊木牌寫着：

「要穿衣服，衹要勤勤力力來服務。」

他們就走進裏面去，工作了一天，就換了一身新的衣服出來了。他們又繼續走路，走過一間麵包店，看見門前也豎着一塊木牌，上面寫着：

「要吃東西，衹要勤勤力力來服務。」

他們又進去做了一天工作，果然吃得飽飽出來了，而且嘗到了大魚大肉的滋味。

他們住在那幸福的地方，很愉快地和大家一齊工作，再也不愁吃不愁穿了。

有一天，他們工作完後，走一個廣場上，成千成萬的人都圍在那裏，原來正在開運動會。他們也鑽進人叢中去看看，大家看見他們來參加，都拍手歡迎。最後一項節目是賽跑，報告員報告參加者的姓名，小長腿也是其中的一個。他不好意思起來，連忙說：「我……我不敢，我從來沒有參加過。」有一位教師模樣的男子走到他的面前，握着他的手說：「你天生一雙長腿，跑起來一定很快的，來吧，祝你勝利！」大家都熱烈鼓掌，小長腿看見再也不能推辭了，便鼓足勇氣走進競賽場。競賽開始了，參加的一共有數十人，開始時，小長腿有點畏怯，腳軟軟的不聽支配，許多人都已跑在前頭，他眼見失敗了，有點氣餒；但是千千萬萬的觀衆大聲喊着：「小長腿，加油啊！加油啊！小長腿，不要落後啊！」

他在震天價響的人聲中認出阿三也在喊叫，於是他想：「我不要令三叔失望，也不能令大家失望，我要跑快些！我要跑快些！」

他這樣想着，果然他的兩條長腿不知哪裏來了一股子勁兒，像飛也似的快跑了。

後來他愈跑愈快，簡直像一匹小鹿，追上一個又一個。他已經遠遠地跑在前頭了。他回頭望望，跟在他後面的就像一個個小黑點，這些小黑點，愈來愈小；他們是距離得這麼遠了，千千萬萬的觀衆又歡呼起來了：「小長腿眞了不起！」「小長腿眞是一個英雄！」跟着又是一陣熱烈的掌聲和叫喊聲，但是他並不驕傲，他沉着氣跑着，結果他最先跑到了終點，獲得了冠軍。大家又是熱烈地鼓掌。他捧着獎品走出來，阿三緊緊地握着他的手，他覺得有一點兒痛，正想掙脱，忽然聽見阿三在他的耳邊說：「小長腿，天亮了，還不起來？今天的確暖和得多了。」

小長腿努力把眼睛睜大，望望阿三的腳，又望望自己的長腿，不覺嘆了一聲；阿三問他為甚麼，他便把夢中的幸福生活告訴阿三，阿三指着陽光說：「你看，到處都是陽光，你還做甚麼夢，快些去討點東西吃吧！」

「三叔，這不是做夢，這是眞的，這是眞的。」小長腿再望望他的長腿，咬着下唇，非常肯定地說。

原創於五十年代，均選自劉惠瓊《劉惠瓊生活故事集二・妮妮的日記》，香港：兒童書報社，一九八六

一個獎章

這是一個獎章，一個金色燦爛的獎章。

美德小學舉行學期結業禮的時候，四年級學生張大方得了成績甲等獎。在熱烈的掌聲中，幾百雙滿含羨慕的眼睛望着校長把這一枚金光燦爛的獎章，佩在他的胸前。當時，張大方朝大家斜瞟了一眼，心裏想：我已經是一個光榮的好學生，瞧你們，誰都不如我啊！然後驕傲地行了一個鞠躬禮，四處的掌聲又響了。

張大方一出了禮堂，一羣同學都圍着了他，爭着看他胸前掛着的美麗的獎章。級長雷文和他握手道賀，平日最用功的薛亞梅也走近他的身邊，表示衷心的敬意。張大方滿懷歡喜，得意洋洋地衹想到自己從此以後，是一個光榮的好學生了，於是對於同學們誠摯的友情，完全忽略了。

張大方離開了學校，向着回家的路走去。一路上，他故意把胸膛挺起來，讓這枚閃耀着的小金牌更加閃耀，這樣果然引起不少路人的注視。他更加得意了，好像一切東西和這枚燦爛的金章比較起來，都顯得非常渺小了。他又想到手錶、手槍、溜冰鞋、牛仔褲、吃大餐、看電影……，現在都可以得到了，因為媽媽看見了這枚金色獎章，還會不滿足他的要求嗎？

回到家裏，媽媽迎出來，一見面就問：「大方，成績考得怎樣？」大方沒出聲，衹是神氣活現地指指胸前發亮的金獎章。他媽媽是患近視的，把鼻尖貼在那金章上，還看不出甚麼來。她便喃喃地說：「大方，快告訴媽媽是甚麼？」

「媽，你看不見嗎？」他神氣十足地說。

媽媽走到房裏拿了一副眼鏡，戴起來再看看。啊！這回可看清楚了。她高興得笑瞇瞇地直望着大方，許久許久才說出話來：「大方，這是個獎章啊！你得了獎章？」

「是呀，媽媽，你曾答應過，我得了獎章，就給我買手錶、手槍、牛仔裝；你又說過要帶我去吃大餐，看電影……」

「傻孩子，還怕媽圖賴嗎？你能替媽媽爭這一口氣，在親戚朋友面前可以講得響些，媽甚麼都可以給你。」

張大方知道這枚獎章的確有很大的法力，他心裏正在打算着：向媽媽再多要些甚麼東西呢？恰巧爸爸回來了，他一進門，媽媽便搶着告訴他說：「我們的大方眞了不起，得到獎章啦！」

「獎章？甚麼獎章？」

「是成績甲等獎。」大方很得意地說。

「你得了成績甲等獎？平時也不見你怎樣用功，祇在臨考試前，開了幾晚『夜車』，就會得獎？」

「這就是他聰明過人的地方啊！你看，這不就是他的獎章嗎？」大方趁着媽媽向他的胸膛一指的時候，故意把胸膛高高地挺起來，使那枚金色的獎章在爸爸的眼前閃出刺眼的光芒。

爸爸漫不經心似的點點頭說：「是，我看見了！」

「看見了就算了嗎？我已經替你答應了大方買手錶、買手槍、買牛仔褲，還帶他去……」

「夠了，夠了，你既然答應了，就照樣做吧。不過，我以為即使大方眞是成績甲等，這也是應該的，沒有甚麼特別，用功讀書是做學生的本份。假如成績不好，就是未盡責任。」

「我不明白你為甚麼總是喜歡說這些掃興的話。試問全校有幾個能得到成績甲等獎呢？」

「媽，就祇有我一個啊！」

「聽見沒有？我這個兒子，不是我誇口……」

「算了，算了，我聽夠了。你要怎樣就怎樣吧！」

一切情形，大方看得很清楚。最後的勝利，終屬於媽媽；媽媽的勝利，也就是他的勝利。

星期一那天，大方回到學校，全副牛仔裝束，腰間佩着手槍，腕上還戴着手錶，這些東西都很足以增加他的神氣，而更值得他驕傲的東西，就是懸掛在花花綠綠的牛仔衫上的那枚金色獎章了。同學們看見他這樣的打扮，都覺得驚奇。他卻十分得意地炫耀他每一樣的東西，而且强調這一切東西的獲得，完全靠着這枚小小的金獎章的力量。

下了課，張大方對同學們說要去玩射槍，年紀最小的祝志筠也很喜歡玩槍，便想跟着一起去。但是張大方卻輕蔑地說：「你不配跟我玩！」這句話引起了許多同學的反感，薛亞梅望着張大方神氣活現地走出課室去的背影，表示不屑的樣子說：「哼，得了獎，就自以為了不起，其實有甚麼值得驕傲！」想不到這些話給張大方聽了，他回轉頭來做個鬼臉說：「不值得驕傲？為甚麼你又得不獎章呢？自己得不到，就妒忌人家。」說着跨着大步，大模大樣地走出去了。

上算術課的時候，張大方的心裏還記恨着薛亞梅，於是故意說她偷看他的算術，並且要求先生把薛亞梅調到別的座位去。他已經覺得全班的同學，沒有一個配跟他坐在一起。因為他們都沒有得到獎章呢！

由於張大方的驕傲，同學們都不願和他接近，甚至連話也不願意跟他說，然而他卻滿不在乎，心裏總是想着：「我是有名的好學生。和你們在一起，簡直羞辱了我。」

以後不論張大方走到哪裏，都是孤孤單單一個人，陪伴着他的祇有他胸前的獎章。當他感覺到寂寞的時候，就撫摩着獎章；這種聊以自慰的做法，好像馬上替他增加一股甚麼力量似的，使他更加不屑和同學們生活在一起。

在家裏，張大方更得到他母親千百倍的愛護，他要甚麼，就給他甚麼；逛街、看電影……佔據了他全部學習的時間，因此功課越來越差。母親偶然問起他的功課，他便強蠻地說：「我是一個好學生，難道先生還會處罰我嗎？」說罷，又撫摩着他胸前的金色獎章；媽媽再也不說甚麼了。

有一天在上課前，級長雷文走到張大方的身邊，輕輕地拍着他的肩膊說：「大方，你的功課退步了，你知道嗎？」

「你管不着我。」他說着又撫弄着胸前的金色獎章。雷文微笑說：「大方，你以為有了獎章就像有了『護身符』嗎？怎麼你完全不明白學校發給獎章的意思？」

「雷文，我不再跟你說話，你不配！」他傲慢地說着就獨自跑到操場上去玩了。

下課的時候，大家都排隊依着次序走出課室。祇有張大方獨個兒不顧一切地搶先，直衝出去。糾察員急忙攔住他，他又指着胸前，想拿獎章來作護身符，不料胸前的獎章竟不知在甚麼時候不見了。他頓時大驚起來，連忙跑到他的座位上去找，但是找來找去都找不着。這時候，雷文還沒有離開課室，看見張大方慌慌張張的樣子，忍不住問：「你的獎章丟了嗎？是甚麼時候丟了的？」

雷文這一問，竟引起了張大方的懷疑。他記起在上課前，雷文曾經拍過他的肩膊，並且還說過獎章沒有用處，加上現在說話的神情有點不對，目光也有一點失常的樣子。眞的，雷文確有絕大的嫌疑。於是他又想起來了，剛才上課的時候，雷文閃閃縮縮地打開書包，書包裏面好像有一樣金光閃閃的東西。他越想便越覺得可疑。於是立刻睜大眼瞪着雷文說：

「你還裝模作樣嗎？甚麼時候丟了？哼，問你自己就知道了。」

「甚麼？大方，你的意思是說我偷了嗎？」

「不是你，是誰？」

「你拿出證據來！」
「當然有啦，打開你的書包，給我搜！」
「奇怪，我沒有偷你的東西，為甚麼要給你搜？」
「不給我搜，就證明是你偷了。」張大方說完就橫蠻地搶雷文的書包，雷文卻抓緊不放，他更急起來，握緊拳頭，狠狠地朝着雷文的臉上打過去，正打中了雷文的鼻子，流出許多血來。同學們看見鬧出了事，便把他們一起送到教務處去。

在老師的面前，張大方和雷文各説各的道理。最後老師搜查了雷文的書包，並沒有搜出甚麼證據。祇有一枝鉛筆，有着金色的筆套。張大方才明白剛才是看錯了，原來閃耀的東西就是這銅筆套，而不是甚麼獎章。他低下頭，默默地承認是打錯了人。老師用溫柔而親切的口吻説：「大方，你的獎章，丟了也罷。老實説，你自從接受了獎章之後，一切表現都在退步。今天，你應該從頭做起才對。」

張大方再也忍不住他底懺悔的眼淚了。

從此，張大方變得很沉默，不愛玩，常常孤獨地一個人，心裏老像想着些甚麼似的。同學們也看出他和從前不一樣了，從前的孤獨，是因為驕傲，看不起別人，不屑和人家在一起；可是現在的孤獨，卻不是為了驕傲，大家都很想了解他，於是都設法去親近他，熱心地逗他去玩，跟他談笑……但他總是畏縮地迴避着。

雷文對張大方格外關切和同情。有一次，下了課，同學們都到操場去玩了，祇有張大方獨個兒留在課室裏。雷文見到這個情形，便走到他的身旁親切地説：

「大方，你為甚麼不去玩？我們一起去玩吧！」
「謝謝你，雷文，我不想玩，我不敢和你們玩，我覺得很難過、很慚愧。從前我恃着那枚獎章向你們誇耀，現在獎章失掉了，你們一定會恥笑我的。」

「不會的，大方，我覺得你現在的確轉變了，又努力做功課，又沒有驕傲，大家都很歡喜你了。」

「真的嗎？不過，我還是很難過，因為怕你們以為我失掉了獎章，才不驕傲。其實，我即使找到了獎章，我也一樣不會驕傲的。」

雷文現在明白了張大方的心事了，極力安慰他，又勸他常常和大家在一起，而且還發動同學們幫助張大方找回那枚獎章。

過了幾天，薛亞梅在操場邊的草叢裏，發現了一塊生了銹的小東西，拾起來一看，原來就是那枚失去的獎章，她連忙拿去交還給張大方。

張大方向薛亞梅道了謝，然後把獎章放在掌上，仔細地端詳了一番，心裏想着：「獎章，獎章，你雖然生了銹，但是，對我卻更有意義。」接着他對雷文說：「我常常記起你的話：『獎章不是護身符，』這是對的。我再不會因為它而驕傲了。」

同學們都熱烈地和他握手，歡迎他又跟大家在一起學習、一起生活。

以後，張大方在同學們的幫助和鼓勵下，他的功課也一天一天地進步了。

原創於五十年代，均選自劉惠瓊《劉惠瓊生活故事集二・妮妮的日記》，香港：兒童書報社，一九八六

誰是最愚蠢的

麗文最喜歡玩，也喜歡聽故事。

每天，她放學回來，不是找小朋友去玩，便是纏着媽媽要她說故事。

「麗文，快溫習功課吧！你看表姊的成績多好啊，你應該向她學習才是。」媽媽常常苦勸她。

「向表姊學習？我才沒有這樣愚蠢。她，讀書，讀書，整天讀書，有甚麼好處？」麗文不屑地說。

「她愚蠢？沒有好處？麗文，世界上有許多東西，自己愚蠢而不自覺的，有許多事情，有好處也不是一時能夠看得出來的。」媽媽雖然儘量慢慢地說，可是，麗文還是不明白，於是媽媽答應有空的時候，給她說一個故事。

有一天，吃過了晚飯，大家都在露台上乘涼，媽媽仰靠在籐椅上，忽然看見有一隻蜘蛛正在結網，她沉思了一會兒便說：「麗文，我不是答應過你，要給你說一個故事，來證明世界上有許多東西，自己愚蠢了也不自覺，有許多事情，有好處也不是一時能夠看得出來的嗎？」

「是的，媽，請你快說，我最愛聽故事的。」

「那麼，我就說一隻蒼蠅和一隻蜘蛛的故事給你聽吧！」

以下就是媽媽說的故事了：

蒼蠅剛從垃圾堆裏飛出來，飛到房子裏，停在一張方桌子上，伸伸腿，然後很悠閒地搓着牠的手，嘆了一口氣說：「嗯！垃圾的滋味眞太好了！」

四周是寂靜的，沒有半點的聲音回答牠，牠有點不服氣，拍起那對透明的漂亮的翅膀，「嗡」的一聲飛起來了。

牠在空中盤旋了好一會兒，故意大聲叫着：「嗡嗡嗡，奇了，奇了，這裏為甚麼靜得這樣可怕，難道衹有我？」

飛啊，叫啊，牠實在有點疲倦了，牠把腳上那小巧的吸盤吸住了牆壁，所以牠能夠敏捷地在牆上走動。

這時候，牠才發現在這房子裏，不是衹有牠自己，就在離牠不遠的牆角上，正站着一隻很古怪的東西。蒼蠅最初嚇了一跳，但過了一會兒卻滿自信地想着：「看牠那笨頭笨腦的樣子，未必比我強，為甚麼要怕牠？」於是牠若無其事地走前兩步，輕輕地問：「喂，古怪的東西，你是誰？」

牠得不到回答。衹見那古怪的東西從尾巴抽出一根光閃閃的細絲，黏在牆上，好像一點也不注意牠。牠更生氣了，飛起來打了一個轉，停在更近的地方，大聲地叫着：「喂，你是不是聾的？怎麼我跟你説話也沒有聽見啊？」

「我聽見的，可是我沒有空回答你。」那個東西繼續抽出第二根絲來，從牆角的這邊沿到牆角的那邊去。

「哼，」蒼蠅氣憤地叫出來，牠習慣了當牠生氣的時候，總要飛起來打一個轉的，這樣牠又停下來，和那隻東西的距離更近了。

「沒有空，沒有空！難道連告訴我你是誰也沒有空嗎？」

「你很願意知道我是誰嗎？」那個東西呆在那根剛才抽出來的絲上，很不在意地問。

「別嚕囌，快説，你是誰？」蒼蠅説着，不耐煩地飛起來。

「我嗎？我是蜘蛛。」蜘蛛慢吞吞地回答着。

「蜘蛛？多古怪的名字！怪不得我的同伴説，蒼蠅才是世界上最好的東西了。喂，蜘蛛，你現在做甚麼啊？」

「我在做房子。」

「做房子？太愚蠢了，你做來幹甚麼？」

「我做好了你便知道了。」

「不要做，不要做，快些停止你那愚蠢的工作，跟我去玩吧！不過，你會飛嗎？」

蒼蠅這時候，才注意到蜘蛛是沒有翅膀的，牠不覺又嘲笑地說：「怪不得啦，原來你這蠢東西，連一雙漂亮的翅膀也沒有，當然不能像我了，誰有空呆在這裏跟你閒談，我要找食物去了！」

「嗡，嗡，嗡！」蒼蠅故意飛得很響，顯示出牠會飛的威風。蜘蛛還是一聲不響，沉默地工作着。

過了一會兒，蒼蠅又飛回來了，停在蜘蛛不遠的地方，揩揩牠的嘴巴說：「眞好吃，眞好吃，桌子上擺滿了飯菜，任我嘗個飽。」牠看見蜘蛛不回答牠，很不高興地說：「你一定很羨慕我了，是不是？」

「我不羨慕誰，我祇知道做我的工作。」蜘蛛看看牠自己織成的半角的網，很安詳地說。

「這眞是愚蠢的事，不過，也難怪，你原來是不會飛的蠢東西啊！」

過了好一會兒，牠又飛回來，在更近蜘蛛的地方停下，很得意地說：「眞好玩，眞好玩，剛才我飛到一個小房間，床上躺着一個生病的孩子，病得很辛苦，旁邊還有幾個人陪伴着他，他們一看見我飛來，都齊聲叫着：『害人的東西又來了。』有一個人又說：『我的孩子，就是吃了蒼蠅吃過的東西才生病的。』他們都拿着東西來拍我，幸虧我飛得快一點。」蒼蠅又驕傲地搓牠的手。

「這有甚麼值得驕傲？」

「你以為不值得驕傲嗎？你試想，一個人這樣大，也敵不過我小小的蒼蠅啊！」

「可是你是害人的東西哩！」蜘蛛這時已把網織成了。牠舒了一口氣，爬到網的中央，去檢閱那一根根的發亮的絲有沒有排好。

「害人的東西才值得驕傲，難道你能害人嗎？」蒼蠅説着便飛起來，這時牠才發覺蜘蛛做成的東西還好看，牠便好奇地飛近一點説：「這就是你的家嗎？」

「是的，你覺得怎樣？」

「好看倒是好看，不過，你整天盤據在家裏，就可以有得吃嗎？」

「有的，東西是送上門給我吃的。」

「有這樣奇怪的事嗎？那些東西是不是很好吃的呢？」

「當然啦，比垃圾還要芬芳，比飯菜還要美味。」

「這眞好極了，但是你可以請我到你的家裏玩玩，吃吃好吃的東西嗎？」

「歡迎，歡迎！」

蒼蠅連忙飛進網裏，黏住了，動也不能動了，牠大聲地叫着：「怎麼你的家是這樣古怪的，你的好吃的食物又在那裏呢？」

蜘蛛舞動牠的鈎爪，走近蒼蠅的身邊説：「我的家的確古怪，我的好吃的食物就在這裏！」説着向着蒼蠅張大了嘴巴。

蒼蠅不覺大驚地叫道：「救我啊，快快救我啊！」

「你放心給我做早餐好了，你這害人的東西，誰也不會來救你的。」

蒼蠅果然做了蜘蛛的早餐。

媽媽一口氣説完了，麗文低下了頭，靜靜地回味着這個故事的含意。

最後媽媽還補充說：「愚蠢的東西會不自覺的。而許多好處，也不是一時被看得出來的！」

原創於五十年代，均選自劉惠瓊《劉惠瓊生活故事集二．妮妮的日記》，香港：兒童書報社，一九八六

阿濃

學校門外的友情

紅色的大房車過去了，黑色的小轎車過去了，一路怒吼着的跑車過去了，劈劈拍拍的電單車也過去了。他獨自走着走着，讓各式各樣的車子把他留在後面。車子經過時，留給他的是放縱的笑聲，輕佻的口哨和電單車後彩色絲巾迎風飄拂的影像。

「嗨！」

「哈囉！」

車上也有人跟他招呼，他照例微笑地揮一揮手，仍舊略顯匆忙地走着走着。車上很多都是同學，但他覺得自己跟他們有些不同，這個不同並不只是他們駕自用車回校，而自己卻要擠巴士和走路；不同還表現在其它許多方面，說不出來的許多方面……

「宋先生您早！」

「小鳳，早！」

小鳳是學校門前賣零食的小姑娘，她今年才十二歲，攤子擺在校門前的大樹下，做來往歇腳的路人生意，大學生們是很少幫她買東西的，這位宋先生卻是例外。

「你爸爸的腳好些了嗎？」

「風濕就怕天氣不好，這幾天他能起牀走幾步了。」小鳳把拖到前面來的一條微微發黃的小辮向後一甩，拿着雞毛掃撣玻璃罐上的灰塵。

「今天還是留半磅麵包給我。」他說。

「唔。」她靈活的大眼睛瞟了這位大學生一眼，跟着靦覥地拿出了一個練習簿，上面寫了一行行的字，稚拙而端正，看來是很用心地寫的。

「寫得很好，真是個好學生。」他由衷地稱讚着。

她抿抿小厚嘴唇，用手背擦擦小翹鼻子——每逢她又高興又怕羞時就是這樣的。

中午放學時，學校附近的餐室裏就會熱鬧起來，點唱機吵得說話也要提高喉嚨，汽水和雪糕常常成了開玩笑的武器四處亂飛。這時小鳳的「宋先生」正從她那裏取去半磅麵包，搽點牛油或是果醬，一邊看書一邊大吃起來。他一吃就是半磅，吃的時候眼睛從不離開書本，好像他吃的不是麵包，而是書裏面的甚麼東西。

「宋先生，為甚麼你老是吃麵包？」有一次小鳳忍不住問。

「第一因為你的麵包好吃，第二因為我是個窮大學生。」他微笑着說。

「大學生也會窮嗎？」小鳳不相信。小鳳到今天還沒進學校，爸爸常說：只怪家裏窮！怎麼有書讀的大學生也會窮呢？一定是騙人的。

「我爸爸在外國幫人洗碗，把手都泡爛了，我能亂用他的錢嗎？」宋先生說得很認真。

「宋先生，你媽媽呢？」

「她死了很多年啦。」

小鳳發覺宋先生的眼睛幽暗起來。她輕輕的說：「你跟我一樣，都沒有媽媽。」

兩人悄沒聲的沉默了好一會。

星期三下午沒有課，小鳳的生意也很清淡，宋先生拿着畫板，到樹下對着小鳳寫生。

「我這麼醜，有甚麼好畫！」小鳳有點忸怩。

「誰說你醜，好看得很哩！哪，你隨便坐着就是了，不要太緊張。」

小鳳睜着大眼睛，微笑地看着宋先生。他的木炭枝緊張地在畫紙上移動着。

忽然小鳳吃地笑起來，翹鼻子上擠出了一條條的皺紋。

「有甚麼好笑？」

「坐在這裏一動不動真古怪！我悶得慌，就想笑。」

「你悶得慌，我講個故事給你聽好嗎？」

「好。」小鳳咬着嘴唇忍住了笑。

「從前有個賣麵包的姑娘……」宋先生說。

「你說我，我不聽！」小鳳掩住了耳朵。

「不是說你，你聽下去就知道了——每天有個青年向她買半磅麵包……」

「這個青年就是你！」小鳳掩着耳朵笑，她雖然掩着耳朵，實在卻是聽見的。

「一天又一天，一個月又一個月，每天只買半磅麵包的青年好像變得瘦了，他面色蒼白憔悴。賣麵包的姑娘對他非常同情。她想：可憐的年青人，光吃白麵包，怎能不瘦呢！於是有一天，她偷偷切開了麵包，在裏面藏了一片牛油，賣給那可憐的青年人——不是講你了吧，還不放開耳朵！」

「那青年人吃了搽牛油的麵包，是不是胖起來了？」小鳳笑着放開了掩耳朵的手。

「姑娘以為他吃了搽牛油的麵包一定很高興，誰知他卻怒氣沖沖的走來麵包店前，大罵了姑娘一頓。」

「為甚麼？」小鳳氣得瞪大了眼睛。

「原來他並不是買麪包回去吃，他是一個繪圖師，正設計一個偉大複雜的圖樣，麪包是用來擦鉛筆綫的，姑娘的牛油把他設計的圖樣弄污了，他怎能不怒！」宋先生說着搓了一小團麪包擦去畫紙上一條畫錯的綫。

「可憐的姑娘，她要傷心死了！後來他們怎麼了？」小鳳關心地問。

「後來？後來我也不知道了。不過我買的麪包的確是用來吃的，你在裏面搽牛油，我很歡迎！」

「你別想！我沒有這麼好心。」

這時宋先生已把一幅速寫稿畫好了；小小的翹鼻子上兩隻明朗的眼睛正微笑着看人。

小鳳爸爸的腳好多了，他常常拄着拐杖出來幫小鳳看檔。宋先生教小鳳認字做算術使他很感激，他說：「小鳳是個聰明的孩子，就可惜沒有機會讀書，宋先生肯教她，真是她的運氣。」

學校附近有個山谷，那裏的風景很好，愛繪畫和攝影的常來寫生和取景。在一個星期六的下午，把小食檔留給爸爸，小鳳陪着宋先生來到了這裏。

陽光燦爛地照着，山溪水嘩嘩地流着。小鳳戴着頂大涼帽坐在溪邊，捲起褲管赤着小腳，輕輕踢着冰涼的流水。宋先生支起了畫架，對着小鳳聚精會神地畫了起來。畫得倦了時，坐下來歇歇，把香甜的梨兒在溪水裏洗洗，連皮放在嘴裏咬起來。

沿着溪水走來一羣同學，他們有的背着相機，有的背着畫具，有的甚麼也沒有帶，卻扮得奇形怪狀，那是準備來「作狀」的小姐們。

「小宋，你躲在這裏做甚麼？」

「哦，原來有女朋友在一起。」

「可惜年紀太小了些。」

「哈哈哈哈！」

他們七嘴八舌亂說了一通。

其中一個叫愛麗斯的看了看畫板上未完成的畫，尖着喉嚨說：「唷，畫得真好！」跟着她轉東轉西，作態地擺了幾個姿勢，媚笑着說：「大畫家，幫我畫一幅吧！」

「對不起，我沒有空！」

「哎呀，架子真大！」愛麗斯氣得變了臉。

「我們走吧，不要做電燈膽。」

他們亂七八糟的走了，隱隱傳來幾句：

「真是個大傻瓜！」

「怪人！」

陽光仍是那麼燦爛，溪水流得更歡，宋先生的眉頭卻緊緊皺着。

「宋先生，他們為甚麼要說那些難聽的話呢？」小鳳扯了根草，一頭咬在嘴裏，一頭繞在手指上。

「一班討厭的人！」他把吃剩的梨心狠狠地拋進溪中，隨即驚喜地說：「小鳳，你就這樣坐着，不要多動！」他緊張地揮動起畫筆來。

小鳳咬着小草，看着淙淙流去的泉水，漸漸忘掉自己是在被人畫着。她記得母親在時，曾在這溪邊洗衣服，那時她也是這樣坐着，把小腳兒浸在水裏，咿咿呀呀的唱歌。但母親在病中一去不復返了，童年的歡樂減少了，她陪伴着多病的爸爸，負上了生活的重擔，日子像流水般過去，將來會怎樣呢？……

「小鳳，想些甚麼？你來看，我畫好啦！」

小鳳赤着腳跑了過去。

「哎呀，你真的畫我赤着腳！」她嚷着說。

「怎麼，赤着腳不是很好嗎？」

「爸爸說，我已是大女孩子，叫我不要光着腳到處跑。」

「傻孩子！快去把鞋子穿起來，我們回家了。」

這時夕陽已西斜，樹影拖得長長的，風也有點涼了。

＊　＊　＊

在一個青年畫家們的作品展覽會裏，觀眾們在一幅畫前流連不忍離去。那畫上有個戴大草帽的女孩子，拖着兩條小辮子，一根小草咬在嘴裏，美麗的眼睛靜靜地看着流水，臉上的表情是天真，是純樸，有快樂的追憶，也有生活苦味的咀嚼，這是一個負擔了成人憂愁的天真少女，大家不禁對她又愛又同情，恨不得能坐到她身旁，跟她談談，對她安慰。

小鳳和爸爸也是畫展的觀眾（宋先生特別請他們來的），當他們看到這幅畫時，小鳳說：

「爸爸，是他不肯替我畫上鞋子的，這可不能怪我！」

原載於一九五九年二月香港《華僑日報・兒童週刊》，選自阿濃《濃情集》，香港：山邊出版社有限公司，二〇一七

媽，你要好好的罵他一頓！

媽媽，我知道你還沒有睡着，你老是在那裏翻身，弄得牀吱吱的響。我知道，你在等哥哥，哥哥不回來，你是睡不着的。

哥哥以前可不是這樣的，每天一放學就回來，吃過晚飯就讀書，讀到十一點就熄燈睡覺，準得跟時鐘一樣。但是這些時，哥哥變了：吃飯要等他，等得飯菜都涼了；睡覺也要等他，等得大家睡不着。剛才已敲過十二點啦，但是門鈴還沒有響。

媽媽，其實你何必擔心呢？他不過是跟那個穿紅裙的女孩子在一起罷了。我每次到街上去，你總叫我當心過馬路，哥哥這麼大了，他還會不懂得嗎？他不會被汽車碰倒的。聽説晚上僻靜的地方有賊，這我倒有點擔心，假如哥哥的西裝被賊搶去的話，那就要凍得他打噴嚏了。

假如他的西裝真的被賊搶去的話，那我就要好好的笑他一頓，要對着他説：「好嘢！好嘢！」誰叫他成天跟那個女孩子在一起，不理媽媽又不理我哩！

今年夏天我游泳的次數最少了，因為哥哥老是不肯帶我去。其實，我游得並不比他差；媽媽，為甚麼你老是不放心我跟小華他們同去呢？哥哥呀，他只肯陪着他的女朋友去，我跟他同去，他就惡聲惡氣的對我，我才不願跟他在一起呢！還有他的那個女朋友，我真看不慣，這麼大的人，還不會游水，一下水就尖聲怪叫，她要學得會游水才怪！

星期日，哥哥也不帶我去看早場了，我也不希罕他去，我買一張票跟小華一齊看，小華還請我吃雪條，真好！

媽媽，你知道嗎？這些時金魚缸全靠我來餵食和換水。那些金魚真可憐，上次幾乎全餓死了；哥哥四五天忘了餵牠們，不是我發覺得早，他哪裏還有金魚拿去送人！媽媽，你知道嗎？他把最大最美的那對金魚拿走了，他不說我也知道他是送給那個女朋友的。上次，我問他要一對最小的，他還不肯，真偏心！

這些時我很不喜歡哥哥，也不喜歡他的女朋友。我知道，媽媽你還是喜歡哥哥的，不然你不會這麼晚還等他，還要擔心得睡不着覺。他一會兒回來時，你也不罵他，還問他餓不餓，要不要吃東西。媽媽，你也喜歡他的女朋友，那個穿紅裙的女孩子嗎？她每次來我們家，你對她都是那麼客氣，又買水果又買糖，吃飯的菜特別好。你為甚麼對她那麼好呢？我看這都是因為你喜歡哥哥，哥哥對她好，你也就對她好了。

我不反對哥哥對她好，但是我恨哥哥偏心。那天我看見哥哥教他的女朋友做數學，講了一次又一次，真是講得口水都乾了。那時我剛剛也有兩條算術不會做，走去問他，他卻不耐煩的說：「你自己不會想嗎？你的腦子用來做甚麼的！」真氣人，那麼他那女朋友的腦子又是用來做甚麼的呢？還有，那次你叫他替你寫信給舅父，他老是推沒有空，隨便寫了幾行就算了。但是他自己寫起信來呀，可長哩！足足寫上十幾張紙，還有十幾張寫錯的，撕得碎碎的丟在字紙簍裏。我知道他又是寫給個女孩子的，我看到淺藍色的信封上寫着「張靜芝小姐啟」，我知道張靜芝是那個女孩子的名字，哥哥時常「靜芝、靜芝」的叫她的。其實天天見面，還要寫這麼長的信做甚麼呢？

小華他們也不喜歡哥哥這樣做，他們一看到哥哥跟那個女孩子走在一起，就在後面做鬼臉。哥哥以前跟小華他們一起踢足球，放紙鷂的，但現在怎麼請也請不到他了。他們不恨哥哥，只恨那個女孩子，都是她把哥哥教壞的。

小華還說，哥哥將來會和這個女孩子結婚，她是我的嫂嫂，但是為甚麼哥哥卻要我叫她姐姐呢？

我不要這樣的嫂嫂，也不要這樣的姐姐！

媽媽，我聽見你在歎氣了。真也難怪你難過，哥哥太不對了。現在怕快要十二點半啦，真令人擔心。媽媽，你放心：將來我大了，一定不學哥哥，我不要那些女孩子做朋友，不問她們是穿紅裙子的還是綠裙子的。我就不喜歡那些女孩子，又小氣又愛哭！小華的妹妹小鳳和小珠就是這樣。她們只會在街上跳橡筋繩，把橡筋在腳上繞來繞去，真不知有甚麼好玩，我看見她們就生氣……

啊，門鈴響了，一定是哥哥回來了。媽，你為甚麼不披多件衣服去開門哩？當心受涼呀。哥哥進來，你可得好好的罵他一頓！

原載於一九五九年二月香港《華僑日報・兒童週刊》，選自阿濃《濃情集》，香港：山邊出版社有限公司，二〇一七

我不再搗蛋

在很遠的一座山上，有我媽媽的墳。那山上有松樹、有青草，有開着藍色小花的鐵馬鞭草，也有開着紫色小絨球花的含羞草。

我記得埋葬母親的那天，是一個老陰天，爸爸垂頭喪氣，我瑟瑟縮縮的跟在他後邊。棺材抬到預定的地方，就放進掘好的墓穴裏；泥土打在棺木上，發出可怕的聲音。我記得我沒有哭，恍恍惚惚的

又隨父親回到家裏，家裏像是特別的寂靜空虛。事後想來，我不但在那天失去了母親，還失去了童年的歡樂。

跟着是父親的再娶，弟弟的誕生，就像很多小說和故事所描寫的那樣，後母對我是不公平的。我的性情也開始變了，變得暴躁、妒忌而且陰沉。雖然我那時只有十歲，但曾聽見後母對人說：「這個死仔的眼睛很陰毒，他看一看我，我就打冷震。」的確，我曾經幻想過，怎樣用一把利刀把她刺死。

從弟弟出世的那天我就仇恨他，在他很小的時候我就揪他、作弄他、打他；為此我曾吃過後母的雞毛掃，也吃過爸爸的巴掌，但我把新添的憤恨全加到弟弟身上去了。

弟弟一天比一天長大，他清楚地知道我是個不懷好意的哥哥，他也練就了一套對付我的法寶：只要我一碰到他，他就尖聲叫嚷，讓他的母親聞聲來收拾我。我呢，也並不傻，後母在家的時候少惹他，後母一出門就要叫他吃一頓好受的。當然，後母一回來，他就會告狀；我呢，就設法衝到門外，大哭大叫，惹得全條街都聽見了。看熱鬧的人圍着指指點點，我知道他們總是同情我的。在這樣的情形下，後母不免有所忌憚，就不得不恨恨的暫時放過我。

「死仔，最好不要回來！」她砰的關上門。

其實我沒有這麼笨肯回去，張家的婆婆會憐惜地撫慰我一番，李家的伯伯會拿兩塊餅乾給我吃，我成了眾人憐惜的對象。直等到爸爸放工回來，我就跟着他一同回家，好心的鄰人早在他面前替我講了好話，我回家是不用害怕的。

那時我的妒忌心是這麼強，不能容忍弟弟有任何勝過我的地方。有一次他穿了一條新褲子，在我面前耀武揚威，我就在他常坐的一張櫈子上釘了一枚釘，沒有到晚上，他的褲子就鈎破了一個洞，雖然他的母親是那樣寵他，仍然免不了要吃一巴掌。

我家沒有養狗，但鄰家的阿福和阿來都是我的好朋友，我總是千方百計的找東西給牠們吃，幫牠們搔癢捉蝨子，牠們也很聽我的話，我叫牠們吠就吠，叫牠們咬就咬。

後母每天出去買菜，總要帶一個叉燒包或是蘋果回來給弟弟吃，我卻總是沒有份的。弟弟吃的時候不但不肯分給我，還要故意氣我，他總是特地走到我面前，一面吃一面說他的叉燒包怎樣香，蘋果怎樣甜。有一次我走出門外不願看他，他卻跟出門來。剛巧阿福和阿來都在門前，我打了個嘮哨，使了個眼色，兩隻狗兒便追着弟弟吠叫起來，嚇得他臉都青了，把叉燒包也丟了。聽說他以後晚上做夢也常被狗咬，嚇得從牀上跳起來。

我是放風箏的能手，但是想問後母拿錢買綫，這簡直是夢想。終於，我七湊八湊，居然弄到了一卷綫，又搶到一隻斷綫紙鷂，補好之後我就神氣活現的放起來了。

那天我正放得興高采烈，紙鷂很聽話，不但得心應手，還一連打敗兩個挑戰者。弟弟在一旁看得眼紅了，要我讓給他放一會兒，那時我正玩得如醉如癡，任何人都休想取得我手中的寶貝。那沒出息的弟弟就像孫悟空沒辦法時去請觀世音，他一面假哭着一面去請媽媽了。

「你做哥哥的總不肯讓弟弟，快讓他玩一會兒！」果然觀世音一請就到。

「紙鷂是我的！」我粗暴地說，看着紙鷂頭也不回。

「快給，不給就打你！」後母的手伸過來了。

一時，不平和怨憤一起湧上我的心頭，我把心一橫，飛快地把綫放盡，然後用力扯斷了。紙鷂在大家的呼喝聲中，隨着風兒飄飄盪盪的去了。看到後母的驚愕和弟弟的懊喪，我感到一陣快意。

* * *

我居然上學了，弟弟讀一年級，我也讀一年級。本來我沒有這麼好福氣，但學校離家遠，後母不放心弟弟一個人上學，要我做他的勤務兵，陪他上學、陪他回家。她還當着弟弟的面警告我說，假如我敢欺負弟弟，只要他回家講一聲，就要狠狠的打我一頓。

我記得上學那天，弟弟穿的是新衣裳，背的是新書包；我穿的是又舊又破的衣裳，拿的是舊書籃。但既然能離開這個討厭的家，能避開視我為眼中釘的後母，我是高興的，可不像弟弟那麼哭哭啼啼的，賴在家裏不肯走。

學校裏的確很熱鬧，但老師卻像後母一樣偏心。我的班主任是個肥胖的近視女人，第一堂上課她就皺着眉頭把我叫出去，用小毛巾掩住鼻子尖聲說：「哎呀，就像個小乞兒，破破爛爛，污糟邋遢。」跟着她警告我第二天要穿得好些，不然就會處罰我。

第二天她又把我叫了出去，我仍是老樣子，她罰我站在牆角。

第三天她又把我叫了出去，又罰我站在牆角。

以後我雖然仍是老樣子，她卻不再罰我了。從此我得了一個花名：「乞兒仔」。

但自從有一個叫我「乞兒仔」的同學，嘗過我的拳頭滋味之後，敢當面叫我的已經很少了。

我是善於適應環境的，既然沒有任何人肯保護我，我就要學會保護自己。

兇惡的老師上課時，我就裝得循規蹈矩，留心聽書；脾氣好的老師上課時，我吵得不比任何人差。

我還有一個隱藏的願望，就是讀書的成績要比弟弟好。所以我雖然頑皮，成績卻還過得去。

學校裏有個食物部，下課的時候那裏就擠滿了人，從那裏一包包的花生米、蝦片、魷魚、牛肉乾……傳到同學們的手中。而我，只有吞唾沫的份兒。

不過這情形很快就改變了，花生米、蝦片、魷魚、牛肉乾……我要吃甚麼有甚麼，是人家買好了送給我的，你說多叫人開心！

「阿楚，借本算術簿來抄抄。」每早一回校，懶鬼陳小勇、趙招羣就爭着來借。

「一包蝦片。」

「一包五香豆。」他們爭着付出價，而我是來者不拒。

上默書課的時候，鄰位的曾志光老是要問我，我教他一個字的代價是一片香口膠，每默一次書，我最少賺到一整包。

雖然同學中有一班人和我「做生意」，或是進行一些頑皮的合作，但我實在一個朋友也沒有，我覺得沒有任何人關心我，我也不想關心任何人。

時光過得很快，我讀四年級了，弟弟的成績雖然不好，但次次都能勉強升班。

班主任姓何，是個和藹可親，戴着深近視眼鏡的男先生。據班上留級的幾個同學說，這位老師不用怕，脾氣好得很。他們還故意在上課時表演搗亂給我們看：做怪聲、敲桌子、說笑話……證明這位老師果然好欺。

這樣的好機會我豈能放過，我把從前在老師們身上得來的怨氣都在這裏發洩了。我吵得比任何人都響，我搗亂的花樣比任何人都多。在這方面我成了眾人的領袖。同學們別的地方可以看不起我，在這一點上卻都佩服我的大膽，而我，是以此自豪的。

那天，何老師一進課室就看見黑板上有一幅怪畫，畫的是一個人頭，上面戴着副很大很大的眼鏡，眼鏡上有幾十個圈兒。旁邊還題了四句，那是：「眉似八刀，眼如日月，鼻似玄田，口如牛一」，最後還有：「此何先生之肖像。」這當然是我的傑作，那四句的意思是「分明畜牲」，是我在大笪地聽古仔時學回來的。

脾氣好的何先生，這時也動了氣，在同學們惡意的嘩笑聲中，他的臉漲得通紅。他想找粉刷來擦，粉刷卻不見了。當他終於在桌子底下找到粉刷，把黑板上的怪畫擦去時，手上卻染得烏黑，原來粉刷上是搽了墨的。這時同學們笑得更厲害了，還有人乒乒乓乓地敲桌子，課室裏烏煙瘴氣。「靜點，靜點！」他微弱的聲音消失在喧囂中，根本沒有人理會。

「不准吵！」一聲響雷似的呼喝使課室頓時靜了下來。門口站着有黑面神之稱的訓育主任，吃過他籐鞭的人都知道他的厲害。

「何先生，這是怎麼搞的，課室亂成這個樣子，還能上課嗎？」黑面神黑着臉對何老師說，何老師的臉更紅了，他頹喪地站在那裏一聲不出。面對着我最憎恨的訓育主任，我不覺同情起何老師來，我覺得剛才自己太過分了一點。

「剛才是哪些人在吵？」黑面神又轉向我們詢問。

課室裏鴉雀無聲，大家把目光集中在我身上，黑面神也發覺了這一點，他嚴厲的目光在我臉上打轉，在這許多的目光壓迫下，我坐不住了，一時的衝動使我站了起來。於是我被領出了課室，於是我嘗了狠狠的十幾鞭（手掌痛得第二天也不能拿筆）。打完之後他罰我站在校務處門外，直到放午學也不放我。弟弟一個人回家吃午飯了，他回家一定會加油添醬的把這事告訴後母，說不定我回去又得捱一頓打，更難受的是肚子餓得咕咕叫。

訓育主任吃飽飯脾氣似乎好了點，他咬着牙簽回校務處時順手打了我一巴，意思說：你可以走了。我對他的背影吐了一口唾沫。正想離開時，一隻手拉住了我，原來是何老師。我想：麻煩又來了，大概他還不肯放過我。誰知他卻把一個紙袋交給我，打開一看，裏面是兩個麪包。剛才被黑面神打的時候我沒有哭，當我躲在一角吃何老師的麪包時，不知為甚麼卻流了幾滴眼淚。

* * *

那是黃皮正熟的時候，學校附近的一家果園裏有幾棵黃皮樹，纍纍的果子，把大家的口水都引出來了。我是爬樹的能手，大家都慫慂我去偷，在看園人正尋好夢的好些個清晨，我大有所獲，同學們既然常請我吃蝦片、牛肉乾，我請他們吃不花本錢的黃皮也是應該的。但聞風而至的弟弟卻沒有份，我偏偏不分給他，誰叫他平時吃東西不分給我，還要在我面前示威呢？現在也輪到我在他面前示威了。

或許因為那些黃皮實在引人，或許他想顯一顯本領，弟弟也爬到黃皮樹上去了。忽然，在樹叢那邊出現了管園人的帽子，眼尖的一聲唿哨，大家都走了個清光，只剩下剛爬到樹上的弟弟，心慌意亂，不知怎樣好。

「捉賊呀！」那管園人兇惡地大叫。

弟弟向下滑了幾步，眼看就走不脱了。橫着心向下一跳，哎呀一聲，竟坐在那裏起不來了。

我把弟弟背了回家，他的右腳跌斷了骨，痛苦使他把怨毒加在我身上，對他母親説是我叫他爬樹的。心疼親生兒子的後母狠狠的鞭着我，把一枝雞毛掃的毛全打掉了。甚至我逃到街上去，她還追着打。並且高聲嚷嚷説，從此不准我再進門。我呆站在街上，一面撫着傷痕一面哭泣。這情況就是到父親回來也沒有改善，連他也認定我是這件事的罪魁。

天漸漸黑了，吃晚飯的時候早已過去。左鄰右里也弄不清這件事的是非，我早已不是他們同情的對象，我的頑皮越來越甚，已使他們對我冷淡。於是我孤獨的站在街角，連那兩隻聽話的狗兒也不知到哪裏去了，不肯來陪陪我。

「這麼夜還在街上，你弟弟怎樣了？」一個熟悉的聲音，原來是何老師。

我一聲不響。

「你家在哪裏？帶我去看看你弟弟。」他慈祥地摸摸我的頭。

「他們趕我出來，不許我回家。」我哽咽着說。

「不要緊，我幫你爸爸媽媽講一講，他們會讓你回家的。」說着又親切地拍了拍我的頭，然後找到我家的門牌，走進去了。

半小時後他走了出來（這半小時早把我的頸望長了），拉着我的手說：

「回去吧，爸爸不會打你的。」

我遲疑着，他連拉帶勸的把我送了回去，爸爸和後母雖然沒有睬我，但新的責罰總算逃脫了。

從這次起，不知為甚麼，我上何老師的課特別守秩序，不但自己留心聽講，還勸別的同學也守秩序。有一次，有幾個同學在上何老師課時搗亂，下課時我幾乎和他們打了起來。

在這期間，何老師還交了兩件工作給我，一件是管理班上的小圖書館，一件是幫弟弟補習功課，因為弟弟跌斷了腳，還不能回校上課。

第一件事我很高興做，我覺得這是老師看得起我，我一定要做好它，於是我把所有的書都用新包書紙包過，詳細地編了號數。

第二件事我本來不願意做，但既然是何老師吩咐的，我還是答應了。在我幫弟弟補習的第二天，我吃到了一個叉燒包，那是弟弟留給我的。第三天我吃到了一個蘋果，那是後母親自拿給我的，當我接過那蘋果時，我幾乎有點不相信自己的眼睛。

由於很多同學的功課差，何老師叫我們選出幾個小先生，幫助同學補習功課，我也當選了。雖然現在我教他們是不計報酬的，但我覺得比有魷魚、蝦片吃的時候還要高興。

一切似乎都在變，變得好，變得溫暖。我身上的衣服沒有那麼破爛了，不但洗得乾淨，也常有新的替換。弟弟的腳醫好後，哥哥、哥哥的叫得很親熱，他的功課不但沒有退步，還有了進步。同學們跟我也很融洽，我們還織了一隊小足球隊，我踢的是正前鋒。學期中段試我考了個第三，得到了爸爸的稱讚，他已很少打我了。何老師對我好，那就更不用説了，但他並不是對我偏心，我一有過失他就嚴肅地告訴我，還時常對我説：「你現在各方面都有了進步，但可不要驕傲呀！」他的忠告很重要，因為我自己也發覺有些地方太「牙擦」了一些。

在這個學期行散學禮的一天，何老師忽然叫我去見他。一個意外的消息使我難過萬分，他説下學期不在這間學校教了，因為校長不再聘請他。我問他將會到哪一間學校任教，他説還不知道。跟着他叫我不要難過，要我在新的學期裏，更勤力讀書，更好地幫助弟弟和同學，還叮囑我不要驕傲。最後，他送我一本書。我含着眼淚告辭了他。到今天他的這本書還在我身邊，我不但自己看，還把書中的故事，有時更加上我自己的故事，説給學生們聽——因為，我現在已是一個教師了。他那本書的名字是《愛的教育》。

原載於一九五九年十一月香港《華僑日報·兒童週刊》，選自阿濃《濃情集》，香港：山邊出版社有限公司，二〇一七

海南了哥

星星們圍繞着月亮，蜜蜂們貪戀着玫瑰。假如說安娜是月亮的話，那麼小趙就是她身旁眾多星星中的一個；假如說安娜是玫瑰的話，小趙就是一隻忙碌的蜜蜂。

現在，月亮正被星星們簇擁着在兵頭花園裏散步；最後，他們來到了養雀鳥的籠前。

「哈囉，早晨！」一個奇怪的聲音來自籠中。

「是誰在講話？」安娜側起了美麗的腦袋。

「是了哥。」小李說。

「海南了哥。」小趙找到機會補上一句。

「哈，真得意！」安娜輕拍着手掌跳躍着，像一個十一、二歲的小姑娘。雖然，她早已不是這個年齡了。

「哈囉，早晨！」

「哈囉，哈囉！」

為了使安娜開心，男士們一個又一個的學着了哥叫，希望引牠多叫幾聲。

也不知是人多聲音太大，把了哥嚇壞了；還是了哥對這班人的行為看不上眼，牠再也懶得叫了。

這使安娜和男士們都很掃興。

「假如我有一隻說話的了哥就好了。」安娜輕歎了一聲。

雖然她只是隨便說了這麼一句，但她身邊的男士們卻一個個聽得分明。

像我們的小趙，就已暗中打定了主意：「我要送一隻了哥給她。」

小趙為買了哥幾乎走遍了市上所有的雀鳥舖。他們不是沒有了哥賣，就是說剛賣去了。有一間倒有兩隻新捉到的，可惜還沒有學會講話。

小趙幾乎絕望了，卻在一家雜貨店門口看見了一隻籠子，那籠子裏養的不是了哥是甚麼！

「這了哥會說話嗎？」小趙和店中的伙計搭訕。

「傻瓜！傻瓜！」沒等伙計回答，那了哥已粗聲粗氣的說起話來了。

小趙心中大喜，又問：「牠會說哈囉嗎？」

「還沒有學會哩。」伙計說。

「這了哥賣嗎？」小趙問。

「我們老闆養着玩的，怕不肯賣哩。」

算是小趙好運氣，花了一番唇舌，終於說動了老闆，肯以一百元的代價把了哥讓給了他。

* * *

小趙興匆匆的提着鳥籠來到安娜家裏。

他的心從沒有那麼興奮地跳動過。他想：安娜見到了這份禮物，不知將多麼開心。說不定會高興得給他深深一吻……

「安娜，看我給你帶來了甚麼東西！」小趙一見到安娜就急不及待地把鳥籠提到她面前。

「哈，你也找到了這東西！他們這兩天送來了好幾隻，吵得我煩死了，你看！」安娜指着客廳的一角，果然那裏已掛了四、五隻籠子，每隻籠子裏都有一隻黑毛的了哥。

小趙猶如冷水澆背，整個人呆在那裏。

當他意興闌珊地告辭回家時，牠背後的了哥叫得正歡。或許牠們從沒有這麼多同類聚在一起過，所以十分興奮。其中有叫哈囉的，有叫早晨的，有叫恭喜發財的……但小趙最聽得清楚的還是那粗聲粗氣的喉嚨：

「傻瓜！傻瓜！」

* * *

原載於一九六一年一月香港《華僑日報．兒童週刊》，選自阿濃《濃情集》，香港：山邊出版社有限公司，二〇一七

奇怪的問題

明芳有一對漂亮的大眼睛，有一個小巧的嘴巴，這都是我喜歡的。

她的大眼睛裏常會出現一種好奇的、神秘的、疑惑的、探求的神色，這是我又愛看，又怕看的。

她那小巧的嘴巴常會發出一些奇怪的、令我莫名其妙、令我不知怎樣作答的問題，這卻是我最害怕的。

* * *

「濃，你喜歡紅色嗎？」她撲閃着大眼睛，朝着我問。

「唔。」我不置可否。

「你喜歡藍色嗎？」

「唔。」我知道這是我最聰明的答案。

「你喜歡黃色嗎？」

「唔。」雖然我一點也不喜歡黃色，但我不想改變我的答案。

「喂，你老是唔，唔！你究竟最喜歡甚麼顏色？」她那綫條優美的嘴，呶得長長的，發起脾氣來了。

「你問這些做甚麼？」我想得到一點提示，然後再答覆她。

「你別理，你先答覆我的問題！」她一步也不肯讓。

我知道不能再拖延了，就說：

「我甚麼顏色都喜歡。你看，紅色的玫瑰多美麗；你看，藍色的天空和大海多麼令人心曠神怡；你看，黃色的……」

「別說了，別說了，我不是叫你作文章。老實告訴你吧，心理學家說：紅色表示熱情，但容易衝動；藍色表示活潑，但經不起挫折；黃色表示溫柔，但沒有決斷力。你這人呀，樣樣都說喜歡，一定是個——花心蘿蔔！」

* * *

我在看書，明芳在看報紙。我看書倦了，就愛看着明芳：看她皺着眉頭，看她眼睛上小刷子似的睫毛隨着視綫一上一下的閃動。忽然，她抬起頭來兩雙眼睛閃電似的向我一射，我連忙垂下視綫詐作看書，但已經來不及了。

「喂，你鬼鬼祟祟的看甚麼？讓我來問你一個問題！」

又是問題！我準備受審了。

「你一定要老老實實的答覆我！」她豎起食指，威脅地說。

「唔。」我抓了抓頭皮。

「你睡覺時的姿勢是怎樣的？是仰卧，是側卧，還是俯卧？是伸直了身子，還是彎着身子？」

「我睡着了怎麼知道自己的姿勢！」我不知她葫蘆裏賣甚麼藥。

「你這人不老實，我不睬你了！」她作色要走，這可非同小可。

「我說，我說！」我連忙把她留住：「夏天的時候，我怕熱，睡得像個大字；冬天的時候，我怕冷，縮成一團，像個蝦公！」這都是實話。

「哈！」她得意地笑了：「且看心理學家對你的分析！」

跟着她朗讀了一段報紙：「向上仰卧，四肢平放如大字者，無主見，少決斷，依賴因循，隨遇而安，無上進心！曲身而卧如蝦公者，缺勇氣，膽小怕事，自私自利，個人主義……看你，簡直一無是處！」

＊　＊　＊

有一次，我被明芳問怕了，就對她說：「你別相信那些冒牌心理學家的胡扯了，我這人好不好你可以用你自己的眼睛看呀！」

「誰說是胡扯，人家心理學家當然有他的道理。啊，是了，讓我再問你一個問題！」她興奮的說：「假如有一天，你和你母親，還有你的太太，在大風大浪中都掉在海裏，在這樣的情形下，你只能去救一個人。那麼，你去救你的母親呢？還是救你的太太？」

這的確是一個難題，我知道，假如我說救母親，她就會說我薄情寡義；假如我說救太太，她又會說我是個不孝的逆子，怎辦呢！

「哪有這麼巧，會發生這樣的事！這簡直是胡思亂想。」我因答不出而煩躁了。

「但是萬一發生呢？」她堅持要我答覆。

忽然我靈機一動說：「我要救母親，因為，你不是自己會游泳嗎？」

她的臉刷地紅了：「我又不是你的太太！」跟着飛也似的跑了。

我第一次勝利地答覆了她的問題。

原載於一九六一年五月香港《華僑日報．兒童週刊》，選自阿濃《濃情集》，香港：山邊出版社有限公司，二〇一七

書裏的情信

楚燕問我有沒有馬克吐溫的短篇小說集，我雖然沒有，卻說可以幫她借到。

結果我到書店裏買了一本新的。借給她時，裏面還夾了一封信，這封信整整寫了我一個晚上，雖然連那張小小的信紙也沒有寫滿，我卻自認是一篇既優美又含蓄的傑作，裏面沒有提及愛情，卻沒有哪一句不含着柔情蜜意，當我最後抄正再讀一次時，自己也不覺感動得眼濕濕的，這時我才認識到自

己竟是這麼多情的一個男孩子。

我想像得到，當楚燕讀到我這封信時，那感動的晶瑩的淚珠，也將流掛在她嬌紅的雙頰上，她將會熱情地把我的信貼在她怦怦跳動的胸前，並低聲呼喚我的名字，說不定還會立即寫一封同樣多情的回信給我。啊，那是多麼美妙呀！

借書給楚燕的第二天，我一早就回到學校，我的心情有點兒緊張。我想，她一定看到我那封信了，她的反應會怎麼樣呢？她會生氣嗎？我那封信是不是太矯揉造作了呢？那些笨拙的欲蓋彌彰的詞句，會不會令她嗤之以鼻呢？我有點後悔了……看，她回來了！我的耳朵忽然熱烘烘的，我想它一定紅得很厲害。我忽然膽小起來，胡亂的拿出一本高中國文擺在面前。

「蘇大明，借你的代數本子來看看，有一條數做來做去做不通。」楚燕走到我面前對我說，她的聲調很平靜。這使我寬了心，卻又有點失望。為甚麼她甚麼反應也沒有呢？

一會兒她把代數本子拿來還給我了，我的心怦怦地跳着，我想：「她真聰明，她一定把回信夾在我的代數本子裏了。」

我正想翻開本子來看時，忽然一隻手把我的本子搶去了。我大吃一驚，看清楚原來是本班的「電版專家」何日清，他又想借我的本子去抄數了——裏面的信給他看到那就糟了！我連忙伸手去搶，誰知我快他更快，早把我的本子拿到他自己位子上去準備抄了。

我一個箭步衝到他面前，伸手就搶，他兩隻手按住我的本子嘻皮笑臉地說：「借給她就可以，借給我就不行！」他把個「她」字說得很古怪，我也顧不了這麼多了，用兩隻手拼命和他爭奪着。

上課鐘響了，他還不放手，我用力一扯，撕的一聲，本子被扯爛了。他見闖了禍，總算放了手，但嘴裏還不斷的嘀咕着，大概是說我牙擦擦，專做「觀音兵」等難聽的說話。我才不與他計較呢，連忙把那本扯成兩邊的破簿子拿了回來。

回到位上匆忙地一翻，裏面甚麼也沒有。我不死心，逐張逐張的翻過去，結果還是令我失望。這時老師來了，我只好心不在焉的假裝聽書。

幾次小息都沒有辦法跟楚燕單獨談話，雖然她沒有故意避開我，卻老是跟幾個女孩子呆在一起。

放學了，我和楚燕乘的是同一路巴士，機會真好，我們找到空位坐在一起。

我等她先開口，她卻甚麼也不說，瞇着眼睛看窗外，初夏的陽光已經很耀眼，車外馬路上成羣地走着穿校服的男孩子和女孩子，他們也放學了。

「楚燕，那本馬吐克溫好看嗎？」我忍不住了，小心地提個問題試探她。

「馬克吐溫？」她的眼睛仍向着窗外，「我已經借給叔叔了，我是替他借的。」

「甚麼？」我嚇得差點跳起來，「那麼你沒有看到我的信？」

「甚麼信？」她愕然地轉頭來。

「我寫給你的信，就夾在那本馬克吐溫短篇小說集裏。」我急得臉也紅了。

「你為甚麼不告訴我書裏面有封信？我看也沒有看就把那本書拿給叔叔了。」

「死啦，死啦！唉，我還以為是你自己要看這本書。」

「喂，你沒來由地寫封信給我做甚麼？我們不是每天見面嗎？你信上寫了些甚麼鬼呀？」她忽然責問起我來了。

「這……」我的臉越來越紅了。

「是不是寫了些……？」她的臉也忽然紅了。

我知道她已經猜到信上寫的是甚麼，只好尷尬地點點頭。

「唉，你這人！你知道我叔叔是個緊張大師，這封信給他看到了，我最少得聽他幾個鐘頭教訓，說不定還要告訴我爸爸，那時就慘了！你真急死我了！」她把個嘴呶得老長。

「哎呀，你到站了！」我連忙起身讓她下車，我自己也跟着她下了車。

「喂，你那封信有沒有封口？」她忽然帶點希望地問。

「連信封也沒有，就是一張信紙。」我哭喪着臉說。

「唉！」她氣得猛跺腳。

「或許你叔叔還沒有看那本書呢？你編造一個理由去問他拿回來吧！」

「他是個性急鬼，一拿到書就放不下，怎麼會沒有看呢？」她急得想哭了。

「我們不妨去試試呀！」結果她也只好同意了，但一定要我陪她去，當作是我要暫時把這本書拿回去。當然，我沒有拒絕的理由。

她的叔叔也就住在她家附近，應門的是楚燕的叔母，楚燕叫她 Auntie，是個很秀氣的婦人，問明我們的來意後，她叫我們在廳上隨便坐，楚燕的叔叔就快放工回來了，她自己要到廚房裏忙着煮晚飯。

客廳布置得很雅緻，家具不多，卻有好幾個大書櫥。

「那本書會放在書櫥裏嗎？」我小聲地說。

「讓我們去找找看。」楚燕立刻和我分頭找尋起來。

找完了一格又一格，翻了一欄又一欄，哪裏有馬克吐溫的影子！

找完了書櫥又找別處，茶几上，雜誌堆上都被我們翻遍了。

我們正找得緊張，楚燕的叔母從廚房裏出來了，她切了一碟橙給我們吃，我們只好規規矩矩的坐着。

「楚燕，想找叔叔拿本甚麼書？看你這麼緊張！」

楚燕臉上微微一紅，說：

「馬克吐溫短篇小說集。」

「呀，他昨天晚上看到差不多十二點鐘才睡覺！他說這本書寫得很精彩，又幽默，又深刻！」楚燕的叔母微笑着說。

我和楚燕的臉都一齊刷的紅了，看來那封信一定給叔叔看過了；還有，這位微笑着的叔母，也已經欣賞過我的大作了。

這時我們留也不是，走也不是，好不容易楚燕才擠出一句話。

「現在那本書呢？」

「他帶着上班去了，他老是喜歡在巴士和渡輪上看書，近視越看越深，我說過他不知多少次，他也不聽。」

這時門鈴響了，我和楚燕緊張得差點跳了起來。

果然，一開門楚燕的叔叔就走了進來，我看到他手上正拿着那本馬克吐溫短篇小說集。叔叔的後面還跟着一個人，楚燕一見了他，臉都嚇得白了，我認得，他正是楚燕的爸爸。

「爸爸。」楚燕勉強叫了一聲。

「啊，你也在這裏！」她爸爸的面孔一向是冷冷的，今天也是一樣，楚燕低垂着眼瞼，不敢看他。

他又冷冷地向我瞟了一眼，瞟得我渾身不自在。我想：「他來這裏做甚麼呢？……」

「你來這裏做甚麼？」他問楚燕。

「我來……借書。」

「借書？先要把功課做好，不要專看些雜書！」

「……。」

跟着楚燕的爸爸和楚燕的叔叔商量一封英文函件的寫法，楚燕的叔叔英文程度比較好，所以她父親找他來商量。我們知道了他的來意後，比較放心了。

趁着他們兩人在寫字枱上商量時，楚燕靜靜地把叔叔放下來的那本馬克吐溫偷到手了。她手忙腳亂地把那本書亂翻一氣，結果裏面甚麼也沒有。我心急地從她手上搶過來，拿着書脊向下抖動，果然一張薄紙飄出來了。

楚燕手快，一下子就把它拾起，藏進了校褸大袋裏。

我匆忙間看到那是一張白紙，而我明明是用粉藍色的信紙寫的。

結果楚燕把那張已經團得很皺的紙片拿出來一看，卻原來是叔叔寫的讀書摘記，只好又把它夾回書裏面去。

這時楚燕的爸爸要走了，臨走時對楚燕說：

「快吃晚飯啦，早些回家！」

楚燕向他的背影伸了伸舌頭。

「楚燕，你來有甚麼事嗎？這位同學你還沒有向我介紹呢。」叔叔的一對骨碌碌的眼睛在厚厚的近視鏡後打量着我。

「他叫蘇大明，那本馬克吐溫短篇小說集是他借給我的，現在他想拿回去，因為……。」

「哦，蘇大明，你的文章寫得不錯。」他拍拍我的肩膀，我的臉紅得像關公似的。跟着他正地叫我們坐下，跟我們談起中學生應不應該談戀愛的問題，他認為中學生年紀太輕，正是求學時期，過早地談戀愛不但會影響學業，而且往往會造成悲劇，影響一生幸福。他的話很有道理，可惜長氣了一點，不是他的太太催他準備吃飯的話，不知道他要說到幾時才完呢。

終於，他拿鎖匙開了寫字枱的抽屜，拿出一個白信封來，我知道那裏面一定是我的那封信。

「我應該還給誰呢？」他拿着信封微笑地說。

「我！」我和楚燕同聲說，不過看楚燕一臉頑皮的神情，我知道她是說着玩的。

楚燕的叔叔把那本馬克吐溫短篇小說集和那封信一齊交給了我，我忸怩地把書還給他說：

「謝謝你對我的指導，這本書我不等着要，你慢慢看吧。」

當我終於和楚燕走到街上時，涼風一吹，我才發覺我的背脊已經濕了。

「快把信拿來看！」楚燕頑皮地伸手向我討。

「等我畢業之後再寄給你吧！」

終於，我目送楚燕走進了她家的大門，我呆呆地站在那裏，心裏不知是甚麼滋味。

原載於一九六四年四月香港《華僑日報．兒童週刊》，選自阿濃《濃情集》，香港：山邊出版社有限公司，二〇一七

巴士上的故事

巴士在總站上震顫着，像一頭因奔跑而喘息的老狗。

一羣穿校褸的男孩子衝上車來了，他們是放學鐘聲響過第一批飛出來的鳥兒，他們笑着，叫着，甚至扭打着，像一羣互相撕咬的小狗。

叮叮，巴士開了，留下了另一批衝過來的「小狗」，巴士司機嘴角泛着微笑，他可以看到「小狗」們在車下戟指呼叫的怪狀。

在尖鋭的煞車聲中，巴士停站了。上來了另一批穿校褸的。車上的男孩子突然古怪地安靜了下來，因為上來的是一批女孩子。這是一間教會學校的女生，她們的一舉一動，一言一笑，全像是受過訓練的，大方而優雅。從頭髮到鞋襪，都是那麼乾淨整齊，無怪整車身上散發着汗臭的男孩子都有點自慚形穢了。

占美是男孩子中最整齊的一個，在車將開的那一會兒，他沒有忘記先把頭髮梳理一下。

占美等待着的那個面孔上車了，占美以微笑迎她，她也以微笑迎占美，於是占美側身，讓她坐在身旁近窗的座位。

記得占美第一次讓她坐在身旁時，他們甚麼也沒有説。她坐在他身旁，像一尊莊嚴的女神，占美不但不敢偷眼看她，連到脖子上去搔癢也不敢。現在占美已經知道她叫安妮，而且大家可以談談笑笑了。莊嚴的石像變成了一個美麗可愛的女孩子。

今天他們的話題是老師們的花名和怪脾氣。

占美説他們的化學老師花名是「科學怪人」，兩隻眼睛從不看人，好像望着一個遠方的世界，下課後同學們跟他招呼，他總是直行直過，大概根本沒有看見。

安妮說她們的家政老師最喜歡在課室裏談她自己的孩子，談他們的淘氣，談他們的可愛，現在都到外國求學去了。他們常常寫信回來，讀書的成績都很好。而據熟悉家政老師的同學說，她的孩子一年才來那麼一兩封信，除了例常的問候外，就是向她要錢。

後來占美談起他們的國文老師「八股佬」了。他說他對中文科最沒有興趣，別的同學也如此，所以一上中文課，課室裏就吵得一團糟。國文老師是個大近視眼，戴了眼鏡也看不清楚，所以同學們時常作弄他。有一次大家正吵得天翻地覆的時候，校長突然在課室門口出現了，他罰全班站了五分鐘，狠狠地把他們罵了一頓，臨走時瞪眼看了看國文老師，用英語嘰咕地罵了一句，坐在前排的同學聽到是「老懵懂」的意思，從此他又多了一個花名。

「你有沒有作弄過他？」安妮問。

「怎麼沒有！」占美英雄地說：「每次默書，我總是把課本拿出來抄，有一次給他看到了，他要拿走我的書，我就跟他鬥搶，引得全班大笑。還有一次，我把一架收音機藏在衣袋裏，上課的時候開了，大唱粵曲，又引得全班大笑，他循着聲音來檢查我的時候，我已經把收音機傳給別的同學了，氣得他幾乎嘔血……」

「你們的國文老師是不是姓陳的？」安妮問。

「是呀，你怎麼知道？」

「他是我爸爸。」

假如占美鎮靜一點的話，還可看到安妮的眼中已滿含了淚水。

以後占美雖有時也會在車上遇見安妮，但是她莊嚴得像一尊石像，而且從不肯坐在他的旁邊。

原載於一九六四年四月香港《華僑日報．兒童週刊》，選自阿濃《濃情集》，香港：山邊出版社有限公司，二〇一七

爸爸，你休想脱身！

爸爸跟他的老朋友們飲春茗，把我也帶去了。世叔伯們見到我，照例誇獎地説我越長越漂亮了。跟着又問長問短，問我在哪裏讀書，哪裏做事，等等。

我告訴他們，我已讀完了中學，現在考進了護士學校。他們聽了，一個個的對爸爸説：

「梁伯，好呀，你甩身了！」

不知怎的，「甩身」這兩個字我聽來十分刺耳。我是爸爸的包袱嗎？爸爸時常想擺脱我嗎？爸爸從來沒有這樣講過，我也從來不覺得自己會是爸爸身上的包袱。但是為甚麼，他們一個個的這樣説呢？

我看看爸爸，爸爸不置可否的應着，後來他聽得多了，忽然笑着轉過頭來對我説：

「茵，你肯讓爸爸甩身嗎？」

爸爸的臉上笑着，但他的眸子卻異樣地注視着我，聲音也有點不自然。我這時突然明白了爸爸的心，我帶點衝動地説：「不給！」

在大家哄笑聲中，我羞得低下了頭。爸爸卻一手緊緊地攬着我，笑着説：「傻女！傻女！」我偷

眼看看父親，他滿臉歡喜的樣子。這清楚地證明了，爸爸實在不願「甩身」，假如我是一個包袱，也該是個爸爸捨不得放下的可愛的包袱。

想起來，我對爸爸的負累的確不少。我小時多病，我一病，爸爸就坐卧不寧，脾氣也特別壞。爸爸的胃病時好時壞，這該是個主要原因。

隨着年紀長大，我的健康有了進步；可是我任性、倔強，一決定做甚麼事，任何人也阻擋不來。爸爸了解我，知道我不會學壞——這是他自小教導的成績，但是他怕我衝動、火爆的性子會得罪人，而遭到小人的傷害。

或許爸爸對我關懷已成習慣，如果有一天要他放棄對我的這份心意，他一定會覺得忽忽若有所失，生活也會失去平衡。

有一次我跟同學們往澳門旅行，玩了三天回家，那天晚上臨睡時，我聽到爸爸自言自語說：「今天晚上大概睡得着了。」

有人把養兒育女當作一種無可奈何的責任，要給飯他們吃，要給衣服他們穿，要供他們讀書……真麻煩呀，真吃重呀！於是，有一天，兒女能自立了，做父母的也就解放，脱身了！可是，我的爸爸和我的關係可不只是這樣，他是我的爸爸，卻也是我的朋友；我是他的女兒，卻也是他的朋友。我們互相了解，心靈相通。我們互相支持着，和生活中的種種困難搏鬥。他給我以經驗和鼓勵，我給他以愛和活力，我們正是一對合作得很好的戰友。

爸爸永遠不想失去他的小戰友，我也永遠不想失去我的老戰友，我們在一起時生活得很好，我們分開時就會各自感到孤單。

我會長大，我會嫁人，我將來會有我的小寶寶，但我將永遠是爸爸的女兒！我永遠需要他的關心，我要他為我的煩惱而煩惱，因我的快樂而快樂，我需要他這方面的施予，他也需要作這樣的施予，永遠，永遠！

「梁伯，好呀，你甩身了！」別人這樣說。

不，爸爸你是永遠休想甩身了！因為你的女兒永遠需要你！

原載於一九六九年三月香港《華僑日報・兒童週刊》，選自阿濃《濃情集》，香港：山邊出版社有限公司，二〇一七

我有心事你也不知道

何桂芳是我班的一個女學生，矮矮的個子，坐在第一排。她不怕我，有時還坐在位上跟我頂嘴，一點禮貌也沒有。她小小的眼睛，大而略扁的嘴，生得並不可愛，頭髮上卻可笑地夾着一隻銀色閃光的廉價髮夾。她喜歡看一些幼稚的兒童畫報，看的時候很聚精會神的樣子。她似乎愛吃朱古力糖，有一次我見她拿着一大塊散裝的在咬着，手上還另有一個紙袋。我說：

「何桂芳，你吃這許多朱古力，飯都不用吃了！」

「我請你吃一塊好不好？」她認真的從紙袋裏拿出一塊給我，引得別的同學都笑了。

我說：「何桂芳，你愛看童話書，愛吃朱古力，是正牌的細路女，不像有些同學，年紀小小卻滿

懷心事，像個小大人。」

「我有心事你也不知道！」她說。

我可不相信這樣的女孩子會有甚麼心事。

在一次學校旅行中，孩子們有的下水捉魚仔，有的在草地上踢球，何桂芳獨自一個在樹蔭下看書。我坐到她旁邊的一塊石頭上說：

「何桂芳，為甚麼不去玩？」

「有甚麼好玩的！」她看也不看我。

「我猜你在家裏，一定最小，對不對？」我的意思是她這種無禮的態度是「縱」出來的。

「哈，你又跌眼鏡了！我兄弟姊妹五個，我最大。」

「原來你有許多弟妹，以後恐怕還不止。」

「不會有了。」她說。

「為甚麼？」

「媽媽吃避孕丸。」她說得很自然。

我從一個小女孩嘴裏聽到「避孕丸」這個名詞還是第一次，這真是一個「進步」的世界。

「你最小的弟妹有多大？」

「全都讀書了。」

「你才這樣小，他們就全都讀書了，你媽媽一定生得很勤。」

「我不止一個媽媽。」

「啊！」她的答案出乎我的意料。我問：「你兩個媽媽一塊兒住？」

「一個媽媽給爸爸趕走了。」

「你是哪個媽媽生的？」

「被趕走的那個。」

「你知道她的消息嗎？」

「聽說她做了舞女，後來就不知消息了。」她抿了抿嘴唇，眼睛看着手上的圖書。

「爸爸為甚麼要趕媽媽走？」

「不知道，那年中秋節，爸爸飲得滿臉酒氣回來，拉住媽媽的頭髮，又打又罵，吵了很久，後來聽說他們要離婚了。爸爸問我喜歡跟媽媽還是跟他，我說喜歡跟媽媽，他兇神惡煞的打了我一巴，又罵我，說如果我再要跟媽媽打死我。」

「你媽媽被爸爸欺負，不告他嗎？」

「媽媽跟爸爸不是正式結婚，媽媽又怕爸爸，因為他動不動就講打講殺。」

「爸爸趕走了媽媽又再結婚？」

「不，爸爸趕走了媽後，把我帶到一處地方，那裏有個女人，爸爸要我叫她做媽媽，另外還有四個孩子，據說都是我的弟妹。原來爸爸跟這個女人早已結婚了，孩子都有四個了，媽卻還不知道。」

「這個媽媽對你好不好？」

「她很懶，自己做一些膠花，洗衫、煮飯都要我做，碗也要我洗。」

「可以叫弟妹們幫着洗碗的。」我說。

「媽媽不給，還要罵他們多事。」

「你有時間做家課嗎？」

「每天限做一小時，做多了就罵。」
「有零用錢給你嗎？」
「一毫子也沒有。」
「那麼你旅行和買朱古力呢？哪來的錢？」
「有時爸爸叫我買東西，不用我找給他，我就把它儲下來。」
「爸爸近來對你怎樣？」
「他是對我好的，不過他不常在家。所以，你不知道，有時候，我覺得日子很長很長，真是度日如年。」「度日如年」是新教的成語，想不到她用得這樣貼切。
這孩子偶然吐露的事實，很使我震驚。我一時不知說甚麼好。我們沉默着。她忽然輕輕歎了一口氣說：
「有時半夜牀上醒來，想到傷心的地方，把枕頭都哭濕了，卻不敢讓人知道。」
她皺着眉頭揭手上的書，嘴唇抿得緊緊的。
我自以為很夠觀察力，很了解學生，想不到這樣的一個小女孩，背負着這樣重的心事，我卻一直懵然不知。
可是，我現在雖然知道了，我對她能做些甚麼呢？
不過我轉心一想：小草雖然在惡劣的環境下，一樣會生長起來，因為她具有堅強的生命力。我又何必太為她擔心呢！

原載於一九六九年十一月香港《華僑日報・兒童週刊》，選自阿濃《濃情集》，香港：山邊出版社有限公司，二〇一七

秀娣（綠騎士、陳重馨）

大公主和小公主

婉琪悄悄地拿了媽媽一條用來配晚服的閃金色披肩，披在自己身上，對着鏡子左右地端詳着自己的樣子。她臉上禁不住露出了一個得意的微笑。「多美麗啊！」她心裡暗想：「這次樂鋒會的話劇比賽，我們組裡一定會選我担任女主角，扮演『小公主』了！」

劇本上星期已分派給大家了，經過一星期的研究和考慮，在明天星期日的集會裡便會決定角色的選定。今天晚上婉琪興奮得很晚才睡着，在夢中還不斷夢見自己眞的担任了小公主的角色，穿着美麗的紗裙子，臺下的觀衆掌聲雷動……

第二天婉琪一早便來到會所了。大家都到齊後，彼此商量了很久，才正式開始角色的分派。漢生和思洛都是主要的負責人。首先由漢生說：「我們大家都希望這次比賽能獲得勝利。在角色分派這方面便要特別小心，因為人物分配的合適與否，對一個話劇的成功和失敗是影响極大的。小公主是這套話劇的最主要角色，你們認為由那一位女同學來扮演最適宜呢？」婉琪的心中卜卜地跳。

大家都已經在過去的一個星期內讀過了劇本，對情節和人物都有了相當的了解。大家的目光都不約而同地集中到嬌小天眞的明蘭身上。終於，小軒說：「明蘭有演話劇的經驗，她的外形又適合小公主的造型，我認為她最合適。」

大家都同意了。婉琪的心直往下沉。她忍不住說：「我也有過演話劇的經驗呢！」

思洛高興地說：「那眞好極了，我正想提議由你担任大公主的角色呢。你比較高貴和文靜一點，正合這角色的要求。」

「是啊，是啊！」大家都望着她。婉琪又失望又生氣，心中想：「我才不做配角呢。」但又不好說出來，便連忙說：「哎喲，我忽然十分頭痛，我要立刻回家休息了。」

說完轉身便走，漢生喚道：「那麼，遲些通知你排練的時間。」婉琪却並不理睬他，急步走開了。

「啊，她不舒適怎可以自己走呢？讓我陪伴她回家吧！」明蘭心中想。便轉頭對大家說：「我也先走了，你們通知我甚麼時候排練吧！」說完便追着婉琪。

「等等啊，婉琪！」明蘭喚道。婉琪聽見她的聲音，走得更急促了。明蘭好容易才追上了她，已跑得喘不過氣來。她一看見婉琪鐵青色的面孔和緊皺着的眉端，不禁有點奇怪，好心地問道：「你的頭很疼嗎？」婉琪只是「哼」了一聲。

聰明的明蘭很快便明白過來了，她誠懇地說：「你是不是不喜歡做大公主的角色呢？其實根本沒有甚麼分別的啊，在話劇中每一個角色都是一般重要的。」

本來很生氣的婉琪看見明蘭那十分誠懇的態度，不禁對自己的自私心意感到很慚愧，但又不願意承認。靈巧的明蘭拉着她的手說：「你出來走了一會，若果頭痛好一點，不如先回到會所去商量話劇的事吧。我扮小公主你扮大公主，以後我們便是兩姊妹了！」

婉琪不禁也笑了，大家手拉手兒回頭走。

選自一九六九年四月二十七日香港《樂鋒報》

小紅球

「咭咭，那個叫做李文傑的小朋友眞怪。他來了這兒大半天只說過三句話。眞有趣！」珊珊拉着小珍笑道。

「他是漢生班中新來的同學，」小珍指指點點地說：「漢生今天特意帶了他來樂鋒會玩呢！」

「這人眞奇怪，又不是個啞巴，幹嗎別人對他說甚麼他都只是點頭或搖頭？」珊珊仍然覺得好笑，便掩着嘴兒。這時李文傑大概也發覺了她們正在談着他，便尷尬得面孔都漲紅了。小珍笑着便拉了珊珊到另一邊去。

這時大家已玩了好一會集體遊戲，是休息時間，開始自由活動。小朋友有坐着、站着，圍成一堆堆地談談笑笑，只有李文傑不作聲。因為他個性沉默，而且初次來到，只認識漢生，但漢生是隊長，要和小黑子去貯物室點查球類的數量。李文傑便站到沒人留意的角落去了。

那一邊，珊珊正從裙袋中掏出一副很美麗的「鐵抓子」給小珍看。這套「鐵抓子」很特別，外面有一個很小的紅皮球，用來擲在地面，紅球彈起時便用手去抓「鐵抓子」，再接紅皮球。其他的幾位小朋友看見了，便都聚在一起玩。大家都覺得好玩，玩完一次又一次，誰也捨不得放手。

小珍羡慕地說：「多美麗多好玩的『鐵抓子』啊！」

珊珊得意地說：「這是哥哥送給我的生日禮物呢！我喜歡得不得了。這是我最鍾愛的玩具，所以保存得十分細心呢！」

他們把參加的人分成兩隊進行比賽。小珍那面起初不及珊珊那面高分。但很快地，小珍她們也玩得熟手了，越來越高分。珊珊不禁着急起來。最困難是抓「亞十」——十粒鐵抓子，很難一下子全抓在手中的。珊珊便出力地把小紅球擲到地面，希望它彈高些，便有多些時間來抓起那十隻「鐵抓子」了。

誰知她擲得太用力了，小紅球高高地彈起，斜斜地一飛撞了到一根柱上，掉下到柱邊的小坑中，便骨溜溜地滾下斜坡。轉眼便不見了。大家連忙追下去，找來找去找不到，只有面面相覷，互相埋怨。珊珊却眼圈都紅了。

這時哨子响了，催大家歸隊。大家眼看也沒有甚麼辦法，只有回去排隊。珊珊垂頭喪氣地跟着大家玩。到散會的時候，她沒精打采地離去。忽然見到「小啞巴」李文傑追上來，把一個染着泥污的小組球遞給她。珊珊既感意外又高興。

原來李文傑耐心地在斜坡下的草叢中找回小紅球。他不愛多說話，却愛帮助人。珊珊想起自己剛才還笑他，不禁很不安！

選自一九六九年九月二十八日香港《樂鋒報》

銀鷹一〇一

滴、滴、搭、搭、嗚——

志軒一按手中的控制器上的「開關按鈕」，放在地上的電子控制飛機模型輕輕震動了幾下，便果然起飛了，大家都歡呼起來！飛機在球場上空盤旋，大家都抬起頭，視綫緊隨着飛機。陽光射在銀色的飛機上，發出驕人的光輝。

最近，樂鋒會宣佈快要舉行一個盛大的「興趣展覽」，每組組員都可參加。志軒一向對科學研究很有興趣，平日最喜製造飛機、船、車的模型。但他覺得普通的模型不夠特出，所以便依着書本上的指示，嘗試製造一隻電子控制的噴射機，給它命名為「銀鷹一〇一號」。

今天，是他們小組的聚會，他特意把「銀鷹一〇一」帶了來，在未正式參展前，先試飛給自己的組員看。

小組裡不少組員都沒有見過電子控制的飛機模型，所以大都驚嘆不已。明蘭、美雲、思敏、小紅等幾個女孩子不停地讚美着。波兒、思洛、國強等幾個男孩子也顯出羨慕的神情。他們替志軒高興得又叫又跳，志軒心中不免也飄飄然地感到驕傲。

可是，在這組人中的小黑子和施小其，他倆對於這類機器模型也頗有研究。他們看到「銀鷹」在空中飛翔的姿勢，雙翼顫動不定，常常有翻側的危險。尤其是降落的時候，簡直是向地面衝跌，機頭也險些碰破了，倒眞替志軒担心。

小黑子忍不住便拉着志軒説：「噢，『銀鷹』好像有些不對勁呢！」

這像一盆冷水潑在興高彩烈的志軒的頭上。他不悅地把臉一沉。施小其本來也想指出「銀鷹」的缺點，但看見這情形，不忍掃志軒的興；便隨便地說：「只是有些不穩定，但大致上是沒有問題的！」志軒這才高興一點。

小黑子仍想拉着他，叫他小心檢查一下「銀鷹」的內部。志軒却冷冰冰地說：「我和小其都懂飛機的。你是甚麼專家，這樣了不起？」他太自滿了，怎肯接受別人的批評呢？

到了展覽的那天了。場地上十分熱鬧。節目分兩部份。一部份只是展覽，像圖畫、手工等。一部份是表演性質的，像舞蹈、歌唱等。「銀鷹一〇一升空」是屬於這部份，大字標題，寫在節目表上，十分吸引人。

這個節目到了。觀衆特別多，擠滿了小小的表演台前。明蘭和小黑子這一組人更是特別緊張，一早便佔了前面的好位置了。在熱烈的掌聲中，志軒帶着「銀鷹」上台了。他得意地向大家行了禮，便熟練地安排好一切。一按控制器，「銀鷹」便威風地飛上藍天了。觀衆都驚嘆地歡呼起來。大家仰起頭，視綫緊隨着在空中盤旋的「銀鷹」，正紛紛地稱讚着，可是「銀鷹」却顫動得越來越厲害，兩翼忽高忽低地側着機身。志軒急得滿頭大汗地拼命按掣，想把「銀鷹」收回。但「銀鷹」忽然側得整個機身翻了，在空中打了兩個轉，便像斷了綫的紙鳶般直撞向地面。場地那邊有人在賣雪糕，剛打開了冰箱，「銀鷹」就插進了雪糕冰箱裡，嚇得賣雪糕的叔叔一跳。大家都哄然大笑。志軒氣急敗壞、垂頭喪氣地走下台來。

他的組員不免很失望，但却紛紛安慰志軒。小黑子把「銀鷹」檢了回來，說：「志軒，別失望，可以從頭來過。」

志軒這時才知到要是當初不太自滿，這時便不會出亂子了。

是的，眞正的朋友，是要勇於指出朋友的缺點，才是帮忙人。一個人也要勇於接受朋友的批評，才能成功。

選自一九六九年十一月二十三日香港《樂鋒報》

第三輯　小說

徐速

校花

一個偶然的機會我認識了M中學的校花，而且，還建立了深厚的友誼。

事緣是這樣的，我有一位老朋友B君，在一家中學裡教書，待遇當然不太好，並且校方嚴厲的執行按鐘點核發薪金的辦法，一點鐘也不能馬虎，可是在生活的鞭子下，B君衹是沉默得像一匹驢子，為着一家人，拖着這永遠轉不完的石磨。

人總是人，比不上驢子那樣强韌的精力，就是驢子也有筋疲力盡的時候，這樣B君便病倒了，發燒，眩暈，患着流行性的傷寒，在一個風雨的夜裡，B太太慌張的跑到我的寓所，告訴我她的丈夫不幸的消息，她的來意我一看就知道了，並不是要我為她帮忙請醫生，而是要我明天早晨趕到他的學校裡替他上課。

B君教的是國文，課本還是童年時老祖父教過我的古文觀止，六朝文選這一類古舊的東西，學生的腦裡，早已都裝得滿滿的，像一些吃飽了的臭虫一樣，我敢担保他們很少能明白人的血液裡含有的維他命。

我跟校長先生講明，我想給同學們變換一點新鮮的教材，講一些淺近的文學概論和一些名著的精華，當然這是客串性質，校長先生也就滿口答應下來。

我沒有學過教育心理，也板不起教師的尊嚴面孔，但是却得到了意外的收獲，大概是因為同學們變換了口味的緣故吧，他們倒對我講故事式的教授法，發生了濃厚的興趣。

很短時期，在學生的文卷中，我已經看不到那些之乎者也的陳腐爛調，有許多作品還能創造出清新的格調，其中有一個名叫柳黛青的女學生，對於社會人物的心理描寫，很細膩，深刻，頗像成年人的作品，不過，文字中常常流露出對人生一些厭倦頹廢的傾向。

於是有一次在課堂上我談到寫方生還是寫未死的問題，我不主張在學生未成熟的潔白的心靈上，未踏入社會前便先蒙上一層悲哀的陰影，因此我將文藝上的寫實主義和浪漫主義介紹出來，為着引証過去文壇的史例，我順便談到「茵湖夢」「少年維特的煩惱」，以及十八世紀，在法國風靡一時的「茶花女」。

「茶花女」是大家所熟悉的哀艷凄惋的故事，我從大仲馬的身世詳細分析到這篇小說的主要意義，講到故事中人物哀婉動人的情節時，我看到學生們彷佛都被這故事感動了，像古墓樣的靜穆，在距離我很近的前排座位中，我忽然聽到隱隱的哭泣聲。

「誰！」這哭聲慢慢的擴大起來，整個教室都可以清晰的聽到了，一個男學生站起來問。

「柳黛青！」

「為什麼哭？」

「誰欺侮她？」

「誰敢欺負我們的校花！」在人聲嘈雜中，一個調皮的學生憤怒叫起來。

柳黛青也彷佛在惡夢中驚醒過來，慌忙的揉着眼睛站起來說：「先生！我身體不舒服，請假一天！」說着，她行過禮就飛快的跑出去。

下完課，我向學生們打聽柳黛青的情形，他們也都感到很茫然，許多女同學也衹知道她是從上海來的，沒有人了解她的身世，也沒有知道她的住址，因為她的功課很好，人又長得漂亮，大家都公開的稱譽她為本校的校花；「校花」，在學校裡往往是揄揶女學生的名詞，可是現在加在柳黛青的身上，倒覺得很適當，也很高雅，眞的，在注意美育的學校裡，是應該有這樣純潔美麗的花朶！

這僅僅是一場小小的風波，不久大家都淡忘了，柳黛青第二天仍然照常來上課，不過態度顯得更沉靜，更孤獨了。從她一双憂鬱的眼睛裡，我覺得這支花朶漸漸的好像經過了一場暴風雨的摧殘開始憔悴了。

自此以後，柳黛青却對文學有着更深的愛好，因此也逐漸和我有着更多的接觸。不知從什麼地方打聽到我的地址，她竟常常來找我探討一些寫作上的問題；有時她也寫了些零星的散文，短詩託我轉到熟悉的報刊上去發表。

我原是靠寫文章來維持生活的，當然，在生活上談不上有什麼固定的方式。可是精神是相當自由的。因此對於教鞭生涯就開始感到厭倦了。

柳黛青好像也看到了這一點，她不希望我馬上離開他們。至少要等到B君病愈後再說，為着解決我精神上的疲勞，她時常在黃昏陪我到外面散散步，對着大自然的風光，有時她也不禁振奮起少女的活潑氣質來。

我們散步的時間，差不多都在晚上七八點鐘的時候，一到九點鐘左右，她便向我告別，据說他在夜間還要給人家小孩子補習點功課，賺點錢貼補家用。

幾個月相處，在感情上自然一天天親密起來，我們已經打破了師生的界限，而像兄妹一樣的交往着。

但是我仍然不知道她家的地址，有幾次我想去拜訪她的父母，都被她婉轉的拒絕了。我想，這也許是少女們的天性，不願意將一個陌生的青年男子，介紹給她的家庭認識。

好多天沒有去看B君，B太太打電話告訴我她已經將B君送到醫院去了，我很關心他們的經濟情形，但是B太太却告訴我在她丈夫病重的時候，幸虧有一個女學生給她寄去一張支票，這才救了她丈夫的性命。

我聽了這消息後，在悲愴中却很為感動，一個教育工作者，耗盡了大半生的心血，畢竟在他親手開掘的知識荒田裡，得到了一滴甘泉。

為着教書的影响，我也漸漸的感覺到經濟的壓迫，但是為了友情，我不能在B君病中提起這件事，祇好託請文化界的朋友們為我到一家報館裏找一份副刊編輯的兼差。

報人的生活是富有詩意的，每到深夜，才踏着寥落的星光歸來，有時還要去坐坐專賣消夜的咖啡店，回到家，洗完澡，再準備一下明天學生的功課，上床時已聽到村裏的鷄聲了。

一天晚上，我提早發完了稿，趕到醫院去看看B君的病況，他已經復原了，祇是為着出院的一筆費用發愁，我安慰他一番，趕回家來想加緊完成那一篇長篇小說，打算向報館裡支領一筆稿費，作為他出院的用項。

時間已將近午夜了，我仍然沒有抓到一點靈感，對着空白的稿紙，我狂吸着紙烟，聽到窻外的雨點，驟密的敲玻璃的聲响。

忽然天空中响了一個霹靂的雷聲，跟着砰的一聲，我的整個房間似乎塌了下來，我驚惶的站起來，一個人裹着雨衣，像落湯鷄樣的闖進我的房裡。

「黛青！」我在燈光下認清了這熟悉的面孔，急忙的扶着他說：「這麼慌張，有什麼事嗎？」

「是的！請你將門關好，給我一件乾淨的衣服！」她急忙的說着，自己打開了衣櫃，忙亂的走向洗手間去。

幾分鐘後，柳黛青已經穿着我的一件紅色運動衫走出來，拿着手帕，在揩去她唇上的口紅。

「不要怕，是不是有什麼壞人在追你！」我遞給她一杯熱茶和一條乾燥的毛巾。

她還沒有回答我，忽然門外有人在敲門，我拉開門，看見一個穿着黃色制服的警察，拿着警棍走進來。

「先生！你看見一個女人跑進你的屋子嗎！」

「你說是什麼樣的女人！」

「阻街女郎，在街上拉生意，我們趕到你的門口就不見了！」他說着，伸着頭向我的房內張望着，我看見柳黛青手拿一本書遮着面孔，我恐怕這警察冒失的侮辱了她，急忙的說：「她是我的學生，跟着我補習功課！」

「好！對不起！先生」，警察很有禮貌的說：「我恐怕那壞女人跑進來偷你的東西！」送走了警察，我回到房裡來，看見柳黛青伏在桌上，哀哀的痛哭着。

「怎麼啦！黛青！」

她停住哭，抬起頭，嘆一口氣，對我說：「先生！我不配做你的學生。」

我無言的躺在沙發上。

「一切你都明白了，先生，我每天都是這樣無恥的生活着。」

「先生！」她似乎冷靜的說：「你不是講過茶花女的故事嗎！我就像那書裡的女主角似的，不過，我為的是我的母親，兩個弟弟，三個妹妹，他們要活着，我也要活着，我祇有拿我的青春，養活了我們一家六口的生活，今天晚上，謝謝你！先生！」

這是眞的嗎？我閉着眼在玄想，好一會，我才清醒過來，睜開眼，柳黛青已經離開我的房間，地下留下她花花綠綠的衣裙。

第二天，為着這件事的刺激，我打電話向學校裡請了一天病假。

第三天，B君和他的太太來看我，對我這幾個月的帮忙表示謝意，我却驚奇的說：「我還想領一筆稿費給你出院呢！」「不必了！全部醫葯費都付清了！」B君笑吟吟的對我說。

「你那裡來的錢！」

「是我的一個好學生給的，兩次錢都是她的帮忙！」

「誰！」我點着頭，感動的說：「想不到在社會道德破產的今天，竟有這樣會令人敬佩的好學生。」

「柳黛青！」

「柳黛青？」

「是的！」B君笑起來說：「你這個人怎麼搞的，多糊塗，上了幾個月課，連我們學校的校花還不認識呢！」

選自一九五二年八月一日及八月八日香港《中國學生周報・新苗》

姚拓

二表哥

無論是誰，只要和二表哥見過一面，即使相隔了三年五年，也會清清楚楚地記起二表哥的面孔來。這不是說我二表哥生得像猪八戒一樣地容易使人記憶；當然他也不漂亮，頭肥臉濶，耳大，鼻大，口也不小，可是不知怎地，他會生了兩隻又細又長像鉛筆綫一樣的眼睛，這眼睛就是他的特徵。他的上眼皮厚得出奇，緊貼着下眼皮，就是極力想瞪一瞪眼，也不過露出來一條黑縫來。說良心話，打我懂得人事認識我二表哥那一天開始，我始終沒有看見過他的眼白，更不要說是翻白眼了。

說起來他是我二表哥，其實姑媽只有他這麼一個寶貝兒子。大表哥死得早——一歲不到就死了。姑媽為了紀念她夭折的頭生子，所以二表哥生下來後，仍然把他排列成行二。雖然他也拜過孔聖像，讀過一年私塾，也曾請老學究起了個叫做什麼「德」的學名；但第二年再開學時，二表哥死也不肯再去上學。姑媽嬌慣他，姑父死得又早，就這樣，他沒有再讀過書。從前在私塾內所起的學名，連他自己也忘了。所以，我只知道二哥的小名叫二成。

有一年清明節，姑媽來我家祭祖墳，二表哥穿了件長衫子，提着籃子跟在姑媽後面。平常我們表兄弟見面的機會雖不多，但只要一見面，彼此總是無拘無束玩得非常痛快。可是，這一天，二表哥與往常有點不同，我越拉他的長衫——青色的陰丹士林布，很標緻——他越拘泥不安地在姑媽身邊轉來轉去。姑媽變成了一盤石磨，我們兩個人像拉磨一樣直打圈子。

「生就的賤骨頭，」姑媽笑着對我媽說，「二成穿了件新的長衫，就像混身綑了八十道麻繩似地，坐也不是，站也不是的。」

一聽這話，我就拍着手大叫：「好漂亮的二表哥呀！」媽瞪了我一眼，我才收住舌頭，只見二表哥脖子紅得像新年貼的大紅對聯一樣，瞇着眼睛，大鼻子一掀一掀地，似有說不出的委屈，額角上浸着汗，就順手舉起右袖向臉上抹去。

「殺才！」姑媽又氣又笑地，「不怕髒！脫下來吧！」

眞的要二表哥脫去長衫，他又扭揑了一陣子不好意思起來。

墳地在我們村子外二里多點路的山坡上，媽和姑媽因為脚小，都拄枴杖。兩個裝祭品的食籃由我和二表哥分拿着。一脫去長衫，二表哥像是另換了一個人，他鼓勵着我，一定要和我比賽看誰走得快——不準跑。他個子比我大，腿又長；我氣喘喘緊跟在他後面，再用力也趕不上他。要不是媽和姑媽大聲制止，我準會把食籃翻個底朝天。

女人們最會哭，尤其是姑媽，祖母死的時候，她才五歲不到；而她早年又守了寡；她唯一的親人——我的白鬍子的祖父，也已物故十年了。所以，每年來我家上墳，她總要哭上三兩個鐘頭。媽也愛哭，但沒姑媽那麼悲切。每次，媽要在一旁拉上個把鐘頭，才能使姑媽收了眼淚。

三月的麥子，綠毯一樣地舖滿田野；微風吹過，麥葉向一邊倒去，像是行列整齊的士兵，低着頭，彎着腰，正向他們的元帥行「最敬禮」。三月的風並不規則，時斷時續，時東時西；因此，麥苗剛要低頭時，我就和二表哥爭着佔那「元帥」位置——一個小土墩。那天，姑媽哭得特別長，我和二表哥爭「元帥」已爭膩了，姑媽仍然沒有止歇。媽勸她一陣，又陪她哭一陣。她們口內哭的都是「爸呀！媽呀！」的，但她們心內哭的是什麼，她們知道，連誰也知道——媽哭的是我死去的爸爸，姑媽哭的是我沒有見過面的姑丈。

就這樣哭呀哭的，中午十二時已經過了。我肚子老早就餓得直打響，越玩越沒有勁兒。倒是二表哥比我聰明，他指了指墳前石案上的祭品，邊向我比了個手勢；我們倆就到媽和姑媽的身邊了。

「媽，不要哭啦！」二表哥也會說句像個大人的話兒。姑媽不理他，仍在哭；媽也在哭。二表哥說着說着就神不知鬼不覺地在祭案上拿下了兩個饅頭，順手還夾了幾塊冰冷的肥肉。目的已經達到，我們倆就又到麥田內去了。肚子裝進了東西，二表哥躺在小土墩上拉開喉嚨唱他的拿手「曲子戲」。

他越唱越賣力，我當然也越聽越入神，媽和姑媽提着食籃什麼時候站在我們身邊，我們也不知道。

回家路上，媽和姑媽有說有笑的，好像剛才她們完全就沒有哭過一樣。

「李屯上的親家老早就來過了，」姑媽邊擦着眼睛——北方風大，飛起沙子來真討厭人——說，「湊湊和和把『事』過了就行！這年頭兒，越快越節省就好！」

「要什麼排場呢！」媽咐和着說，「媳婦娶到家就算……」

「我……我不要，」二表哥忽然吃吃地接上了嘴。鼓起雙腮，嘴內像含了兩個小皮球；眼睛更變成一條綫。

「不要也得要，」姑媽用拄杖頓了頓路邊的石頭，「你不要誰要？」接着，姑媽就轉過頭仍然和媽說着如何娶親的話，便不再理他了。我偷偷地看了看二表哥，只見他紅着脖子，羞得像偷了什麼東西的孩子，被大人發覺了一樣，低着頭，用力搓着指頭。

那年臘月，二表哥結了婚。這一年，我們家鄉內凡是訂過婚的姑娘，可以說是百分之百的全部硬被送到了男家，不管男家願意不願意。因為日本兵已到了黃河岸，砲聲隆隆的，誰也不願意帶着女兒家逃難。況且，日本兵又壞。送到了別家，隨她吧！眼不見為淨！二表嫂就這樣到了我的姑媽家。

平常，鄉間人結婚，是一件最大的事情；現在，倒是越快越好。二表嫂出閣時，沒有坐花轎，（一時租不來，因為那些日子婚事太多了，每一頂花轎，一日間要抬五、六家新娘子。）她只騎着一頭用紅布包着騎鞍的小驢子，離開了娘家。

結婚那天，媽和我都去吃喜酒。晚上，我也隨着大家鬧了半晚新房，新娘子——我的二表嫂，個子不高；穿着件大紅棉襖；頭上戴着朵紅花，紅絨做的；低了頭，坐在床沿上，一直不講話；棉褲也是紅的，比棉襖淺一些；穿着「洋」襪子，一雙「文明脚」（纏後又放的脚）。大致説來，二表嫂不醜，可也不漂亮。她也有一對和二表哥一樣的細眼睛——做媒人也省得挨罵，兩口子也不用埋怨誰。

* * *

是民國二十七年——二表哥結婚的第二年，我們家鄉就開始抽「壯丁」了。凡十八歲到三十八歲的男子，都要服兵役。弟兄兩個的，抽一個；弟兄三個、四個的，抽兩個。及齡壯丁，一律由保甲長集合到家廟內，用抽籤方式決定先後次序。這年正月，誰也沒心玩熱鬧，我每年最愛看的玩獅、玩龍、社呼、高蹺等等的鄉間玩藝，都沒有看見。每一家都為生離死別的氣氛籠罩着。倒是村外的幾座破廟，比往年興隆了。老太太拄着枴杖、扶着媳婦都上廟內燒香叩頭。從前窮得連衣服都穿不起的老道士，這時「收入」不壞，換了嶄新的道袍，笑口常開。

這年頭，孤兒寡婦有福了！獨生兒子免服兵役。我哥哥死得早，我年紀尚不到十八歲，勉强算免了役。不過，保長説，免役的人要攤派「安家費」。

「攤什麼都行，只要孩子不抽壯丁。」我媽媽抱定了這個主意。所以，以後壯丁越抽越多，安家費也越攤越多，我的學費慢慢地也到了保長的手中。中學畢業後，我已不能再升學了，祖先留的一點薄產，不到幾年，就當盡賣光了。

二表哥雖説已滿了十八歲，但他是獨子，不抽壯丁，只攤安家費。

以往過年熱鬧慣了，那年春天，沒有耍玩藝的，二表哥和我心裏直悶得慌。有一天他來約我，説乘火車到洛陽看熱鬧去。我很想去，但媽説世事太亂，也太花錢。

「不用花錢，」二表哥瞇起眼睛説，「帶幾個饅頭就成。坐火車不掏錢買票——難民車很多，有人去過回來説的。這次商量好有好幾個人一齊去。」

媽還是不放心，沒讓我去。姑媽平生來只「放」了一次心，可是沒想到這一次就「放」走了她守寡守大了的唯一的兒子。那時候，沿火車路大城小鎮都駐有軍隊。二表哥同他們村上五個人上了火車，在第二站就給駐軍抓了下來。不問理由，腰束寬皮帶的官長，每人先賞給了幾個耳光。一條綁腿，就把他們一齊拖到連部去了。有兩個人，年紀大了些，連長不要；其餘三個，當時就補到班內當了「二等兵」。

被放回來那兩個人，那還有心看熱鬧，當天夜內連滾帶爬地跑回張莊，將這個消息傳給了姑媽和另外兩家。姑媽一急，差一點沒昏過去。天沒亮，就拄了枴杖要去同這個連長論論理，老命可以不要，孩子非找回來不可。李屯二表嫂的娘家也來了人。但被放回來報消息的那兩個人，死也不肯帶路。他們説，從今後老死張莊，發誓不離開家門一步。結果，姑媽帶着哭聲去的，還是帶着哭聲回到張莊。二表哥就這樣不明不白地當了兵。張莊上的保長倒還仁慈，以後再也沒讓姑媽攤派「安家費」。

幾個月後，二表哥往家來了封信。姑媽拄着枴杖到我家，要我讀一遍信上的話給她聽。信是從陝西寄來的，信皮上寫着：「張二成平安家報」，字寫得很工整。信上説，他于三個月前隨軍到了陝西，一切都很好；要「母親大人」不要掛念。並且還説，他初初來到軍隊，一切都很新鮮，「精神飽滿」，「體格健壯」，最後又説到：「國難當頭，匹夫有責」，「身為堂堂男子漢大丈夫，理應投筆從戎……」

等等。信末附筆說明是連部「李師爺」寫的。「投筆」這兩個字，應該改為「投鋤」才對，我看到這裏直想笑；但一瞧見姑媽帶淚的眼睛，我又要想哭了。

姑媽固然命苦，二表嫂大概也是生來的苦命。說起來，姑媽比二表嫂命還算好一點哩！「守寡」乾脆就守寡，丈夫死了還可死了條心；可是，二表嫂守的是「活寡」，連個兒女也沒有。所以，我從來沒有見到二表嫂笑過——當新娘子時，不好意思笑；好意思笑的時候，她却再也笑不出來。每逢我到姑媽家時，老看見二表嫂撅着嘴，像是故意和人賭氣似地，成天難得說一兩句話兒。就是我媽到了姑媽家，二表嫂也只喊一聲「舅母！」跟着就躲進她的那一間小黑房內去了。小黑房的窗子本來就不大，窗簾子是一塊黑色的土布，成天低垂着。

二表哥離家的頭一兩年，姑媽和二表嫂之間的感情還算好，偶而生一點小氣，兩個人各自坐在屋內哭一塲也就算了。第三年，兩個人的脾氣似乎都大了些，動不動就吵嘴；二表嫂一賭氣，個把兩個月，也不理我姑媽一聲。

「死了好！死了好……」那年姑媽又來我家上墳時，邊哭着，邊擦着淚。有時候，姑媽哭着，哭着，會忽然像斷了氣一樣，一聲也發不出來，只看見她帶有皺紋的嘴角在抽搐，眼向上瞪着——淚早流乾了，雙手顫抖着。我每逢見到這情形就害怕，生怕姑媽眞的一下子會哭死過去，趕快喊叫、給她搥背，好久，好久，她才能「哇！」的哭出聲來。起初，媽還常勸姑媽把事情看得寬一點，就當沒有這個兒子，把媳婦當成親生的女兒看待就好了。

「誰不是這樣呢！」姑媽擤了一把鼻涕，「啥都依了她也不成呀！我當年侍候公婆也沒有這樣低心下氣過！」正說着，她會忽然轉了話頭：「也是我不好，我不好，為啥讓二成上洛陽去看熱鬧呢？早知道，早知道！二成呀！……二成他爹呀，為啥你走得那麼早呀！你好狠心啊！」

媽本來好好地正在勸姑媽，也會同病相憐陪她哭上一場。只要是姑媽來了，吃飯的時間總要遲上一兩個鐘頭。是被哭躭誤的。

媽也勸過我二表嫂，一提起「他二表哥」，二表嫂哭得比姑媽還要痛，抽抽噎噎，會哭上一整天，難過得使媽一直沒法開口。姑媽和二表嫂就這樣在「哭」中打發着日子。

二表哥的「平安家報」越來越少了，他們那個部隊大概是由陝西到山西走了一遭；隨後又到了甘肅的天水；到民國三十年時，忽然又從雲南昆明寄給了姑媽一封信。那時候，我在張莊——姑媽家的村子裏——的小學裏當教員。姑媽把信拿來給我看，信上只潦潦草草地寫了幾十個字，說一切都很好，已升為「上等兵」。姑媽問我：什麼叫「上等兵」？是不是比「二等兵」上一等——吃的、穿的都特別一些？我含糊地點了點頭，其實，我也不知道什麼叫「上等」「二等」的。不過姑媽這次倒沒哭，將信紙揣在懷內，向我笑了笑，顫兢兢地搖着身子回頭走了。我看着她那佝僂的背影，以及她那隨風飄搖着的稀疏的白頭髮，忽然我感到這麼一個瘦弱的身軀，怎能經歷得了這麼多人世的辛酸！

下午，姑媽又來到學校，要我到她家去一趟，說是二表嫂囑咐的。放學後，我到了姑媽家。這一次倒例外，姑媽和二表嫂正坐在院子內有說有笑地談着話——沒有吵嘴。我一進門，二表嫂就連忙給我搬椅子，倒開水。她從來就沒有這樣客氣過。跟着就向我問長問短地，說「上等兵」到底「上」在什麼地方，是不是要束上寬皮帶，脚上穿了皮鞋？二表嫂還連帶誇獎了我兩句：

「你是知書明禮的『先生』啦！當然啥都知道的，不比俺連字都不識！」

我一想，反正二表哥的部隊離家這麼遠，吹一吹牛也沒有關係。便對她們說：報上登載的，在雲南的部隊是全國最好的軍隊，吃的是雪白的饅頭，穿的是最好的軍裝，愛騎馬的有馬騎，愛坐汽車的有車坐，皮鞋每月一雙——比駐在我們這裏的窮兵八不知要好上幾百倍——一個個臉紅體壯，專打勝仗。這一席話眞奏效，姑媽笑了，二表嫂笑了，我也笑了——笑得眞勉强。

「除了這，就沒有『上』的地方了嗎？」二表嫂說。

「有，有……」我說着，連忙喝了口水，讓腦子裏轉了個彎，「上等兵可自由自在地出營入營，不必像這裏軍隊內的士兵一樣，成天關在房子像坐監似地，還……還可以不出操，不上課……」我眞的對軍隊內的常識太淺薄了，不然可以更編得多一點。

「不能……不能……寄回來一張相片嗎？」二表嫂吞吞吐吐說出了她這次談話的用意。

我答應寫信到雲南向二表哥去要，用「航空快信」。當天晚飯，我是在姑媽家吃的。姑媽不讓我走，二表嫂親手宰了一隻老母鷄！

要相片的信是用「航快」發出去的。可是，一個月，兩個月，半年了，仍沒有一點回音。為這件事，好像是我在姑媽和二表嫂跟前失了信用一樣，好多天我不敢往姑媽家去，雖然只隔着幾條巷子這麼遠。姑媽常扶着枴杖到學校來詢問，不得已我又編造了一個謊話，說在報上看到他們那個部隊到緬甸作戰去了。這個謊話，造得不大高明，打仗是令人提心吊胆的事情，因此，姑媽和二表嫂的兩顆心，也成天在倒懸着。雖然以後我又說打的都是勝仗，仍不能讓她們放心。我一連又照着原來的地址給二表哥去了好幾封信，但也沒有消息。

在那個年月，不要說是軍隊中士兵的生命卽使住在大後方的每一個人，誰也不敢保險他明早能否穿上他昨晚脫下的鞋子。我知道這一點，姑媽心中也明白，二表嫂又何嘗不知道！只是大家都把這話悶在心裏，平常間談話時，連「死」字都要忌諱。

到民國三十一年，日本兵來了，洛陽的軍隊都撤到了陝西邊界。張莊那個小學也停了課，我成天陪着媽像捉迷藏一樣地躲日本兵。幸好我們是鄉間，日本兵只是來回走走，沒有在鄉間駐紮過。也正因為如此，鄉間也就成了三不管的地區，日本兵一走，五花八門的游擊隊都出來了。游擊隊一到，除了要吃要喝，騾馬鷄犬一概不留。游擊隊剛走，八路軍的什麼「基幹隊」又來了，硬把沒逃得脫的老百姓集合在麥場上，講上幾個鐘頭的話，臨走總得帶幾個年輕的小伙子上山。本來，我們鄉間很多家都有槍枝的，現在誰家有槍，誰家算倒了霉，日本兵搜，游擊隊搶，八路軍迫。幸好我家人口單少，從前只有受人欺侮的份兒，不敢買枝槍壯壯胆，所以這期間倒少了不少麻煩。姑媽家兩個女人家，除了逃逃日本兵、攤派些草糧之類的東西外，也沒有受到「迫交槍枝」的苦頭。不過，姑媽和二表嫂倒越發躭心二表哥的下落了。未淪陷之前，雖收不到二表哥的家信，但總還有個指望；現在，日本兵來了指望也沒有了。

別說二表嫂沒有改嫁的念頭，有也不敢說出口——可能想都不敢想。鄉下人那有城市人「開通」，嫁鷄隨鷄，死守也得守一輩子，何況二表哥只是沒有個信兒——再說，李屯上她娘家也不會願意。再嫁，只好再一輩子吧！

在敵僞的統治下，那一段悠長的苦難日子，我眞沒法完全知道鄉下人是怎麼過去的。我們中國人，尤其是貧瘠的鄉下老百姓，那種吃苦忍勞的程度，有時簡直沒法令人想像得到。有的人家，成年不吃一頓飽飯，一天兩餐，都是用番薯煮成的稀粥；有的人家，只靠番薯根活命。每個人的臉色，黃中帶青，瘦得眞有點怕人，臉皮緊貼着顴骨，眼窩深陷着，活像一具具僵屍。在那個期間——民國三十一年——雖然也因鬧旱災餓死了一部份人，但大部份的人還是用樹皮支撐了過去。姑媽和二表嫂，也沒有餓死，只是年成過去了，家中什麼東西都賣了，姑媽的一副預備自己留用的棺材，也抬到了有錢人的人家。

* * *

勝利了，我又回到張莊的小學內教書。順便到姑媽家看看，姑媽的頭髮比前更白了；二表嫂也顯得特別蒼老，雖然她只有二十六七歲，但看上去却像四十歲的人。談話時，我儘量不說到二表哥身上，但到底還是說了。因為愛哭的姑媽，看到了我，總是要連帶地想起我的二表哥的。趁二表嫂沒在跟前，她顫着嗓子問我：

「阿拓呀！張莊上以前抽出去的壯丁，都往家捎信了，啥原因二成這孩子就沒有信呢？莫非……莫非……」說到這裏，她已咽不成聲了。儘力抑止了哭聲，恐怕我二表嫂聽見。可是，二表嫂早已聽見了，她已轉回到她那間小黑房內，索性大聲哭了起來。

我能向她們勸些什麼？別的人都往家來信了，二表哥連生死都不清楚。姑媽守寡守了一輩子，到底守的是什麼呢？二表嫂又「守」的是什麼呢！連個兒子也沒有！我安慰姑媽和二表嫂，說等些日子，二表哥會往家來信的。我說這話，連小孩子也不會相信。可是，除了這句話，我又能說些什麼呢？

大概只過了二個多月吧，一天下午姑媽忽然來學校找我。那天，我正好去學校附近的一塊草坪上散步。她到學校沒看見我，又扶着枴杖來到了草坪。她走得很急促，慌慌張張，像剛學會走路的孩子一樣，一顛、一跳地，也許是太緊張了，看到我時，只啞着嗓子叫了一聲：「阿拓……」就顫着手往懷內摸東西。我被姑媽這個突然的動作嚇得有點發呆，我想：莫不是又和二表嫂吵了嘴？再不然是二表嫂發生了什麼意外？我正要發問，只見姑媽已從懷內掏出了一封信，我一把搶了過來——

「啊！二表哥的信，二表哥的信，」我叫着，我跳了起來，我歡喜得流出了眼淚。我顫兢兢打開了信，一句一句大聲地解釋給姑媽聽。而且信內還附有一張二寸全身的像片。信是從上海寄來的，說他們的部隊，連年來轉戰雲南、廣西各地，勝利後經過南方幾省，現已來到上海，不久就要在上海乘輪船去東三省。信上又說，他已升為「上士班長」，身體很好，只是暫時不能回家，要家中不必為他掛念。相片只有二寸，是照的全身，只能看得出他的軍裝，臉部實在沒法看得清楚——連瞇起的眼睛，都非常模糊。姑媽老眼昏花，當然只能看出個人影子。她連連問我：

「胖嗎？一定會胖的！你仔細看一看！像不像？」

我瞪起眼睛用力地再看了看二表哥的照片，胖倒有點胖，樣子可有點不怎麼像。不過，我還是連連說：「像！像！一點沒變！」姑媽很高興，我扶着姑媽回到家，我想二表嫂一定會比姑媽更高興的。一進門，看見二表嫂坐在院子內正撅着嘴，看到我，連腔都沒有答。姑媽說：

「眞的，眞是他二表哥的信。有相片，你眼明可以看一看……」

二表嫂慢吞吞拿起照片皺起眉頭瞧了瞧：「哼！別把人當成三歲小孩子！」她扔了像片，又慢吞吞地坐在原來的地方，一邊說：「沒有信，乾脆就說沒有信，何必造假信來哄我。我死也要死在你們張家，不會嫁！不會嫁！……」跟着，她放聲大哭起來。

我向她解釋，信能假造，像片也能假造嗎？

「像片！什麼像片？」二表嫂哭得更傷心，「從什麼地方拾來一張像片！那一點像？那一點像？」

我眞恨二表哥那麼糊塗，為什麼不照張大的像片？可是，七年了，卽使照張大的，恐怕大家也不會認識了！人的樣子不會變嗎？

姑媽要我寫信給二表哥，用她的口氣好好罵他一頓，為什麼不早點往家來信，眞是當兵當野了心，連家也忘記了嗎？「這樣寫，」姑媽又說，「我能活上幾年呢！就是不想我，也得想想二成你自己呀！還有他二表嫂——啊！忘記告訴他，說信是你寫的。」

我笑了笑，說我知道。她又接着說：「二成不該當兵的，被天殺的抓去當了兵，一當就當了七八年！日本兵打跑了，該回家了，該向他們的長官告個假——卽使回家看一看也行。阿拓！上海離家有多遠？幾天可到家？」

那時候火車已經通車，上海到我家，頂多不過一個星期，我說：「假如請准了假，七天就行！」「別哭了！」姑媽回過頭去，看着二表嫂，「信三天——快信，走七天，」一邊扳着手指頭，「十天，至多十五天吧！半個月就能到家。別哭了！」

二表嫂揩了揩眼淚，站了起來，沒有說話，轉身回到了她的小黑房去。

信寄出了以後，姑媽天天數算着日子，十天，十五天，一個月，兩個月，可是，二表哥不但沒有回家，竟連個回信也沒有。白白地讓姑媽等了這麼多天，操了這麼久的心。

差不多是在半年以後，二表哥才又往家來了信，說春天就已離開上海，現隨軍駐在東北的瀋陽，沒法回家。

東三省這個地方，姑媽倒比我知道得多，因為民國十幾年的時候，我們家鄉鬧旱災，有許多人家移民到東北去墾荒。後來，這批人又陸續回來了。從這批人的口中，姑媽對東北的印象，第一是「遠」，第二是「冷」。于是，姑媽和二表嫂要二表哥回家的念頭，也只好隨着這個印象遠了，冷了。

戰爭仍在進行，家鄉不久便給共軍佔去。從此二表哥的音信又斷了。張莊上的小學，換了新來的校長，我也離開了張莊。

* * *

共產黨剛到的時候，所謂「鬥爭」「清算」這一套玩意尚沒有開始。可是，鄉下人也不傻，從多方面的傳說中，他們都知道終久會有這麼一天的。有錢的人家事先都逃走了，餘下的成年難得溫飽的人家，在心內也互相忖測着誰應該是「地主」？誰應該是「中農」？好像這一場不可避免的災難，馬上要從天上落下來一樣，每個人、每家人都担心着自己的命運，誰也不敢和誰多說話，除了做莊稼在田內見面時，互相點點頭以外，其他的時間就蟄居在自己的家內，像蝸牛一樣，動也不動——本來，我們鄉下人從祖宗一直到現在，都是一隻隻蝸牛，一遇到土匪、兵荒、官衙……就縮進自己的殼內，連氣也不敢長長地出一口。在這期間，雖然我家離姑媽家只有十多里路，但一直沒有往來，姑媽是死是活，也沒有人捎個信兒。

有許多事情往往是出人意料之外的。

民國卅八年的二月間（共黨已來了半年多），姑媽忽然又扶着枴杖來我家上坟，並且姑媽後邊，跟着一個高大的男人，臉很潤，黑黑地；穿着並不合身的莊稼人家的衣裳，褲腳很高，顯然褲子很短，看起來怪彆扭；脚下一對破皮鞋——在我們鄉下很少人穿皮鞋的；衣袖也很短，兩隻手更顯得特別粗大，提着小籃子，籃子似乎比手還要小一點！

我心裏揣摸：莫不是姑媽也「前進」了嗎？這個傢伙可能是什麼鄉村「幹部」也說不定。我媽連忙搬了張椅子讓姑媽坐下，姑媽才大笑說道：

「看！我說不認得就不認得啦！過來，阿拓！」姑媽轉向了我，「這就是你天天想的二表哥呀！」

「二表哥？」媽和我同時張大了眼睛。我仔細地再看了看，這個高大的黑黑的人，正對着我在笑——啊！像鉛筆綫一樣的眼睛，沒變，一點沒變！「是的，是二表哥！」我跑過來一把拉住了他的粗大的雙手。

我們一同到祖父的坟上燒紙，例外地這次姑媽沒有哭，我媽也沒有哭。中午回家吃飯時，雖然僅僅是較稠一點的稀粥，但滋味份外不同，很香，很美！

「還是共產黨好，」姑媽邊吃飯，邊說，「要不是二成他們的部隊給八路打垮了，說不定一輩子也不會回家哩！」

媽也笑了，轉過頭問我二表哥：「你說，到底誰好？」

「我不大清楚！管他誰好！」二表哥咧大嘴在笑，我也在笑，二表哥仍然很天真。

吃過飯，我和二表哥瞎扯起來，問他這十年來到底在外邊幹的啥？

「啥？」二表哥說，「當兵！老早不是往家寫過信嗎？」

「沒束過寬皮帶嗎？」我說。寬皮帶是鄉下人指當了官長的代名詞。

「要不是打八路，我準不會當排長。」二表哥說。我發覺他說話時有個毛病，口沫橫飛，聲調很高。我連忙向他使了一個手勢，要他聲音放低一點，免得惹得鄰家注意。「怕個屁？」二表哥倒不在乎，「頭一年在東北時，一直把八路打跑到鴨綠江以北，他們連人影都不敢露！現在——現在倒成了他們的天下。媽的！倒了他八輩子的霉！」

我生怕二表哥眞的惹出事來，當兵當野了的人，說話總是沒有個準兒的。我連忙轉了話頭，問他這麼多年，是否想家？

「家！誰不想？」二表哥又飛起口沫，「可是，肚子一飽，倒在床上，什麼也就忘了。當初幾年，還想；以後，想它幹啥？眞的，要不是這回打敗仗當了俘虜，我眞不會回家。」

「不是優待俘虜嗎？」我在報紙上常常這樣看到的。

「優待？」二表哥瞇起眼睛，「沒殺頭就是優待！俘虜過來的士兵，馬上補到八路軍的班上去重新當兵；當官的，他們要什麼『改造』一番，才放走——啊！排長也是官，管好幾十個人的……」

正說到這裏，姑媽和媽來了，姑媽說：「別再提以前了，排長——總司令也沒有在家做莊稼的好，我放心！」說的我們都笑了。

沒隔幾天，二表哥一個人又來我家和我聊起天來。我倒有點害怕，生怕聊出個「毛病」來，這年頭，眞不是耍的。可是，二表哥很愛説這個，尤其是打仗的事情。他説：

「眞好玩！槍一響，腦子就昏了。管他媽的，見人就開槍，眼一紅，連親爹也認不得！」

「難道也向後面自己的人開槍？」

「傻小子！」二表哥指着我的鼻子，「我説是指的前面呀！有一次，我們守二道防綫；頭道防綫垮下來，我們也開槍打。手榴彈，機關槍，一齊來！喝！眞熱鬧，日本兵跟着來了，我們也打。媽的，日本鬼眞有種！不比我們中國人專會裝『腦』！」

我問他為什麼要「打仗」？誰知一下子倒把二表哥問楞了。他瞇起眼睛，直用手搔頭，頭上紛紛落下了白的頭皮，像雪片，滿腿上都是，他用力吹了一口，「為啥？……為啥？管他娘為啥？人家叫打，咱就打——日本人壞，你不知道嗎？」

「我指的是和共產黨打。」

「你是讀書人，是先生！這……這問題你自己研究吧！當兵的，誰討論這勞什子！有時候，團長、師長們也集合隊伍訓話，我不愛聽。當兵的都把訓話當做受洋罪！」

「你當排長也是官長呀！你不向你的部下訓話嗎？」

「訓！我訓的乾脆！」二表哥的眉頭揚了起來，好像眞的他又當了排長，「譬如説，我要他們集合要跑得快，我就説：『下次腿放快一點，誰不快，就揍！』」説到這裏，他忽地站了起來，「説揍就揍，以後誰到得慢，瞧！」他用脚向前踢了一下，「就是這麼一腿！表弟！」他指指我，「這一腿準把你踢到了黃河邊！」

我笑得合不攏嘴。

正在這時，住在我們村上的「區委」來了，後面跟着兩個民兵，斜背着槍，説是順道來「拜訪」

我。我知道「拜訪」的是誰，憑二表哥那一張不見眼睛的黑臉，也够拜訪的資格，「排長」也是個「官」兒，不得不小心！

幸好那時江南幾省，還沒有「解放」，什麽「三反」「五反」尚未開始。他們雖知道二表哥是個「解放軍官」，也沒有嚴格實行管制。二表哥看到他們來了，也不在乎，態度很自然，只點了點頭，連椅子也沒起。「區委」很客氣，問二表哥在東北「解放團」受訓的情形是怎麽樣子？東北已經「土改」了，請二表哥發表一點對東北「土改」的「觀感」。

「是的，是的，『光桿』『光桿』！」二表哥說：「因為我只當了個排長，養不起家，沒敢討小老婆，在軍隊時是『光桿』一條，自由自在……」

說得「區委」也笑出了眼淚。二表哥又接着說：

「笑啥？光桿也有吃虧的時候，在『解放團』有太太的人們，早一點都放回了家；我就是吃了光桿的虧，多『學習』了幾個月！」

遇到這樣的「大老粗」，「區委」也沒有興趣再問下去，帶着民兵走了。鬧了這個笑話，二表哥自覺得好像失了面子，也沒有興趣再說下去，沒吃飯就回去了。

* * *

大概有兩個月，我一直沒見二表哥，我怕去看他，怕他的嘴出毛病。不過，我很高興二表哥能回到了家，因為姑媽和二表嫂都沒有白「守」。雖然姑媽家已窮得不像樣子了，但總比兩個女人家要好得多。誰知有一天下午，姑媽來了，一見我就哭，要我馬上到張莊勸一勸二表哥，說二表哥已打算「參軍」了。

「參軍？」連我也驚奇了，為什麽剛回到家，又要去參什麽軍？我怕惹事情，不想——也不敢去阻止二表哥，但姑媽的白頭髮，姑媽的眼淚，使我不忍心不去。

到了姑媽家，二表哥正一個人坐在屋簷下納悶。房子內有啜泣的聲音，是二表嫂在哭。他看到了我，只瞇了我一眼，沒講話。

「做莊稼不好嗎？剛回家就要走……」

沒等我說完，二表哥已站了起來，兩隻手臂伸着，瞇着眼睛狠狠地說，「日子怎麼過呀！成天都是稀米湯，稀米湯地——還是當兵好，啥也別愁。」說着，他邊向二表嫂的小黑房內瞧了瞧，「哭！霉氣，八輩子的霉氣！成天哭，嚎什麼喪！又不是去送死！」

我說：「不替姑媽想想嗎？她那麼大的年紀了……」

「怎麼不是為她們想呢！」他的聲音更大了，「村長和區委說的，有和從前一樣的『安家費』，是『軍屬』——什麼……什麼光榮的軍屬。管吃管穿，不是為她們想嗎？我煩，煩在家，煩這稀米湯……」

這句話尚未說完，忽然門外起了喧嘩的聲音，我回頭看了看，門口已擠來了許多人，有在我們家說話的「區委」，有張莊的村長，有婦女會的主任——區委的太太，還有一羣小孩子和婦女，都捧着花朵。婦女會主任在前面走，拿着一大串紙花，扭着屁股，嘴內唱着；後面的孩子和婦女，也扭着，唱着。

「你眞是英雄！」婦女會主任把紙花套在了二表哥的脖子上，「眞不愧『學習』了這麼久，才有資格做大家的模範！」

二表哥笑着，眼更成了一條綫。

「向張二成學習！」孩子們舉着手喊。

「張二成是我們的模範英雄！」婦女們也舉起了手。

「張二成是……」

「……………」

大家都在喊，區委，村長，尤其是婦女會的主任，聲音又尖又響。每個人脖子上的紅筋都漲着，張着嘴，一次一次地舉着手。「區委」的眼睛像一把刀，直瞪着我，瞪得我心裏直打哆嗦，我只好也張着嘴，跟着他們舉手，像機器，一次一次地。現在想來，我真後悔，為什麼我要這樣做呢？我自恨一點勇氣也沒有，是「讀書」連累得我如此嗎？真的如此，不讀書倒好了！

門外預備好一匹瘦馬，二表哥被他們抬着、推着上了馬。他仍然瞇着眼睛，向大家擺着手。孩子們唱的更起勁；婦女會的女人，扭得也特別賣力。沒有鑼鼓，大家拍着手當拍子。就這樣唱着，扭着，二表哥被扭出了張莊。從此，永遠沒有了二表哥的消息，連封「平安家書」都沒有。因為他沒有了家，打他「參軍」那一天起。

在喧嘩的人聲中，二表哥在門外上了馬，姑媽在門內倒了地——沒有一個人知道這件事，連我也在內。我拍着手，一直送二表哥出的張莊。

二表嫂也不用再守「活寡」了。在二表哥被「扭」出張莊的同時，她躲在她那監獄似的小黑房內，悄悄地用一條麻繩結束了她的一生。繩子一頭在屋樑，一頭在她的脖子上。

我沒有哭，也沒有流淚。

死是一個最好的「解脱」，在這個苦難黑暗的時代，尤其是二表嫂和姑媽。

選自一九五四年十月十五日、十月二十二、十月二十九日，香港《中國學生周報・新苗》

補鞋匠

又是一天了，他想。

日子在他看來，好像只是一眨眼的功夫。早晨，挑起破舊的用具箱子，離開他的「五樓大廈」——他常常這樣自嘲着，他住在四樓的平台上——就坐在一家屋簷下，開始他的工作。工作陪伴着他，打發走了一天，又接連着第二天。

天天和他接觸的，都是些帶着臭味的破皮鞋、破拖鞋之類的東西，有的缺少了後跟；有的張着前嘴——像哈叭狗，他這樣稱呼它；有的皺起一條條的厚紋，和他臉上的皺紋一模一樣；有的弓着腰兒，像八十歲、纏着脚、傴僂着背的老太太。他每逢收到顧客的這些東西時，他都替這些東西可憐。他很會推測每一隻、每一雙的來歷，甚至連它原有的主人，他也能推測出來，他非常相信他自己的眼光。例如他收到了一雙，或者是兩隻不同款式的破皮鞋時，在它的身上打量一番，他準可猜想到它是不是由垃圾堆出來的——垃圾箱和垃圾堆有很大的分別！尤其是在海邊的大垃圾堆出來的東西，濕濕地，還可能帶一點海水的味道！

不管它是從什麼地方來的，也不管它現在的主人是誰，總之，他收到這些東西時，他就替它們可憐，像小時候替他家裏的一隻老黃牛可憐一樣。每想到那隻露着脊骨的老黃牛，他的心就沉重得透不過氣來。假如不是因為他年紀小，他一定也狠狠地抽他爸爸一鞭子，像他爸爸抽老黃牛時一樣的用力。老黃牛喘着氣；頭低得幾乎貼住了地面；脖子顯得特別長；像麻桿一樣的四條腿，抖顫着，一步一步，活像是在爬行；拖着犂耙。可是，他的爸爸却一鞭一鞭的抽着牠。終於，有一次，牠倒在田地裏起不來了。最後，被人們抬到市鎮上去，聽說給人宰殺了；他們家中多了一張脱了毛的黃牛皮。他看到那張牛皮，就想流淚。現在，他看到了這些被人們棄置的破皮鞋，他也很難受。他想像它剛剛出世時，一定是裝在玻璃橱裏，嶄新的，光滑的；後來，被它的主人買去了，一天一天，在地下踩着；最後，被扔到垃圾堆裏。現在，它又從垃圾堆裏被另一個主人檢出來。他替它高興。所以，他把他全副的精神，都貫注在它的身上；一針，一綫，仔細地來回穿着；縫好了，補好了，他再拿在手中，左右地端詳着，像雕刻家欣賞他們的作品一樣。

就是這樣，一針，一綫，打發着日子，過的很快。

他的主顧們，永遠都是一些瘦皮猴似的人兒，瞪着眼珠子，一點神氣也沒有——他也替這些主顧們可憐。

「老伯伯，便宜一點兒吧！身上只這幾毫子！」

「老伯伯，就算帮帮忙吧！」

他抬起頭，從老花眼鏡中看了看對方的眼珠，再把縫鞋的錐子往白頭髮上——認眞説起來已沒有頭髮了——搔幾下子，然後，從鼻子裏擠出一個「唔」，交易就成了。他的主顧，也永遠沒有穿高跟鞋的小姐或時髦的太太，大多數是男的；一年半載，很少遇得見女主顧；卽使有，也是拿着男人的皮鞋，她丈夫的，或兒子的。

他不會做女人款式的鞋子嗎？「會的！」他每逢想到這裏，他就會這樣肯定地回答他自己。因為從他開始做這門行業，從他當學徒的時候起，他就學做過女人款式的鞋子了，是他那個老師父教他的。不過，那時候的款式和現在的實在太不相同了。從前，時興的是繡着大花的緞面軟底鞋；現在呢，完全改成硬繃繃的皮子了，而且還長出了一個那麼高、那麼尖的後跟。

坐在屋簷下，他看到小姐太太們扭着腰兒，從他面前經過時，他也曾用心去端詳過她們的高跟，想模仿模仿時髦的樣子。可是，當他每次端詳過了以後，心內老是不舒服。他實在想不出為什麼要裝個高跟的理由。

沒有主顧們讓他做高跟鞋的；後來，他也下了決心，不再想模仿那個蹩扭的樣兒了。

還是一針一綫、補補縫縫的好，他常常這樣想。所以，他從未厭棄過他的工作。不論主顧們拿來的東西，破爛得簡直不再像隻皮鞋的樣兒，他也能細心把它修理好。有時候，他還會給它加上一層棕色的或黑色的鞋油。「你這條命，是檢來的，可別又隨便把它糟蹋掉！」他對它凝視着，心內這麼說。

除了掛九號風球的日子，大風捲着雨點，掃帚似地掃得屋簷下不能够再坐下去，他才收拾起他的用具箱，穿過幾條街，回到他的「五層大厦」上來。那是一面靠着牆、三面用木板釘成的小房子。屋頂是防雨紙蓋的，有幾處已經漏水；他用一個個的小鐵罐繫在漏水的地方，防止雨水滴到床上來。床是兩塊木板湊的，床底可容納得下他的傢俱箱子。屋角有一隻破爛的火水爐，滿身都生了銹。這就是他的家，天天晚上靠它避風避雨的家。沒有門，也不用落鎖，小偷不會光顧他的家。

他沒有兒子，沒有太太，只有他單單一個人。他記得有一個兄弟，還有一個妹妹——不過，那是多少年以前的事情了。那時候他年紀還小，家裏窮。媽媽死的早，爸爸把他送到縣城內一家鞋店裏做學徒。什麼時候他和他們那個有名無實的家失掉了連絡，他已不怎麼記得清楚，似乎是隔了一輩子的事情。過去的一切，他從來不多去想它，說起來，也不值得去想，沒有發過財，沒有做過官，連老婆也沒有討過——什麼時候他開始下決心獨身呢？他也記不清楚了。沒有人「愛」他，不，應該說是沒有人「嫁」他，在他那個時代，只有「嫁」不「嫁」的問題，沒有「愛」「不愛」的問題。

他什麼時候流浪到這個都市裏來，他也懶得屈起手指去計算它。溜走的歲月，對他永遠不會提起回憶或悲哀。他一天一天地過去了，只知道過得很快。他很少有空閒的時候。

他愛孩子，雖然他沒有孩子，他也不曾想過他一定要自己有個孩子。什麼樣的孩子他都愛，貧的，富的，醜的，俊的，他都喜歡他們。都市內的屋簷下，本來就是孩子們玩耍的地方，什麼抱鷄腳、踢毽子、跳繩子、劈劍……唧唧喳喳的，這羣沒有讀書的孩子們，差不多成天都在他的傢俱箱邊跳來跳去的。不論這些孩子們，吵叫得令人耳膜都要爆破，過路的人們也都掩起了耳朵，而他——這個老補鞋匠，却停下了針綫，從老花眼鏡中仔細地端望着他們，嘴角上，越發疊多了皺紋，他笑了。「哈！哈！」地笑得那麼起勁，甚至兩肩都打着聳。孩子們看見他笑，他們也笑，笑得路人們都張大了眼睛。有時候，無論那個孩子受了欺侮，也總伏在他的懷內一把鼻涕、一把淚地，向他訴説着委屈。他為他們解紛，為他們説和，為他們講故事——講他僅知道的他小時候老人家對他講過的故事，像什麼「傻女婿」、「鄉下佬」等等。一直講得孩子們在有淚的臉上，再掛了笑，他才住了口，仍然低頭去繼續他的工作。

他不明白什麼叫做「施予」，他只憑着他內心的所願，埋着頭去做他的工作；人家對他也沒有什麼「報酬」，他也不曾思索過想得到對他的「報酬」——也許，他已經得到了「報酬」，這「報酬」，是孩子們的笑聲；是瘦猴子主顧們的「謝謝」；是一根根麻繩穿過鞋底時「咄咄」的聲音。

四四、一、二〇。

選自一九五五年二月四日香港《中國學生周報·新苗》

船頭上的鷄籠

過了端午節，阿英今年已整整十九歲了。

十九歲的姑娘，實在應該嫁人了。阿英的媽媽嫁給阿英的爸爸時才十七歲不到哩！

每提到嫁人不嫁人的事上去，阿英的嘴唇撅得比平常更加要高了。媽媽也是愛阿英的，在小的時候，媽媽對阿英比對阿珍——阿英的妹妹——還要疼一些。只是，日子一天天過去，阿英一天天長大了，媽媽對阿英的愛却慢慢移到她妹妹的身上。因為阿珍聽媽媽的話，媽媽無論叫阿珍做什麼事情，阿珍總是不聲不響地照着去做。阿英并不是不聽媽媽的話，只是她有一付天生的倔強脾氣，總喜歡一個人坐在船頭呆上老半天，看着浮雲，連一句話也不說。媽媽最煩阿英這個懶洋洋的樣子。

那一天端午節，媽媽和阿珍上岸去了，像往常一樣，只把阿英留在艇上，要阿英將中午飯弄好。誰知太陽老早過了頭頂，媽媽和阿珍提着粽子回到船上時，她連米都還沒有下鍋。媽媽也很生氣，狠狠地罵了她一頓，還打了她一下。阿英伏在船頭上的小艙內整整哭了一個下午，飯也沒有吃。媽媽沒有叫她，妹妹也不敢叫她。

這件事很快地就傳到鄰艇上了。因為每到天色傍晚的時候，這些漁艇不約而同地都駛回到避風塘的這個碼頭上。碼頭并不很大，回來早一點的漁船，才能靠近岸邊的木梯；晚來的只好停繫在後面。一個船緊接着一個船，無形中形成了一個搖動着的漁村。入了夜，船上的男人們，差不多都上岸到茶樓去了，餘下的女人孩子們，就隔着船話起家常來。其實，有時候不用互相說話，也能看得出別船上的所有「家常」，屁股大一點地方，什麼事情也難隱蓋得住。不過，她們雖然明知道事情的底蘊，她們仍要扯上兩三個鐘頭，一直扯到她們的男人回到船上時為止。關於阿英挨打的事情，也成了她們好幾天以來談話的資料。

* * *

那麼大的人了還要打罵，事後媽媽也似乎有點懊悔，一連好幾天沒有再對阿英說難聽話。阿英做起事來，仍然是懶洋洋的，搖槳，撒網，好像連一點氣力都沒有似的。

有一天早上，阿英特地為自己打扮了一下：穿了件新的花格子的短衫；換了條寬腿的長褲；拖着一雙帶花的木拖板；將頭上的長辮子用水濕了濕，梳得很整齊。她知道媽今天要到岸上去買米了，她想和媽媽一同到岸上去走一走。差不多有半年她沒有登過岸了，每次都是媽媽和妹妹一齊去的，老是把她一個人留在船上看家。誰知這次媽媽對她說：

「別想跟我一齊去，岸上並沒有你的家！」

結果，還是媽媽同妹妹去了。臨走的時候，媽媽還是交待她，要她喂一喂船頭上鷄籠裏的母鷄。

她噙着淚，雙手無力地搖着槳，將船靠近了木梯，看着媽媽同妹妹去了。

阿英沒讀過書，雖然不識字，但她心裏什麼都明白。媽媽不讓她上岸，她也知道媽媽怕她野了心。岸上有許多她不明瞭的事物，她是多麼希望她多知道一點岸上的事物啊！可是，媽媽不准她去。媽媽常對她說：

「岸上，人們的心比碼頭的污水還要骯髒，你一個船家女孩子到了那裏，小心被他們吃了你！」

阿英問媽媽，岸上終究骯髒的是什麼？這位五十來歲的老太婆，却也無法說出個究竟來。她只告訴她，說這是她死去的爸爸親口告訴她的。這個解說，自然使阿英更加迷惑。阿英越想到岸上去看一看，媽媽越不放心她到岸上去；自然，阿英也就越發無精打彩了。半年以前，媽媽拿定了主意，第一步絕對不准阿英上岸，第二步就趕緊託人替她說媒。她想：十九歲的女孩子該嫁人了，嫁個男子漢，也就束住了她的心。她不希望自己的女兒，嫁個什麼大富翁——她知道沒有富翁肯來娶她的女兒——她只希望男家有一隻帶馬達的漁船就心滿意足了。有了馬達，省得一前一後地搖着槳，她這一輩子從小到老，都是在這樣一搖一擺、一進一退中過去的，她不希望她的女兒也這樣過一輩子。偏偏事情就那樣不湊巧，幾家有馬達的漁船，有的男孩子過于年紀小，有的却過于大了。她把嫁女兒的消息傳出去以後，曾有一個四十多歲的船主，託人來向她表白過意思。她很羨慕他那隻用桐油漆過的大船，只是他的年紀確實大了些，簡直可以做阿英的爸爸，而且他的前妻還留下了三個孩子，最大的女兒，聽說比阿英還要大兩歲哩！不過，他向阿英的媽媽表示，說他將阿英娶過來以後，他可以接阿英的媽媽和阿珍一同到大船上來住。

阿英的媽媽，曾將這件事告訴過阿英，問阿英有什麼意見沒有。不用說，母女兩個人的感情越發破裂了。阿英氣得大哭了一天，發誓絕不嫁人，她說她情願當一輩子梳辮子的姑娘。

* * *

每逢一想到嫁人的事上，不知怎地，阿英就連帶地想到他們船頭上的那隻鷄籠了。每天，她都要用剩飯拌些雜食去喂鷄籠裏面的兩隻母鷄。每次，她也要有意無意地對着牠們呆想老半天。

鷄籠是用木板做成的，一面釘在船頭上；因為怕雨淋及海浪濺濕，上面及兩旁的木板連一點縫兒也沒有，僅在籠底的木板上留下幾條縫；靠外面的木板上，挖了兩個小洞；兩隻洋鐵砵掛在洞口；砵內是一些雜食。像鳥籠一樣，母鷄們得由洞口伸出頭來啄東西吃（裏面沒有公鷄，因為公鷄不能生蛋）。這樣的鷄籠比鳥籠要差得多，鳥籠雖然也是籠，但鳥籠四面還可以透空氣，光綫總是有的；船鷄籠，則像黑暗的監獄。

阿英懶洋洋地將鷄食拌好後，倒進掛在鷄籠口的洋鐵砵內，獨自一個人坐在船頭上，懶洋洋地看母鷄們一嘴一嘴啄東西。她想：她的一生也和這些母鷄們差不多，牠們來到船上，就被關進鷄籠裏面，一直到死，別再想沾一沾泥土的氣息；她也一樣，她生在船上，食在船上，將來還要嫁在船上，最後死在船上。

接着，她又想到了那個要娶她的船老闆。她不是不想嫁人，她也並不是眞的要當一輩子梳辮子的姑娘。不過，不知是什麼東西在她心內擱着，她不願走上那隻用桐油漆過的大帆船。那隻船在她眼中看來，甚至所有的船隻在她的眼中，都和她們船頭上的鷄籠差不多。

可是，她也知道，假如她不嫁人，她將來又能做些什麼呢？自從爸爸死了以後，媽媽辛辛苦苦地才將她們姊妹養成了人。媽媽的指望，是要她嫁個人，嫁在有馬達的船上，就不需要這麼一搖一擺地過日子了。媽媽的臉上，有數不盡的、重疊起來的皺紋，每條皺紋都刻劃着她所經歷過的風波；媽媽的手上，簡直不像是手的手掌，全都是比船板還要厚的硬皮，手背上是一條條深陷下去的壕溝，她的手象徵着她的一生，從風雨中，從海浪中掙扎的一生！她艱辛地才把孩子撫養成人，她當然需要在她老年的時候，能够依附在孩子們的身上——她需要她的阿英，嫁給那個四十開外的人。

鷄籠，四十歲，媽媽的臉，媽媽的手……阿英伏在船頭哭了！

＊　＊　＊

媽媽回來了，妹妹的臉上也是笑瞇瞇地。媽媽還帶回來了一大包東西。看到阿英哭腫的眼睛，媽媽連忙將包袱打開，包袱內紅的，綠的，花的，格子的各式各樣的衣料，都堆在了阿英的面前，媽媽笑着對她說：「人家眞懂得多，什麼東西都給你買了來。瞧！隨便裁什麼衣服都行！」

阿英看了看沒講話。阿珍倒眞的替姐姐高興，她拿起件紅的衣料往身上比一比，又拿起綠的圍在身上試一試，并連連地問姐姐好不好？阿英沒好氣地對她說：「好！你去嫁他吧！」

媽媽沒有生氣，倒笑了，笑得阿珍怪不好意思的。

晚上，月亮很圓很亮，照在她們的船艙內，阿英越發睡不着覺。她的心像是一團散亂的頭髮，亂哄哄的，沒有一點兒頭緒。看着圓圓的月亮，看着無邊無際的碧空，她眞想她自己變成一隻海鳥，隨自己的意思，向自己心裏的地方飛去——雖然她也不知道她會飛到什麼地方。

夢中，她眞的長了兩隻翅膀，她從船艙中飛了出去，飛越過他們浮動着的漁村，飛越過海浪衝擊着的碼頭，飛越過數不清的房頂，飛越過綿亘不斷的高山，飛，飛……

從夢中醒過來的時候，她下意識地摸了摸自己的雙臂，她並沒有長出兩隻翅膀，她仍然睡在她們的船艙，一切都沒有變，媽媽和妹妹均勻的打酣聲，和平常一點也沒有兩樣。

* * *

第二天早上，媽媽還是同妹妹上岸去了，還是留她一個人在船上看家。臨走的時候，媽媽還是同往常一樣，要她喂一喂雞籠內的母鷄。阿英什麼話也沒有說，沒有向媽媽辯駁。媽媽很高興。

可是，當媽媽帶着那個四十來歲的船主——他穿得很講究，還新剃了頭鬚——回到他們的小船上的時候，却不見了阿英的影子。她連忙向鄰船打聽，她以為阿英一定是怕羞的緣故，她從前嫁她丈夫時也是怕羞的；但鄰船的人們，有的說不知道，有的說好像看到阿英上了岸。媽媽正在生氣——生氣阿英這麼孩子氣的時候，忽然聽得阿珍在船頭大聲喊：

「媽媽，鷄籠怎麼破了？母鷄都沒有了呀！」

小船搖晃着，這位滿臉皺紋的老太婆，也搖晃着走近船頭，當她看到鷄籠眞的破碎了的時候，她的後腦似乎被人猛擊了一下，她昏了過去。

選自一九五五年九月九日香港《中國學生周報・新苗》

王敬義

鼓號手
——獻給參議員

火車誤點了，我們在車站等車。一羣女學生，正嬉笑着越過鐵路；她們是一個小型的樂隊。大鼓手是一位胖女學生，面孔在陽光下漲得通紅。幾個小鼓手，跟隨在她的身後，嬉笑的爭論着。忽然，我的朋友對我說：

「你看，她們沒有號手呢？」

「是的，女孩子不會吹銅號的，」我回答說。

她們也在候車，這一羣女孩子，就像一羣麻雀，沒有一分、一秒的安靜。我的朋友，此時又在我身旁無限感慨的說：

「我眞羡慕她們，但我們的青春已經不再回來了。」

「我們也作過童子軍的，不是嗎？」我說，「我們露過野營，圍着野火唱歌、舞蹈……」

「那是十五年以前！」我的朋友說，「那時，你也是鼓手呢！」

我禁不住笑出聲了。

「你還記得？」我說。

「怎麼不？」他繼續說下去，「那天，我們童子軍集合，預備去會操，你擠身鼓樂隊中，好不使人羡慕。大隊長發出號令後，我們就站好隊形，只等鼓點一響，就出發。你是大鼓手，進軍行列的靈魂。我們都屏住呼吸，遠遠地注意着你手臂的揮動。但你始終都呆站在那裏。好不容易，我們看到你動起臂膀來了，於是我們的精神都隨着振奮起來。鼓聲響了，行列移動了，可是移動的行列很快地又變得亂七八糟，並且傳出報怨和嬉笑聲。後來，大隊長發令立正。這時，我們都已知道是大鼓的鼓點錯了，都埋怨担任大鼓手的你。」

「我想哭，」我說，「你們都在笑，我恨不得找個地洞躲藏起來。」

「女生笑得更厲害！」我的朋友說，「她們很多還用手帕半遮起臉來笑呢！」他頓了頓，又問我，「倒底是怎麼回事？」

「還不是虛榮心作祟。我只練習了三次，以為大鼓簡單，容易敲，就千方百計的佔據了大鼓手的地位，結果却出了醜。」

「我好像記得你以後又改作號手，」我的朋友說。

「在你的回憶中，我是個好號手嗎？」我試探的問。

「我們那時都很崇拜你的，」他說，「你總是把頭昂得高高的，光亮的銅號在陽光下輝煌的閃着光。你挺着胸膛，真是威風凜凜呢！你的臉在吹號時漲得紅紫，額角上血管都跳了出來，就是在冬天，也掛滿了汗珠……」

「但是你以為我真會吹號嗎？」我問。

「你不是在說你冒充吧！」他有些吃驚的說。

「我正是冒充，」我悠閒的說，「你以為一個好的號手要漲紅了臉，出一身汗才吹得出聲音嗎？不，只有冒充的，怕充不像才拼命的賣力氣的！我根本吹不響銅號，就把腮部拼命漲大，那些外行看到了就欽佩了。可是我心頭是甚麼滋味，怕只有我自己知道。我不能吹出聲音，怕妨礙其他同學的演奏。但我又不能中途退出，免得校中同學嘲笑我被鼓樂隊革除了，那是大失面子的事。這樣，再大的痛苦，也只有忍受了。那一個學期，我最怕的是有遊行的慶祝日了，尤其是行經觀衆擁擠的街道。」

我說完了，無可奈何的聳了聳肩，我的四周有斷續的笑聲，轉過頭，我才發現那一羣穿黃制服的女學生，已不知何時站在我們的身後了，並且津津有味的聆聽着我們的談話。我感到不自在已極，我的朋友却似乎沒有發現我的拘束的神情，仍在喃喃低語：「老兄，眞想不到，眞想不到，你原來是冒充的號手……」

火車從遠處衝駛來了。「我們上車去吧！」我搖撼着他的手臂，儘自鑽到候車的人羣中去，並且祈盼着能不在車廂中遇見那一羣女鼓手們。

選自一九五五年二月四日香港《中國學生周報・新苗》

阿濃

委屈

童年的委屈只是些小小的傷口，它們都已結了疤，但按上去似乎仍有痛的感覺。

童年，如煙，如霧，如夢；但透過煙霧的空隙，浮現在如夢的一切之上的，卻有分明的委屈。

委屈，是心上的創痕，它們有大有小，有深有淺，有新有舊。童年的委屈只是些小小的傷口，它們都已結了疤，但按上去似乎仍有痛的感覺……

那是一個春風吹，風箏滿天飛的季節；連電綫上、大樹上也都掛滿了紅紅綠綠的風箏屍骸。這時節母親們的綫轆最容易失蹤，因為不是每個孩子都有錢買玻璃綫的。早上被關進課室時，我們只能從窗口偷看外面天空的大戰；一放學，那就個個都成了「朝天眼」，因貪看風箏而踩進泥塘、撞到木柱，都是常有的事。

「跌啦！跌啦！斷綫啦……」不知是誰先發一聲喊，四面八方，幾十隻小腿兒，奔向同一的方向，那裏正有一隻打敗了的風箏，飄飄蕩蕩地向下墜。

我跑掉了一隻鞋子，膝頭上擦破了一塊皮，卻一點也不在乎；因為那風箏剛好掉在我的手上。我高興得像獲得了一件珍寶，興奮地把它高舉在頭上。

但忽然，是誰在我後面一搶，我本能地把風箏抓緊了。「嗦啦」一聲，風箏爛了，我手裏只剩下一條竹篾和一些破紙。我氣紅了眼睛，回頭一看是小牛，怒從心上起，照他的臉就是一拳。這一拳沒有打到，兩人卻扭在一起了。你揪我的頭髮，我扯你的衣服。旁觀的孩子們也不看風箏了，因為打架要好看得多，他們站在一旁吶喊助威，呼聲震耳。

「住手！」響雷似的一聲叱喝，使我立即放鬆了手。

「回去！」爸爸在前面走，我抹着眼淚在後面跟。

「是他不對，他為甚麼搶我的風箏？」我準備回去把理由說給爸爸聽。一回到家裏，爸爸就關上了大門。

「跪下來！」我到今天還記得他鐵青的臉。

但我還是站着。

「拍！拍！」他打了我兩巴掌。

我哇的哭了。跟着是一頓「雞毛掃」，直到媽媽從爸爸手裏把它搶去。

我忽然不哭了，緊閉着嘴唇，鼻翼呼呼地扇動着。我按着自己的嘴，強忍住一聲聲的嗚咽，自己站在門角裏。

這天我沒有吃晚飯。媽媽來拉過我好幾次，她把飯搬到我面前要親自餵我，她用各種的話勸我，她說要買一隻風箏給我，還有一大卷玻璃綫。但我緊閉着嘴唇站在那裏，不說話也不哭。我那時真有決心在那裏站一輩子。

夜了，爸爸睡了，媽媽在歎氣，但我還站在門角裏。

我站得疲倦了，也開始感到瞌睡。媽媽強把我拉上牀，但我從牀上跳下來仍舊站到那裏去。時鐘打了十二點，一點，媽媽也上牀睡了。我沒有聽到打兩點，第二天早上醒來時已經在牀上，一定是我倚在牆上睡着時，媽媽把我抱上牀的。

這天我一聲不響地吃了東西，一聲不響地上學去。放學回家時，我看見桌上有一個漂亮的風箏，還有很大的一卷綫。媽媽笑着說：「爸爸買給你的。」但我碰也沒有碰就走進了房裏。

從那次起，我再沒有放過風箏。

爸爸媽媽都不在家，我也閒着沒事做，就到厨房裏拿了一把掃帚，掃起地來。心想：一會兒他們回來，看見我把地掃得麼乾淨，一定很喜歡，會稱讚我的。我掃得很仔細，枱櫈下面掃不到的地，就把枱櫈移開來掃；甚至連床底下也掃到了。

忽然，長長的掃把柄碰到了甚麼，乒乓！一隻花瓶在地下打碎了，水流得遍地都是。我的心一下子縮緊了，無法彌補的過失！花瓶雖不太貴，但爸媽一定會罵的。我震抖着手，收拾地上的碎片，就在這時爸爸媽媽一同回來了。他們根本沒有留意到已經掃乾淨的地面，祇看到那隻破碎的花瓶。

「你怎麼這樣頑皮！我們才離開了一會兒，你就把花瓶打碎了。」媽媽說。

「廢物，將來一定沒出息！」爸爸的話像一把尖利的小刀。

「是我掃地時不小心碰倒的。」我軟弱地解釋。

「歇歇吧，少爺！以後不敢勞煩你了。」又是另一把小刀。

這天晚上我的眼淚把枕頭都流濕了。我那時的年紀雖然還小，但由於家庭經濟環境拮据，我也分擔了成人的憂戚，顯得特別懂事，而且感情上很敏感。我一面流淚一面想，終於得到了一個決定……

從第二天起，放學後我就偷偷地四處拾破罐和廢鐵，收集到一批後，就賣給收買佬，雖然那是很低的價錢，但那怕是得到一角錢，也就夠我歡喜的了。我已經在一間賣花瓶的店裏，看到我打爛的那隻花瓶值多少錢。一等到我的錢儲夠，就要買它一隻。

我每天上學放學從這間商店經過，總要看看這隻瓶——僅有一隻哩！看它有沒有被賣掉。因為看慣了，只要隨便一望，就覺得它還在老地方。有一次，我向老地方望去，瓶子竟不見了，嚇了我一大跳，以為被別人買去了。再仔細一看，原來被搬到另一格，才又放了心。

終於，我的錢和那花瓶的標價相等了。我震顫着手把一個半月積聚的錢交給了老闆，換到了那隻瓶子。

我飛也似的奔回家裏，爸媽已在吃飯，他們咕嚕着怨我吃飯也不知時間，這麼遲才回來。我顧不得答辯，打開了包裝紙，把花瓶拿了出來，擺在原來的地方，裝作平靜地說：

「我打爛了花瓶，現在買一隻賠你們。」

爸爸媽媽都驚奇得一時停了筷子。

「你哪來的錢？」媽媽問。

「拾東西賣給收買佬。」我簡單地答。

爸爸用奇異的眼光看了我一下，隨即大家沉默地吃飯了。那碗飯他沒有吃完就放下來，我看到他燃着香烟坐在天井的暗角裏，很久很久，只見他凝然不動的影子和手上香烟的一點紅火，我的心情卻很愉快，我知道父親為甚麼吃不下那碗飯，我認為他是被我打敗了。

的確，從這次起，父親罵我的次數少得多了。

「媽，老師說最遲今天要交學費了。」我帶着哭聲說。

「我已經叫你爸爸向公司借，今天連買菜的錢也不夠了。」媽媽鎖着眉頭。

「還有校服，誰都有了；老師說，再不穿校服就要罰。」

「等爸爸借到錢一齊買。」媽媽安慰我。

我勉勉強強的回到了學校，一走進校門就碰見搶我風箏的金牛。他豎着手指嚇我說：

「哼，不穿校服，老師罰你！」

我向他做了個不屑的表情，但一眼看去，全校的同學穿的都是校服，不由得我不吃驚。

上課了，我心亂如麻，但願老師病了不能來。

但他還是來了，大家起立鞠躬行禮。他一眼就看到我穿的不是校服，臉色顯得很不高興。

「何志平，出來！」還好，叫的不是我。原來何志平也沒有穿校服，我現在才看到。那麼我也逃不掉了。我的臉刷地白了，低着頭看桌面。

「李克勤，你也出來！」果然，下一個就是我。我的臉由白轉紅，兩隻耳朵燒得很厲害，眼前的東西突然模糊了，淚水已充滿了眼眶。我低頭走了出去。

「學費帶來了沒有？」老師問。

「媽媽說明天交。」何志平回答，我聽到他的牙齒在打震。

「你呢？」我低着頭，但我知道老師是問我。

我搖搖頭，因為我知道一出聲就會哭出來。

「全班不交學費、不穿校服的就只有你們兩個，想不罰你們也不行。」說了，就把我們推到牆邊，讓我們背對着全班。

我的眼淚不住地向下流，有的滴在衣服上，有的滴在地上，那簡直是一條小河呀，我要忍也忍不住。我恨媽媽，也恨爸爸，別人家的孩子為甚麼都有校服穿，有學費交，我卻沒有！

好容易等到下課，同學們都離開課室到操場玩去了，只剩下我和志平。

我回到座位上，拿起我的書包，就往課室外面走。

「你到哪裏去？」何志平問。

我沒有答他，一口氣就奔到了家裏。媽媽見我回來覺得很驚奇，我把書包一拋，迸出了一聲：「我不讀書了！」就伏倒在牀上，哀哀地哭起來。媽媽猜到是怎麼一回事，寬慰我說：「爸爸回來的時候就有錢了。」

爸爸中午回來了，但卻沒有帶錢回來。

「借不到？」媽媽問。

「沒有借，」爸爸的表情很陰鬱：「有人借過，沒有希望。」

「你也試試嘛！」媽媽說。

爸爸再沒有說甚麼，吃了飯他叫我背着書包跟他到公司去。

爸爸把我留在一間叫會客室的房間裏，我見他推開一道寫着經理室的門，走了進去。

「……」我聽得出是爸爸的聲音，但不知說些甚麼。

「公司的生意不好，你不知道嗎？」一個響亮的聲音，我知道這是經理。

「……」爸爸又不知道說了些甚麼，他的喉嚨為甚麼這樣小哩？

「你也借，他也借！公司哪有這麼多錢！」經理似乎在發脾氣了。

不久，爸爸走了出來，面孔漲得紅紅的，樣子很怕人，卻很溫和地對我說：「你先回家，晚上我帶錢回去。」

我失望地走出會客室，爸爸在背後說：「當心車子呀！」

晚上，爸爸回來了。那時正是冷天，爸爸身上的一件厚絨上衣卻不見了。媽媽驚叫着說：「當心凍着呀！你的衣服呢？」隨即在衣櫥裏找了一件給爸爸。

爸爸拿了些錢給媽媽，又把一包東西遞給我說：「明天交學費吧，這是剛替你買的校服。」

忽然，我一切都明白了，爸爸把最新的一件西裝當了，為了我的學費和校服。我看看他，似乎比以前憔悴多了。我接過校服，他臉上露出輕鬆的神色，對我說：

「試試看，合不合身。」

但我哭得更厲害了，我想起經理的喉嚨，我想起老師的處罰，我想起我恨過爸爸媽媽，而我現在又是那麼的追悔。我那時才知道，受委屈的不只是我，還有媽媽和爸爸，受委屈的竟是我們全家呀，我更傷心了！

一九五九年五月香港《青年樂園》，選自陳偉中編《誌．青春——甲子回望〈青年樂園〉》，香港：火石文化有限公司，二〇一七

鐵嘴雞

小芬自己也認為自己的口才很好，不然老師就不會選她做辯論比賽的班代表，不然她那隊就不會得獎，不然她就不會有一個花名叫「鐵嘴雞」。

聽人說，口才好的人嘴唇比較薄。小芬從鏡子裏看到，自己的嘴唇真的很薄、很薄——那當然是天生的雄辯家了。

小芬在學校裏有無數的題目和同學爭辯：讀上午班好還是讀下午班好啦，男校長好還是女校長好

啦，夏天好還是冬天好啦，普通鉛筆好用還是鉛心筆好用啦，區瑞强的歌好聽還是陳百强的歌好聽啦，中學是讀男女校好還是女校好啦，住香港好還是住九龍好啦，功課先揀難的做好還是先揀容易的做好啦……一個男同學曾經批評說：「都是些無聊的爭論！」可是小芬可不理有聊、無聊，總要爭贏為止。其中有一個牙尖嘴利的同學叫美寶，小芬發覺她的嘴唇也很薄，難怪！

小芬在學校裏和人鬥口不一定贏，在家裏却是威風八面。

她家裏一共五個人，除她之外是祖母、父親、母親和小弟。

小弟才讀三年級，辯論起來當然不是她的對手。譬如起先小芬要睡雙層床的下格，小弟也想睡下格，小芬便說：「你早睡，我遲睡，你睡着了，我爬到上格去的時候會把你搖醒的；還有，我比你重，睡在下面比較安全，你不見雙層巴士樓下准站、樓上不准站嗎？就是要下面重、上面輕才安全。」小弟說不出什麼理由，只好睡到上格去了。

過了一個星期，小芬又想睡到上格去了，要小弟跟她換，小弟不肯，小芬說：「你睡着了時常踢被，要媽媽半夜幫你蓋被。你睡在上格床，媽媽要站到櫈子上去才夠高，很不方便，如果從櫈子上跌下來，就會扭傷、跌傷。而且你睡着了老是滾來滾去，我眞怕你由上面掉下來，所以還是讓我睡上面吧。」於是小弟只好搬到下格去睡了。

祖母年紀大，記性不好，時常做錯事，又不識字，沒有小芬這麼有學問，因此跟祖母辯論，當然也是小芬一定贏。

譬如祖母說：「女孩兒家，要斯斯文文，不要做牛王妹！」

阿芬就說：「現在男女平等嘛！男孩子可以做牛王仔，為甚麼我們不可以做牛王妹！」

祖母說：「女孩子家，也要到廚房裏學學煮飯、炒菜，免得將來結了婚，餐餐要吃公仔麵。」

阿芬就說：「第一，我最喜歡吃公仔麵；第二，現在男女平等，我要我的老公煮飯給我吃；第三，說不定我將來有錢，請個大廚師幫我煮。」

祖母聽得眉頭打了結，罵她說：「小孩兒家，胡說八道的，甚麼老公、老婆的，多難聽！」

阿芬就說：「大人說得，為甚麼小孩子不能講？只許州官放火，不准百姓點燈，我抗議！」

祖母怕了她像開機關槍似的亂說，只好說：「你長大了最好做律師！」

阿芬心想：「我正是這樣想！哼！我要做個雄辯滔滔的女大律師。」

至於母親，雖然也讀過幾年書，似乎學問也不那麼好，但是囉嗦却跟祖母差不多，因此，小芬也用對付祖母的方法對付她。

譬如母親說：「有時間就多讀點書，不要整天打電話！」

小芬就說：「你們大人就是喜歡誇大！才講了十來分鐘就說整天！我打電話是問功課嘛！你不是教我多和同學研究切磋的嗎？」

又譬如母親說：「大人說你一句，你倒回上十句，強詞奪理的，討人厭！家裏人不怪你，外人就會罵你沒家教！」

小芬就說：「香港言論自由嘛！你講得，我也講得，你不講是你笨！我才不怕人家罵呢！他罵我難道我不會罵他！有膽就放馬過來！」

媽媽見她古靈精怪的樣子，罵了她一句「八卦妹」，就懶得跟她磨舌頭了。

不過小芬口才雖好，却有一個剋星，那就是她的父親。

小芬的父親口才比小芬還要好嗎？並不，他是一個說話不多的人，媽媽常常罵他笨嘴笨舌，可是他對付小芬自有一套。

小芬想買一對名廠球鞋，說了一百零一條理由：耐用啦，舒服啦，好看啦，夠彈力啦，不會滑倒啦……把口水都說乾了。可是爸爸只說兩個字：

「不買！」

小芬想跟同學去看一齣甚麼青春派的電影，爸爸說：

「不許！」

於是小芬又說了一百零一條道理：很久沒有看過戲啦，許多同學都看過啦，戲裏面提出很多問題可以討論啦，她願意自己出錢啦，一看完戲立即回家啦……足足說了十分鐘，可是爸爸仍然只說兩個字：

「不行！」

於是我們辯論比賽的班代表，光榮的得獎人，天生薄嘴唇的「鐵嘴雞」，未來的女大律師，只好鼓着腮幫乾生氣。

媽媽和祖母見了都覺得有趣，她們兩婆媳在廚房裏悄悄地說：

「這叫做一物治一物！」

原載於五、六十年代《華僑日報・兒童週刊》，選自阿濃《兒童小說創作選・鐵嘴雞》，香港：明華出版公司，一九八四

家在公廁

新學期開始，何老師走進五年甲班課室，他是這班的新班主任，開學第一天，有很多工作要做。

首先是編排座位。何老師望一望他們已經坐好的情況，發覺問題不大。只是把兩個「高佬」調到後面坐，把一個說看不清楚黑板的「四眼仔」調來前面。

後來他却發現課室正中一個剪陸軍裝的男孩子身邊的座位空着。

「咦，這麼好的一個位子為甚麼沒有人坐？」何老師問。

有幾個孩子表情古怪地笑起來，那剪陸軍裝的男孩子却漲紅了臉。

何老師指一指空位後面的一排三個女孩子說：「你們移前一個位。」

古怪的笑聲更大了。那個排頭的要填補空位的女孩子把嘴翹得老高，却又不敢不聽老師的話，一臉不願意的搬上一個位，却把身子歪在一邊，遠遠的離開她身邊的男同學。

＊　＊　＊

何老師小息時正在教員室吃餅乾，那個歪着身子坐的女孩子來找他了：

「何老師，我不跟臭蛋一起坐！」

「臭蛋？誰是臭蛋？」

「譚冠傑囉，大家都叫他臭蛋！」

「為甚麼這樣叫他？他眞的很臭嗎？」

「他家主在厠所裏，怎能不臭！」

「怎麼會呢？你別聽別人亂講，你先出去，讓我了解一下。」

何老師打開學籍冊，找到譚冠傑那張，看看他的住址，果然是九龍某某街公厠，父親職業一欄是市政局職工。

何老師想起來了，自己住的那條街附近，也有這樣一間公厠，旁邊是附有職工宿舍的。

「怎麼辦？要不要把那個女孩子調開？」何老師在想。

「當然不可以！這樣做對譚冠傑是一種侮辱。可是，這件事却要想辦法好好地解決！」何老師喝了一口濃茶，又準備去上課了。

* * *

再上五甲班的課時，何老師對譚冠傑特別留意了一下，見他穿着得乾乾淨淨、整整齊齊，連手上的指甲也是剪得短短的，一點污垢也沒有。

這孩子上課很留心，老師發問，他總是熱烈地舉手要求回答；老師在黑板上出算題，他也爭着要出去做。

當他經過別人的座位時，總有一兩個頑皮的同學故意用手掩鼻，或是拿手掌當扇子誇張地趕着「臭氣」。譚冠傑對這些大概早已見慣，也不見他怎麼生氣。

生氣的時候也不是完全沒有。那次習字課，課室裏不知怎的瀰漫了一陣臭味。矛頭自自然然的對準了譚冠傑，有人皺眉，有人掩鼻，有人說：「臭蛋爆炸了！」大家都把眼光射向譚冠傑。

譚冠傑一聲不響，只顧低頭寫字，可是那頭越垂越低，何老師看到他的習字簿上有點點的淚水化開了墨水。

何老師在課室裏巡視了一週，結果找到了臭氣的源頭，那是另外兩個同學的墨盒。

何老師叫他們自己聞一聞，他們苦着臉照做了，引得全班大笑起來。何老師叫他們把臭墨盒蓋好，收藏到書包裏；然後把風扇開到最大，吹了三分鐘，課室裏的臭味就消失了。

那坐在譚冠傑身邊的女孩子叫馬小玉，自從那次要求調位之後，並沒有再來找何老師。何老師起初以為她改變了主意，後來却發覺只要不是上他的課，馬小玉就搬到另一個空位去坐。何老師對這種做法很不高興，可是他沒有拆穿她。

何老師越來越喜歡叫譚冠傑幫他做事，有時叫他幫着把家課本子拿到教員室去，有時何老師自己捧家課簿，却叫譚冠傑幫他拿上課時除下來的外衣。

有一次何老師在操塲上當值日教師，到處巡視。譚冠傑正坐在食物部前面的長櫈上吃麵包。

「哈，譚冠傑，你吃的這種麵包我還沒有見過，看上去很新鮮，好吃嗎？」

譚冠傑說：「這是新品種，很香很好吃！」

何老師說：「給一點我嘗嘗可以嗎？」

譚冠傑撕下一小塊遞給何老師，何老師放進嘴裏細嚼了一番之後說：「唔，眞的很好吃！」

看到何老師吃麵包的人不少，事後有人形容說：

「臭蛋用他抓屎的手，撕下一塊麵包給何老師，何老師說：唔，眞香！」

當然，這把大家引得哈哈大笑。

* * *

一年一度學校旅行的日子，同學們自由組合，準備野餐。

何老師要每組選出組長，每一組的名單由組長交給他。結果全班分為七組，却有四個是「孤魂野鬼」，大廟不收，小廟不留，其中一個是譚冠傑。

何老師把這四個叫過來説：「你們四個，連我一共五個，組成一組，由譚冠傑做組長，一齊野餐好不好？」

四個孩子都不反對，事情就這樣決定了。

旅行那天，好奇的孩子們都來何老師這一組看攪他們吃些甚麼。

一塊膠布上面，擺着麵包、罐頭、汽水，這些都很平常，可是一大碗雜菜沙律和一碟鹵雞翼却是十分吸引。

何老師説：「雜菜沙律是我太太做的，鹵雞翼是譚冠傑的媽媽做的。」一面説一面拿起一件雞翼有滋有味的吃起來。

＊　＊　＊

譚冠傑是本校足球隊隊員，身手靈活，體育老師選他做龍門員。在一場校際足球比賽中，他勇救險球，一下撲救，雖然得手，却跌斷了腕骨，醫生替他上了石膏，要他在家休息幾天。

何老師在班上發起了一次探訪活動，徵求同學們到譚家問病。

「譚冠傑同學為學校打球受傷，我想去探望他，誰願意跟我一起去？」

「嘻嘻，到公厠去！」有人在座位上笑着説。

可是有四隻手舉起來了。一個是班長，一個是上次旅行同組的同學，兩個是足球隊隊員。

「還有同學參加嗎？我們明天放學後一齊去。」何老師的眼睛看着譚冠傑鄰位的馬小玉。馬小玉低下了頭沒有表示。

第二天放學後，馬小玉拿了一張問候卡給何老師，請他轉送給譚冠傑。

何老師他們到了譚冠傑家裏，地方很小，可是佈置得十分整潔，花瓶裏幾枝薑花，散發着清香。

何老師慰問了譚冠傑，又把馬小玉的問候卡拿給他。譚冠傑的手腕上了石膏，可是手指一樣可以活動。拆開信封，他見到一張美麗的卡片，上面畫的是一隻前腳紮着綳帶的史諾比小狗。上面還有題字：

我們祝你早日康復！

下面是一大堆女同學的簽名。譚冠傑的手指微微發着抖，看來他很受感動。

三天之後，譚冠傑帶着上了石膏的手回校上課，學校生活如常地進行着。

譚冠傑、何老師，還有幾個細心的同學却注意到一個微小的改變，那就是即使不是何老師上課，馬小玉也一樣坐在譚冠傑的旁邊，她不再搬來搬去了。

原載於五、六十年代《華僑日報．兒童週刊》，選自阿濃《兒童小說創作選．鐵嘴雞》，香港：明華出版公司，一九八四

宿營的收穫

這是健仔第一次出外露營，前一晚就興奮得睡不着覺。

說是露營，其實並不是露宿，因為那裏有屋、有床、有被褥，設備十分齊全，正確的說法該是宿營。

營地在西貢，那裏本是一座軍營，後來軍人搬走了，就利用空置的營舍辦起康樂營來。設備一年年增加，現在有禮堂、有飯堂，還有溜冰場、射箭場、繩網陣和泳池。同學們來到這裏，就像出籠的鳥兒，跑呀、跳呀，玩了這樣玩那樣，說不盡的舒暢、快樂和自由。健仔也玩得很興奮，兩邊腮幫紅通通的，連頭髮尾都在滴汗。

晚飯大家都很開胃，吃得碟底朝天，健仔也比平日多吃碗飯。

飯後沐浴，大家再玩了一會兒就睡覺了。營裏規定的睡覺時間比較早，平日這時候大家還在做功課或是看電視呢。由於早睡，又由於新環境，大家一時都睡不着，就有人躺在床上說起鬼故事來。鬼故事是最好聽的故事，因為夠刺激，有時連講的人自己也會害怕起來，可是大家越害怕越要聽。不過因為白天玩得疲倦，有些人聽呀聽的就響起鼻鼾來；那講故事的，聲音也慢慢低沉，終於也不知他有沒有講完，大家就進入了夢鄉。

健仔醒來時起初還以為是在家裏，後來聽到周圍此起彼落的鼾聲，才記起自己身在營中。那些鼾聲在夜靜時分聽來，却也多種多樣，有高有低、有長有短，有的還夾雜着哨子聲。不知是誰做夢在叫阿媽，又有人夢中磨牙，畢咧卜碌的像在吃炒豆。

這一醒健仔但覺精神爽利，一點睡意也沒有了。借微弱的光綫看看手錶，才是半夜兩點，離天亮還有很久哩。

不知是不是晚飯多喝了湯，健仔想起身小便。那菜湯眞是鮮甜，聽說是用營裏自己種的菜煮的，他飯前飯後一共喝了三碗。

可是營房裏面是沒有厠所的，要去厠所先要走出營房，經過一塊鋪石塊的小路才到。

健仔記得，這條路雖然不長，却要經過一座墳墓。康樂營裏面有墳墓，是一件奇怪的事，可是它的的確確在那裏。這墳墓白天一點也不可怕，健仔就曾在上面走來走去。但現在是深夜，而且剛才聽了許多鬼故事。

健仔剛醒的時候，小便並不太急，可是越是不敢到厠所去，便變得越急。他在床上翻來覆去，希望有同學也想前去，那時便可結伴同行了。可是似乎偏偏誰也不醒，那鼾聲却是越來越熱鬧了。

「鬼呀！」不知是誰口齒不清的喊了一聲，當然是在做夢，却把健仔喊得汗毛直豎，拿毛氈蓋過了頭，身體縮成一團。

小便越來越急了，如果再忍下去，準會把床鋪拉濕，成為營地的笑話。這笑話並且會傳回學校去，男同學、女同學都會知道，一笑就是若干年。

健仔咬一咬牙，摸索着披上一件外套，床前找到了拖鞋，一面發抖一面拉開了營房的門。

呀，外面倒是月色明亮，銀白色的營燈寂靜地站在那裏，燈光和月色混成靜謐明亮的一片。「月明如水」的成語忽然進入健仔心中，他倒不像剛才的害怕了。

才走了五、六步，營門忽然呀的一聲在後面響起。健仔回頭一望：好傢伙！肥仔、阿德、大包、太空人、高佬都出來了，差點可以組成一支足球隊。

「你們出來做甚麼？」健仔問。

「去厠所！」異口同聲的回答。

「好急呀！」肥仔說。

「我也是！」高佬說。

「忍得眞辛苦呀！」阿德說。

「差點拉出來了！」大包說。

他們急急的走進了廁所，輕輕鬆鬆地一齊走回去。經過那座坟墓時，誰也沒有特別留意。

健仔回到床上之後，心情輕鬆，很快又進入了夢鄉。

第二天吃早餐的時候，好幾個同學稱讚健仔大膽，說如果不是他帶頭，這個晚上許多人都會鬧出笑話的。

宿營之後，健仔曾在週記簿上檢討這次活動的收穫。他寫道：

「我最大的收穫是膽子大了，以後晚上去廁所，再也不會害怕了。」

原載於五、六十年代《華僑日報・兒童週刊》，選自阿濃《兒童小說創作選・鐵嘴雞》，香港：明華出版公司，一九八四

尋鴨

太陽早從西邊的山背隱沒了，天空剩下一片暗紅色的晚霞。假如你留意找尋一下，就會看到幾顆早出的星星。秋天晚上的風，帶着一股寒意，在田野上徘徊，等待收割的禾稻，給吹得瑟瑟的響。在這麼一大片禾田裏，已看不到一個人影。從家家屋裏透出來的昏黃燈光，便知道人們都在家裏休息了。屋子裏是溫暖的，灶台上散發着飯和炒菜時作料的香味。

但是，在一間村屋門前，却呆呆的站着一個姑娘。涼風吹着她單薄的衣裳，吹着她散亂的頭髮，

她好像對這些都沒有感覺，只是用手背揩着眼睛，在那裏低聲哭泣。屋子裏傳來母豬吃飽了哼哼唧唧的聲音，也傳來母親操作着家事的熟悉聲音。

本來，現在是吃飯的時候了。在燈光下面，捧一碗騰着熱氣的飯，吃着香香的鹹魚青菜，該是一天中最快活的時刻，可是現在，姑娘被留在外面。

姑娘年紀才十歲，却會做很多工作：小河裏擔水，山坡上割草，看牛、餵豬，沒有一樣做不來。自從家裏養了十二隻鴨，看鴨也成了她的工作。那是由拳頭大的小鴨養大的十二隻肥鴨，媽媽把牠們當作一筆重要的財產，並且已經想好了把賣鴨的錢做這樣、做那樣。

每天早上，姑娘把鴨子放到稻田裏去，讓牠們在水田裏找自己心愛的食物。晚上，姑娘拿着長竹竿，嘴裏「啦啦啦啦……」的叫喚着，鴨子就會一隻隻從水田裏鑽出來，搖搖擺擺地跑回家去。

這天傍晚，姑娘像平常一樣的喚着鴨，鴨兒們也像往常一樣從田裏一隻隻鑽出來。但是姑娘數一數，再數一數，數了又數，還只得十一隻——一隻鴨不見了！

「啦啦……」

「啦啦……」

叫了一遍又一遍，天漸漸的暗了，姑娘的心也暗了。姑娘把喉嚨叫啞了，把眼睛望痛了。

「啦啦……」媽媽也來幫着叫喚了，但是鴨兒沒有出來。

當媽媽因為失去了鴨兒覺得氣惱時，就不大講道理了。她見女兒哭喪着臉的樣子就喝道：「呆在這裏做甚麼？還不再到處找找！」

姑娘心裏想：「差不多到處都找過啦！還能到哪裏找？而且天這麼黑，外面一個人也沒有，眞使人害怕……。」

媽媽見姑娘不動，就更是生氣，罵道：

「看你！呆在這裏怎麼能找得到！你找不到那隻鴨，就別回家！」說着乒的一聲把門關了。雖然門一關上，媽媽就有點後悔了，她準備再過一會就把女兒叫回來。罵是還要罵的，那隻鴨子找不到也只好作罷。

西邊山後暗紅色的晚霞不見了，風吹在人身上令人更覺得冷。姑娘哆嗦着，赤腳踏進一塊稻田，冰冷的水浸過了她的小腿，小腳板陷進爛泥中，要慢慢的一步一步拔出腳來走。

「啦……啦……啦……」她的牙關打戰，聲音發抖。

忽然水裏面有甚麼東西撞了她的小腿一下，可能是一條小魚，可能是一隻青蛙，但也可能是一條水蛇。姑娘嚇得跌跌爬爬的走上了田邊，身上濕了一大片。

她不敢太走近自家門口，就在鄰家門前嗚咽地哭起來。

「金娣！」門忽然開了，有人叫她。

姑娘嚇了一跳，但接着就知道是隔壁的男孩子阿保。

「還沒有找到嗎？」阿保問。在金娣母女喚鴨的時候，阿保也曾幫着鑽到稻田裏找過；後來他回去吃飯了，但一直替金娣擔心着。

姑娘一面揩眼淚一面搖頭。

「不要怕，讓我們再來找找。」

「啦啦啦啦……」黑暗裏又響起了喚鴨的聲音。

「阿保，你來一來，我這裏有支電筒！」金娣聽出是阿保爸爸的聲音。

阿保走回自家門前，他父親不知跟他說了些甚麼。

「金娣，你在這裏等着，阿爸叫我到那邊園子裏找找！」

過了不久，忽然聽見阿保興奮地叫了一聲：「啊！找到了！」

隨即見他打着電筒，高興地走過來，手上果然抱着一隻鴨子。

姑娘雙手捧回了鴨子，流着歡喜的眼淚，連謝謝也來不及說，就大聲叫着：

「阿媽！鴨子找到了！鴨子找到了！」

媽媽打開了門，姑娘飛也似的跑回了家。

當她快樂地捧着飯碗，大口大口地吃着媽媽煮的飯菜時，她一點也沒有想到，阿保給她的那隻鴨並不是她家的。這個秘密除了阿保和他的爸爸之外，只有那隻鴨子知道。阿保手上的鴨，是阿保家養的。阿保和他的爸爸，合作做了一齣好戲。

原載於五、六十年代《華僑日報・兒童週刊》，選自阿濃《兒童小說創作選・鐵嘴雞》，香港：明華出版公司，一九八四

和事老

我先對小玲說：「小玲，今晚到我家一齊做功課好嗎？媽媽答應煲糖水呢！」

「好呀！」小玲答應了。

我又去對明玉說：「明玉，今晚來我家一同溫習好嗎？媽媽買了番薯和冰糖，請你消夜。」

「還有誰？」她問。

「沒有誰。」我說。

明玉也答應了。

小玲和明玉本來是好朋友，後來却因為一件小事吵架了。這是一件很小很小的事：

學校大旅行，班主任叫小玲在班上主持一次會議，由同學們自己決定目的地，因為小玲是本班的康樂幹事。

決定旅行地點時，同學們分成了兩派，一派主張去南丫島，另一派主張去大網仔。各有各的道理，爭持不下。表決的結果，巧得很！二十二對二十二打和，只等主席加多一票作決定。

明玉坐船怕暈浪，所以她極力主張去大網仔。她在座位上，向小玲又是擠鼻子，又是弄眼睛，還做了許多手勢，要她也贊成去大網仔。可是小玲却好像看不見似的，加多一票贊成去南丫島，事情就這樣決定了。

於是明玉決定不睬小玲，同時決定不參加旅行。

小玲本來想向明玉解釋，為甚麼不贊成去大網仔，那是她怕同學們在那裏騎腳踏車容易出意外。可是明玉聽也不聽就走開了，於是小玲也生氣了：「這麼大的架子！誰希罕一定要跟你做朋友！」

她們倆你不睬我、我不睬你已經好幾天了。誰叫我是她們的好朋友呢？這個和事老當然得由我來做。

這天晚上小玲先來了。她剛坐下，明玉也來了。小玲一看來的是明玉，就不自在的低下頭來做算術。明玉還站在門口，她一見小玲坐在那裏，就結結巴巴的說：「娟，我今晚沒有空，我要……要走了！」

她轉身想走，我一把就拉了她回來，硬要她在桌旁坐下。看她把書和本子都帶來了，怎會沒有空！

我家的桌子是四方的餐桌，一盞電燈掛在中間。小玲坐在我左邊，明玉坐在我右邊。她們倆都默默的做算題，誰也不肯開腔，但是我知道：她們一定在肚子裏罵我了。

「娟，借塊擦膠給我用。」小玲說。

我順手把明玉的擦膠拿給她。她起初一愕，但還是用了。

「娟，有沒有鉛筆刨？」明玉問我。

我又故意把小玲的筆刨拿給她。她遲疑了一下，結果還是拿起來刨好了鉛筆。

「娟，第三條算術我實在想不到，你做了沒有？」明玉問。

「小玲已做好了，你看，她是這樣做的。」我一手就把小玲的本子拿到明玉面前，她不看也不行了。她看完了把本子還給我，由我還給小玲。

過了一會，又到小玲問我：「娟，第四題的答案是多少？」

「我還沒有算好哩，明玉，你第四題的答案是多少？」我問。

「等於五百六十四。」明玉說。

「對嗎？」我又問小玲。

「我的答案是六百三十八。」小玲說。

「那麼你們兩個起碼有一個錯了！交換本子看看吧。」我不由分說，把小玲的本子給了明玉，又把明玉的本子拿給小玲。她們兩人無可奈何的看起本子來了。

「是她錯了！」小玲忽然對我說。

「那麼你說給『她』聽吧！」我故意低頭不理，只顧做我的功課。

這時她們兩人對看了一眼（是我偷眼看到的），兩對眼睛的表情都是「願意」，於是她們隔着桌子頭對頭的談起來了。

「哈，你們不是吵架了嗎？為甚麼現在又談起話來了？羞呀！羞呀！」我故意取笑她們。她們臉都紅了，放下本子想捉我來打。於是我們滾成了一團、也笑成了一團。

這時母親把番薯糖水捧出來了，我們暫停工作，一人一碗吃了起來。這次的番薯買得好，是紫色心的檳榔薯，特別香甜好吃。

我問明玉：

「明玉，你眞的不參加旅行？」

「我怕暈船嘛！」她撒嬌地說。

「我有一種很好的止暈藥，去之前吃一粒，再大的風浪也不怕。」小玲說。

「我……我一上船就暈，根本沒風浪也會暈的。」明玉說。

「那你就更需要多多練習了！」我說：「好，你就參加我們這一組，我們一齊野餐，一言為定！」

「看你多霸道，强迫人參加！」明玉假裝生氣。

「何止迫人參加旅行？還要迫你再捱多一碗番薯呢！」我搶走了她手上的碗，又替她滿滿裝上，因為我知道明玉是最喜歡吃番薯糖水的。

原載於五、六十年代《華僑日報・兒童週刊》，選自阿濃《兒童小說創作選・鐵嘴雞》，香港：明華出版公司，一九八四

小冬和小雞

婆婆買了十多隻小雞回來，準備養在天井裏。第一天就有兩隻小雞呆鈍鈍的，閉着眼睛，不吃東西，頭向前一舂一舂的好像要睡覺，不到晚上就死了。

第二天早上，小冬跟婆婆去看小雞，見雞窩裏又死了一隻，還有一隻閉着眼睛打盹，也像要死的樣子。

婆婆把那隻死的丟到垃圾桶裏，又把那隻閉着眼睛像要死的雞捉出來說：「這一隻也快死了，趁早丟了吧，免得牠把病傳染開來。」

那隻有病的小雞被婆婆抓在手裏，睜開眼睛，吱吱的哀叫着。小冬覺得牠很可憐，就對婆婆說：「婆婆，不要把牠丟了，讓我來養，牠不一定會死的。」

「傻孩子，你要就拿去吧。」婆婆把隻發抖的小雞給了小冬。

小冬把牠放在一個空鞋盒裏，用破布和棉花鋪了一個柔軟舒適的窩，又拿清水和米飯來餵牠。小雞捱到晚上也沒有死。

過了一夜，小冬起床之後，臉也沒洗就去看她的小雞。鞋盒的蓋子一打開，小雞就對她吱吱的叫着。喜得小冬又跳又唱，即刻跑去告訴婆婆、爸爸、媽媽……一屋子的人都被她吵醒了。

小冬的那隻小雞，病漸漸好了，又放回了大雞窩，和別的同伴在一起。不過小冬在牠頭上搽了一些紅墨水做記號，表示這隻小雞是屬於小冬的。小冬每天都想辦法捉些小蟲回來，餵她那隻紅頭小雞。小冬還替牠取了個名字，叫「紅頭髮」。

有一天小冬放學回家，忽然看見鄰家那隻大黃貓嘴裏銜着甚麼東西想逃跑。一聽到那吱吱的呼救聲，小冬知道咬的是小雞。她急得把手上的書包向黃貓擲去，果然嚇得黃貓放下了小雞逃走了。

看到那痛苦地在地上掙扎着的小雞，小冬心疼極了，這不是她心愛的「紅頭髮」麼！眞是奇蹟，受了重傷的「紅頭髮」並沒有死，在小冬細心的「醫療」之下，她只不過跛了一隻腳。於是小冬有時又叫牠「小跛腳」。

小雞們一天天長大，茸毛漸漸換成羽毛。那雞冠高高，毛還沒有出齊，就驕傲地昂首闊步的是小公雞；那個子矮矮，性情比較柔順的是小母雞。「紅頭髮」的頭上已不再搽紅墨水，就算牠的腳不跛，小冬也能夠一眼把牠認出來，牠現在是一隻漂亮的羽毛柔潤金黃的小母雞。

小冬一天要看牠好幾次，有甚麼好吃的東西她就和牠分着吃，麵包啦、餅乾啦、冰淇淋啦、西瓜啦……假如有哪隻蠻橫的大公雞，或是嫉妒的母雞敢欺負「小跛腳」時，小冬就會教訓牠們，打得牠們又飛又跳。

「小跛腳」當然認識牠這位好朋友，小冬一來，牠就忙不迭的走來她身邊，吱吱咕咕的叫出許多聲音。晚上回籠的時候，「小跛腳」不讓別人捉，要小冬來，牠才乖乖的伏在地上，讓小冬的小手，溫柔地穿進牠暖暖的腋下，把牠抱進籠裏。

有一天，小跛腳忽然出奇的咯咯咯咯的叫起來，一會兒撲上雞棚，一會兒又跳到地下，很焦急不安似的。小冬給水牠喝牠不喝，給米牠吃牠不吃，還是不停地叫着。

小冬急了，走去告訴婆婆。婆婆說：

「怕要生蛋了吧！」

這句話提醒了小冬，連忙找了個大紙箱，裏面放了一塊舊棉胎，還有破布和報紙，把「小跛腳」捉了進去。果然牠進去之後叫了幾聲就不動了。

小冬可是又高興、又緊張了。她不停的問婆婆：

「小跛腳自己懂得怎樣生蛋嗎？」

「她生蛋的時候辛苦嗎？」

她又叫全屋的人保持肅靜，不要打擾「小跛腳」第一次做產婦。

「小跛腳」終於從紙箱裏跳了出來，用一種特別的腔調叫着：咯咯哥！咯咯哥！咯咯咯咯哥！牠是在向衆人宣佈，牠已光榮地完成了任務。

小冬在紙箱裏拿出了那顆還溫熱的小蛋，那上面還有一點血跡。小冬把它洗乾淨了，放在她胖胖的小手上到處給人看。

婆婆說：「第一個蛋比較小，以後會越生越大的。」

晚上吃飯時，媽媽對爸爸說：「今天我們的小冬請客，加了菜哩！」

爸爸舀了一羹燉蛋嘗着說：「味道眞好呀！」

最高興的是小冬，她眉開眼笑的說：「假如小跛腳天天生蛋，我就天天請客！」

原載於五、六十年代《華僑日報・兒童週刊》，選自阿濃《兒童小說創作選・鐵嘴雞》，香港：明華出版公司，一九八四

從零開始

張老師派發默書本子有一個習慣，就是順着分數的高低，依次序發下去。誰的本子排第一，準是全班最高分的一個；誰的本子最後派發，一定是全班成績最差的一個。

這規矩大家都是知道的，因為這一班去年已經是張老師教國文。同學們升班，張老師也升班，今年這一班的國文仍是張老師教。

新學期第一次發還默書本子，李國明已預感情況不妙，因為他知道自己錯了不少。那天他根本忘記了默書這回事，只是在大家拿墨盒出來時，才胡亂地翻了翻書。結果許多字都要留空，或是隨便寫個同音字來頂替。譬如「黑漆漆」他就寫了「黑七七」，「紀錄」他就寫了「紀六」。

起初他還希望有人錯得比自己更多，後來他認得那疊本子最底下的一本正是自己的——那邊上有老大一塊墨跡是開墨盒時不小心弄上去的。於是知道大局已定，只好等待那難堪的時刻，在衆人注視之下去出乖露醜了。

張老師一句話也沒有責怪李國明，同學之中也沒有人說嘲笑的話，只有何志超對他做了個意義不明的怪臉，也不知是安慰還是譏諷，或許甚麼都不是，因為做怪臉已經成了他的習慣。

李國明看也沒看就把默書本子塞到書包裏。第一次就做了倒數第一，對他的確是一個刺激。「人人有面，樹樹有皮」，李國明只覺面目無光，不覺咬了咬下唇，暗下決心：總有一次我要第一個出去領簿。

第二次默書是「背默」，老師指定幾段課文，要大家背熟，到時默寫出來。

李國明早一天倒是背得很熟的，誰知到默寫時，才默了一半就默不下去了。剩下的一半忘記得乾乾淨淨的，怎麼想也記不起來。

唔，是了！今早回校時，有幾個同學在操場上踢足球。李國明站場邊瞧熱鬧時，球兒向他飛來。他一個頭鎚，把球兒頂回場中。姿勢美妙，他自己也覺得意。不過那球兒來勢很勁，震得他眼中金星直冒。說不定背得很熟的一段書，就在那時候震掉了一半。

不必等老師發還本子，他已經知道這次的成績和上次一樣，也是零蛋。

第三次默書的前一晚，碰上表姐結婚。放學後匆匆忙忙做了幾樣功課，媽媽就催着出門了。李國明只好把國語課本帶到酒樓去。

宴會上人很多，許多人打牌，媽媽也打，李國明却坐在一角準備默書。

認識國明的親戚們見他這麼用功，一個個的說：

「唷！國明眞用功呀！今年準考第一！」

聽得多，倒使國明不好意思了。加上有幾個少年人正在玩撲克牌，不時故意送過來幾句冷嘲熱諷：

「有人眞會裝模作樣！」

「有甚麼了不起？臨急抱佛腳！」

抵受不住這樣的壓力，國明只好把書收起來，跟表弟下棋。

酒席開始，國明坐在媽媽身邊。對面的大伯娘又當着衆人的面誇獎國明，說他乖，把書帶到酒樓來讀。母親說：

「乖甚麼！平日不燒香，臨時抱佛腳。帶本書來，累我輸錢！」

衆人都看着國明笑了，把他的耳朵羞得通紅。國明有點生氣，因為媽媽的話竟然和那幾個討厭鬼一樣，說自己是「臨時抱佛腳」。可是「臨時抱佛腳」總比不抱好呀！

吃完喜酒回到家裏已經是十一點，國明把書讀了幾行就在沙發上睡着了。媽媽叫他上床去睡，他就糊裏糊塗的一覺睡到天亮。

這次的成績倒是略有進步，剛好六十分。張老師在分數下面用紅筆寫了「繼續努力」四個字。最後出去領簿的是何志超，他一轉身就對全班做了個鬼臉，引得不少人發笑，因為這個鬼臉又苦又尷尬，和平常的大不相同。

光陰過得有時快、有時慢。譬如放假的日子就過得特別快，考試的日子就過得特別慢。終於一個學期就快完結了。在過去十多次的默書中，李國明成績最好的一次是九十五分。那次他默漏一個「了」字，眞是不值，氣得他猛敲自己的頭。

想拿一百分只剩兩次機會了。李國明的準備功夫做到十足。把全課書抄過三次，又叫媽媽幫他默了一次，看來是萬無一失的了。

果然派發本子的時候，張老師第一個就叫他的名字。李國明的心興奮得怦怦地跳着，忙着出去拿本子時絆到何志超的書包，幾乎摜了一交。

他把默書簿打開來一看，紅當當的三位數字搶入眼簾。多可愛的一百分呀！盼了你整個學期啦！

可是一個詞語偶然進入他的眼簾——「哎呀，怎麼搞的！我怎麼把『已經』寫成『以經』了！偏偏張老師沒有發現。那麼這個一百分是假的了！」

「要不要告訴張老師？」李國明問自己，「不告訴他，他是不會知道的，可是——」

可是李國明總覺得不開心，因為即使所有的人都不知道，他自己却知道得清清楚楚：那一百分是假的。

終於，張老師把默書簿一發完，李國明就拿着本子走了出去。

剩下最後一次機會了。眞是許勝不許敗，能不能達成願望，在此一舉。

李國明把要默的書抄了五次，又叫媽媽幫他默過兩次，兩次都是全對。

眞正的默書過程也很順利，李國明默得又快又好，個個字寫得整整齊齊、乾乾淨淨，交簿之前，還仔細看了一遍。

張老師發還本子的時候，李國明的心仍然禁不住怦怦的跳。他認得那本有一塊墨跡的本子放在最上面，但他不敢肯定自己是不是一百分。

「李國明！」張老師叫他的名字了，「這次是眞正的一百分，我仔細地看過幾遍了！」

張老師的話引得大家發笑，還有人鼓起掌來。李國明拿了本子走回座位時，何志超又對他做了個鬼臉，這次李國明忍不住也向着他回敬了一個。

原載於五、六十年代《華僑日報．兒童週刊》，選自阿濃《兒童小說創作選．鐵嘴雞》，香港：明華出版公司，一九八四

我和「小老鼠」

沒等放學的鐘聲響完，我就衝出了學校。三分鐘後我已經衝進了海旁公園的公共球場。把書包往

球場旁的長椅上一丟，就踢起球來了。

踢球的人很多，雖然大家不是同在一間學校讀書，但每天在球場見面，早已相熟了。不到衣服濕透，氣力用盡，腿子軟得抬不起來的時候，我是不肯停止的。當我終於坐到長椅上休息時，已有另一個人坐在那裏。他滿頭滿臉的淌着汗，還微微的喘着氣。

我認得他是每天必到的球友，大家都叫他小老鼠，因為他走位靈活，又機警又快，像小老鼠似的鑽來鑽去；當然也因為他嘴尖尖的，還有兩顆哨牙。

我和小老鼠一人買了一支冰棒來吃，吃完了雖然覺得還不夠，但精神已恢復大半。

他伸直兩腿，兩手擱在腦後，往椅背上一靠，尖着嘴吹起口哨來。

他吹得一點也不好，可是我知道自己比他吹得更糟。於是我唱起歌來：

「遙遠的東方有一條江，她的名字就叫長江；遙遠的東方有一條河，她的名字就叫黃河……。」

這首歌是哥哥教我唱的，唱的時候用普通話，我的普通話雖然發音不準，却已經嚇得住小老鼠，他果然停止不吹口哨了。

唱了幾句，我忘了歌詞，也只好停了口。

「你們學校有沒有足球隊？」小老鼠忽然問我。

「當然有！我們學校的足球隊可厲害呢！長勝軍，從來很少打敗仗！」我引以為榮的說。

「大概你校的球隊沒有和我們學校的球隊比賽過，不然，哼！你們不吃光蛋就要偷笑了！」他說得眞驕傲。

「我們的體育老師從前是南華會的教練。」我提醒他注意。

「我們的體育老師出席過亞運會哩！」他把眼珠向上一反，一付藐視人的樣子。

「我們學校不但體育老師有本領，別的老師也很有學問，所以我們的成績都很好！」我想小老鼠的成績一定好不到哪裏去，就偏要拿成績出來壓他。

「我們學校的老師不但學問好，還十分和藹可親，從來不罵人，因為我們個個都很用功，像我每次數學測驗，不是九十五，就是一百分！」小老鼠的嘴倒挺硬，一步不讓。

「我……我的數學測驗也是一百分，我的默書次次一百分！」

「我的默書也是一百分，我的作文時常被老師拿去貼堂。」

「…………。」

「…………！」

我們一人一句的說個沒完沒了。小老鼠忽然說：「你的成績這麼好，豈不是年年考第一？」

「考第一？」我的心裏想：「做夢也不曾做過！」可是我嘴上不能輸，便說：

「有時啦！我們的成績個個差不多，大家輪着考第一！你呢？你有沒有考過第一？」

「我？……」他還沒有答我，我們身邊却出現了一個小鼻涕蟲，看他尖嘴哨牙的樣子，當然是小老鼠的弟弟。

「阿媽叫你快回家吃飯，吃了飯去看戲，是舅父送的戲票。」

小老鼠大概聽說有戲看，拿起長椅上的書包就走。走得比他弟弟還要快，累得那小鼻涕蟲在後面跑得把拖鞋都掉了。

我想：「不知道小老鼠今晚看甚麼戲？我也很久沒到戲院去了。說不定明天又要聽他神氣地說戲文了。」

看看球塲上的人越來越少，我也該回家了。正想拿起那長椅上的書包，却發覺這書包不是我的，雖然顏色和款式都一樣，可是那上面有張超人貼紙，還有用箱頭筆寫的一個「張」字，都說明了這個書包不是我的。

我打開書包，拿一本簿子出來看看，那上面寫着「張志文」的名字，我知道這是小老鼠的，他一定拿錯了我的書包回家了。

眞糟糕！假如他打開書包看我的本子，那些數學簿、默書簿上的「紅雞蛋」不是都給他看到了嗎？那就要被他笑死了！

我順手打開手上那本數學簿。哈！第一篇就是個零，以後不是二十分就是三十分。我再順手拿出一本默書簿。嘩！那上面的「紅雞蛋」比數學簿還要多。原來他也是個吹牛的傢伙，他還說他次次一百分呢！

我正想找他的學生手冊出來看看，那上面會有他的地址和電話，小老鼠却飛也似的跑來了。他一手搶走了我手上的書包和本子，又把我的書包往長椅上一丟。

我古怪地對他一笑，他却羞怒地說：

「你不要笑我，你的本子我也看過了！」

原載於五、六十年代《華僑日報・兒童週刊》，選自阿濃《兒童小說創作選・鐵嘴雞》，香港：明華出版公司，一九八四

兩場比賽

強民小學和誠德小學是鄰居，用文雅一點的説法是「友校」。現在一場友校籃球賽正在強民小學的操場上舉行。

球場四周，還有幾層樓的走廊上都站滿了人，他們是強民小學的學生，一方面來看熱鬧，一方面幫自己的校隊打氣。

強民小學的籃球隊是有名的，去年本區小學校際籃球賽它是亞軍，並且下了決心奪取今年的冠軍。誠德小學的籃球隊就弱得多，去年一早就被淘汰了。因此強民隊的隊長王樂文曾經對隊員説：「我們這次贏定了！像誠德小學籃球隊這樣的技術，我們不會學到甚麼，這次比賽就當做下個月大賽的熱身運動吧！」

可是多少有點出乎王樂文意料之外，誠德小學的技術並不像他想像中那樣差，雙方的比數由八比六、十比八、到十二比十，強民隊雖然始終領先，誠德隊却也追得很緊。

站在場邊的強民學生也看到了形勢的緊張，於是拼命為本校的球隊打氣。強民隊射進一球，他們就發出震天的歡呼；而誠德隊射進一球，却只有失望的歎息。強民隊一搶到球，大家就打氣加油；誠德隊搶到球，却有人發出惡意的噓聲。

在這種心理壓力之下，誠德隊顯然亂了陣腳，一連被強民隊射進幾球，於是場邊的歡呼，像海浪般一陣又一陣的湧起。

誠德隊的隊長見形勢惡劣，要求暫停。他們商量了一會，換出了兩個隊員，比賽重新開始，但結果還是以六十四對五十二輸給強民。

終場的哨子一吹，强民的學生發出最大的一聲歡呼，他們勝利了！

一個星期後，强民隊接到誠德隊的戰書，要求在誠德小學籃球場再賽一次，目的是讓誠德小學的學生，也有機會欣賞强民隊的精彩球技。

王樂文看了戰書之後，對隊員説：

「他們想報仇了！他們的技術並不太差，這次在他們的球場比賽，他們塲地熟，打氣的人多，我們可要小心呀！

王樂文不愧為大將之材，他除了和隊員們進行了三次集訓之外，還動員別的同學跟隊打氣，結果有四十多人願意做强民的啦啦隊。

出發之前，王樂文對啦啦隊的隊員説：

「上次我們勝利，靠同學們吶喊助威幫助不少。這次我們到人家學校作戰，他們當然會以牙還牙。所以希望大家能盡力為我們打氣，這次我們能不能贏球，全靠大家了。」

當强民隊和誠德隊的隊員一同進塲時，四周響起了熱烈的掌聲。王樂文擧頭一望，心裏涼了半截。好傢伙，看球的比上次多得多！到處都是黑壓壓的人頭，似乎是全球的學生都來了。他們帶來捧塲的四十多人，淹沒在人堆中，幾乎看不到。

王樂文看看自己的隊員，都是一臉緊張的神色；連一向「牙擦擦」的「馬騮强」也不停地在那裏搓手踏腳，又不時在後腦勺上抓兩下，眞有點猴子相。

一開球，誠德隊就把球搶去，兩下熟練的急傳之後，在籃底等着的一個高佬一托入網，四周立即響起震耳的歡呼。

第二球又是誠德得分，鼓掌和歡呼壓得王樂文臉色凝重。不過他很沉得住氣，當馬騮强搶到球時，他覷得一個空位，靠平時的默契，竄前接住了阿强的急傳，跟着一個轉身跳起，球兒在半空脱手，美妙地鑽進了籃網。

出乎王樂文意料的是四周立即爆發出一陣喝彩聲，那聲音和剛才對方入球時一樣震撼、一樣熱烈。這絕不是他們帶來的那四十多人能夠做到的，喝彩的是「敵方」的全體學生。

同樣的情形，一次又一次的出現。不論哪一方得分，都有人熱烈鼓掌。如果那一球射得特別美妙，鼓掌和歡呼就特別熱烈和長久。

强民隊的隊員打得越來越鎮定，也打得越來越好。雙方的比數一直很接近，因此戰情拉得很緊。最後，强民隊因技高一籌，終於以七十比六十六小勝誠德隊。當雙方隊長握手離場時，四周的掌聲一直沒有停過。

强民隊在回校途中，隊員們七嘴八舌的談論着。

有人說：「我們這次打得比去年爭冠軍那次還要好。」

有人說：「誠德隊進步得很快，今年的校際賽他們有機會入圍。」

馬騮强說：「起初我還眞有點腳軟呢！」

只有隊長王樂文一聲不響，好像有點心事。

第二天學校的早會上，王樂文向全校同學報告了比賽的結果，同學們為强民隊的又一次勝利熱烈地鼓掌。在掌聲靜下來之後，王樂文說：

「各位同學，我們這次贏了球，我很高興，却又很慚愧。我們贏了球技，却輸了體育精神。因為打球時，他們給强民隊的掌聲，的確使我十分感動！同學們，希望我們一同向這種高尚的精神學習！」

原載於五、六十年代《華僑日報．兒童週刊》，選自阿濃《兒童小說創作選．鐵嘴雞》，香港：明華出版公司，一九八四

借衣記

老圍鄉村小學的校慶日就到了，同學們要在慶祝會上演戲。戲裏面有一個祖父要穿長衫——就好像老夫子穿的那種，這眞是一個難題，長衫到哪裏去借呢？

「我媽媽有，上面有花的。」年紀最小的阿萍說，她演老祖父的孫女。

「那是女人穿的呀，現在要找一件男人穿的！」大良說。他負責這齣戲的服裝，所以最焦急的是他。

「我記得我家隔壁的李老伯有一件。」國平說。

「是呀，我也看見他穿過一次。」說話的是佳文，他也是李老伯的鄰居。

「那就請你們兩個去向李老伯借吧。」大良打結的眉頭舒展開來了。

「包在我們身上！」國平誇張地拍拍心口。

放學後，佳文要留在學校排戲，就讓國平一個人去借。

李老伯的老伴已經不在，兩個兒子都在英國開餐館，所以只得單身一人。種菜養雞，自煮自食，倒也自在。

這天傍晚，他正在趕幾隻小雞進籠。那些小雞，白天放出來自己找東西吃，晚上裝在籠裏拿進屋子。好幾隻小雞都已進了籠，只剩一隻膽子最小的老是吱吱啾啾的站在籠門口不肯進去。大概裏面有一隻比較兇，時常用嘴啄牠，所以有點害怕。李老伯彎着腰，伸出兩手，嘴裏也吱吱啾啾的叫着，想把小雞哄進籠裏。看着那小雞已經伸着頭想進籠了，騎着腳踏車放學的國平見老伯正在門口，吱的一聲來了個急煞車，把李老伯和小雞都嚇了一跳。那小雞被嚇，又飛又跌的跑出去老遠，氣得李老伯對着國平瞪眼睛。

國平叫李老伯，李老伯不睬；國平說想向他借件長衫，李老伯聽也不聽，自顧自的趕着那隻驚慌的小雞。國平沒有辦法，只好緊跟在老伯後面說好話。老伯走到東，他也跟到東；老伯走到西，他也跟到西。跟呀跟的，一腳踩在老伯的塑膠拖鞋上，害得李老伯幾乎跌了一交。他順手抄起一把掃帚要打國平，嚇得那隻還沒有進籠的小雞跌了幾個筋斗；也嚇得國平連忙推着腳踏車逃走。李老伯餘怒未息，把掃帚往地下一擲，恨恨的說：「再來就打死你！」

國平在家吃晚飯的時候，佳文排完戲回來了，問國平借到長衫沒有。國平苦笑說：

「老頭子很兇，衣服沒有借到，還要用掃帚打我！」

「明天讓我們一齊再去求求他吧。」佳文說。

國平說甚麼也不肯答應，他說以後連李老伯的門前也不敢經過了。

於是第二天只好由佳文一個人出馬。

李老伯正在門前摘豆芽。佳文叫了他一聲，就坐在他身旁幫着摘起來。兩人一面摘一面談天。

「李老伯，您喜歡看戲嗎？」佳文問。

「喜歡呀！我喜歡看大戲。」李老伯說。

「我們學校裏就要演戲，是話劇，您去看嗎？」

「話劇有甚麼好看？」老人家似乎不感興趣。

「李老伯，您一定要去，因為我也有份兒上台呢！您去看看我做得好不好。」

「好吧，到時候有空我就去。」

「不過，這齣戲要您幫一個忙，才能演出。」

「我？我可不會做戲呀！」

「不是請您做戲，是想您借一件長衫給我們，演戲的時候穿。我們一定不會弄髒，也不會弄破。假如髒了、破了，我們一定賠您。」佳文說。

「可以，可以！」李老伯答應得很爽快，「我那件長衫早不穿了，弄髒了也不要緊。」

這時芽菜已經摘好，李老伯說：

「等我把晾着的菜乾收下來，再幫你去找長衫。我記不清把它放進哪隻箱子裏了。」

佳文自告奮勇幫李老伯收菜乾，老人家就走進屋子找長衫去了。

佳文拿着長衫走進國平家，國平見任務完成，高興得跳起來，他問：

「老頭子沒有罵你嗎？」

「沒有，他還留我吃晚飯呢！」佳文得意地說。

「奇怪！」國平不解地抓着腦袋。

原載於五、六十年代《華僑日報．兒童週刊》，選自阿濃《兒童小説創作選．鐵嘴雞》，香港：明華出版公司，一九八四

他們都會游泳嗎？

這是一個不怎麼熱鬧的海灘，因為交通不大方便，海灘又不夠大，所以除了假日，到的人就比較少。

去年我來過這裏游泳，當同學們想不出有甚麼新鮮的地方好玩時，我就帶他們到了這裏。

換了泳衣後，有的同學就跳進了水裏，有的却嚷着要划艇。海灘上停放着兩三隻小艇，我知道是出租的，去年來玩時，我就租過。

海灘的一叢樹蔭下，擺着個小攤檔，賣的是汽水、香煙和一些糖果、餅食。看檔的是一個老頭子，滿頭的白髮，皮膚黝黑，他那深藏在眉毛下的一對眼睛，使我記起了他是做租艇生意的，去年我就是向他租艇的。

「老伯，我們想租艇。」我走上前去說。

他從眉毛底下看了我一眼，伸手指了指左邊的一間小屋說：「到那邊去租。」

我帶着同學們走過去，他還在我們身後幫着喊了一聲：

「阿金，有人租艇！」

阿金是個中年人，也晒得黑墨墨的，走起路來有點跛，但是把小艇推下水的動作却十分利落。

租好了艇，同學們高高興興地划出去了。我却想休息一會兒再去游水，便到樹蔭下問老伯要了一瓶汽水。

「他們都會游泳嗎？」老人突然問我，他的眼正盯着那划出去的小艇。

「都會。」我說。

「那就好。」老人用扇子趕去攤檔上的幾隻蒼蠅。
「去年你不是做租艇生意嗎？」我隨口問。
「去年是，今年不是了，我把生意讓給人家了。」他淡漠的説。
「生意不好嗎？」
他搖了搖頭，瞇着眼睛看那越划越遠的小艇，艇上的同學正在互相潑水嬉鬧。
「他們都會游泳嗎？」他又突然問我一句。我想：老人家記性眞壞，剛問過的問題又問。
「不會游泳，划艇可危險呢！」老人自言自語地説，「去年，這海灘上就淹死過人。」
「怎麼會淹死的？」
老頭子眼睛望着海，跟我談起來：
「那天，是舊曆七月廿七。太陽很好。可是風不小。我開檔不久，就有三個年輕人來租艇，兩男一女，看來是正在放暑假的中學生。他們起先在近岸的地方划，後來却划到山嘴那邊去了，那邊水流比較急，尤其是風大的日子。
「我起初也不時留意着他們，後來汽水車來了，我要到路邊去搬貨，就叫小黑看着攤檔。誰知道我搬汽水回來，便聽説出事了。那三個年輕人翻了艇，三個人之中只有一個會游水，高舉着手喊救命；一個不會游水的僥倖攀住了翻轉的小艇，可是那個女孩子却不見了。我回到攤檔的時候，小黑已經划了一隻艇出去，他把那攀着艇的男孩子救了上來，又跳下水去救那個女的。小黑年紀小，才十四歲，可是水性很好，但是，不知是不是浪太大，水太急，還是因為別的甚麼原因，他跳下去之後，就一直沒有浮上來。
「後來我也划艇出去，我划到這邊，又划到那邊，我在艇上大聲喊他：小黑！小黑！可是小黑就這樣不見了。

「後來，後來水警輪和蛙人都來了，他們一直找到天黑，才從水底把一個人撈了上來，却是那個女的，早已斷氣了。

「小黑，小黑直到第二天，才在石角灣浮了出來，就是山嘴後面的一個亂石灘，是一個在那邊釣魚的人發現的。唉，小黑！多聰明伶俐的一個孩子！一到假期，他就幫我看檔，甚麼都會做，做得又快又好，可是……。」老人家伸出粗大乾裂的手指來抹眼睛，接着還擤了擤鼻子。

「老伯，小黑是你甚麼人？」我忍不住問。

「他是我最小的兒子……。」老頭子呆呆地盯着那海上的小艇，我的同學們正在上面唱歌，風遠遠地傳來他們快樂的聲音。

我看着孤零零的老人，盤算着不知怎樣安慰他。

「他們都會游泳嗎？」老人又突然問。

「會的，他們都會的！」我盡力使老人寬心。

看着他那全白的短髮，和濃眉下面渾濁而帶淚光的眼神，我的心好像被甚麼東西重重的壓住了。

原載於五、六十年代《華僑日報・兒童週刊》，選自阿濃《兒童小説創作選・鐵嘴雞》，香港：明華出版公司，一九八四

破椅子旅行記

不知從哪一天開始，課室裏有了一張破椅子——一張人人怕坐的破椅子。因為坐在上面，椅腳就搖呀搖的，吱格、吱格的響；一個不小心，還會連人帶椅摔一跤。

說來你不信，這張破椅雖然三隻腳長、一隻腳短，却會旅行呢。星期一是李玉明坐着，星期二却到了何廣智位上，星期三又到了張同光那裏……就這樣破椅子幾乎旅行了整個課室。這是怎麼一回事呢？讓我講給大家聽吧：

唔，今天王少强上學比平常遲了一點。他拉開椅子一坐下去，就覺得有點不對。剛想開口罵人，老師進來上課了，只好忍着氣向鄰行的李德佩恨恨的盯一眼，因為這張椅昨天還是他坐着的。

第二天王少强回校就特別早，趁課室裏人不多，又把破椅子換給了李德佩。不過李德佩今天上學也不遲，他發覺破椅子又回到身邊時，順手就把它換到身旁曾士雄的位子上去。

曾士雄坐在破椅子上咒罵了幾句，決定第二天早一點回校。這天剛好舉行書法比賽，曾士雄說這次的字寫得不好，全是那張破椅子累事。

破椅不但影響了曾士雄的書法成績，還影響了班上好幾件事：

由李德佩負責的壁報，本來是曾士雄負責抄寫和版頭設計的，現在曾士雄却說抽不出時間，要李德佩「另請高明」；

本班足球隊的正副隊長，因為破椅子的事鬧得不愉快，連練球的事也擱下來了；

班際清潔比賽，本班因為團結合作不夠，結果得了個倒數第一……。

那天也是合當有事。正當張同光把破椅子換到陳伯元位子上去的時候，陳伯元恰巧走進了課室。

「喂，你為甚麼把破椅子換給我？」陳伯元一手拉住張同光換去的好椅。

「人家可以換給我，為甚麼我不可以換給你！」張同光不肯相讓的說。

「你要換給我就不行！」陳伯元大聲的說。

就這樣兩個人哇哩哇啦的吵了起來，假如不是王國保，他們說不定還會打起架來。

「你們別吵了，破椅子我要！」王國保把破椅子拿到自己位上，將他坐的好椅拿了出來。

這一來倒把兩隻小公雞似的張同光和陳伯元弄呆了，各自悻悻地回到自己座位上。

從這天起，破椅子好像找到歸宿，從此不再旅行了。

過了一個星期，正是班主任朱老師上課的時候，校工陳伯搬來一張新椅子。

這張新椅子又結實、又漂亮，大家都用羨慕的眼光看着它。

朱老師說：「我們課室裏有一張破椅子，現在新椅子已經做好，舊椅子該退休了。請坐着破椅子的同學把椅子拿出來，換這張新椅子去坐。」

王國保靦覥地搬出了他的破椅，不知是誰帶頭，大家竟一同鼓起掌來。

原載於五、六十年代《華僑日報・兒童週刊》，選自阿濃《兒童小說創作選・鐵嘴雞》，香港：明華出版公司，一九八四

雪山櫻（林志英、林蔭）

青春的腳步

一

一九五八年，秋天。

星期六的下午，我正在閱讀屠格涅夫的「初戀」的時候，接到翊表哥遣人送來的信：

「櫻表妹：

今晚八時正，請到我家裏來，我介紹一個朋友給你認識。

表哥　翊」

吃過晚飯，洗過澡，更過衣後，我就匆匆地出門去。但我不曾想過，翊表哥介紹給我認識的是什麼人。

到了翊表哥家裏，一進客廳，就見翊表哥正與一個青年男子坐在沙發上談天。

「翊表哥！」我喊道。

翊表哥與那個年青人都站了起來。

「來，讓我給你們介紹。」表哥待我走近去，就笑着對那個年青人說：「這是我的表妹薛珊櫻。她經常在我面前讚賞你的文章呢。」

表哥又掉轉頭來對我說：「櫻表妹，這位就是夏初先生。我最近才在一個偶然的場合認識他的，這該說是你有福了。哈哈！」

「表哥總是那樣『胸無城府』的，怎麼能在一個初相識的人面前說這樣的話呢？」我心裏這樣想着，頓然羞赧得面頰火燙似的。

夏初先生禮貌地伸出手來，我也窘怯地伸出手去，他輕輕地握了握我的手。

坐定後，我偷偷地端詳夏初：修長的身裁；瘦削的面龐；挺直的鼻子；深邃而靈活的眼睛。望着他，我想起他常在各報章的文藝園地上發表的作品。的確，他的文章寫得很不錯——最少我是這樣認為——他的文學很有修養，相信他在這方面下了不少功夫。

說實話，我是多麼希望能認識他喲，現在，這個希望竟然實現了。我的內心不禁暗暗地汎起了沾悅的波濤……。

打開話匣子後，我也不再像剛才那麼拘束了。我們漫無邊際地談着很多關於文學上的問題。

果然，夏初先生對文學方面有很高深而獨特的見解，他對目前香港文壇上出現一種萎風表示痛心……。

夜深了。我們從翊表哥家裏出來，他順道送我回家。

我們從高士打道轉到洛克道。一路上，我們都緘默着，不知為什麼？我們此刻似乎不再像在翊表哥家裏時，那麼熟落大方，而都拘謹起來了。

也許……也許是因為我們身傍沒有第三者吧！

街上已失去日間的喧囂和熱鬧，大多數店戶已經關上門，只有那些專門做洋水兵生意的酒吧，亮着昏紅淡綠的燈光，傳出靡靡的搖滾樂。馬路上，那些手車夫在向醉洋鬼們兜生意。

我們彳亍着，行得很慢。突然，背後傳來一陣叱喝，一聲尖叫。我們下意識地轉頭看——一個醉洋鬼用酒瓶擊破手拉車車伕的頭顱，鮮血直淌。一羣醉洋鬼在傍怪聲的哈哈大笑……。

「唉！太悲慘了。」夏初嘆喟了一聲，說出第一句話。

說完，他領我匆促地轉到軒尼詩道。

這時候，我們發現一個顫巍巍的影子，幽靈似的跟在我們後面——是一個求乞的老婦。

夏初從口袋裏掏出一個硬幣，「叮」的一聲拋進一個破碗裏。於是，隨着一聲「謝謝」，那可憐的影子消失了。

「唉！多可怕的現實呀！」他又是一聲深沉的嘆喟。

我不知該說些什麼話，只低着頭，踏着自己給燈光洒長的影子，聽着我們合拍的足音……。

良久，在百般思索中，我祇能找出這句話：

「夏先生，你回家會太晚嗎？」

「不，我是孑然一身的，生活沒有什麼束縛。」他低頭望着自己的鞋尖，回答道。

「那麼令尊與令慈呢？」

「他們……他們都去世了。」他把眼睛投向遠處，聲音愈來愈低沉：「我沒有親人……日間，在幾塊錢的鞭撻下，我忘却自我，沉累地在烈日下勞動；晚上，我又忘却了日間的疲憊，把精神和思想完全地陶醉在閱讀與寫作中……。」

他把頭抬起，仰望天上半缺的柔月。

月光下，我窺見他的臉上抹上了憂戚的神色；我俯首，看見昏黃的路燈，把他瘦長的身子洒出更瘦長的影子，這影子在柏油的地面顛簸。

「好一個在艱辛生活裏搏鬥的勇士！」我的心裏輕輕地讚嘆。

「薛小姐，你還是在讀書嗎？」他問。

「嗯。」

「你太幸福了。」

「讀書也不過是為了將來工作吧了。其實，我倒羨慕你呢。」

「羨慕我？」

「唔。」我微笑着說：「我羨慕你已經能夠獨立地上着人生的課。」

他笑了。

但我察覺他的笑是苦澀的……。

二

以後，夏初很多時到家裏來找我，我們共同研究文學上的問題。由於他的鼓勵和指導，使我對寫作發生了濃厚的興趣。於是，在文藝的園地上，我開始看見了自己的名字——「雪山櫻」。這個筆名是他根據我的姓名的諧音替我定的。他說，他希望我是雪山般冷冽的文壇上一朵嬌艷而高潔的櫻花。同時，他在報章上發表的文章比以前更多，而且他的文章比以前更富於生命力；更富於青春的氣息。

有一個晚上，我們在維多利亞公園漫步的時候，他在我耳邊，輕輕地告訴我：

「櫻，我現在終於領悟了。原來人世間不盡是仇視和冷酷，而還有友情和溫暖；我覺得自己現在生活在生命的春天裏……。」

的確，在我初相識他的時候，我發覺他的情感是頹廢的；性情是孤僻的；對自己的前途是悲觀的。然而，在與我相處了一段並不很長的日子裏，他完全地改變了——變得活躍，達觀。他還對我說過，他希望自己能夠成為一個作家。

三

日子過得很快，瞬間，我和夏初相識已近一年了。

在這一年裏的每一個週末，我們都一起度過。上兩個月，為了準備會考，我沒有去找他，而他也沒有來找我——也許他為了不妨礙我溫習功課吧！

會考完了，榜上也有我的名字，我想，他會高興，他會來祝賀我。

然而，他沒有來，報章也竟然看不見他的作品。

我的內心蒙上一層迷離的疑霧，一種莫名的惆悵，像柞蠶般在我的血管裏爬行。

我自己也不知道自己為什麼會產生這種感覺，我只覺得我和他相處的一段冗長的日子裏，我對他已茁長出一份深邃的情愫……。

這一天，我實在是壓抑不住了。晚上，我去找他。

噯！我怎能相信，他搬了家也不告訴我一聲呢？

房東太太告訴我，他已在兩個月前搬走了。

他為什麼要搬走呢？

搬到那裏去呢？

為什麼不告訴我一聲呢？……

一連串的問號，緊緊地箍在我的腦袋上。

最後，我決定去找翊表哥，希望從他那裏能得個解答。

翊表哥髣髴早已知道我的來意似的，一進門，他就瞇着眼睛，調侃着說：

「櫻表妹，你準是為了夏初而來吧！」

我點了點頭，不表示否認。同時我要求他能將夏初的事情告訴我。

但是，翊表哥突然收斂笑容，臉孔開始變得沉重。

這一來使我倍加疑惑，我更堅決地懇求他告訴我，究竟是怎麼的一回事。

最後，經我再三的懇求，翊表哥終於感喟了一聲，用低沉的聲音告訴我：

「夏初前兩個月失業了……他現在搬到木屋區去住。他到我這裏來過一次，他囑咐我不要將事情告訴你……。」

「為什麼不告訴我？」我有點納罕。

「這因為——他愛你。」翊表哥正色的說：「他不願你分担他的憂愁和痛苦——他知道你也愛他……。」

是的，我是愛他。原來他已經知道我內心的秘密。

「現在他的情況怎樣？」我急切的問。

「這個……這個恕我不能告訴你。」翊表哥猶豫一會說：「還是你自己去找他吧！」

接着，他將夏初的地址告訴我。

四

從翊表哥家裏走出來，看看腕錶，時間已近十點鐘了。

雖然時間已經不早，但我的內心是那末地焦慮，那末地廹切要見夏初。於是，我匆忙地跳上東行電車，往北角去。

藍黑的天幕上那豐圓的月亮，瀉下幽幽的銀光，我沿着迂迴的山路，艱難地爬到山上的木屋區去。經幾番向人家詢問，我終於找到夏初所在的小木屋。我輕輕地敲門，頃刻，一個臉孔乾癟的老婦人伸頭出來。

「阿婆，請問這裏可有一位姓夏的嗎？」我問。

「哦，你是找前兩個月搬來的那位夏先生嗎？」她疑惑地審視了我一會，然後用老邁的聲音問。

我點頭稱是後，她開門讓我進去。同時她提高嗓子喊道：「夏先生，有一位小姐找你。」

我環顧這所破舊的小木屋，在黃昏的煤油燈光中，我瞥見這小木屋裏還用「快巴」板隔成兩個小得不能再小的房間。

夏初出來了。

喔！我怎能相信眼前這個頭髮蓬亂的；顴骨突起的；眼睛深陷無神的；面孔瘦癯而灰白的；口的上下長滿了黑麻麻的髭鬚的男子就是他呢？

然而，事實告訴我，他的確是夏初。

他看見我，怔住了。

我痴痴地望着他，不懂得說一句話。

良久，他髣髴從夢中驚醒似的，吶吶地問：「櫻，你怎麼會知道我在這裏？……」

「你為什麼不讓我知道你在這裏？」我反問道。

說完，我踏進他的房間去。

房間裏，有一張床，床前衹有一張桌子，桌子上點燃着黃豆般的煤油燈。我就在床沿上坐下。

「櫻，原諒我……。」他倔促地說：「為了生活，我不能不這樣做……。」

他望着我，眼睛露出委曲的神色。

這時候，我發現桌上凌亂地堆滿稿紙，還有一些黃色小報，其中有一篇小說，印着「情慾」題目的，還印着他的筆名。

同時，我發現桌上有一個裝滿烟蒂的烟灰缸。喔！原來他還學會抽烟呢。

驀地，我猛然大悟了——原來他是在寫黃色小說！

這時候，我的內心被一種莫名的難堪所佔有。我壓根兒想不到他竟會走上這條危險的道路。

「初，難道你為了生活，就走這樣不正當的道路嗎？」頃刻，我正色地說：「你這樣做太自私了。」

他把頭垂到胸前，無言。

「不錯，失業對於年青人是一個挫折。」我繼續說下去：「在這個黑暗的世界裏，受挫折的人還多着呢，但受這苦痛的人們還是那末勇敢地生活下去。當然，你寫黃色小說也祇不過為了生活，但是，你這樣去尋求生活是卑賤的，可恥的。

「你看目前多少男少女因受了黃色毒素的毒害，而走進腐化，墮落和罪惡的陷阱去。

「你是有才華的，你一定可以成為文壇上一個好作家。可是，現在你却將自己這美麗的憧憬褻瀆了……。」

我不知道我這番話能否把他從昏厥的思想裏救醒過來，但這是我由心靈深處激發出來的話語。

他走近窗前，雙手扶着木窗櫺，髣髴有萬鈞的負荷把他重壓似的，他的頭垂得低低的。銀白色的月光，撫摸着他瘦癯的雙手；夜風吹拂他蓬亂的頭髮……。

房子裏是一陣可怕的緘默。

我期待着，兀然瞧着他修長的背影……。

良久，良久。

他突然轉過身來，眼睛裏閃着淚光。

他走到我面前，緊握着我的手，疚愧而激動得顫聲的說：

「櫻，我太懦弱了。這兩個月來，我眞像隻小鼠，在腐臭的垃圾堆裏尋覓自己的靈感……現在，我感謝你點醒了我的良知……。」

我被他這驟然的轉變感動得說不出一句話來。

我用手絹替他揩拭面頰上的淚水——淚水是熱的……。

五

沿着陡斜而曲折的小路，在溫柔的月光下，我們手挽着手，踏着自己的影子下山去。

——我們的心是堅定的。

我們的腳步是平穩的。

我們內心充滿青春的氣息。

選自一九五九年十月二日香港《青年樂園》第一八二期

魯　沫（鄭辛雄、海辛）

天災以外

一

夏天頻密的驟雨，使「水塘」的水更加漲滿了。

這「水塘」的水不能供居民飲用，事實上它只是個大水氹——一個因建築地盤積水而成的大水氹。但附近的孩子都愛叫它：「水塘」。這是一個好聽的名字，比起甚麼「水氹」、「地盤積水」之類，不是文雅得多麼？當阿豬阿牛到了吃飯時也不見回家時，做父母的會自言自語的罵道：「個『衰仔』一定又走去『水塘』玩水啦！」然後走到「水塘」外面大聲叫：「阿豬阿牛回家吃飯！」一邊叫，便一邊從板縫往裏面張望。

「水塘」像其他許多地盤一樣，本來是有一排木板圍着的。但經過幾場暴風雨的吹打，不少木板都給打掉了。於是，那缺口，一道「窄門」，剛好讓孩子們擠得進去，爬得出來。……

這是七月的一個下午，一場「白撞雨」嘩嘩啦啦的鬧了一陣，轉眼間卻又雨過天晴了。這時候，「水塘」裏便響起一陣孩子們「咭咭呱呱」的歡叫聲。

「雨停啦！快來捉魚呀！」

「你看！魚！……魚呀！……」

「甚麼魚，那是蝌蚪……蝌蚪，你懂嗎？將來會變青蛙的！」

七八個都是十一二歲的孩子，光着胳膊和腳板，只穿一條底褲。其中幾個皮膚晒得特別黝黑的，「噗通噗通」，便跳進「水塘」，嘻嘻哈哈的游了起來。

「喂，金仔，來呀！」一個大腦袋鑽出水面，向蹲在一條石屎樁上的金仔招手。

「不，我不會！」金仔搖搖頭說。隨即，他那雙眼睛猛地瞪得又圓又大，因為他發覺有一個蝌蚪正在向他游來。那是一個大蝌蚪，不錯，後面還長着兩條小腿呢！這是一個快要變小青蛙的蝌蚪，捉回去養着，看它一天一天的變成青蛙，那多好玩！

他忙放下手裏拿着的那個「噹噹罐」，把雙手慢慢的、悄悄的伸進水裏。之後，他屏住呼吸，抿着薄薄的咀唇，睜着眼睛等那個蝌蚪游近、游近、再游近……啊，游到了，雙手併在一起，一兜！——糟糕！跑了！給它跑了！只見它往水裏一沉，就不見啦！

金仔不禁失望地噓了一口氣。都怪自己的手腳太慢，要不，一定會捉到的！他想。

要是捉到了，多好啊！人家養金魚，他就養蝌蚪、養小青蛙。說到金魚，其實他也挺喜歡的。看着它們在水草間游來游去，多有趣。可是，他媽媽不買給他，他也不敢開口叫媽媽買。他媽媽是從來不花錢買東西給他玩的。記得那天他跟他媽媽把串好的膠花送回人家，領了錢，經過擺在街邊的一檔玩具，他看見一個小木偶，尖長的鼻子，紅紅的小臉蛋，歪歪的頂着一頂小高帽，笑嘻嘻的扮着怪臉，看了心裏就叫人喜愛。他偷眼望望媽媽，心裏想：「我天天幫媽媽串膠花，現在媽媽領了錢，我叫她買個小木偶給我玩，她一定會答應的。」可是，他開口了，他媽媽便搖頭。他想賴着不走，他媽媽便板着臉說：「你想不吃飯啦！這些東西不是給你玩的，你懂嗎！」說着便把他拉走了。幾天後，他媽媽從外面回來，卻帶了一個塑膠娃娃給他。他一看，原來是斷了一條腿的，準是媽媽在哪兒撿回來的！而且，娃娃是個女孩子玩的東西，他金仔是個男孩子，可不興玩這個。他嘟嘟咀，等媽媽背轉面，便把娃娃扔到一旁。他媽媽回過頭來，望望他，又望望地上的娃娃，然後坐下來默默的串膠花。

他呆坐了一會，無聊又孤單。偷眼望望媽媽，媽媽還在一心一意的串膠花；望望被他扔在一旁的斷腿娃娃，娃娃睜着一對大眼睛，正望着他微笑，好像友好地對他說：「金仔，來呀，來跟我一塊兒玩呀！別嫌棄我斷了一條腿，你看，我還有一條完好的，我可以用一條腿走路，只要你扶扶我，金仔！我會成為你的好朋友，使你玩得快樂，很快樂！……」看着看着，娃娃的小咀巴好像還動起來啦！他忍不住急忙走過去把「她」拾起來，緊緊的抱在懷裏。「她」的頭髮烏油油的，雙手跟那條腿還會活動哩！那張紅蘋果似的圓臉多可愛！是的，他愈看愈覺得「她」可愛，便跟「她」玩起來，扶着「她」走路。同時決定想辦法替「她」裝上另一條腿。「還要叫媽媽給『她』縫一套新衣！」他想，抬眼望望媽媽，原來媽媽也望着他，微笑着。那麼溫柔，那麼和藹。那更壯了他的膽。他把剛才想的跟媽媽說了，媽媽果然點頭答應啦……後來，娃娃果然穿了新衣，還「長」回了一條腿，成為金仔的好朋友。可是，不幸的事終於降臨了！一場暴雨，帶來奔騰的山洪。巨石和沙泥，壓毀了他們的木屋，沖走了他們的衣物，也沖走了他心愛的娃娃。從此，他跟媽媽，還有許許多多被山洪巨石毀了家的人，擠迫在一起，餓着肚子，等待人家的救濟。那日子多難受啊，甚麼東西也沒有得玩，就連斷腿的娃娃也沒有，也沒有啊！……

「喂，蝌蚪！蝌蚪又游出來了！」

身旁有個孩子緊張地大聲叫起來，使金仔從冥想中驚醒。他急忙睜着眼睛往「水塘」裏搜索，發覺那個剛才給它逃跑了有腳的蝌蚪，現在果然又露出水面，向他游來啦！

「金仔，捉住它！」身旁那個孩子說。

「別吵！」金仔擺擺手，一邊悄悄的跪在這條伸出「水塘」的窄長的石屎樁上，俯着身，把雙手輕輕放進水裏去。

蝌蚪撐着一對後腿，搖擺着小尾巴游來了。金仔吸收了第一次的經驗，屏住氣，等它游近些、再游近些才動手。但是，那蝌蚪彷彿知道有人在這裏佈下陷阱，偏偏不肯再游近來。金仔跪得兩個膝蓋發痛，彎着的腰也累得發酸了。他漲紅着臉蛋，咬着牙，卻不肯爬起來，只是目不轉睛的盯着蝌蚪。

終於，蝌蚪大概不見再有甚麼動靜，竟然游近「陷阱」來了。金仔抿着咀唇，覷得準準的，雙手由下而上的向它一兜——眼看兜到啦，狡猾的小東西，一蹦一跳，竟又從他手上跳回水裏，往下鑽、鑽……金仔心裏一急，往前一衝，竟掉到水裏去了！

那個站在他後面的孩子，拍着手，哈哈地笑。幾個在水中游玩着的，也跟着「咭咭呱呱」地笑起來了。

金仔在水裏拼命地掙扎，好一會才冒出頭來。這當兒，水裏的其中一個孩子，便失聲叫起來。

「金仔不會游水的！」

眨眼間，金仔又沉到水裏去了。

孩子們望着那轉動着的小漩渦，睜着眼睛，都驚呆住了。

他們現在才曉得，剛才當他們嘻哈大笑的時候，不幸的事故便開始發生了。現在，小伙伴沉下去了，不見了，怎麼辦呢？

他們你望望我，我望望你，都靜默無言，但小小的心卻不約而同地卜卜地加速跳起來，同時不約而同地想：「不好了！快走吧！這……這不關我的事！……」

孩子們是無知的。他們害怕被責，便悄悄的，急急忙忙的溜走了。

只有金仔還留在「水塘」裏，直到第二天上午，才被打撈上來……

二

雨，又下起來了！一點點，一滴滴，隨着夏天的烈風，飄落在盈盈的「水塘」。這樣的雨，一連下了好幾天，都是斷斷續續的，但今天晚上，卻一直沒有停止過。昏暗的路燈下，「水塘」的水已經滿溢了。

自從金仔溺斃，這個「水塘」便冷寂下來了。就是在炎熱的夏天，也再沒有孩子來游泳、捉小蝌蚪了。只是，「水塘」的水還是漲滿的，並沒有被抽掉；圍着「水塘」的那些折斷失落了的木板，也沒有修好；那窄門似的缺口仍然可以讓人隨便進出。

在這兒隨便進出的，現在只有一個人，她就是金仔的媽媽。

金仔被溺之後，金仔的媽媽每個晚上都閃進那道「窄門」，走到「水塘」邊，呆呆的站到深夜，有時站到天亮，才帶着失神的目光，呆呆的離去。

這天晚上，冒着雨，她又在「水塘」邊出現了。

黑衫，黑褲，黑色的頭髮，只有臉色是蒼白的。雨水，打濕了她全身，一點一滴，在她額上，臉上閃亮，發出淡淡的白光，就像她的目光一樣，給人一種悲涼的感覺。她木木地一動也不動地站着，癡癡地望着那滿溢的「水塘」出神。

「為甚麼這裏會有這麼多水？為甚麼不把它們抽掉？為甚麼？為甚麼這個地盤半途停工這麼久？要是不停工，這裏早已經變成大廈，便不會有這麼多這麼深的水，金仔便不會……」

她這樣想着，淚水混着雨水，又爬滿了一臉。

她忽然想起了那陣銀行擠提的風潮。於是，她記起來了，她記起有人說過，是銀行擠提那個風潮使這些地盤半途停工的！

可是，為甚麼會發生擠提，她卻不明白。她從來沒有跟銀行打過交道。她只是咬牙切齒的憎恨這個社會，她好像聽人說過，只有這樣的社會才會發生這樣的事的。

天邊突地閃出一道電光，剎那間，把金仔媽媽的臉孔照得如蠟般慘白。雨，猛然間大起來了，但她仍然動也不動，任由風吹雨打。

大風大雨之中，望着眼前的大水氹，她又想起了那個暴風雨之夜。

那是甚麼？那是泛濫的山洪，還是無邊無際的汪洋大海？那是隆隆的雷聲，還是山上的巨石飛滾而下發出的巨響？那是尖厲的風聲還是人們呼兒女喚爹娘的悽厲慘叫？她弄不清楚。她只見右邊的十多間木屋都給那滾下的巨石壓住了，給山泥埋掉了。她只記得當她拉着金仔衝過滾滾湧進屋子的山洪，奪門而出的時候，一陣山崩地裂似的巨響和震動隨即而至，猛回頭一望，她的木屋已經不見了，被沖下來的山泥和大石壓住了……

為甚麼會發生這樣的慘劇？為甚麼個多月過去了，她母子倆都得不到安置？為甚麼？為甚麼？她還是弄不明白。

「要是我們的木屋不是被那塊大石壓毀，我們金仔……」她呆呆地想：「……要是能安置我們母子倆，我們也不用睡在街邊，金仔也不會四處遊蕩，不會來這裏捉蝌蚪，不會淹死的……」

記得那天晚上，母子倆露宿街頭。金仔忽然對她說：「媽，你聽，飛機聲！」

「飛機聲有甚麼好聽？」

「飛機不是來救濟我們嗎？」

「傻孩子，半夜三更的，怎麼會有飛機來救濟我們？」她說：「再說，飛機要救濟的，也是山上的有錢人家啊！」

「可是，我肚餓，我……」

「別吵，媽媽明天買麵包你吃。」

「還要一個娃娃。媽，你再撿一個給我好不好？斷了腿也不怕，我可以替它裝過一條新的……」

「好，好！睡吧！孩子！媽甚麼也依你……」

金仔終於睡着了，伏在懷裏睡着了。她知道，他是空着肚子睡着了的，夢中，他一定會看見那香噴噴的白米飯，要不，他為甚麼睡着了還在吞「口水」？

她覺得自己的孩子是這麼可憐。他出世不久便沒有了父親。人家像他這個年紀，早已經進學校了，但他還是要在家裏，一年常吃不到一頓豐盛的飯，穿不到一套新衣，玩不到一件像樣的玩具。但孩子是聽話的，孩子是可愛的。孩子是她的骨肉，是她的希望，是她的寄托。

可是，現在呢？孩子，可愛的孩子，他在哪裏？

死了！啊，死了！她唯一的孩子，就在這個「水塘」裏給淹死了！

為甚麼不幸總是降臨在她身上？為甚麼連她唯一的希望，唯一的兒子，也要奪去？

為甚麼！為甚麼！

她想不通，但她還在癡癡地想，呆呆的站在那裏，像失去了知覺，任風吹，雨淋……

三

一個陰霾的早上，「水塘」附近出現了一個披頭散髮的女人。她語無倫次，哭笑無常。望着路人，她往往會大叫：

「金仔！金仔！金仔！你把金仔還我！……」

或者，目露兇光的大罵：

「是你害死金仔的！你不安置我們，你把救濟金吞了！你！你……哈哈哈，你好！我要取你的命！……」

但她始終沒有傷害過任何人。

有一次，她指着一個路人大罵：

「快把你地盤裏的水抽去！那裏淹死人了！救命！救命呀！啊，我的金仔！金仔！……嗚嗚嗚……」

於是，有人說：「這是個瘋婦。」

但，亦有人想起不久前發生過的不幸，知道這個可憐的女人就是那個不幸溺死了的孩子的母親，於是，用同情的口吻說：

「是的，她憶子成狂，瘋了。但她以前不是瘋的，你應該知道。」

她以前不是瘋的，是甚麼使她瘋了？

是甚麼？是甚麼啊！？

一九六六年九月二日香港《青年樂園》第五四三期，選自陳偉中編《誌．青春——甲子回望〈青年樂園〉》，香港：火石文化有限公司，二〇一七

何紫

生日禮物

早上，小田起床。他對枕頭說：「枕頭，你早啊！」他又對着窗外綠油油的葉子說：「葉子，你早啊！」小田對着窗深深地吸一口氣，他多麼興奮，多麼有勁，因為昨天媽媽告訴他，今天從他張開眼睛開始，就不再是兒童了，是少年啦，小田今天開始滿十二歲了。

吃過早點，媽媽說：「小田，今天是你的生日，希望你過一個有意思的誕辰。現在，你到外面去走走，到中午回來，再算一算一個上午你做了多少件帮助別人的好事，如果做上了三件，我跟爸爸送一份禮物給你，好嗎？」小田覺得這樣做又新奇、又有意思，就高興地答應了。

小田來到街上，他心裡想：「我能帮助別人做什麼呢？」這時候，他抬頭看見一個瞎子正要過馬路，小田立卽跑過去，說：「老伯，我帶領你過馬路吧。」小田就領着瞎子過馬路去。到了對邊的行人道，瞎子不住地說：「謝謝你啦，好心腸的人。」

小田高興得跳起來，他叫道：「啊，帮助別人眞容易，現在我已經幹了一件帮助別人的好事，再幹兩件，我就可以得到一份禮物了。」小田却沒有留意，當他跳起來的時候，放在口袋裡的錢包也跟着溜出來，掉在地上。

剛巧有一輛巴士停在不遠的巴士站前，小田決定去坐巴士，就三步併作兩步，跑到巴士站，登上巴士去。剛巧有一個空位，小田立卽坐下來。可是，他剛剛坐定，才發覺身旁有一個老婆婆站着，被巴士跌盪得左搖擺，小田想起了，這是帮助別人的好機會，連忙站起來，說：「老婆婆，請坐吧。」老婆婆坐下來了，小田心裡有說不出的高興。這時候，售票員來了，小田急忙掏錢包來買車票，可是，錢包呢？小田左翻右掏，急得一頭大汗。那位老婆婆看見，連忙拿出兩角錢，給小田買票。小田接過老婆婆替他買的車票，禁不住說：「老婆婆，謝謝你的帮助！」

小田發覺失了錢包，心裡慌張，就急忙下車了，他看看街道兩旁的商店，才知道離家不太遠，就急忙朝家跑去。小田太焦急了，不留神踏着地上的果皮，「撲通」一聲，跌了一交，幸虧沒有跌傷，但是，褲襠却撕裂了，露出了內褲。小田難為情極了，正不知怎麼辦，忽然聽見背後有人說：「孩子，褲襠破裂了嗎？」小田回頭看看，原來是報攤的老大媽。小田點點頭，老大媽說：「你進屋裡去吧，我叫我的兒子阿牛給你縫補一下就行了。」

阿牛的年紀跟小田差不多。小田把褲子脫下來，阿牛熟練地拿起針綫，替小田補褲子。小田禁不住問阿牛說：「你帮助別人做好事，你的媽媽會送禮物給你嗎？」阿牛抬起頭來，奇怪地看着小田，說：「你說什麼：做這麼一丁點小事，也要人家送禮物嗎？」小田聽了，害臊得臉也紅了。一會兒，褲補好了，小田穿上褲子，向阿牛和老大媽道謝，就趕路回家去。

小田走了一會，忽然聽見背後有一陣刺耳的聲音，隨着是「哎喲」的一聲大叫，小田急忙回頭看看，原來是一個騎脚踏車的送貨員，不知怎的連人帶車翻倒了，並且打翻了盛滿了蘋果的箱子哩！那送貨員狼狽地爬起來，執拾散跌遍地的蘋果，小田看見了，急忙上前帮助他把蘋果拾回箱裡。好一會，蘋果拾回箱裡了，那送貨員拿起一個又紅又大的蘋果送給小田，說：「謝謝你的帮助，這蘋果送給你吧。」小田想起了剛才阿牛的說話，連忙搖頭說：「做這麼一丁點小事，算什麼呢？」說完就趕路回家了。

小田終於回到家門，媽媽來開門，第一句話就說：「掉了錢包啦？」小田奇怪地說：「是呀！你怎麼知道？」媽媽把放在背後的手伸出來，小田一看，喲，怎麼錢包在媽媽手裡呢？媽媽說：「你太冒失了，掉了錢包也不知道，幸虧一位好心的路人拾到，他看見錢包裡還有一張寫着地址的學生證，就依着地址把錢包送回來了。」

小田進屋裡，看見爸爸，爸爸說：「小田，今天，你做了多少件帮助別人的好事啊？」小田紅着臉，說：「我做了三件帮助別人的好事，但是，我不要禮物了。」爸爸說：「為什麼？」小田說：「因為不僅是我帮助別人，別人也不停地帮助我，而且人家帮助我之後，從來沒有得到禮物啊！」爸爸和媽媽聽了，都笑了。爸爸說：「小田，你明白了這個道理，就是你今天生日最有意思的禮物了。」接着，爸爸拿出一本新的故事書送給小田，小田一看，書名是：「互相帮助的故事」。小田高興極了，他說：「謝謝爸爸送給我這有意思的禮物。」

選自一九六九年七月二十日香港《華僑日報．兒童週刊》

做算術

王小飛一邊把弄着他的玩具槍，一邊看着算術習作簿發呆。習作簿上的 1 2 3 4 好像是不聽命令的小兵，王小飛生氣了。「砰！」王小飛對着習作簿發槍，他要把那些不聽命令的「小兵」通通槍斃。

坐在靠椅的爸爸聽見槍聲，放下報紙，脫下老花眼鏡，側着頭，皺着眉。嚴肅地說：「小飛，做功課的時候，怎麼又玩起槍來啦？我說過多少遍呀，工作時工作，遊戲時……」王小飛沒有等爸爸說完他曾聽過多少遍的道理，就扁着嘴唇，說：「爸——我不懂怎樣做這些算術嘛！」爸爸伸出手來，王小飛高興極了，他爸爸是個工程師，這些小學算術還不簡單嗎，只要爸爸一開口，王小飛一定什麼困難也沒有了。王小飛馬上把習作簿送到爸爸手上。爸爸又戴上老花眼鏡，看看題目，口裡唸着：「果子九籃，每籃有梨五枚，問共有梨多少枚？」爸爸唸到這裡，轉問王小飛說：「小飛，快唸乘數表給我聽！」小飛以為爸爸會馬上告訴他算術的答案，不料爸爸反過來問他，他搔搔頭，說：「我……我不會唸。」

「鈴鈴鈴……」是電話响的聲音。爸爸急忙從抽屜裡拿出一盒糖果，對小飛說：「你把糖果當作梨子，分開九份，每份五粒，然後數一數共有多少粒吧！」爸爸說完，就跑去聽電話了。

王小飛把糖果盒子打開，啊，王小飛認得這是姑媽昨天送給爸爸吃的巧力克糖，每一粒糖用金色的銀紙包着，美麗極了，王小飛把糖果送到鼻子前聞一聞，唔，香味多誘人呀！但是，王小飛突然想起，爸爸拿這盒糖給他，是要他用來做算術的。王小飛總算敵過糖果的香味，他只用舌頭舐舐嘴唇，就快快依照着爸爸的話去做，把糖果分成九份，每份五粒。

這時候，媽媽從房裡出來，她一看見，不由分說，就責備王小飛說：「呀喲！你這饞嘴的傢伙，上星期牙痛的滋味忘得一乾二淨啦？怎麼一邊做習作，一邊偷糖果吃？快把糖果還給我！」媽媽沒有等小飛說明白，就把糖果拾起來放回盒裡，把糖果盒拿走了。

唉，已經是晚上九點鐘啦，九點半鐘是電視節目什麼「歡樂的」，王小飛是個「歡樂迷」，他自己下命令：「王小飛！你一定要在半小時內把這幾條該死的算術做好！」這個命令雖然「生效」，他的腳不由自主跑到隔壁去，隔壁住着他的表妹張珊珊，她也是小飛的同班同學哩。

張珊珊好像能知過去未來，她一看見小飛，就說：「表哥，是來跟我借算術簿嗎？」王小飛紅着臉，沒說什麼，就拿起她早放在桌上的習作簿，然後飛快地把珊珊做好的習作，一字不易地抄到自己的簿上。這樣，王小飛就不到九點半，完成了他的習作了。

第二天。課室裡很靜，因為這是余先生上的課。誰不曉得余先生是一個嚴厲的算術老師呢？你看她握着教棒，向最前排的一個同學一指，啊，這個同學，雙腿不禁顫抖起來了，他顫巍巍地站起來，這個人正是王小飛哩！

「王小飛，請你回答我……」余先生的話很慢，很嚴肅，很有節拍，每一拍都像射向王小飛胸口的子彈！余先生隨卽用粉筆在黑板上寫着：「3×3＝?」余先生用力地寫一個斗大的問號，然後說：「它的答案是多少？」

王小飛後邊坐着的是張珊珊，他知道她常常是他心目中的「小天使」，當他有苦有難的時候，她就會來救他的。果然，「小天使」在拍紙簿上寫了一個「9」字。王小飛把頭向後一看，他看見了，他多麼高興！好像他已經穿上避彈衣，再厲害的子彈也不怕了。王小飛說：「三乘三等於六！」

「哈哈哈！」想不到王小飛很有信心的話，引得哄堂大笑。原來珊珊寫的9字，王小飛從後邊看，却是個6字。接着發生什麼事情呢？相信小朋友們都猜到了。

那天晚上，王小飛又是對着算術習作簿發呆。時鐘指着九點正，王小飛遲疑着：「要不要到隔壁去找表妹呢？」他還猶豫不決的時候，張珊珊跑過來了。珊珊說：「表哥，三乘三等於六，笑死人啦！我看你還是別躲懶，先唸熟了乘數表，再來做算術，那麼，什麼困難也沒有了。唉，我知道你是電視迷，九點半不快到啦！喏，這是我的習作簿。」張珊珊說完，就放下習作簿走了。

王小飛看一眼珊珊的習作簿，就閉眼睛，想起今天算術課的事，還有余先生的叮嚀：「小飛，算術是鍛鍊人的腦筋的有趣學問，不要把它當做害人的女巫，你如果下決心唸熟乘數表，以後你就會嘗到做算術的樂趣了。」王小飛又拿起他的玩具槍，向着自己的腦門發槍：「砰！」王小飛說：「哼！怕做算術的王小飛死了！喜歡做算術的王小飛出世啦！」

王小飛把電視關了，背向電視機，用玩具槍壓着珊珊的習作簿，這樣，就開始讀乘數表。他讀了一遍又一遍，爸爸和媽媽聽見，又奇怪，又高興，兩口子在耳邊細說什麼，看得出於從心底裡樂透了。

終於，王小飛順利地做好了算術習作啦！他唸了乘數表後，覺得這些算題並不難啊！令他自豪的，就是他連眉毛也沒有瞧珊珊的習作簿一眼。

王小飛上床睡覺了，雖然時針已經指着十一時正，可是他不累，心裡有說不出的高興，要不是已經深夜，王小飛一定會又拿起玩具槍，連按幾下扳掣，「砰！砰！砰！砰！」的响個痛快的！

選自一九六九年八月十日香港《華僑日報・兒童週刊》

彎彎的月兒

中秋節過了十多天，天上的明月從圓圓的變得彎彎的了。

姊姊和弟弟做完了夜課，就在窗前坐着，媽媽不在家，要不然，這時候應該是媽媽講故事的時刻啦。弟弟對姊姊說：「姊姊，你給我講個故事吧，你知道的，沒有聽過故事，我就睡不着覺了。」姊姊把眼珠兒溜一溜，說：「我肚子裡沒有故事啊，不過，我們可以來猜猜謎語呀，好嗎？」弟弟拍手說：「這也好，你說吧。」姊姊說，「你看，天上那一彎的殘月多美麗。我的謎語就是這樣的：彎彎像月兒，我們身上有。你猜是什麼？」

弟弟聽了，搔搔頭，看看自己的身上，心裡想：「我身上有什麼像變變的月兒呢？」他正在苦苦思索的時候，突然看見自己的手指，他高聲叫起來：「啊，我知道啦！」姊姊說：「是什麼？」弟弟指着手指甲，說：「彎彎像月兒，就是我的手指甲啦！」姊姊奇怪極了，她仔細看看，啊，原來弟弟的指甲長得長長的，裡邊藏滿了黑色的污垢，這樣確是成彎彎的樣子。姊姊又好氣，又好笑，說道：「我的天，人家天上的月亮，又皎潔，又明亮，可是你呀，拿烏烏黑黑的指甲和明月比，不害臊嗎？」姊姊說完了，就從抽屜裡拿出一個放大鏡，還隨手拿了一張白紙和牙簽，姊姊對弟弟說：「來，讓我拿些可怕的東西給你瞧瞧吧。」說完，不由分說捉住弟弟的手，把牙簽往弟弟的指甲裡挑幾下，然後小心地用白紙把那些污垢盛着。接着，姊姊拿着放大鏡，對弟弟說：「來呀，看看那些可怕的東西！」弟弟好奇地透過放大鏡看看那些污垢，仔細看了一下，禁不住吐吐舌頭，說：「喲，這麼髒，有污泥，還有一些白色的點點兒，那是什麼？」姊姊說：「可能是什麼寄生蟲的蟲卵。可惜家裡沒有顯微鏡，要不然，放在顯微鏡下瞧瞧，可能還有病菌呢！」你想想吧，當你手裡拿着食物，指甲裡的髒東西就可能溜出來，沾在食物裡，你這饞嘴的傢伙，把東西吃進肚子裡，那寄生蟲、病菌等等，就把你的肚子當做溫暖的家啦，這樣，你就要拉肚子，發燒，還可能患上其他重病呢！弟弟瞪着圓眼睛聽姊姊說，想起上個月一次拉肚子，上吐下瀉，那辛苦的滋味，他想起來就打顫了！

「鈴鈴鈴……」忽然門鈴響了，姊姊忙去開門，原來是媽媽回來了，媽媽手裡還拿着一個盒子，一眼看去，就知道這一盒是什麼啦！媽媽瞇着笑眼，說：「弟弟，媽媽給你買了什麼回來啦？」弟弟挨過去，說：「我知道——是西餅——」媽媽笑瞇瞇的打開餅盒，噢，是紅紅綠綠的啫呢蛋糕，弟弟舉起手，正要拿一件上邊有一塊車尼子的可是正要拿，一眼看見自己的手指甲裡彎彎的黑污垢，從前他是從來不管它的，可是，他現在想起剛才放大鏡下的醜東西，又想起姊姊那一番話，他突然把舉起的手縮回來，像有什麼滾熱的東西要燙手似的。這舉動媽媽看得奇怪，媽媽又看見弟弟把手放在背後，扭扭捏捏的望一下姊姊，媽媽好像猜到是什麼道理了，她說：「啊，我的孩子什麼時候變得這麼有禮貌，讓姊姊先吃嗎？」弟弟紅着臉，搖搖頭，可是姊姊明白，她也笑瞇瞇的說：「媽媽，你不知道啊，我才知道弟弟現在要的是什麼——」說罷，她一溜煙跑進房裡，拿出一把剪，姊姊故作神秘地說：「弟弟，現在你需要的是這個，是麼？」弟弟點點頭。這可把媽媽弄胡塗啦，那饞嘴的孩子為什麼在美味的蛋糕前，不再饞嘴，反而要一把毫不相干的剪刀呢？這時候，姊姊和弟弟坐在窗前，姊姊拿着剪刀，那麼小心，那麼溫柔，為弟弟剪指甲，看，一彎彎烏黑的手甲落在紙上，窗外那彎彎的明月像瞇着眼微笑。看哪，媽媽也把眼睛瞇起來，也是一彎彎的，她是從心裡高興透了！

弟弟凝視着窗外那彎彎的明月，說道：「姊姊，以後每個月一看見彎彎的月亮的時候，我就記起要剪指甲了。」

選自一九六九年九月二十八日香港《華僑日報・兒童週刊》

最「名貴」的手錶

小平一直巴望有一個手錶。星期日爸爸從外面回來，把一個精美的小匣子送給小平，說：「小平，這是我送給你的一件禮物，希望你好好地利用它。」

小平打開匣子，啊，原來是一個新手錶。小平把手表放在耳邊，聽見清脆的「滴搭」、「滴搭」的響聲。他把手錶小心翼翼在戴在腕上，對着鏡子看了又看，他覺得腕上有了手錶，人也神氣多了。可是，現在除了鏡子裡的小平，誰會馬上來羨慕他呢？

小平一溜煙跑到隔壁去，看見他鄰居的小伙伴，便說：「喂，慧慧，你來看，我有一個新手錶啦！」不料慧慧捲起衣袖，露出手腕說：「別神氣，你看，我也有一個新手錶，是媽媽昨天給我的！」

小平一看，哦，是個錶面很小的女裝手錶，小平發覺自己還有值得神氣的地方，他對自己竪起大拇指，說道：「哈哈，我的比你大呀！」可是慧慧也不示弱，她說：「笑死人啦，手錶要小才名貴哩！」小平還嘴硬：「我的有分針，你的沒有，還是我的名貴！」

「不！我的名貴」，「我的名貴！」這樣兩個孩子拼命提高嗓門，總要自己的聲浪蓋過對方的聲音。最後還是小平想到一個辦法，他說：「找一個公證人來評評吧！」慧慧立即想起對門的鐘錶店了，她說：「好哇！找對門的李伯吧！」

兩個孩子就飛跑到樓下對門的鐘錶店去了。李伯在工作桌前正忙着修理鐘錶。小平說：「李伯，你給我們做個公證人，看看誰的手錶最名貴吧。」他倆隨即脫下手錶，交給李伯。李伯看看這兩個剛才爭辯得臉紅脖子熱的孩子就知道在這時候不能怠慢。他把一個小杯形的放大鏡蓋在右眼上，細心地看看這兩個手錶，又謹慎地放在耳邊小心地聽，然後和藹地微笑說：「孩子，還要解決一問題，才能最後評定誰的手錶最名貴。昨天是星期六，下午不用上課嘛，那麼，你們分別把下午做過的事情說一遍吧！」

「這跟手錶名貴不名貴有什麼關係？」小平和慧慧齊聲說。李伯也挺認眞地說：「有關係的！這好像看醫生，醫生除了聽脉，不是還得問問病人吃過什麼東西麼？」

小平便搶先說了。

小平昨天中午放學回家，爸爸對他說：「今晚我們去看一齣電影，但是，你得先把學校的家課做好！」小平答應了。吃過晚飯，小平正要做功課，忽然聽到門傳來「咪咪」和「汪汪」的聲音。小平認得那「咪咪」叫是他家的花貓的喊叫聲，便放下筆跑出門外去看，果然看見小花正跟鄰家的狗在打架。看樣子小花有點畏縮哩，小平立卽給牠吶喊：「小花，別怕，撲過去咬牠的尾巴呀！」這時候，剛巧同學陳滔滔經過門前，他拿着一個小型足球，看見小平，就招呼說：「喂，小平，去踢球呀！」小平看見那小足球，什麼都忘記了，就跟着滔滔到附近的空地去了。

小平盤着球直衝龍門啦，他狠狠地用勁一踢，哈哈，這一脚足球撞着鞋尖，直向半空飛去了，小平抬頭看那飛得高高的足球，一眼瞥見附近的鐘樓上的一面大鐘，啊，四時三十分了。小平想起了爸爸的話，想起了功課，就頭也不回的喊着：「我不玩了，要趕回家呀！」

小平的脚踏進屋子裡，就聽見收音機傳來熟悉悅耳的聲音：「親愛的小朋友現在是播送兒童故事……」小平禁不住走到收音機旁，着迷地聽故事去。一直到爸爸在背後出現，他才猛醒過來。可是，太晚了，接着是晚飯時候。這一晚，爸爸沒有帶小平去看電影，他獨自留在家中做功課。

接着，是慧慧說他昨天下午做過的事了。

慧慧放午學回家，媽媽把一個新手錶送給慧慧，還說：「慧慧，我買了一個新手錶給你，你要好好利用這手錶，有計劃的利用時間啊！」慧接過手錶，高興極了。她立即拿起筆來寫一個一天的時間表：「下午二時至三時溫習語文和算術；三時至四時幫助弟弟補習功課；四時至八時到外婆家吃晚飯；八時至十時做家課；十時睡覺。」慧慧就按照着時間表，把一天的時間安排得很好。準十時就上床睡覺了。

李伯聽兩個孩子把昨天的事情說完了，就把手錶分別交還兩個孩子，然後認眞地說：「小朋友，誰最會利用時間，誰的手錶就最有用，也就是最名貴了！看來，慧慧的手錶比小平的手錶名貴哩！」

小平聽了，着急地握着拳說：「不，李伯不公平！」李伯說：「為什麼？」小平說：「因為慧慧昨天已經有了手錶，可是，我今天才有手錶呀！」李伯聽了，微笑說：「對，說得對，小平的手錶還未經考驗。那麼，現在應該是未分勝負，要看以後誰最會安排時間，誰的手錶才是最名貴！小平，努力吧！」

兩個孩子滿意地回家去了。小平看着腕上的手錶，自言自語說：「手錶呀！我要使你成為最有用的手錶！」

選自一九六九年十一月二日香港《華僑日報・兒童週刊》

綠色的夜晚

夜是什麼顏色的？小飛蛾知道，夜是青綠刺眼的。

要明白是什麼道理，先從三個月前的一件事說起，一天下午，郵差送來一封給黃伯的掛號信，小強代爸爸簽收了。晚上，小強的爸爸黃伯回來，他拆開掛號信一看，就呆住了，原來是業主寄來的一封「拆樓通知書」。黃伯看看才十三歲的大兒子——小強，還有他的兩個弟弟和兩個妹妹。黃伯再看看這住了快三十年的屋子。如果屋子拆了，他們一家……。

敲門聲把想呆了的黃伯喚醒。小強去開門，原來是二樓的陳先生和樓下的張大叔。他們都是老鄰居，自然他們也接到這樣的通知書，大家都跑來叙一叙，好想個辦法。

他們討論了一夜，結論是找業主去理論。第二天，三個人到了業主那裡。業主堆起笑容，像早知道他們要來了。黃伯先說：「我們住的樓不算太舊吧？能够不拆嗎？」業主說：「屋子向馬路的一邊牆壁，出現一些裂痕，牆灰也剝落了。如果你們出點錢，修整鬆飾一新，屋子暫時還是可以不拆的。」

為了能再住下去，他們只好合請了裝修工匠回來，把屋子外邊修整一番。但只這麼一修一整，小強一家就變成黑漆一團了。事情是這樣的：裝修的工錢，每戶攤分要交四百塊錢。黃伯可愁了，他把最後一點點積蓄拿出來還不够，最後只好挪用了兩個月的電費，才湊够了這筆工錢。可是這樣一來，欠了電燈公司兩個月的電費，就被截斷了電力的供應了。沒有電燈，小强晚上做家課，只好點起了一盞昏暗的油燈。

業主看見屋外的牆壁粉擦一新，便急忙在上邊寫了斗大的四個字——招登廣告。果然不到一星期，便有人來架起竹棚，要在這牆上建一面大的光管招牌。小強看見，高興極了，他對黃伯說：「爸爸，不用愁了，我們快要有免費電燈啦——小強心裡想：如果光管招牌建好，那光管的燈光映進屋子裡，屋內就會亮堂堂了。

小強終於盼到了使用「免費電燈」的一天。光管招牌建好了。這一天黃昏，招牌的光管「刷」的亮了。

「嘿！」小強一家人都嚇得叫起來，「怎麼這就是免費電燈啦？可怕啊！」原來這塊招牌的光管，大部份是綠色的，綠光映進屋裡，照得全屋慘綠一片。

從此以後，每當太陽落下，幽幽的綠光就映進小強的家，所見的「夜色」，就是這青綠刺眼的燈光了。

黃伯終於忍不住，他省下錢買了幾個麵粉袋，把袋拆開了，綴成一塊布帘，把綠光拒出屋外。但是，這一來屋子更黑暗了。

一天晚上，有人敲門，小強去開門。忽然一團火光湧進屋裡來，頓時一屋亮堂堂的。大家定睛看看？原來是二樓陳先生送來一盞「大光燈」。陳先生對黃伯說：「你有困難不該瞞着我們啊。要不是今天跟你的大女兒談起，還不知道你們斷了電呢！老黃，我們是多年老鄰居，有困難應互相帮助的。」

後來，陳先生和張大叔給他們補交電費，小強的屋子才又重新光亮起來了。

選自一九六九年十一月三十日香港《華僑日報．兒童週刊》

星星做伴兒

小惠抱緊軟墊，雙腿緊縮起來，坐在梳化上，着迷地聽收音機播出的甚麼「夜半怪談」。

媽媽從房裡出來，站在她背後。可是小惠還不覺。

「小惠。」媽媽輕輕地喚她一聲。

「哇！」小惠嚇得直跳起來。媽媽摟抱着她，說：「看你，膽小鬼，別聽了。」

媽媽把收音機關了。小惠只好回到睡房去睡覺。媽媽替她蓋上被，看她閉上眼睛，還替她關了燈，才離開她的房子。

可是，小惠沒有睡，她把被拉得高高的，把頭幪住了。一會兒，她又輕輕地把幪住頭的被拉開了一角，她向牆邊瞥一眼……

「呀！媽媽！」小惠大叫起來。她看見牆上隱約間有一個沒有頭的人站着似的。小惠急忙鑽進被窩裡，還不停地大叫大嚷。

媽媽聽見叫聲，急忙趕來，把燈亮了，問她說：「小惠，做什麼大叫？」小惠從被窩裡伸出手，指着牆說：「媽媽，你看！你看！」媽媽看看牆上，除了掛着小惠的雨衣，什麼也沒有。媽媽走過去把她的被揭開，說：「小惠，你看見什麼！」

小惠抱在媽媽懷裡，用半隻眼看看牆，一看，她笑了。「原來只是我的雨衣。」小惠一邊說，一邊用手心輕輕拍拍自己的胸膛，「媽，我怕黑！你在這兒陪我吧。」

媽媽坐在床沿，溫柔地把小惠的頭放在枕上，替她蓋上被。媽媽說：「孩子，你看看窗外高高的天空，你說天空黑嗎？」小惠說：「黑呀。」媽媽說：「可是，小星星在黑黑的天空上，它們害怕嗎？

小星星才不害怕呢！天空越黑，它們就越亮，還一閃一閃的眨着眼，星星不怕黑，星星眞是勇敢的星星！」

媽媽又指着窗外的對說道：「孩子，你看看窗外的樹，樹葉濃濃密密的，那兒黑嗎？」小惠說：「好黑呀！」媽媽說：「可是，小鳥兒的窠在黑黑的濃葉裡，牠們害怕嗎？小鳥兒才不怕黑呢！樹葉越密越濃，牠們就睡得越安穩。小鳥兒不怕黑，牠何眞是勇敢的小鳥！」

媽媽又問：「孩子，你知道我家的狗『多尼』現在在哪兒嗎？」小惠說：「我知道，『多尼』現在正在門前守門口。」媽媽說：「對了。但是，門前關了燈，又沒有，『多尼』怕黑嗎？不！牠是一隻勇敢的狗，牠才不怕黑呢！」

小惠聽了，想起了她特別鍾愛的花貓，她說：「媽媽，還有呀，花貓也是不怕黑的，在黑暗裡，她還能隨處走動，捉老鼠哩！你別忘記了花貓也是勇敢的貓呀！」

媽媽聽見，笑了。一會兒，小惠說：「媽媽，你回去睡覺，替我關了燈吧。」

媽媽離開小惠的房了。房裡一片黑暗，但窗外有不怕黑的星星陪伴她。小惠看着窗外的天空，星星一閃一閃一閃……小惠的眼睛閉上，安靜地入睡了。

選自一九六九年十二月十四日香港《華僑日報・兒童週刊》

飯盒

放午學的時候，秀霞拿着飯盒，獨自走到操場一角。她揭開飯盒看看，裡面有些青菜和幾片牛肉。飯菜都凍了。秀霞用匙舀了一羹飯，嚥進肚裡，不知怎的，眼眶的淚水就滴下來了。

以前，秀霞中午回家，媽媽剛好燒好飯，爸爸這時也放工回來了，這樣，一家人高高興興地吃到一頓熱飯。

上月份，才二十號，媽媽發覺那三百元家用已經用光了。

「怎麼？」秀霞的爸爸吃了一驚，「用得這麼快？」

「數目是很清楚的，」秀霞的媽媽說：「這個月房租加了三十元，水、電費多了十多元；秀霞一直埋怨沒好菜下飯，這個月每餐多買一點肉，一個月就多了十多塊錢；還有，米價也漲啦……」

爸爸只有嘆氣，第二天拿了五十塊錢回來。

「錢哪來的？」媽媽奇怪地說。

爸爸晃一晃左手，腕上的手錶不見啦。

「那麼，下個月呢？」媽媽說。爸爸只有嘆氣搖搖頭。

為了家計能維持下去，媽媽決定也到工廠去做工了。

「那麼，今後吃午飯的問題怎辦？」秀霞的爸爸問。

媽媽拿出了三個新買的鋁質飯盒，說道：「我早打算好了。以後我早點起床，先燒好飯菜，分盛在這三個飯盒裡，這樣早上大家一起出門，每人帶一盒，午飯不就解決了嗎？」

爸爸聽見不禁笑了，也許他為有一個這樣設想週到的好妻子而快樂吧。可是，秀霞吃下第一口飯盒裡的凍飯就哭了，她實在有點埋怨媽媽。

秀霞知道她鄰位的慧慧，中午有工人送熱飯來給她吃，秀霞也知道坐在她後邊的海蒂，中午有汽車接她回家吃飯。聽說，她們還常常鬧別扭，要逗要哄着才肯吃飯哩。秀霞實在有點羡慕她們。

一天大清早，秀霞從睡夢裡醒來，看看窗外，天還是黑墨墨的，牆上的掛鐘是五點十分。可是廚房却亮了燈。秀霞偷偷起床看看，原來媽媽已經起床，正忙着做飯。秀霞記得昨晚十點鐘當她睡覺的時候，媽媽還在忙着洗衣服，可是現在天還沒亮，媽媽便起床了。秀霞禁不住叫一聲：「媽！」媽媽嚇了一驚，回頭看看，原來是自己的女兒站在廚房門前。

「啊！還早呢！快！快回去睡覺！」媽媽邊説着，邊趕她上床去。

秀霞躲在被窩裡，她沒有再睡了。閉上眼睛，就看見媽媽辛勞的影子：白天上工，晚上做家務，大清早起床為大家做飯。想着，不知怎的，秀霞的眼眶又冒出淚水，直〔淌〕在枕頭上……。

天亮了，秀霞起床上學去。她接過媽媽遞給她的飯盒，禁不住說了一句從來沒有説過的話：「媽媽，謝謝您！」

「傻女！」秀霞的媽媽看一看這好像驟然「生性」了的女兒，就趕緊催她和爸爸出門了。

往常，秀霞和爸爸出了門，就一個向東走，一個向西走。可是今天秀霞才走了幾步，就被爸爸叫住了。

「秀霞！」爸爸説着，突然搶了她手中的飯盒，又連忙把他自己的飯盒交給她，「我們換一換吧。」爸爸和秀霞換過了飯盒，就急忙上路。秀霞覺得奇怪，可是她也得匆忙上學，便沒有多想了。

放午學的時候，秀霞又拿着飯盒，獨自走到操場的老地方。她揭開飯盒，啊！她呆住了，飯盒裡比平日多了一隻煎蛋。秀霞想了一想，她明白了，這隻蛋是媽媽煎給爸爸吃的，爸爸工作辛勞，是應該多吃一點的，可是，爸爸換了她的飯盒，就是要把這蛋給她吃啊！

秀霞用匙舀了一羹飯，嚥進肚裡，不知怎的，眼眶的淚水滴下來了。秀霞知道，這是慚愧的淚，她有這樣的好爸爸、好媽媽，她還該埋怨什麼？要羨慕的應該是她啊！隨後，她心裡充滿說不出的快樂。

選自一九六九年十二月二十八日香港《華僑日報·兒童週刊》

第四輯　散文

崑南

路

每一個人的面前，都擺着許多條路，人的一生，也就是經歷一條漫長艱險的路途的過程。

無論在怎樣荒涼偏僻的地方，只要我們要走到那兒去，那兒必定有路。無論在寒夜的雪地，我們遺下的零落的足跡，也會串成一條路！

我們看見有些人被生活的鞭子抽傷，血淋淋的倒在路上，我們也看見那不斷接踵而起的年青人，前仆後繼，給這漆黑的路燃了一把火。

路，有光明的路，坦濶的路，前途無限的路，也有污濁的路，狹窄的路，行不通的絕路，路儘管不同，但我們總要選一條走。

選擇一條路，等于選擇自己，走什麼路，就決定我們成為什麼樣的人，我們要做什麼樣的人，也決定我們走什麼樣的路！

要想選擇一條正確的路，必須清楚的認識各式各樣不同的路，才不致迷失了方向。

路，擺在我們的面前，時代已不許我們等待，生命也不容我們徘徊，那麼，我們將怎樣去選擇自己的路呢？

選自一九五二年八月一日香港《中國學生周報．拓墾》

筆和我

你和我結下了不解之緣，在孤寂中，你是我唯一的愛侶！

有一次，我不小心的失掉了你，幾乎哭了一大場；後來無意中你給我尋回，那愉快的神情，可以說和中了彩票一般。

我心情苦悶時，你給予我安慰；我精神空虛處，你能與我充實！

總之，你把我一切喜，怒，哀，樂，愛，憎的情感，真純正直地從感觀的直覺裡搬到紙上，沒有一點自私。

有時，智識的泉源忽湧上我心頭，你便像一匹馬，先在藍色的馬槽深深地飲水，然後操縱在我的手裡，放肆地馳騁着，馳騁在一頁又一頁的紙的綠原上……我累了，拴馬在口袋邊歇脚，這時我的心甜蜜而愉快地，像作了一次明朗和美麗的旅行。

你不但可以流露我心裡要說的話，而且能寫出血淋淋可歌可泣的事蹟；人民的心聲，繪出弱者的不平；社會的黑暗！

筆啊！你真像早晨的陽光，給我無限青春活力！

我希望你，永遠隨伴着我；我祝福你，為人民大衆而努力奮鬥！

選自一九五二年八月十五日香港《中國學生周報．拓墾》

靜

無論在清晨或夜晚，我總是喜歡靜靜地躺一躺。因為在這一剎那，也就是一個人思想解放的時候。古今藝術家的許多成名作品，都是當他們靜靜地躺一躺時想出來的。

靜，卽是美，並不同於寂寞。寂寞會使人趨於頽唐，而靜却能增加生活的更大勇氣，給以無限的光明啟示，使從頽唐中重新振作起來。

我憧憬着靜的美，她溫柔、和潤、愛戀……在她懷中蘊藏着一種神秘的力量，唯一的，她能改變人的性情；粗暴的變為溫和，陰險的變為磊落，愚蠢的變為聰慧……所以，我愛靜。她是我幸福的伴侶，智慧的啓示，她具有無限的魅力，在吸引着我內心深處的靈魂。啊！靜是美的化身，我永遠地愛着它！

選自一九五二年八月廿九日香港《中國學生周報．拓墾》

侶倫（李林風）

母親的手蹟（存目）

選自一九五六年十二月八日香港《青年樂園》第三十五期。另參見《散文卷一》選自一九五九年十月香港《文藝世紀》第二十九期〈母親的畫〉

夏颸（盧瑋鑾、小思）

夢幻的樂園

楔子

在現實的環境裡，卻替自己創造了一個夢幻的樂園，在那裡，我可無拘束地抒發一下，可找尋失去或得不到的東西，更可尋到天真的氣息。「人是離不開現實的。」我承認這句話，但在更深人靜的時候，我的思想，倒可以擺脫了這殘酷的現實，自由地去找些趣味。因此，每夜裡，我曾流連在自己的樂園中，創出了不少自以為不平凡的平凡故事，和許多荒誕無稽的笑話，但，不論怎樣，我是那樂園的主宰，我從那裡得到了安慰，唇上更會掛着微笑。也許，你會笑我是個傻子，在欺騙自己，不過，你要知道，只有深夜裡的我，才屬於我自己的，而且現實的洪流永不能沖走我這夢幻的樂園，如果有人稱我做「傻瓜」，我也願意接受。

星星的話

迷糊間，我飄然地離開了，那不見天日的混濁境界，坐着輕雲，浮游在清曦無邊的原野上空，這一個似曾相識的地方，使我心中有些迷惘。地上那些奇異的嬌嫩花兒，吹送陣陣幽香；青青的仙草，為我鋪陳了絲絨般的睡榻；我熟悉地臥下去，放縱地在上面打滾，打滾；更盡情地大笑，大笑……驀地，我靜止下來，仰視着在我頭上的一片深藍色，更嵌有一顆顆閃耀的星星，我的感情受了激動，低聲的喚道：「星兒呀，我終於找到妳了，可幸妳依然無恙。不要以為我忘記妳，只為那混濁的境界阻隔着我，使我無從擺脫；恐怕久別的我，也染上了幾分濁氣，更怕使妳的銀光沾着它。」突然，所有的星，集成一團銀霧，漸漸清晰、清晰，移近眼前，像一張溫和笑臉，又像一張莊重而天真的面孔，溫柔地向我點點頭，「朋友呀！謝謝你的愛護，更高興見到你，不過，你真的改變了不少。別以為是甚麼污濁環境困擾你，而使你改變，而是你自己的思想改變，只要有堅強的意志，甚麼濁氣也不能沾染你、俘虜你。現在的你，已給自卑、懦弱及矛盾所籠罩着。朋友，醒來吧，不要再怨恨環境，小心尋回你自己。我願伴着你去找，但願我那絲銀光，使你看得清楚些。」我從燦爛的銀光中，清醒過來，決意找尋真正的自己。

和平的小麻雀

在一個狂風暴雨的黃昏，雨吞噬了大地，風玩弄着所有的生物，死物。有一隻離羣的小麻雀，在矮林中亂闖，希望逃過這一場無情的風雨。突然，在迷濛的雨幕裡，浮現了一個恐怖的魔影，正窺視這無知的小鳥，「啪」！他雙手一動，那小鳥便像觸電似的墮下來。魔影得意的移近，對小鳥瞟了一眼，便帶着瘋狂殘忍的笑聲，漸漸在雨幕上消失。我——這個忍受着雨狂風暴而踱步的傻瓜，發現了那隻呻吟的小麻雀，便拾起來，呀！我的手沾着一絲溫氣。「還沒有死去！」我告訴我自己。我小心地替牠抹去羽毛上的水點。當我看見牠從羽毛間沁出斑斑的血絲，我不禁低下頭來。一會兒，牠蘇醒了，用低微的聲音對我說：「朋友，請帶我回家吧！如果你願意，可暫變成一隻小麻雀，一同回到我們的王國裡……」好奇心驅使我點頭，立刻，我的身體縮小，縮小……直至變成了一隻小鳥。我自然拍起翅膀，和那曾受創的小麻雀，慢慢地穿過那迷濛的雨幕，仔細找尋自己應走的路。不久，我們到了，我只看見千千萬萬的麻雀，奇怪地盯着我，有些更交頭接耳在討論我。我走近一隻老麻雀面前，牠有禮地點點頭，説道，「朋友，謝謝你，把我們的王子救回來，全國的人民，都感到慶幸，也對你敬重，朋友，你願意參觀一下我們的領域嗎？」我同意了，但突有所感的對牠説：「你們這麼有力量，為甚麼不去復仇，我樂意領你們去，找尋那殘酷的魔影。」老麻雀安詳地笑了一笑：「朋友，對你的心意，極之感激，不過，我們是從不戰爭的。人類曾傷殘我們不少國民，但，我們都在忍受，我們只顧逃避他們的摧殘，事事都自己小心便算了。而且，一場戰爭的死傷恐怕比多年來給他們殘殺的數目多！唉，我們怎能鬥得過他們。我們的復仇心理，已在很久以前死掉了，請不要再提！」我聽完了，慚愧籠罩着我整個心扉，我黯然離開他們。對不起，麻雀們，我褻瀆了你們，更為被人們殘殺的犧牲者默禱。我仍躑躅在迷濛的雨幕裡。我仍然慚愧不安——因為我是人類。

一九五七年六月二十二日香港《青年樂園》第六十三期，作者初中三年級時的作品。

選自陳偉中編《誌．青春——甲子回望〈青年樂園〉》，香港：火石文化有限公司，二〇一七。後收入香港中文大學香港文學研究中心編：《曲水回眸：小思訪談錄（下）》，香港：啓思出版社，二〇一七

藍 子（張彥、西西）

和孩子們一起歌唱
——「我的一天」

我坐，是為了要站立；躺下，是為了要起來；休息，是為了要走更長的路。

——白朗寧

一

走在靜寂的路上，我一個人。

孩子們的笑聲又近了；那些親切的臉，熟稔的臉啊！那些純摯的忠誠的眼睛。我記得所有的她們天真的話語，她們底童稚的笑容；在一些黯淡的破裂的布帛裡裹着的，是這麼一羣蓬勃的靈魂；她們熱愛生命，她們有不屈的希望。近來，每一次走在這條路上，我總感到自己的懦弱，我總覺得：在這些坦誠的靈魂的面前，我貢獻了多少呢？我也曾經問自己，我愛她們究竟有多深？

我第一次上天台的時候，沒有帶着愛，也沒有帶着友誼；在那裡，一羣孩子第一次站在我的前面；陌生地佇立，陌生地凝望；她們有太髒的衣服，有太蒼白的臉龐。這一堆零亂的孩子，有的高，有的矮，有的才六歲，有的已經十多歲，沒有紀律，也不守規則，她們的生活是打架，吵鬧，爭奪，她們慣於從家裡取了菜刀和木棍彼此攻擊；這就是生活，我所目擊的她們的生活——現實的生活。我找不到一點的興趣，但是，我終於留下了。

我開始了我的工作，教她們讀讀書，寫寫字，我曾經責罰過她們，斥罵過她們，我不知道這些小心靈裡正需要愛和關懷。我種下的是沒有感情的種子，但是，我的收穫正是相反，因此，也奠定了我承認自己的錯誤的基石。孩子們愛我，關懷我，信任我，她們天眞地給我講自己的興趣，她們幻想着許多絢美的明天。

曾經有一次，我病了，她們要求我休息，她們圍着我替我擋住風，她們從天台跑到樓下去給我買藥，然後又經過七樓回到天台上來。她們已經漸漸地不再打架，又學會了說「謝謝」；她們常送我一些泥娃娃，有時送我一兩幅圖畫。我曾經討厭過的，輕視過的，疏忽過的孩子們却沒有離開我。

我曾經麼地辜負了她們的期望！

二

我就上了七樓了。我已經走完了剛才的靜寂的路。

「嗳，張姑娘來了。」

「張姑娘，早晨！」

「今天講故事嗎？張姑娘。」

「張姑娘，今天我們再唱歌好不好？」

「我說，最好是寫字。」

「張姑娘，我替你開門。」

這一群小孩子又把我圍住了，我把鎖匙交給了那個梳長辮子的女孩子！門很快地就開了。

「現在，大家上天台去。」

「張姑娘說，我們大家一起上天台去。」

所有的小脚都移動了，笑聲隨着她們一起升上去。我回進了七樓的小室，整理了一下桌椅，拿了一叠簿子，然後，拉上門，走上天台。孩子們都已經坐好了，習慣使她們明白了自己的工作，她們懂得抹乾淨自己的櫈子，又會吹走桌上的灰塵。

我放下簿子，走到她們中間，許多的眼睛都望着我了，我在默默着人數。

「張姑娘，阿芬沒有來，她的媽媽生了病，她要留在家裡看小弟弟。」

「大牛今天跟她爸爸賣菜去了，她們二個沒有來，其餘的都在這裡。」

「今天，我們先唱歌吧！好不好？」

「張姑娘，唱烘燒餅。」

「那末，我們一齊唱：一二三！」

我開始指揮了，她們唱，歌聲在天台上响起來，風在吹，我們祇唱着自己的歌；我也唱，她們的聲音淹蓋了我的，我祇看到自己的手在動；在我的眼前是許多的眼睛，許多的口；我們唱着，一個歌唱完了又一個，我望着她們，她們也望着我；這些臉不是二年前的臉麼？那個拿菜刀打架的劉妹不是正在坐在我的前面麼？這些日子裡，我們的歌聲由散亂到統一，由零落到和諧，是的，二年了，我們已經不再陌生，二年來，我們逐漸地從不相識到熟稔，從厭惡到了解，以後，我們還會永遠生活下去，每天一起唱歌……

一個歌又唱完了；她們興奮地拍着手。

「張姑娘，再教我們一個新的歌。」

「我已經說過明天教的，現在，我們寫字吧！大家排了隊到那邊桌子上去拿簿子。」

墨盒開了，筆在動了，那個最年輕的孩子在寫鉛筆的「人」字，那個八歲的在寫「上大人」，有的寫木字邊的字，有的在抄書。她們很靜，就好像進了一間圖書館。我於是又在她們中間走來走去，這些日子裡，我已經不再對她們感到陌生，我已經對她們產生了興趣；我覺得，我要為她們好好地工作，我要做她們的好朋友。

我一面走，一面望着她們寫字的姿態，我已經認識她們中的任何一個，我知道貓兒是最愛哭的，小輝是字寫得最好的，慧明是最喜歡看書的；我不止是認識她們，我還熟悉她們的父母，我記得我探訪美英的家時，她媽媽倒了一杯開水給我說：

「張姑娘，我們家裡窮，茶葉是買不起的，喝杯開水吧！」

我探訪晶晶的爸爸時，他告訴了我他一生中的不幸，貧苦一直纏繞着他，他希望我好好地照顧晶晶，因為他沒有錢讓她有機會進學校。

華兒的哥哥是個跛子，自卑地躲在家裡，却粗暴地對待自己的弟妹，還有，阿芬的媽是個賭徒，好容易才說服她讓阿芬上天台讀書……這些都是我四周的現實的事情，而這一羣本來是無辜的孩子，却認識得比我深……我想起了我的責任。

我走着，晶晶正在印「水不在深，有龍則靈」的字格，偶然地抬起點頭，笑了。

「張姑娘，我寫得好不好?」

我點點頭。

許多的孩子都交了卷了，我讓其他的孩子們繼續寫字，便和幾個寫好了的到七樓去煮牛奶，孩子們帮助我運水，攪奶粉，生火，洗鍋子；她們都是合作的，負責的，活躍的，有信心的，當一個人從她們那裡得到了信心之後，這信心便永遠也不會失落。

牛奶煮好時，我跟她們排了隊用自己的杯子盛滿了來飲，這時，她們站在天台的每一處，有的坐在地上，有的喝完了又各排隊，她們笑呀，叫呀，有的還在唱歌……

再回到座位上的時候，我教了她們一節國語，她們用心地聽，高興地讀，很快就能夠背誦了。我又給她們講了醜小鴨的故事，我講着，想起了所有的平凡的生命和這羣不幸的孩子。醜小鴨有一天變了天鵝了，這一群小孩子呢？她們中間有幾個可以進學校，有幾個可以生活得比上一代幸福！

三

下午，開始了我們的閱讀的時間。

她們靜靜地翻看自己心愛的書籍，而我，我就在一邊開始着手寫一個劇本。是的，孩子們不但要會讀，會寫，還要會思想，會發表，我希望她們能夠表演她們自己的生活裡所熟悉的事……我寫着，寫着……慧明走了過來。

「張姑娘，人魚公主為甚麼不殺掉那個王子呢？她自己却死了，多麼可惜呀！」

「慧明，人魚公主沒有死，她上天堂去了。」

「天堂在那裡呢？」

「天堂在世界上最美麗的地方，是在天上，但是，我們每個人都有天堂，那天堂是在我們自己的心裡，當一個人感到快樂的時候，當一個人覺得自己所做的事情是有意義的，是對的時候，他就是生活在天堂裡了。」

慧明望望我，走開了；我知道，她並不很明白我的意思，但是，有一天，當她長大了，她也許會明白的。

我繼續寫我的劇本，我寫着最平凡的故事，我想起了大衛．科波菲爾；約翰．克利斯朵夫；奧利華．脱威斯脱；我也想起了湯．莎耶；黑克比利．芬；……

很久，很久，孩子們有的看完書了，她們開始在綉花，打乒乓球，澆澆那幾棵仙人掌，下午的工作是自由的，我希望孩子們能夠選擇自己喜歡的工作。我叫她們跳繩，拍皮球，玩跳棋，而我，我放下了思想，改了一些簿子，孩子們的字寫得好多了，有的簿子的墨還是化開來，有的簿子已經不會一頁頁地散落。

生活在一起是一件愉快的工作，我改完了簿子，開始和她們一起玩「捉迷藏」，「猜領袖」，「找手帕」，「吹大風」這些遊戲，笑聲在昇華，我覺得我比以前更年輕，更快樂……

我們循例掃地，抹桌子，收拾書桌，抹黑板，洗鍋子，而當這些都完了，我們都知道，我們要明天再見了。

我們一起回到七樓，鎖上了天台的門。我把簿子鎖進了七樓的一個小櫥裡。

「張姑娘，明天見。」

「張姑娘，妳說過明天教我們唱歌。」

「張姑娘，媽媽說，有空到我們家裡去玩。」

「張姑娘，我送你下去，我住在二樓。」

「張姑娘……」

她們的手拉着我的衣服，有的在一邊向我招手，樓梯上擠滿了人，分不清誰的聲音是屬於誰的。

「張姑娘，放學了！」那是剛上樓的「大眼睛」的爸爸。

「放工了？徐先生。」

「張姑娘，明天早些來啊；妳辛苦了，阿花呢？」

「爸爸，我在這裡，我們剛放學。」是大眼睛阿花的聲音。

於是，到了樓下，說了無數聲的明天見，走完了長長的梯級，笑聲逐漸地遠了，我又來到了靜寂的路上。

我再一次發現我生活在這個世界上並不是孤獨的，我知道，愛過我的，並不祇有一個人，而我愛過的人，也已經不再是一個。

我出來的時候，晨曦正在我的頭上，天空是高而澄清的，現在，我已經看得見有星，我也看得見不同色澤的燈火，來自高高低低的窗戶。

二年了，我走着同樣的路，從晨曦到落日，從星天到朝陽，有過打風的日子，有過陰冷的日子，每天走着同樣的路，每天過着同樣的生活，但是二年前的生活，二年前的觀感和思想，二年前的愛和今天的是多麼不同。

明天，我還會再走同樣的一條路，我還會再見這一群天眞的孩子，我要給她們再講故事，再教新歌；明天，我有這麼多的明天，在將來的明天裡，我要告訴她們世界上充滿着愛，而在將來的明天裡，我永遠是她們的眞正朋友——

眞正的朋友！

選自一九五八年四月十一日香港《青年樂園》第一〇五期

劉惠瓊

留英寄語〔節錄〕

霧裏的太陽

今天，我將結束整整一個月的旅途了，記得上月的今天，我很早起來，整疊行裝，和家人話別，到了碼頭，又和朋友們話別，然後，船啓碇了，然後，船向着茫茫的海前進了……一切猶在記憶中，而我却遠在千萬里之外了。

今天，我一樣很早起來，一樣整疊行裝，可是我的心情却非常的兩樣，似乎有一點兒的激動，雖不是悲哀，但也不是歡欣，目的地是到達了，也許我明知在碼頭那裡，沒有歡迎我的笑臉，甚至找不到一個熟稔的人，是的，我投向一個陌生的國家，沒有人認識我的國家。

船不知在什麼時候已悄悄地靠了岸，可是我們要待辦手續，幾個朋友便約我到甲板上去，看看清早的倫敦。

我們的船是靠在英皇佐治第五碼頭，那一帶是碼頭區域，大小無數的船，都或遠或近地停泊着，在霧裡，若隱若現，要是我是一個畫家，我怎也不肯放棄眼前的好題材的。

倫敦的霧，久已名聞世界，現在我果眞在倫敦的霧中了！

倫敦的霧不奇，可是在霧中現出那一輪艷紅的朝陽却奇極了，好像一個紅燈籠透過了紗窗。我們曾為這事而起了爭辯，一個朋友説：「那不是太陽，是月亮。」另一個朋友支持他説：「是的，原來倫敦的月亮是這樣紅的。」

我懷疑莫決，忽然看見天的另一邊，現出模糊的月亮，好像缺了一角的銀盤。我們為什麼沒有記起，今天不應該是月圓的時候啊。我們不用再爭論了，太陽和月亮已給我們解答了。我才知道在霧裡看太陽原來是這樣的。

一會兒，我們要列着隊兒去辦種種登陸的手續了，還算快當，大概一個鐘頭，什麼事都辦妥了，我跟着旅客們魚貫上岸，這樣我踏着倫敦的土地了。

碼頭距離市區還有半個鐘頭火車路程，當火車向着倫敦市區飛馳，我坐在車廂裡，向着窗外凝望，那一排一排的陳舊的紅磚屋子向後倒退，我舒了一口氣，是的，多年來的夢想終於實現了，我該把平安的消息，快些報告我的朋友。

火車把我載到市區，放下了我，在我眼前的就是那麼巨大的，擠擁的一個城市！

地底的秘密

我到倫敦的第一天，最先給我新奇之感的恐怕是地底火車了。我説出來，你們也許會笑我，不過，事實上我是如此的。

當我跟着朋友，到了地底的一層，我簡直好像小孩子們跟着父母走進遊樂場一般，東張西望，半是驚，半是喜，我簡直忘記了我是為了乘車而來，只想着這是冒險，這是刺激，這是一種新奇的玩意兒。

我是坐升降機下去的，那升降機才怪，很深很大，一面向站裡開門，一面却通到街上，升降機從地底把客載上來，然後再把客載下。（不是每個站都用升降機的，有些是用電梯。）

到了地底，便好像另一個世界了，它並不如想像那麼漆黑而是亮着許多電燈的，完全沒有防碍你的視覺，路不寬，但也不太窄，有時也有歧路，所以要注意路牌的指示，直到適合的月台。

久居倫敦的人，對於這地底的秘密，當然無足為奇，但我這個遠道而來的旅客，却覺得它是不可思議的。我驚奇原來地殼之下，還可以做成地下的地殼，地下的地殼下，不是還可以做成另一層地殼嗎？這樣一層又一層，要多少層才到達地心，又要多少層才到達東半球？……我想着想着，忽然覺得我眞笨，為什麼老想一些不通的計劃，我為什麼不想起，只要掘一條隧道，橫貫地心，我不是可以乘着地底火車回去看看你們嗎？

火車自黑沉沉的隧道裡鑽出來了，先現出兩點光芒，使我聯想到那是巨蟒的眼睛，是的，那簡直是一條巨蟒從洞裡鑽出來了，那疾行而引起的狂風，那吐舌而發出的嘶響，是巨蟒無疑了。我害怕得倒退幾步，然而一列紅色的火車却已曳然停在月台旁邊了。

火車把我載到目的地，我從火車走出來，就要找尋出路，不然，便會被困於地底了，我是乘電梯升上的，梯子有上的也有落的。它在你不需動作中，把你送上去，或把你送下來，當我第一步踏進電梯，我害怕得很，我簡直要閉上眼睛不敢看了，但是第一次的嘗試成功，繼續做的時候，便再不如此了，這不是証明了隨時隨地都是學習，而學習的定率是不變的嗎？

電梯把我送上去，我又重見天日了。

溫莎宮

離開課日期還有幾天，我正好利用這些閒暇，飽遊倫敦勝地。今天，我的目的地是溫莎宮

（Windsor Castle）。

我們同遊者四人，午餐後出發，乘長途汽車，約行一小時，那座巍昂壯麗的建築物，便映進眼簾了。

在柵門外，站着一名守衞，他穿着紅外衣，黑褲子，束着白腰帶，而戴着的長毛的羊皮帽子，直蓋到眼眉部份，他立正不動，連眼睛也不動，我想這非經過長久的訓練，決不能如此，要是我，恐怕一刻鐘也難支持呢。進了柵門，便是一座座古舊的建築物，分離獨立，它們都是有着長久的歷史，有些建築於十五六世紀，有些還是十三世紀建築，都是帝王休憩遊宴之所。到如今有許多地方封鎖了，所以我們能夠進去的只是一部份罷了。

我們主要參觀了王宮起居的陳列，那座建築物據說已有七百年的歷史了，裡面，眞是富麗堂皇極了，一室過了又一室，王宮用品，甲冑武器，無不應有盡有，都具有重要性，與歷史性的，但是，我特別欣賞的就是那些壁畫，差不多在每個室裡，都可看到一些名畫家的手筆。不特四壁是畫，連天花板也是畫，有人像，有耶穌聖跡，也有山川名勝，要我逐幅欣賞，恐怕竟日的時間也不足。而我們不過走馬看花罷了！走盡了這座建築物。也許我們已覺得筋疲力竭了，因此還有一個地方開放，那是專陳列歷代王后的玩具的，我們也沒有精神去看了。

我們從溫莎宮出來，行約三哩，便到大苑（Great Park）也是屬王宮範圍，那一望無際的草地，那煙霧迷漫的遠樹，使我呼吸到郊野的新鮮的空氣。

我們憩息於路旁的椅子，遙望溫莎宮，莊嚴而帶點孤悽，也許是夕陽無限好只是近黃昏吧。

倫敦的電影院

今天微雨，不宜作郊外旅行，我計劃參觀圖書館或博物院，但朋友却提議逛公司，也好，做做大鄉里進城吧。

這裡的公司規模眞大，但可分為幾等，頭等價錢最貴，二等次之，三等又次之，裡面眞是走之不盡，在一間公司裡，可以買盡你需要的東西，至於價錢，顧客們是要計算自己的荷囊，這裡是例不減價的。

我們逛了好幾間大公司，已覺疲倦萬分了，然而還要排着長龍等候午餐。我覺得這裡什麼都是長龍，吃餐要排長龍，買東西要排長龍，乘車子要排長龍，看電影要排長龍。噢！眞是到處都是長龍。

吃過了午餐，朋友提議去看電影，也好，橫豎到了這裡還沒進過戲院，看看戲院裡的情形，也是一種見識。於是我們又排着長龍去等候買票了。

這裡的電影院，制度很特殊，同樣的片子一連不息的映着，買了票進去，便可以從頭到尾，連看四場。因為看完了一場又一場不必多給錢，多便宜啊，不是嗎？當我排在長龍裡的時候，也立心要看足四場。

正因為它不是一場完了又一場，因此要裡面出多少人，才賣多少票，試想想，這條長龍每次能進多少人？我眞是站得累了，厭了，悶了，不願看了，然而不看也捨不得，時間已犧牲了不少，還差這一點嗎？

結果，還算忍耐克服了困難，我們終於進場了，電影正在放映着，黑沉沉的，很艱難才找到座位。電影院裡的情形，我是看不清楚了，只覺得脚踏之處，都是軟綿綿的如坐沙發，大概都舖着厚厚的地氈吧。

看電影，也不知是開頭還是結尾，等到剛剛摸着頭緒的時候，一場完了，休息五分鐘，於是又開始，一些新聞，一些短片，很難才等到那正片開始，等到看到接縫處，我已沒有重看下去的情緒了。所以我決意要看四場，結果也不過七零八落地看了一場罷了。

唐寧街十號

提起唐寧街十號，你們一定會說這是麼熟悉的名字啊！好像在那裡聽過，也好像在那裡見過。也許你們會一時忘記了，它是世界注目的一條街道，而十號正是使這街道受人注目的所在。

你們現在想起來了吧？不錯，唐寧街十號，是英國歷屆首相的住宅。它可以說是英國政治的咽喉，策畧的發源地。

除非你在電影看過，或聽朋友說過，不然，你一定會把唐寧街十號想像得富麗堂皇，甚至把它擬作童話中的宮殿。其實，它絕不是這樣，唐寧街是一條普通的英國街道，而十號也是一所普通的英國房子。說句笑話，它和我住的宿舍沒有多大的分別。

我到唐寧街去，當然是為了去看「十號」的尊容，然而當我三過其門，還不知那裡就是我專誠拜訪的地方。靜悄悄的一條小街，陰森的兩面樓房，那能引起人的注意？當我第四次經過的時候，我的朋友指着告訴我，那不正是十號嗎？這時，我才看見漆黑的門上，釘上「10」字的銅牌，這時，我才注意到在大門的附近，有巡邏着的守衛。而這時我也才留意到這座建築物的外貌，灰暗的磚牆，襯着白色的窗幔，是淺素的，是無文的。我們到那裡的時候，已近黃昏，室內華燈初上，帷幔低垂。這是英國的習慣，每到晚上在街道裡，便看不見敞開的窗子，也許是戰時遺留下來的色彩吧？

我眞願意透過這窗幔，看看裡面的情形了，我不是想看裡面什麼豪華的陳設，更不是企圖偷窺什麼政治的秘密，我不過想知道一點政治家的私生活，我常常聽說政治家有兩個臉孔，一是對外，一是對內，我覺得這才是有趣的資料。

這些當然都是我的妄想，我只好在門前巡逡，我的朋友催促我回去了，她說：「這裡又不是什麼風景區，看看便是了，有什麼值得留戀？」她說的對，看看便是，以後人家跟我談起了唐寧街十號，我也能憶起那窄窄的小街，那古老的灰色的樓房，那低垂的白色的窗幔，那黑漆的門上的「10」字的銅牌，……是的，這就是唐寧街十號，這就是英國首相的住宅了。

西敏寺教堂的古塔

今天趁着一點兒的空閒，我和一位女同學，作了半天之遊。目的地是西敏寺教堂。

經過西敏寺橋，便可以看見那座古色古香的建築物。它有着九百多年的歷史，是歷來王與后加冕的地方；是不少王室及名人的下葬地；也是王室重要人物婚禮舉行之所。

大門的兩邊。聳立着兩座方形的高塔，建築精美極了。從那裡，可以清楚地看見那座大笨鐘的高樓，這個世界聞名的大鐘，而今，我親眼看見它了，可惜，它正在修理中，四週架着竹棚，只知廬山，不見眞面目，是一憾事。

到了西敏寺教堂的大門，才知道裡面正進行靈修。謝絕參觀。我們於失望之餘，改到附近的馬列禮拜堂遊了一趟，它和普通的禮拜堂差不了多遠，它的特點恐怕是歷史悠久；夠古老；有許多著名人物下葬於此。

然而我既不是考古家，對宗教的歷史也不熟悉，所以對於這些富有宗教性的地方，興趣倒不十分濃厚。能引起我的莫大的興奮的，還算是西敏寺教堂的古塔，它高達二百八十四呎。實在相當古老了，石砌的牆都老到發霉了。

我們買了票，乘升降機直上，到達二百呎的時候，便要捨「機」步行，我們沿那窄窄的螺旋形的梯子而上，轉了一個彎又是一個彎，梯子愈來愈窄，圈子愈來愈急，直至我疑是無路的時候，才知已到塔巔。那裡小如斗室，四面欄杆，可以遠眺。下望西敏寺，恰如小兒用積木砌的樓房。而聖馬格烈禮拜堂的拱形屋頂，不過好像三個小饅頭罷了。

那裡四周的磚牆，有些已經頹廢了。年代使它蒙上了灰黯，然而每塊磚上，都點綴着一些遊覽者的筆跡，密密麻麻的填滿着，眞是一點空隙也沒有了。多少年來，多少人曾到此地？我的同學笑着對我說：「你為什麼不刻上你的名字。」我說：「找不到位置。」當眞的，要是能刻上了自己的名字，使千百年以後，知道某某人曾遊此地，也屬壯舉。因為有些地是藉人而增光，而有些人是藉地而名顯的，我想：勝地留名，也不難成為歷史人物，可惜這種歷史人物實在太多了。

聖詹姆士公園

十月在倫敦，還不覺得十分冷，也許今年冷得特別遲吧。

今天，陽光到處，使我憶起香港的初秋。每逢假日，遇到這樣的陽光，我總喜歡到郊外去，看看綠林間點綴着的幾片紅葉，或碧空上的一抹白雲。何等的雅緻，何等的無愁，現在同樣的陽光，却引起我作客他鄉之感。

幸虧中午的時候，來了一位友人，才打破了我的愁懷，這位友人也是同學，她和我一樣來自香港，我們眞是：「同是天涯淪落人，相逢何必曾相識」了，當然我們不應有這種凄涼感覺，然而異地相逢，的確容易投契的。

她約我出遊，我立刻答應了，但是我們都不是識途老馬，她恃着一本倫敦指南，便說可以作我的嚮導。我也信賴她，因為我想：最壞的結果也不過是迷途，迷途倒也有趣，我們倆就這樣鼓着勇氣出發了。

我們的目的是聖詹姆士公園，那裡和我的宿舍距離，本來不遠，然而因為路不熟，走了不少的「寃枉路」，結果困難終給我們克服了，我們望見了白金漢宮了，多麼堂皇的一座王宮啊！

王宮的周圍都是廣場，而附近的馬路全是粉紅的，襯着兩旁的綠樹，眞是美麗的了。正門對開的地方，有維多利亞女王的石像。王宮裡禁衞森嚴，當然是「閒人免進」了。

我們在那裡只徘徊了片刻，便直向聖詹姆士公園而去。

公園的面積並不十分大，然而景緻至美。一進園門。便見一泓碧水，委婉而流，不知是天然的河流，抑或是人工開鑿。河的兩旁，遍植綠樹，樹影倒映水面，間有青年三五，划着輕舟緩緩而過，撥起連珠似的水花，掀開垂簾似的楊柳。親愛的朋友啊！請閉目想想，這是如何幽美的情景？

我們倚着小木橋，投下幾片落葉，讓流水把它帶去，帶到那裡？不管了，最好帶到天涯，帶到海角。只恨這聖詹姆士的河流沒有那麼悠長！

在那裡，我們還看見有些為了消磨時光而餵麻雀的人，麻雀被餵得胖胖的，好像小鷄，它們已失去飛的能力！得此而失彼，朋友啊，你們有什麼感想？

我的黑人朋友

我最初來到這裡，看見黑皮膚的朋友第一句總是問：「你是來自非洲的嗎？」好幾次都碰了釘子，後來便改口問：「你來自那裡？」事實上，他們是來自世界各地，不僅是非洲。好像棕色皮膚的人也不全是印度，巴基斯坦，埃及，阿剌伯等地的人的膚色也是棕色的啊。

在宿舍裡，我有兩個很要好的黑皮膚的朋友：一個是年青的露絲萊，她來自南美洲圭亞那的英屬地。另一個是中年的康絲頓士，她却來自古巴之南的牙買加。她們的膚色都是漆黑，牙齒都是雪白，頭髮一樣是黑而綣曲。所以在我第一次認識她們的時候，還以為她們是同鄉呢，其實她們相距，眞是千里遙遙。

露絲萊是個感情豐富的女子，她喜歡跟人談話，可是她的聲音是軟綿綿的好像在喉間響着。對方要十分留意才能聽清楚。每天，早餐之後，她便熱心地等待在信箱旁邊，因為郵差總是這個時候送信來的。我有意向她取笑，但她却嚴肅地對我說：「等家裡的信嘛，你看，離家這麼遠，我是渴望知道家裡的情況的。」這正說中了我的心事，我也不正是這樣天天的等待嗎？

露絲萊是一個有天才的美術家，她拿出她的畫冊給我看，油畫，水彩畫，炭筆畫，無一不是精美的，我眞不知她竟蘊藏着這高度的藝術。

康絲頓士却是一個非常樂觀的舞蹈家，她能跳各種土風舞。她最喜歡看歌劇和芭蕾。英國的芭蕾，她看過好幾次了，最近演出的西班牙芭蕾，她也冒着寒夜去看了。而她最大的目的就是要看到蘇聯的芭蕾，因為那是全世界藝術最高的表演。可是她找不到票子，全國演期的票子早已一賣而空了。

聽說有些在街上睡三個晚上來等一張票子的，有些登報出着很高的酬勞來物色的。多轟動一時的演出啊！我的朋友康絲頓士到現在心仍不息，她說：「要是她能得一張票子，她寧願在街頭睡三個晚上。」她眞是一個熱愛藝術的人了，這種愛好是高雅的，是值得人家欽佩的。

從我這兩個黑人朋友的身上，我發掘出她們的智慧，才能，和一切內在的美。她們在黝黑的皮膚裡包裹着潔白的靈魂。

在上課時，我也常常發覺那些黑人的智慧。他們不論發問題，或辯論是非，都能夠把握要點，着重事實，他們的才智實足以驚人，然而那些自以為最優秀的民族，而歧視有色人種的，我以為他們才是最愚蠢的民族。

童聲朗誦會

今天我很是興奮，一早起來，便出門參加翰敦學校辦的「童聲朗誦會」，因為我的同學的小女兒在那裡担任節目，我特地為她送了一個小花籃。

那學校是在近郊，路上差不多費了一個鐘頭的時間，抵達那裡，已經開始了半小時了，第一個節目錯過了！那是六歲至八歲的兒童担任的，朗誦的詩篇是戴衞士的「雨」和花尊雅的「露點」，相信一定很精彩的。

我到達的時候，剛好是第二個節目開始，那是由九歲至十一歲的兒童担任朗誦莎士比亞仲夏夜之夢中的「仙子歌」，它描述了仙子在林間飛翔的姿態。不要輕視孩子，他們或她們都能了解詩意，把感情透露在聲音和表情裡。

我最愛那個穿紅裙子結着蝴蝶的女孩子了，她的聲調是那麼優美，她的表情是那麼逼眞，而她的態度又是那麼自然。結果她果然獲得這一組的冠軍了，我想：我要是做評判員，冠軍也是一定給她的。

跟着下去的幾組，是由較大的孩子担任，詩歌蘊藏的意境也較深奧了，然而担任演出者都能各盡所長，效果良好。

下午是「默」的節目，就是完全用動作來表示韻律和意境的。多麼有趣啊！那個孩子一會兒愁眉不展，一會兒却又眉飛色舞，他正盡情刻劃着詩的喜怒哀樂呢。

看了他們的演出，我深深感到詩歌對兒童的重要，那優美的韻律，可以打動兒童的心靈，那蘊藏的意境，也可以誘導他們的想像，許多成人都以為「詩只有成人才能欣賞，孩子無知，怎樣懂得詩情畫意？這種看法是非常錯誤的，其實一出世的嬰兒，便有欣賞美妙的音韻和美麗的顏色的能力了。不信嗎？母親的安眠曲不是可以使一個哭泣着的兒子靜下來嗎？而一幅美麗的圖畫，不是可以逗引一個不安寧了的小孩貼貼伏伏嗎？所以我說：詩歌應走進兒童的世界裡！

記得我很小的時候，跟着長輩們學唐詩。當我能背出：「床前明月光，疑是地上霜；舉頭望明月，低頭思故鄉。」我便能做出表情，好像深深領悟到詩裡的情意的，直到現在，印象還深。

喬家墩

今天細雨濛瀧，天色黯淡，但我却興緻極豪，和珍妮同遊喬家墩。

聽了這個地方的名字，親愛的朋友也許以為我飛到中國一個什麼地方去了，其實不然，我故意把它譯得帶點祖國風味罷了，恰好它的音有點近似，若照意譯，該是喬公園。

我們一早出發，這個公園在倫敦郊外，途程約一小時，我們到達的時候，雨畧止而霧仍很大。進了園門，但見樹木森森，枝葉交錯，窮目力之所及，也只見林木，不見其他，原來這個公園，是以樹見稱，而不是以花爭勝的。

每逢秋末冬初，樹葉將落還未落，然而已飽飲秋色，醉得發紅發紫，這時候，再也不是單調無光的綠葉了！這時候，眞是葉比花還美，而遊喬家墩也正是其時了。然而，所可惜的，古往今來，賞花的大不乏人，而賞葉的有幾人？無怪大好的喬家墩，竟被人們冷落，我們到達時，無窮盡的空間，只有珍妮和我，還有就是一層籠罩的濃霧，和幾隻閒遊的野鳥。

我們一邊漫步於林木之下，一邊細數那些枝和幹，眞的，當你留心觀察，在自然界中，每一樣東西，都有它的獨特之美，也都有它獨特生存的意義。不信嗎？試看每一棵樹的姿態，沒有一棵相同，然而都各盡其能，呈現它的優美。而且從枝葉的伸張，就可以看一種生存競爭的力量，是的，它們是經過和風雪雨露的搏鬥，終於獲勝而生存的，我對它們不屈不撓的精神，表示萬分的崇敬。

珍妮的興趣，却集中在各種不同姿態樹幹上，那皮層的皺紋，也因種類不同而各異，有些像鳥飛，有些像浪湧，有些像水流，有些像沙漠，她是一個雕刻欣賞家，她不勝贊嘆地說：「即使是最技巧的雕刻家，也不能創作如此美好的圖案。」我也深信她所說不虛。

偶然飄下幾片殘葉，好像蝴蝶在拍着翅膀，於是「仲夏夜之夢」的景象活現在眼前，我彷彿看見仙王與仙后為了爭他們的寵兒而吵嘴，看見那仙王命令阿北去施行他的計劃，更看見那兩對愛人，為了阿北頑皮而發生誤會重重，是的，我想：要是莎士比亞這個劇上演時，選擇這個公園作背景是最好不過。

教育展覽會

今天下午，沒有課，費拉德到宿舍來找我，約我去看教育展覽。那是在教育會裡舉行，會址距離國會大厦不遠。平時，倫敦教員有什麼集會，也往往假座這地方的。

這次的展覽，是集全出版界的書籍於一堂，附帶陳列一些教育儀器，教育用具等等。擺了無數的攤位，正是琳瑯滿目。

參觀的人非常擠擁，我主要是看看兒童的書籍，供給兒童讀的書，為數也眞不少，單是課本一項，出版的已有數十單位了。它們大概很重視插圖，讀本上的插圖，着色很美麗，其他故事書籍的插圖，也大多數是彩色的。

我覺得每一個有兒童的地方，都應該有無數良好的兒童讀物，而每本良好的兒童讀物，都應該散播到每個有兒童的家庭裡，我更覺得每個有兒童的家庭，都應該培養兒童愛好讀物的習慣，因為精神的糧食，比物質的糧食還重要，而無形的勸誘，比責備懲罰更有效。

從前，我深深感到香港大多數的兒童，缺乏看書的習慣，譬如他們拿了一塊錢，他們寧願花在一場電影上，也不願買一本好書來看。但是如今想起來，問題不在兒童，而在我們成人身上。我們為什麼不培養他們看書的習慣？我們為什麼不努力為他們大量生產一些好書？

費拉德和我在每個攤子上，都停留許多時候，而我搜羅了無數的目錄，留作以後購買書籍時的參攷資料。費拉德含笑對那裡的負責人說：「我這位朋友，來自香港，她也寫了些兒童的書籍的。」

我立刻謙遜一番，那個負責人很高興，送我好幾本美麗的故事書，請我介紹給我的小朋友。我感謝他的盛情，但我又不知何時才能實踐我的諾言了！

落葉

近來這裡難得看見陽光了，即使有時在上午偶然露臉，可是一瞬即逝，恰似一隻飛翔而過的白鳥，頃刻失去了影踪。

晦暗的天色，更易增加人們的離情別緒，下午三時已是黃昏，四時已接近黑夜，晝何其短而夜又何其長？

每天，我踏着黃昏，數着落葉，從學校回宿舍，寒風帶着夜霧，向我包圍，我有點顫抖了！

那些英國式的古老房子顯得更古老，更陰沉了，那一排排細而密的煙突，冒出了縷縷的灰煙，瀰漫着灰色的天幕。我的心在告訴我，也許是舉炊的時候了，夫妻子女，都該回家了；也許是客廳裡生了一爐熊熊的火，家人團坐，而孩子們纏着媽媽說故事了。

今天，我心裡有點感傷，不願在這個時候回宿舍去對着自己的影子，因此繞道到闢福地小公園，找個地方小憩。

記得我初到的時候，這裡還是綠葉婆娑，曾幾何時，已露出了嶙峋的枝幹，只剩下稀疏的幾片，在寒風裡發抖，像什麼呢？我心想，——有點像女人戴着搖曳生姿的耳環。

殘葉堆滿了一地，我踏着殘葉，發出了「索索」的聲音，如怨如訴，我忍不住輕輕地嘆惜：「可憐的落葉，可憐的枝幹！」

在我身旁屹立的老樹，彷彿在我的耳畔低聲回答我：「好心的人，不要為我們悲傷，也不要為我們難過！落葉只不過是我們生存的適應，因為沒有枯萎，那有新生，沒有衰落，那會繁榮，且等着！春來我們又是一番新面貌了。」

老樹的聲音縷縷，縈繞不絕，我不禁仰望樹梢，它多麼有力地在風裡掙扎啊！它多麼勇敢地忍受寒冬啊！我不禁肅然起敬，覺得它是我的好模樣。

於是，我陡然覺得全身溫暖，彷彿已是春天，彷彿看見又是綠葉婆娑的樹木了。

是的，沒有枯萎，那有新生，沒有衰落，那有繁榮。這是老樹告訴我的話，我又何必怕過這寂寞的黃昏，怕受那寒冷的侵襲。

我似乎帶着勝利的微笑，踏上我的歸途，這樣一切對我，都是快樂的，我的心情不再受那晦暗的天色所影響了。

太晤士河的夜

今天接近週末，工作較輕鬆了，緊張了幾天的心情也稍為鬆弛，因此很想藉着這一點空間，看看太晤士河的夜景。我知道只有珍妮才可以作我的遊伴，果然一問之下，她就欣然應允了。

我們也忘記了路的遠近，只是身旁帶了地圖，便什麼也不怕了。從特拉法加廣塲附近，轉了幾個彎，已遠遠看見太晤士河的燈火了。

在白天，我經過太晤士河不知多少次；但總看不出它的美麗來，混濁的河水，襯着灰黑的隄岸，我想這就是太晤士河嗎？可是，現在，在夜裡看來，却完全不同面目了！隄岸那串連緜不斷的燈光，帶着那兩岸樹木的赤裸裸的枝條，倒映河面，波光靜靜地掠過倒影，飄飄蕩蕩的，若有若無的，似眞似假的。岸的那座新型建築的皇家演奏廳，透射出燦爛的光輝，更使河面豐富起來，艷麗起來了。這一角，眞是畫家的好題材，是詩人靈感的源泉，要不是我親臨其境，我絕不會相信夜裡的太晤士河是如此動人的。

我們在隄岸的行人道上漫步着，珍妮低聲哼着法國的小調，我却默默地呼吸着一切的美麗。眞怕一聲咳嗽，就會把眼前的一切驅走。

大笨鐘送來八下的鐘聲，我們不覺已走近它的脚下了，那不是嗎？鐘面圓圓的亮光在半天照耀着，好像一個月亮。經過四個月的治療，它已完全復原，又繼續它那晝夜不停的工作了。

遠遠望見碧加特里市區的燈火，五彩爭輝，我忽然若有所感，驚嘆了一聲，珍妮懷疑地睜圓了眼睜看我，我連忙解釋說：「太像香港了，眞是太像香港了！」因為感情興奮，聲音也有一點發抖了。

這樣我們不覺又走了一段路，太晤士河已留在我們的後邊了。我似乎戀戀不捨，還屢屢回頭而望，直至隄岸的燈火看不見了，皇家演奏廳的光輝消失了，而大笨鐘也在迷濛的霧裡隱沒了，我才從心裡發出一聲低喚：「晚安了，夜裡美麗的太晤士河！」

兩個蘇丹女郎

宿舍裡住有兩個蘇丹女同學，一個叫做仙勞瑪，很活潑，喜歡笑，另一個我忘記她的名字了，比較沉靜些，但是也很和藹，見人便報以微笑。

有一天，在交誼室裡喝茶，仙勞瑪特意走過來跟我談話，她第一句便說：「我現在了解你們中國人了！」我不懂她的意思，呆望着她好一會，她笑了，在這一刹那，我發覺在黑皮膚裡，實在孕藏着天然的美麗。

我親切地拉着她的手問她：「怎樣了解我們中國人？」她說從前以為中國是愚昧的，遲鈍的，但自從她看過中國雜技藝術團表演之後，她了解中國人不特不愚昧，不遲鈍，而且是聰明靈巧的民族。

是的，當我到倫敦不久，便聽到有人告訴我中國雜技藝術團在王子戲院表演，場場滿座，我奇怪就是這位蘇丹女子，怎能買到票。她說她的確費了不少功夫的，但是看了之後，覺得很是值得，她尤其喜歡那耍碟子的節目，每個藝員一隻手拿三枝棍子，每枝棍端，旋轉着一個碟子，好幾個人一起表演，碟子滿場飛，好像蝴蝶，也好像出水荷花，美極了，妙極了。其次她喜歡的就是頭頂米缸的表演，也精彩異常。

仙勞瑪一邊說着，一邊手舞足蹈，彷彿她自己在表演，她還告訴我，開幕時，藝員謝幕，掌聲不絕，謝幕至十多次，她從此也了解中國人眞是聰明而敏捷的。

我多謝她的好意，但我的心裡更多謝為國爭光的藝員，藝術的確值得發揚光大的。它能把文化傳播遠方，起交流的作用。

我於是也告訴她我以前也誤解了非洲的情形，誤解了非洲的民族，因為當我讀中學的時候，非洲的確還未曾十分開化，我還記得讀地理時，老要記着非洲被稱為黑暗大陸的六大理由，考試時也因為我背熟了而得到很高的分數。後來，屢屢在電影中，看到那些非洲的生番野人，都是野蠻愚昧，所以在我的腦子裡，始終存着非洲是還沒有開化的民族，直到現在。和非洲人共處，才把我這觀念打破。

仙勞瑪聽我提起那些電影，便非常憤慨，她說那些以賺錢為目的的片商，儘管揑造事實，侮辱非洲民族，她還說：今天的蘇丹，正在突飛猛進，在她們的後一代，已經不再紋面了，而且教育也一天天發達了，多可喜的現象。朋友啊！只要世界上的人都朝向「文明」前進，野蠻的事自然可以消滅了。

從此，我們可以知道，世界各民族，彼此了解是非常重要的。

老房東

中國人到底有中國人的口味，西餐偶然一吃倒可以，可是經常吃着，便會覺得味同嚼蠟了。朋友，也許你們不會相信，因為每逢週末或假日，你們往往要求父母，帶你們去吃「西餐」，以為吃西餐是一種享受，然而現在的我倒覺得只有吃中餐才是無上的享受。

因此，有一個朋友約我到他的家裡吃中餐，我便立刻答應，因為這是千載難逢的機會。

這位朋友，也來自香港的，和我雖不是故交，然而異地相逢，容易熟稔，他和兩位同學，租了一間郊外的房子，路很遠，要是他不來帶路，我眞不容易找到那地方呢。

那所房子，眞是「如假包換」的英國老屋，矮矮的圍牆，淺窄的前院，低低的簷頭，陰沉的甬道，屋子裡的一切東西，都陳舊古老，簾子，畫架，壁爐，都有危危欲墜之感。

全屋沒有暖氣設備，只有那個小餐廳有一具電暖爐，是唯一溫暖的地方，所以大家都集中在那裡，可是室太小了，除了一張可容六人的餐桌外，再也擺不下什麼了。

那老房東，他的頭髮全白，瘦弱矮小，看樣子，似乎有點衰頹，他臉上縱橫無數的皺紋，都好像蘊藏着無限的寂寞與憂鬱。我心裡暗想，他一定經歷過許多的折磨，受到了無盡的苦難了。

午餐後，那個老房東，顫顫危危地捧着一個熱水袋，跟我們説聲明天見，便走向着那陰沉的甬道回到他的房間去了。

我不覺有點驚奇，因為雖然天色將晚，而時間只不過下午三時，難道他就這樣一直睡到天亮？我的朋友搖頭嘆惜，為我解釋説：可憐的老人家！他的確寂寞凄涼，他兩個兒子死於第二次大戰的隊伍中，老妻也喪生於炮火裡。現在，女兒又遠嫁了，剩下他老人家，守着這間老屋過日子。房子都分租給人了，剩下的一個僅容一榻的小房間，他除了「吃」的時間之外，便是躲在房間裡睡覺了。

多可憐的老人，多寂寞的晚景，多可怕的戰爭！我的心不期然而沉重起來，這種人生的慘劇，彷彿一幕又一幕地在我的眼前出現，我趕快告辭，生怕我會忍不住我的眼淚，路上我仍然記掛着那老房東，他的影子，在我的腦裡一次又一次地出現。

原載於五十年代《兒童報》，選自劉惠瓊《留英寄語》，香港：友僑公司，一九五八

周兆祥

時鐘

床前的報時者，天天叫我起床。晚上，我休息之前，又聽到他報時的音響；又一天了。啊！時光溜得多快。

一寸光陰一寸金，每人都要珍惜着一刻寶貴的光陰，天天消磨時日，靠娛樂過日子的人，不知有何感想。

時鐘！您指示我去珍惜時光，催促我抓趕時光，更引導我去檢討荒廢的時光，謝謝您！

選自一九六〇年十一月十二日香港《兒童報》第三十八期

雪山草

石榴樹

每個人都有自己值得回憶的童年片段，我也是一樣。當我靜下來的時候，我的心又掛起翅膀，飛回家門前那兩棵石榴樹旁。啊！石榴樹，石榴樹，一想起它們，我心裏就充滿一種稚氣而又親切的甜蜜感情來。

那時我僅九歲。是在一天中午，大風雨過後，小雨還繼續下着。雨天，沒有同伴陪我玩，我無聊地癡癡地望着那由瓦簷滴下的水點，又稚氣地用雙手去掏水洗自己的臉，忽然四姊叫我：「弟弟，同你往屋後山下，找兩棵石榴回來種好不好？」四姊用手比劃着門前那塊小空地。

「好！」我快樂地說。

雨雖然止了，但灰濛濛的天似乎還要再下上一場。我們戴了竹笠帽，四姐揹了一把鋤頭就向屋後走去。我家是在山腳下的，因此屋後就有許多小樹叢生，大風雨後山上許多松樹和一些不知名的大樹都被吹倒了。但，這些像我一般高的小樹還是堅挺地站在那兒，像一排小戰士，穿着被大雨洗刷得一塵不染的青綠色征衣。

「四姐，那兒有！」我銳利地從這些綠色小戰士間看到一棵小石榴樹，拾一顆石頭準確地扔過去，打中了它，小樹身搖了幾搖，顫落葉上點點水滴。

四姐走過去很小心地在它四圍鋤鬆了泥土，然後我也慢慢把它連根帶泥土拔起來。據四姐說，若鋤斷了中根（主根）是種不活的。我把它背了起來，歡喜得像第一次認識石榴樹似的，我心裏想：「嘿，我們種活了它，可有石榴吃啦。」

我正在想，四姐又在那邊發現了另一棵，比我發現的還要大，高過我的頭。「四姐，好大棵呀！明年準有石榴吃了。」四姐把它鋤下才回答我說：「這棵不一定會種活，越大越難，因為它的根鬚生老了，習慣了泥土，突然移植會不大適宜。」

我們找到了其餘兩棵，一共四棵。就在我們家門前那塊小空地上每隔兩尺的把它們種下。

第二天，第三天……我天天一早就起身去看護它們，給它們澆水，巴不得它們一下都長高起來，結了菓子給我吃。四姐還常常找一些泥和垃圾堆放在樹下，我知道是供給它們養料，我也照樣做了。

過了約十天，那棵較大的石榴樹忽然樹葉凋黃、垂下頭，像快要死了，我急得忙去告訴四姊。四姊說：「種不活了死了也罷，反正還有三棵。」果然不兩天，它死了！我為它的死而悶悶不樂，但心裏倒也佩服當時種樹時四姊的預見。

此後，我更小心照料其餘三棵了。每天上學、放學總在它們面前呆上好一會，細心察看；還做上高度記號，看它們長高速度如何。果然，小石榴樹不負我的願望，不過兩年，已高過我很多了，像幾把撐着綠色葉子的傘，在我家門前搖曳着。

就在這年春天，我看見石榴樹枝與葉間有無數綠芽子突出，我告訴四姐，四姐高興地說：「弟弟，開花啦！擔保不久就有石榴吃！」

果然，不久樹枝開花了，三棵石榴樹掛滿白中透紅的朵朵小花，在陽光輝耀下很美麗，看着，看着，我童稚的心也開花了。

然而，這可急死我啦！就在一個夜間，外面風雨交加，一場可怕的風暴刮起來。睡在牀上，我非常擔心石榴樹的安全，天剛亮就趕快爬起牀到外面看個究竟。還好，它們還是像戰士般屹立着，但那些白閃閃的美麗的小花朵，卻被可惡的風刮得一朵也不留了！我空自緊握着憤恨的小拳頭，無話可說地滴下淚水。

但，風暴是壓制不住石榴樹的生長意志的。過不了多久，它們又開出美麗的花朵，慢慢的進而結菓子了，幸好這時是假期，我整天待在樹下守護着它們。因為那些頑童正虎視眈眈的望着，在打主意了，而由於石榴一天天趨於成熟，像好花招蜜蜂一樣惹來一些討厭的小鳥胡亂啄食。初時，一個個掛着的石榴是青色的，轉而變白，後來又白中帶紅，成熟啦！一些成熟的石榴被百趕不去的小鳥啄食開了，裏面紅色的飄透出一陣陣特別的香味，真叫人非試不可。自然，還未熟透時，我這個口饞鬼早已偷偷地爬上樹去摘些下來吃了（儘管四姊不許可），到成熟了，我更是大吃特吃。

記得那第一天得四姊命令，許可我爬上去摘那些成熟的石榴時，一陣陣芬香撲鼻，我邊摘邊食，急得四姊在下面罵我：「小心呀！否則跌下來連你的屁股也摔成兩半。」第一次收穫，不知是因為它芳香可口，還是第一次吃自己親手種的菓子，我吃了許多，甚至連晚飯也沒有吃。到第二天大便時，卻苦了我：因為吃得太多了。消化不良，那些石榴核硬結，大便不通，還要叫媽媽來通便，真是又好氣又好笑！

如今，童年已過去了，轉眼離別了那幾棵石榴已五六年，聽說我和四姊種的那幾棵石榴如今還在，而且菓子依然是香甜可口，這是早些天四姊來信告訴我的。啊！我多麼希望能夠再嚐嚐它們的菓子！

一九六一年三月十七日香港《青年樂園》第二五八期，選自陳偉中編《誌．青春——甲子回望〈青年樂園〉》，香港：火石文化有限公司，二〇一七

舒　韻（李玉菱）

英雄花的馳想

一

迎着薰風，英雄花開了。

我就愛稱木棉花為英雄花；不是嗎？你看那璀璨的花朵，就像英雄的心一樣鮮紅高貴。

記得小時候，老師跟我們講過一個動人的故事……在那苦難的年月裏，有一個人為了保存大家的性命，犧牲了自己，終於被那豺狼似的人縛在樹上，活活把他燒死！樹葉被燒焦了，落了！第二天，東方升起了紅太陽，光禿禿的樹枝上綴滿了紅花。人們說，這是英雄的心，高高掛在枝上，放着光彩！……

打那個時候開始，我就覺得這樣的心多偉大多可愛啊！因此，對於那捎來春訊的英雄花，更禁不住敬仰而深愛！

二

在一個春氣瀰漫的清晨，我領着孩子們來到了戶外；小鳥們叫，孩子們跳，忽然一個孩子指着身旁的樹問我：

「老師，這棵是甚麼樹？」

「英雄樹。」

「英雄樹？為甚麼叫做英雄樹呢？」幾個孩子不約而同地問，還瞪大了那對好奇的眼睛。在他們的央求下，我又生動地敍述了英雄樹的故事，最後，我問：

「那麼，你們喜歡這英雄的心嗎？」

「喜歡！」孩子們齊聲答。

「為甚麼呢？……」我還沒說完，只見小峯邊走邊大聲嚷道：

「拾到了，拾到了，我拾到英雄的心啦，我是英雄了，哈……」於是，孩子們一窩蜂似地簇擁着他，搶着他手中拿着的東西；忽然間，大家都不安地悄悄坐了下來，原來小峯哭了，他看着手中被搶爛的花流下了淚，彷彿那真個是一顆英雄的心！

「小峯，別難過！」我把他拉到身旁替他揩去滿臉的淚痕。孩子們也難過地沉默着，只有那枝頭上的小鳥還快活地唱着青春之歌；看着他們那副不安的樣子，我也不忍責備他們，柔和地說：

「孩子們，剛才的事，大家以為對嗎？」十幾個低垂的小腦袋搖晃了兩下，眼看這情景，我真想笑出來呢！

「小峯，你剛才拾到一朵花，是嗎？」他抬起了水汪汪的眼睛，點點頭。

「那你為甚麼說自己就是英雄呢？」

「老師，你說，英雄死了，樹上便開了花，你說那就是英雄的心，我拾到花，就是拾到英雄的心，我自然變成英雄囉……」孩子不等他說完，便嘻嘻哈哈地笑起來，有些還笑彎了腰；剛才的不愉快彷彿被笑聲吞噬了。

「大家說，他講的對嗎？」

「不對！」

「是的，小峯，你錯了，人們把花比作英雄的心，是説雖然他死了，但人們永遠不會忘記他，他的光輝的形象永遠是後人學習的好榜樣，所以，如果我們要當一個真正的英雄要怎樣做呢？」

「為了大家，犧牲自己！」孩子們昂高了頭，朗聲説着。旭日的紅輝把他們照得更可愛！看着他們，我禁不住欣慰地由衷地笑了。

三

撩人的薔薇，請別牽着我的衣衫，請別搔着我的臉；那樣只會令人覺着你的討厭！艷冶的玫瑰，不要插在我的鬢旁，醉人的芬芳，不要噴洒在我的身上；那樣也決不能換取我的半個微笑一聲允諾！

因為在那英雄樹下，早已深深地埋下我那顆倔強的心！永恒不變！

一九六五年五月二十一日香港《青年樂園》第四七六期，選自陳偉中編《誌．青春——甲子回望〈青年樂園〉》，香港：火石文化有限公司，二〇一七

綠騎士

大年夜

總是個胖團團，溫暖暖，和和氣的夜。連平日無奈地躲在暗淡的冷巷盡處的神台也燭火通明起來。瀰漫的輕煙下是交錯的金色和朱紅色。這本就是個最濃的節日嘛！

廳子上什麼都有點兒閃閃着般似的感覺。堆疊起來的大蘋果紅得閃閃，橙子柑子鮮得閃閃，煎堆角子油得閃閃，玻璃桌面淨得閃閃，階磚地面亮得閃閃。也許我們是沒有什麼可以憑着來慶新年的；既沒有耕耘過，也沒有收穫過，更沒有根植過。可是，對那地總有一川汩汩依戀的暗流。尤其是當遠遠近近的炮竹爆花似地濃艷起來的時候。

把高高地擱在大衣櫃頂的全盒取了下來洗抹乾淨。它很老的了，老得在這個每天都變新的時代，你反會像要維持一些莫名的尊嚴似地，固執地愛起它上來了。母親每次都帶點驕傲似地說這曾是個很名貴的全盒。它也確是頗別緻的，大蝴蝶的模樣，黑漆上雕着金色和彩色綫的花。裏面朱色的一個個不同形狀的小格子，可以拿出來的。小時貪玩，一格格拿了出來再拼回，拼來拼去都拼不對，或是被哥哥捉弄地收起了一個小格子，嚷道：「抛失了一格啦，老鼠拉了去牀底下。」便着急得不知怎好了。然後忽地有一年，那麼一拼居然都拼合了，再試幾次也沒錯，不知是自己長大了聰明了，還是全盒笨起來了。漸漸越發覺全盒漆油剝落處的皺紋。可是怎也捨不得換個新的。蝴蝶兩翼的格子盛放糖果、糖蓮子、糖冬瓜、糖甘筍、糖蓮藕……中間長橢圓形的蝴蝶身那格一定是盛放紅瓜子的，還有幾片金圓的朱古力糖，一個紅封包。蓋上後再在上面放一對有枝有葉的桔。那個古老的冀望要求那麼多甜蜜和吉利，想想便不禁要憐愛地笑了——我們那古老單純的民族啊。端正正地把全盒放在鋪上了新桌布的方桌上。廳中無論怎樣一直也像欠了什麼，到這一刻，像一種「點睛」似的感覺，一放好了全盒，便不欠什麼地新年起來了。全盒也活像吐盡了三百五十多天來被遺忘在蒙塵的舊報紙下的委屈。

然後便得幫忙母親套紅封包了。不知究竟要祝賀別人多快高長大，多龍馬精神。可是疊着那些一元一份兩元一份的恭賀，又叫人要微笑了。

——快點，不等啦，夜了！

——來了來了，就只要穿鞋——

最喜歡的還是去行花市。從前母親在半夜帶小弟一起去廟，會帶個風車或關刀回來，可是現在她總懶得動，家中又有瑣瑣碎碎的要忙着，我們便自己去了。

寒風刺面。挽着哥哥妹妹，儘往人堆裏鑽。先逛個痛快才挑株合意的。在花裏，人裏和夜燈裏，有幢幢的錯覺，彷彿這許多人都很快樂，甚至比自己更樂。不知會不會有人只是希冀藉這氣氛去沾染一絲別人盈餘的快樂，也不知會不會有人在這熱鬧中更感寂寞。我只是更緊一點地挽着身旁的人，荒謬地以為世界便可至少因此減少一點點兒寂寞。況且一株花，雖然不是種的，買來的也是從地中出來的花啊。

帶倦意地回到寂靜的家。一年中便只有這一晚，所有的燈都要亮通宵。把新的拖鞋從盒子中拿出來放好在牀前，明早一起牀便可踏上去了。每年都那樣，綉花釘珠或銀綫的。我總喜歡紅色，妹妹喜歡五顏六色的，母親的卻多是黑色透着閃閃的棕或藍色。

燈全亮着使人不覺到底多夜。都睡了。我站在房門邊，回頭看看沒有人的廳子，這亦不華麗亦不幽雅的小小廳子。只是一株瘦桃花一個舊全盒，在這光明的深夜裏竟是一份說不出的完美。初一將會是個很濃的熱鬧日子。但大年夜這刻竟是出奇地溫文。我像要多看一眼般有點依依，感覺有點傻，也有點驕傲。

選自一九六八年二月二日香港《中國學生周報・新春之頁》

第五輯　詩與兒歌

崑南

銀河

藍天綴滿點點繁星，
高架一條燦爛的銀河，
晚風在溫柔地吹着，
朦朧中我看見熟悉的山坡。

我回到昔日的家園，
坐在石階上看明滅的螢火。
當祖母講完銀漢雙星的故事，
我幻想他們有一天能打開天帝的枷鎖。

地上放着七姐的梳粧盤，
桌上擺滿香燭鮮花瓜菓。
姑娘們對天膜拜，
難道不惦念遠方的心上人？

每逢七夕我就憧憬着故鄉的美麗，
何時我才有一條回鄉的銀河？

選自一九五三年九月四日香港
《中國學生周報．詩之頁》

王敬羲

煤焦之歌

呵！這一粒小小的煤焦，
茫茫宇宙間它何其渺小！
一點點熱，一點點光，
它在長夜裡默默地燃燒。

默默地燃燒，當一切都沉睡，
且畏懼着寒冷；時間的流水，
就傲慢的流過！這時，聽！
是誰迸笑了一聲，身心俱碎？

碎散的是鮮明，光亮的紅，
紅紅的煤焦——燃燒的嘴唇，
（飢渴於知識與愛情的嘴唇啊！）
顫顫地，終化成一堆灰燼冰冷。

去也無踪！去也無踪！
死亡不需謳歌讚頌，
燃燒過了，啊！快樂的灰燼，
但願追隨那來自海洋的風！

選自一九五五年七月八日香港
《中國學生周報．新苗》

藍　子（張彥、西西）

自己集

一

我對自己忠實
但是，我懶
有時候，我還是懦弱
我不慣於沉默
也不喜歡無言
我不想說我聰明
因為我是愚者
我不想說我能幹
因為我屬於低能

二

我有一個朋友
是我的影子
我珍惜我們的友情
因為，它沒有朋友
它是孤獨的
我有太多的朋友
而我依然孤獨
燈下，我們正好
談談已往的故事

三

我會眼紅的
不是流淚
也不是悲痛一份失落
而是由於憤怒
點燃了心靈的燈籠
我珍惜憤怒
不管那是對或錯
因為我學會了思想

四

我會做夢的
夢見許多天堂
希望和理想
但是，我也夢見
我被惡魔追踪
被虛榮征服
被妒忌引誘
剩下來的是後悔
沉痛和幽悒……

五

我也有困惱
我也會遺忘
遺忘在我是毀滅
我把創造
建立在毀滅上面
由於破壞，我創造
新的希望，向希望走

希望就是眞理，我相信

選自一九五七年三月十六日香港《青年樂園》第四十九期

朱同（朱溥生、阿濃）

早晨第一課

清脆的喉嚨齊喊：「先生早！」
像一陣清風掠過林梢。
「同學們早！」我點頭微笑，
孩子們呀，我們又上課了。

課室裏充滿陽光，
還飄進校園花朵的花香。
你們精神飽滿，
一對對小眼睛烏黑晶亮；
我的聲音清楚流暢，
滿意的微笑同在我和你們的臉上。
這一切都很美好，
孩子們呀，這是我們的第一堂。

對着你們豎起了小耳朵，
我想說的眞多：
我要講中國山河像錦繡，
還藏着豐富的煤鐵和石油；
我要講中國人民多智慧，
古往今來對世界文明貢獻多；
我要講眞理從來勝强權，
歷史上的暴君江山不長久；
我要講「和平」二字最珍貴，
戰爭使血和眼淚流成河。

對着你們——人類的花朵，
熱烈的期望發自心窩：
願你們能創作美妙的藝術，
願你們能制服兇惡的病魔，
原你們能控制善變的氣候，
願你們能征服神秘的宇宙。
想你們定不會使我失望，
一定能認眞學習、努力向上；

只要你們記得——
成千成萬的孩子還被拒絕在學校門口，
你們就不應再有一丁點兒的懶惰。

選自一九五八年九月二十六日
香港《青年樂園》第一二九期

溫健騮

孩子

做甚麼？
孩子，
抿着小嘴，
眨着眼，
是怒？是哭？
孩子，
不要再鬧別扭了；
看！那生命的列車
又從總站開出。
明天，就得要走上
那崎嶇的道途了，
孩子，
你明白嗎？

選自一九五八年十一月二十一日
香港《青年樂園》第一三七期

風情

在天橋底下
舖砌屈辱了的文化；
蓮花落，蓮花落，
不唱也罷！
一個銅板的饅頭豆漿，
江南的水鄉
荊棘和銅駝
一盞茶，一捲煙，
板橋凝霜的獨夜，
竹篁的冷韻，
都踐踏得好碎好碎！
被日月的烏騅。

不慣長歌，無法慟哭，
你盤坐一幢
破絮裏着的孤獨；
而長髯蒼蒼，牽不住
叱咤的過往。
被吹的敗葉殘埃
猶望死守故土底淒涼，
飄零，無家，
你卻在這來來來往往的足下
襯映一幅流落的悲愴。

附白：一日，道經某天橋下，有老者乞於路旁；其前以白粉筆書地上，極言流落之苦。此亦香港風情也歟？

選自一九六八年二月九日香港《中國學生周報．穗華》

劉惠瓊

郊遊樂

草兒青，
花兒紅，
小溪水，
響淙淙，
春郊田野風光好，
大家歡笑樂融融！

選自一九六〇年三月二十六日
香港《兒童報》第五期

溫乃堅

那有甚麼要緊呢？

縱使銀河裡的星星都隕落了
急墮入宇宙間無邊的黑暗裏
那有甚麼要緊呢？
只要一看見
　你底閃亮的眼睛
我便忘卻了星星

縱使月亮脫離了地球的吸力
疾飛向宇宙無盡的縹緲處
那有甚麼要緊呢？
只要一撫上
　你底柔和的臉頰
我便忘卻了月亮

縱使太陽裏的火焰都熄滅了
凍結在宇宙間死冷的氣流中
那有甚麼要緊呢？
只要一貼近
　你底熾熱的心
我便忘卻了太陽
⋯⋯
那有甚麼要緊呢？
那有甚麼要緊呢？
只要
　你在我身旁
我便不需要
星星
月亮
太陽

一九六二年一月二十六日香港《青年樂園》第三〇四期，選自陳偉中編《誌．青春——甲子回望〈青年樂園〉》，香港：火石文化有限公司，二〇一七

黃慶雲

搖搖搖

搖，搖，搖，
搖到外婆橋，
下了船來上飛機，
美麗天空飛呀飛，
坐過飛機坐火箭，
一飛飛到天外天。
外婆，外婆，
睜開眼睛，
請你看我，
變成一隻鷹，
還是一粒星？
孩子有凌雲志，
外婆閉眼不敢看啦，
孩子說：「外婆，外婆，
睜開眼睛看看我吧，
我飛到老遠老遠，
變成鷹呢還是變成星星？」

選自黃慶雲《花兒朵朵開》，
廣州：廣東人民出版社，
一九六四

小東東

小東東，
慢慢撐船入我涌，
涌邊有棵丹桂樹，
丹桂花開朵朵紅。
你給阿姨摘一朵，
我給老師摘一叢，
老師微笑說不要，

你們就是花兒紅，
看了心裏樂融融。

選自黃慶雲《花兒朵朵開》，香港：外文書局，一九六六

送秧苗

搖小槳
划小舟
我送秧苗到田頭
一船秧苗千畝綠，
一首兒歌順水流。
順水流，
順水流，
白雲跟我河裏走，
魚兒擺尾天上游。

選自一九六六年七月十六日香港《兒童報》第二六七期封面

織竹籮

拍手掌，
唱山歌。
爸爸種瓜我織籮，
我織竹籮個個好，
我織竹籮心事多。
籮大又怕爸爸挑得累，
籮小又怕西瓜大過籮。

選自一九六六年七月十六日香港《兒童報》第二六七期第二頁

送香蕉

清清水，
圓圓渦，
撐着船兒水上過。
小小姑娘開口唱，
一下槳聲一句歌，
小槳打起浪花花，
歌聲唱出甜甜果。
靜靜的流水偷看我，
快樂的微風吹送我：
「哎喲，哎喲，
肥大的香蕉，
　坐着船兒出大河。」

選自一九六六年七月十六日香港《兒童報》第二六七期第二頁

我補魚網海鷗來

補魚網，
巧又快，
我補魚網海鷗來。
海鷗問我：
　幾時出大海？
我答海鷗：
金花銀花幾時開？
太陽出來晒魚網，
閃閃金花飄滿海；
月亮底下載魚歸，
千朵萬朵銀花
　伴我小船開。
銀花銀，
金花金，
燦爛的花兒
　開在我的心。
我替爸爸補魚網，

一針、一針、又一針。

選自一九六六年七月三十日香港《兒童報》第二六八期封面

摘根野草當簫吹

野草花，
紅緋緋，
摘根野草當簫吹，
黃鶯枝頭高聲唱，
蝴蝶跳舞兩邊飛。
稻子田裏點點頭，
羊兒路上排長隊，
草兒鮮，
羊兒肥，
咩咩咩咩，
請我再吹兩三回。

選自一九六六年八月十三日香港《兒童報》第二六九期封面

小公鷄

小小鷄，
像圓球，
破開殼
探出頭，
吱嘓吱嘓
　想到太陽下面走。
　　「不許走，
　　　不許走！
前門有花貓，
後門有黃狗，

大伙不出不許獨自走！」

選自一九六六年八月二十七日香港《兒童報》第二七〇期封面

范劍（鄭辛雄、海辛）

山頂記事

六月十二號，香港遭逢八十年來最巨人的暴雨侵襲，山上山下，頓成澤國，災難深重。本港曾特派直昇機載運物資飛赴山頂援救。數天後，筆者隨記者黃君攀登山頂探訪，拾得少女日記數篇，漬痕處處，戲改為怪詩一首。

暴雨——
你這討厭的借債鬼
已經關緊了門
你拼命拍門
已經關閉了窗
你大力敲窗

暴雨——
你這頑惡的大阿飛
推倒圍牆
弄翻汽車
折斷纜車路軌，那不關我的事

暴雨——
你這假正經的壞醫生
你禁止爹哋應酬、鬧酒、玩保齡球
你不許媽咪出去大戰方城鬥智慧
爹哋關在家裏三天老嚷血壓低
媽咪終宵在床上輾轉患失眠

暴雨——
你這「蛇王」的女傭人
我們吃不到鮮美的牛排、豬排、雞、鴨、
　青菜
我們嘗不到「新奇士」、啤梨和提子

還有雪糕、汽水、巧克力
最斷癮，我的「派對」只有花貓做客人：

爹哋，我們甚麼時候買架直昇機？

然後——
偉大的直昇機來了！
借債鬼早就給嚇跑了！
大阿飛被捉將牢裏去了！
壞醫生被乾脆趕跑了！
懶女傭被立刻辭掉了！
偉大的直昇機
你比聖誕老人來得更合時宜！

據說——
暴雨過後山下多奇景
幾十輛汽車堆疊似積木！
幾百條馬路，濁流滾滾如江河！
幾千間木屋倒塌像破火柴盒！
幾萬災民回到人猿時代去！
我失去了一次觀賞的好時機

選自一九六六年八月五日香港
《青年樂園》第五三九期

第六輯　劇本

黃炤桃（香山阿黃）

〔獨幕時代粵劇〕

浪子回頭

時：某日黃昏。

地：香港街頭。

人：小春、小夏（中學生，十七八歲，鼻樑架近視眼鏡。）貓王九、馬騮飛（懶學生，年歲與小春二人相若。）

景：舞台正中為「麻雀學校」，設立體門口，以便利出場。（「銀台上」牌子頭一句起幕，音樂起梆子慢板板面，小春、小夏挾課本同上）

春：（梆子慢板）紅日落西山，晚霞多艷麗，又是黃昏、時候。

夏：（接唱前曲）嘆韶光，如飛箭，莫等閒白了、少年頭。

春：（滾花半句）為求上進苦用功。

夏：（接唱半句）不讓韶光空溜走。

（沖頭鑼鼓，貓王九從「麻雀學校」內蹌踉拖馬騮飛上。小春二人見狀，忙避一旁靜窺究竟。）

貓：（氣憤地指馬騮飛唱小曲反綫雙星恨尾段）

6 4 | 5 | 2 4 | 5 | 6 4 | 5 | 2 4 | 5 |

衰馬騮，病馬騮，衰馬騮，病馬騮，

6 5 | 6 5 | 4 5 6 | 5 |

今趟輸晒 有 乜收？

飛：4 5 | 4 5 | 4 2 | 1 2 |

駛乜發嬲猛鬧人地，

1 7 | 5 5 | 5 7 | 1 2 | 1 |

咒罵頻 頻確冇解究！

貓：2 4 | 1 | 5 7 | 1 |
激得我，成個瘦，
飛：2 4 | 1 | 5 7 | 1 |
等一陣，贏到夠，
貓：5 1 | 5 1 | 7 1 | 7 1 | 2 5 | 4 2 |
贏鬼贏馬累我學費半分冇剩
1 2 | 1 7 |
賭淨賭淨
6 7 | 6 5 | 4 5 | 2 1 2 4 | 5 | 5 0 |
今番的確認眞令　我嬲
飛：（花）牛頭唔飲水點撳得牛頭低，你輸錢（上聲）何必將我怨尤。
貓：（花）估話你帶我來此地發橫財，怎料橫財不到手。
飛：（白欖）賭錢（上聲）勝負平常事，暫時輸吓又何愁。（呢）你老豆（平聲）咁多身家，攞錢開聲立刻有。如果佢攬住個荷包，你就實行三隻手。
貓：（白欖）三隻手？你叫我偷（呀）？
飛：（白欖）你唔偷，邊度有？（雙）（白）快的番去攞錢賭過啦！包你贏嘅叻呢次！
貓：（白）係噃，好，我而家番去先！（二人轉身欲走，重一才與春夏二人碰面。）
春：（上前口古）哈哈，馬騮飛，貓王九，你地唔係告咗病假嘅？點解會嚟呢度呀又？（指麻雀學校）
（馬騮飛、貓王九發覺小春二人，起先狼狽萬分，後置之泰然。）
貓：（口古）好奇咩，我地不過逢場作興之嗎，「咪」得多會頭痛㗎，四眼春，勸你地都咪日日伏案埋頭。
夏：（口古）哦，讀書就頭痛，打麻雀就唔頭痛，又係你教我地嘞，貓王九！
飛：（對貓口古）車，同佢講咁多做乜嘢吖，佢都食塞米嘅（對夏）我話你地都傻嘅，

打麻雀又點同讀書呢，打麻雀係一種精神享受，讀書係貼錢買難受，兩樣拉埋講，簡直水溝油。（夏春氣結）

飛：（續唱長句滾花下句）你地一個傻（指春）一個吽（指夏）一個係阿丁（指春）一個係阿茂（指夏），只曉勤讀書偏唔識享受，快樂點可向書中求，我馬騮飛打牌稱妙手，對住一枱麻雀，便永無憂。學吓我啦兩位仁兄，包你延年益壽。

春：（對夏台口唱長句花下句）聽他一片胡言眞荒謬，有書唔讀願閒遊，浪漫性情堪疾首，你話點得佢覺悟、更回頭。問一句小夏同窗，如何將他挽救。

夏：（花下句）眼看他二人趨墮落，可惜我無妙策共良謀。我地惟大勸導一番，磨「利」個口。（對貓唱長句二王）我眞為貓哥担憂。

春：（長句二王）我亦為飛王眉皺。

貓、飛：（對春夏二人唱長句二王）自尋煩惱替人愁。

夏：（續唱前曲）歲月如梭君知否？

春：（續唱）青絲容易轉白頭。

夏：（續唱）愛惜韶光應奮鬥。

春：（續唱尾句）好趁未曾降雨，及早綢繆。

夏：（二王）老大方悔前非，個陣不堪、回首。

飛、貓：（台口唱慢二王）聽他兩人説話，似覺大有、理由。

春：（貓唱小曲雨打芭蕉中段，用G調）

2 2 | 5 5 | 6 1 | 5 5 |

不必猶豫莫逗留，

4 2 | 5 5 7 6 | 5 5 0 6 1 | 5 5 |

我勸貓王早日回頭莫逗留。

夏：（飛唱）

5 5 0 3 | 2 2 0 5 | 3 2 2 3 2 3 - |

你要時時三思，反省……不……

2 0 3 | 2 7 7 2 7 7 2 3 | 5 0 6 |

休，你年齡　唔……係　幼，

5 5 3 2 | 1 7 6 | 5 5 1 2 | 5

不妨想通透，我地 言詞冇虛浮。

飛：（覺悟唱滾花半句）當頭一棒醒痴迷。

貓：（接唱花半句）尚喜臨崖蒙拯救。

四人：（同唱二流）千金難換（士）浪子回頭（尺）。

選自一九五八年十二月十二日

香港《青年樂園》第一四〇期

劉惠瓊

擦鞋童

時　：某天的清晨
地　：香港
人物：錦生：（十三、四歲男孩）
　　　阿牛：（十一、二歲瘦弱男孩）
　　　青年；學生；孩子三、五人
景　：一條熱鬧的街道，在當眼的地方，有一個垃圾箱，旁邊散落着些碎麵包屑等。
幕啓：（台上的燈光潮亮，錦生衣衫襤褸，挽着擦鞋箱，垂着頭，嘆着氣上。他懶懶地走到垃圾箱旁，彎下腰好像去找些甚麼東西似的，忽然找到一塊麵包，他大喜若狂，正想吃，然而又若有所思地注視着麵包一下，然後小心地把它放在袋子裏。）

錦生：還是留給爸爸吃吧！
青年：擦鞋啊，喂，擦鞋啊！（起自台後）
（阿牛飛也似的跑進台後，跟着是一下响亮的煞車聲，跟着一個青年從同一方向出。）
青年：過馬路，不小心，險些喪命！唔，怎麼還不來，我要趕時間的！
（阿牛，面目骯髒，從台的另一方向走出，他抬頭看見那男子，便三步併作兩步，走到那男子跟前。）
牛　：先生，擦鞋嗎？
青年：擦的，快些啊！（青年把脚踏在擦鞋箱上，而最先出場的擦鞋童已趕到，他顯得非常生氣，一手執着那男孩子的衣領，一下子把他推倒，那個被推倒孩子也不示弱，從後面撲上去，打作一團。那個青年想制止他們，但是再看看他腕上錶，便不顧而去了。兩個孩子又打起來。）

牛：怎麼你無理打人？

錦：因為你搶了我生意。

牛：這生意不是規定是你的，先到先得。

錦：本來是我先到的，我不過閃避一輪汽車，所以到遲一點吧了！

牛：這就活該！（後來，錦生取得優勢，他一手按着較小的那個擦鞋童的肩膀，另一手緊握着拳頭，正要打下去忽停手……）

牛：你為甚麼想打我又不打我啊？（用衫袖揩着眼淚）

錦：不要問我了，我難過！

牛：為甚麼？

錦：因為我打錯了你！不錯，當我看見你搶了我的生意的時候，我非常氣憤，因為，（嗚咽着）我想起爸爸，他失業，又有重病，靠我擦鞋來維持生活，可是這幾天，天天下雨，爸爸和我已經好幾天沒吃了。今早我出來的時候，爸爸還這樣對我說：「你今天無論如何都要找些錢回來的！」誰知我剛找到生意，却給你搶了。心裏氣憤得很，因此便打你。

牛：但是你又為甚麼說打錯了我？

錦：（注視對方好一會兒）剛才當我舉起拳頭要打你的時候，我才發現你是這樣瘦弱，臉色又是這樣青白，衣服穿得這樣破爛，而且又比我矮小。我想，你年紀一定比我小？環境也不會比我好，我為甚麼要欺負你！因此我很後悔。

牛：（感動地）我也很後悔，我實在不應搶你的生意，但是，我……我……（哭出來）

錦：不要哭了，橫竪我們現在沒有生意，我們坐在那邊談談吧。（他們在垃圾箱旁坐下）

錦：小朋友，你叫甚麼名字？

牛：我叫阿牛……你呢？
錦：我叫錦生，阿牛，你家裏有些甚麼人？
牛：我家裏只有媽媽，爸爸早就死了，從前媽媽是替人家洗衣服。賺些錢來養我，後來……後來，媽媽太辛苦了，她患了肺病，再也不能工作，我只得出來，因此……我便搶你的生意！
錦：這完全不是你的錯，阿牛，我們都是一樣可憐的。要是我們的環境好，應該在學校裏讀書了。難道我竟然是一個沒有理性的人？動不動便打人。
牛：錦生哥，這也不是你的錯啊！
錦：阿牛，不是你的錯，也不是我的錯，難道是我們父母的錯嗎？不，都不是，我們大家都沒有錯，那麼是誰的錯，唉，我眞想不通了。
（雙手抱着頭像沉思。）
牛：（有點不了解地，側望着他。）不要管是誰的錯吧。你看那邊有一大羣學生走來了！他們穿得多整齊啊！（一羣學生上，他們三三兩兩，快樂地説着笑着，有些側着頭去看那兩個擦鞋童，又表示不屑地走開。跟着，一個較大的孩子走出來，望望自己的鞋子——。）
學：（大聲）擦鞋啊！（錦生跳起，挽着擦鞋箱，但是忽然回頭看看阿牛，於是伸手去拉他。）
錦：阿牛，你來擦吧！希望你多賺一點錢，醫好你媽媽的病！
牛：（感動得聲音發抖）錦生哥！（錦生挽着擦鞋箱，伸手摸摸袋裏的那塊麵包，心安理得地走了，可是走不了幾步，又回頭看看阿牛。）
錦：再見了，阿牛。
牛：再見了，錦生哥。
（阿牛再低下頭工作，忍不住用袖子去揩他的兩滴快要滾下來的淚珠。）
（幕漸下）

選自一九六〇年二月二十七日及三月五日香港《兒童報》創刊號及第二期

第七輯　漫畫

羅冠樵（南芬）

小圓圓　互助

小讀者！我要從新年起，和你做新朋友。每月和你見兩次面，好不好？
連環故事
小圓圓
互助
兒童樂園
小讀者！讓編者來介紹一下：剛才對你說話的小姑娘，名叫小圓圓。她很聰明，很善良，你們可以和她做好朋友。現在她回家去了。
這時正是新年，小圓圓和他弟弟小胖向母親每人拿了十元壓歲錢。
你們不要買不衛生的東西吃？
在一家百貨店的門櫥前，小圓圓看中一件女童裝，標價八元，小胖看中了玩具火車，標價十五元。

選自一九五三年一月十五日香港《兒童樂園》創刊號

小圓圓　光榮的一頁

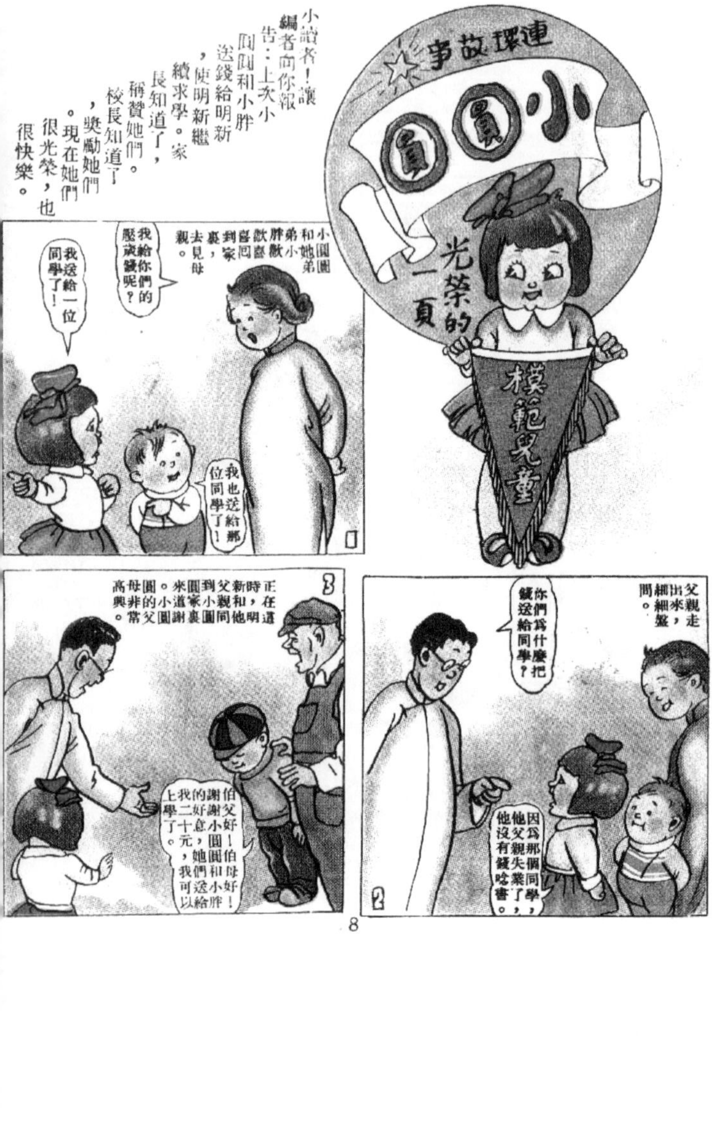
小讀者！讓編者向你報告：上次小圓圓和小胖送錢給明新，使明新繼續求學。家長知道了，稱贊她們。校長知道了，獎勵她們。現在她們很光榮，也很快樂。
連環故事
小圓圓
光榮的一頁
模範兒童
小圓圓和她弟弟小胖歡歡喜喜回到家裏，去見母親。
我給你們的壓歲錢呢？
我送給一位同學了！
我也送給那位同學了！
父親走出來，細細盤問。
你們為什麼把錢送給同學？
因為那個同學，他父親失業了，他沒有錢唸書。
正在這時，明新和他父親同到小圓圓家裏來道謝。小圓圓的父母非常高興。
伯父好！伯母好！謝謝小圓圓和小胖的好意，她們送給我二十元，我可以上學了。
8

選自一九五三年一月三十一日香港《兒童樂園》第二期

小圓圓　大掃除

舊曆年底了，學校裏的課室舉行大掃除，小圓圓和同學們都要參加。
頑皮學生黃聰故意捉弄小圓圓。
小圓圓是模範兒童，這次大掃除，應該請她先動手，給我們做個模範。
黃聰！別鬧玩笑？大家一齊動手掃除，不是很快樂嗎？
黃聰一個人站着不參加掃除。
黃聰！只你一個人站着不動手，太不好意思啊！
哼！你敢管我嗎？
連環故事
小圓圓
大掃除
小讀者！你愛同學嗎？不可提弄，不可打架，應該快快樂樂地共同工作，誠誠懇懇地互相慰勉。請看小圓圓對同學的態度！
8

選自一九五三年二月十五日香港《兒童樂園》第三期

小圓圓 園藝

過了年，小圓圓的弟弟小胖，也開始上學校讀書了。
學校規定，每個學生在校園裏種一盆花，小胖也種了一盆。
小胖很愛自已的一盆花，今天去摸摸，明天去嗅嗅。
小圓圓
園藝
小讀者！你在校園裏種過花嗎？花不能用手摸，用鼻子嗅，只能用眼睛看。因爲時常摸摸嗅嗅，花就要枯萎，並且常嗅花，對身體是有害的。小胖最初不懂得這個道理，後來聽了小圓圓的話，纔種出一盆又大又美麗的花。

8

9

選自一九五三年三月一日香港《兒童樂園》第四期

小圓圓　買報賣報

小圓圓
買報
賣報
小讀者！這裏有兩個學生：一個買報紙看，一個賣報紙給人家看。你猜這兩個學生是誰呢？
星期日
爸爸！我想買一份學生報，請你給我一毫子。
好！你就拿一毫子去吧。
1
上街去的時候
姊姊！你去買報，我跟你去。
也好！
2
一個大人擺報攤
不！前面有個賣報童，我們走到那裏去買。
這是報攤，姊姊在這裏，
3

選自一九五三年三月十五日香港《兒童樂園》第五期

小圓圓　快樂的野餐

快樂的野餐
小圓圓
兒童節學校放假一天。
這盒蛋糕給你們帶去吃，好好地玩，下午五點鐘以前一定要回家，聽清楚了沒有？
好！
聽清楚了！
小圓圓和小胖帶着點心，高高興興到山上去野餐。
姐姐和弟弟坐在樹下吃東西，旁邊有三個拾柴的窮孩子看着那又甜又香的蛋糕發呆。
姐姐，那些窮孩子髒討厭，我不喜歡他們！我們趕他們走好不好！
弟弟！你怎麼說出這樣的話來了？窮孩子的外表雖然骯髒，心裏也許很純潔呢！弟弟！我們應該不喜歡壞孩子，不應該不喜歡窮孩子！

8

選自一九五三年四月一日香港《兒童樂園》第六期

小圓圓　母親病了

小圓圓
母親病了
小圓圓和小胖的母親病了。
小圓圓替母親買藥回來，看見小胖正高高興興的往外邊跑。
小胖！來呀！來玩呀！
來了！來了！
弟弟！弟弟！你要去玩了！媽媽病了呀！
姐姐！他們叫我去呢！
20

選自一九五三年四月十五日香港《兒童樂園》第七期

小圓圓　遊公園

小圓圓
遊公園
母親病好了，小圓圓和小胖一同陪她去公園散心。
公園裏長滿了美麗的花，小圓圓和小胖看了很高興。
折一枝回去，插在花瓶裏。
不行不行！公園裏的花是給大家看的。
10

選自一九五三年五月一日香港《兒童樂園》第八期

小圓圓　看清事實

小圓圓
看清事實
星期日，小圓圓和小胖到街上去遊逛。
他們經過教堂門口。
看！那麼多人去做禮拜！
哼！宗教真是麻醉人民的藥！
姐姐！麻醉藥不是壞東西嗎？怎麼宗教也成了麻醉藥呢？
不要聽信他們的話，我們還是遊我們的吧

20

21

選自一九五三年五月十五日香港《兒童樂園》第九期

小圓圓　扶助老弱

小圓圓
扶助老弱
小圓圓和小胖放學回家，在路上遇到大雨。
姐姐！我們回家和媽媽說，我們在路上遇到大雨，有點冷，要媽媽給我們做熱點心，煮可可吃，好不好？
好！不過如果媽媽太累，就不要請她做點心吧！
哎呀！看那賣蘋果的老頭兒滑倒了！
小圓圓要跑過去扶老頭兒起來，小胖不願意。
姐姐！快快回家去吃熱點心啊！

10

選自一九五三年六月一日香港《兒童樂園》第十期

小圓圓　聖誕喜劇

小圓圓
聖誕喜劇
學校開遊藝會小胖扮聖誕老人
聖誕遊藝開始，現在先由聖誕公公贈送禮物，同學們請靜靜地等着吧！
我是北極老人，帶來很多禮物，凡是聽爸爸媽媽話的好孩子我都送他一份，你們聽爸爸媽媽
我最聽爸爸媽媽的話，送
一分巴！
好！你們都是好孩子，這裏許多禮物，讓我一份份送吧！

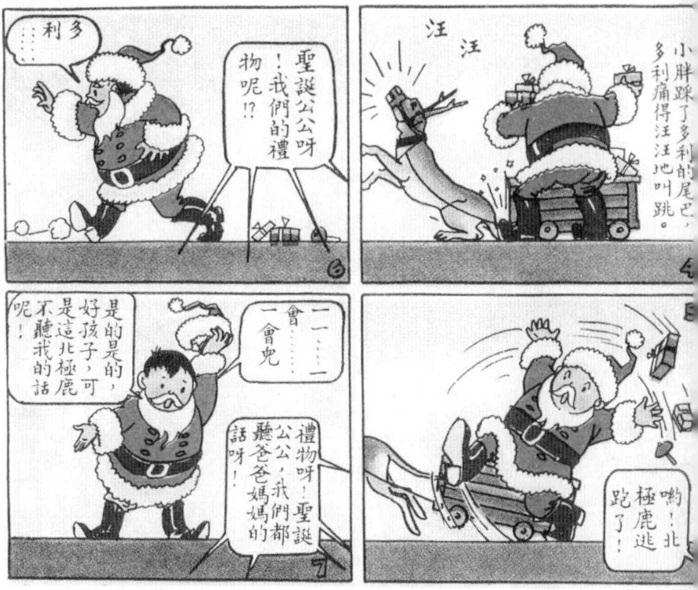

選自一九五七年十二月十六日香港《兒童樂園》第一一九期

小圓圓　新年巧事

圓圓
新年巧事
姐姐，你拿這汽球，我燒火箭去！
這汽球你不能玩，會飛走的，
唉：你這小淘氣一定要玩，等我綁個小錢袋繫主它！
喲！小錢袋也飛走了！
毛毛玲玲搶着玩，一鬆手，把小錢袋飛走了。
不好了！呀！小胖呀！錢袋被汽球帶走了！

選自一九五八年一月一日香港《兒童樂園》第一二〇期

小圓圓　大年菓

小圓圓
大年菓
媽媽，是不是拿來做餅的？
不！快過年啦，這是做年果年糕用的
媽媽我們幫你做，我要做個頂大的！
看，我這個會變得很大的！
那能變大的呢
哈哈，姐姐你不知道，裏面吹了氣，炸起來它就會變大的！
你看，是不是呢！

2

選自一九五八年二月一日香港《兒童樂園》第一二二期

王江

芬芬旅行

學校放假，芬芬和弟弟旅行去，下面是她們旅行的故事。

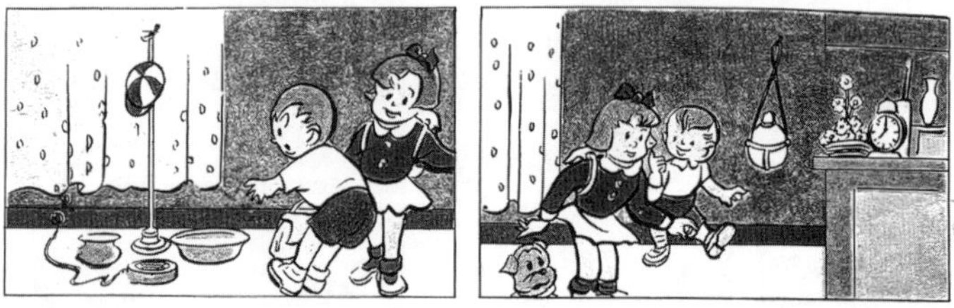

1 芬芬忘記帶一件甚麼東西？

2 弟弟也忘記一件，是甚麼？

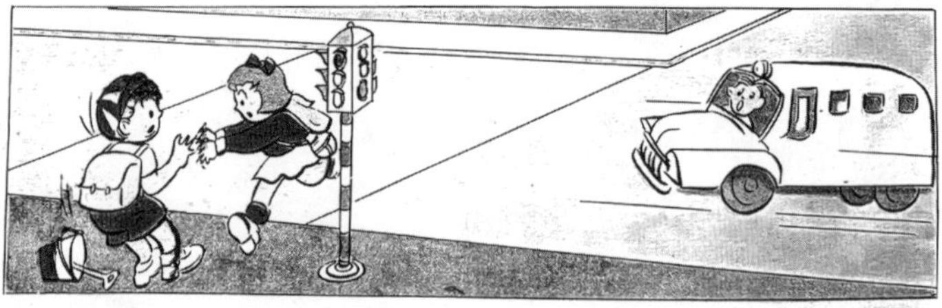

3 為甚麼現在她們不應該過馬路，請小朋友告訴芬芬。

1

4 她們要通過一樣東西才能前去，請拿筆由1起把數字連起來。

5 她們想乘艇到村裡去，你幫她想想，順水呢還是逆水？

6 路上見到兩隻鳥，站在樹上的是甚麼鳥？飛着的是甚麼鳥？

2

7 第弟想採一種美麗的菌，芬芬馬上阻止他，爲甚麼？

8 在她們回家的路上有三條路，不知應走那一條，請告訴她。

「芬芬旅行」答案

1水壺 2帽子 3紅燈亮時不應過馬路 4橋 5水向村裡流是順水 6樹上的是烏鴉飛着的是燕子 7毒菌 8第三條 9水壺和水桶

9 回家，媽媽說她們在路上丢掉兩件東西，那是甚麼？

選自一九五九年五月十日香港《小朋友畫報》第二期第一至三頁

芬芬在家裡

益智故事畫
芬芬在家裡
芬芬和弟弟放學回家，他們在每一幅畫內，都有一件事情要求讀者回答，你答得出來嗎？
1 芬芬和弟弟同住一個房間，你覺得誰的牀鋪收拾得好？
2 放學回家，他們同做一件事情，你看，哪一個做得好？
3 他們放學後，見到母親，忘記說一聲甚麼話？
4 芬芬的弟弟，做錯一件事情，你提醒他，好嗎？
6

選自一九五九年五月二十五日香港《小朋友畫報》第三期第六至七頁

芬芬郊遊

（益智故事畫）
芬芬郊遊
答案在第22頁
芬芬和同學們到郊外去旅行，在路上看見一堆稻草，旁邊還
有一堆火。這兩樣東西是打一個字謎，請猜猜看。
四塊田，爸爸留下一塊，三塊分給四
兄弟，每人分的形狀大小都要相同。
芬芬出了一個謎給同學們猜，
你答答看。
（這些螞蟻是放大來畫的）
樹下有群螞蟻，你能分辨得出
兵蟻、工蟻、雌蟻和雄蟻嗎？
他們在玩「尋物」遊戲，看誰
尋得多，你也找找吧！
（15和16不必連起來）
他們在玩甚麼遊戲呢？請你把
數目字串起來就知道了。
8

選自一九五九年十一月十日香港《小朋友畫報》第十四期第八至九頁

芬芬猜月亮

益智故事叢　答案在第三十頁
芬芬猜月亮
中秋節的晚上，媽媽和芬芬、弟弟到露台賞月，天上的月亮又大又亮。
媽媽說：「你們知道中秋的月亮，為甚麼看起來總是又亮又清楚呢？」
科學家已經發明射到月亮的火箭，
你知道有人去過月亮嗎？
現在我們看到的月亮，是不是全個
月亮呢？還是它的一面呢？
媽媽說：「芬芬，你知道為甚麼農
曆的八月十五，是中秋呢？」
媽媽出了兩個字謎，把這兩條算式
算出來，便知道是甚麼字了。
膝－　－　－　＝
膏－　－　＋儿＝
10

選自一九六二年九月十日香港《小朋友畫報》第八十二期第十至十一頁

小平

三个小娃娃 合成一个諸葛亮

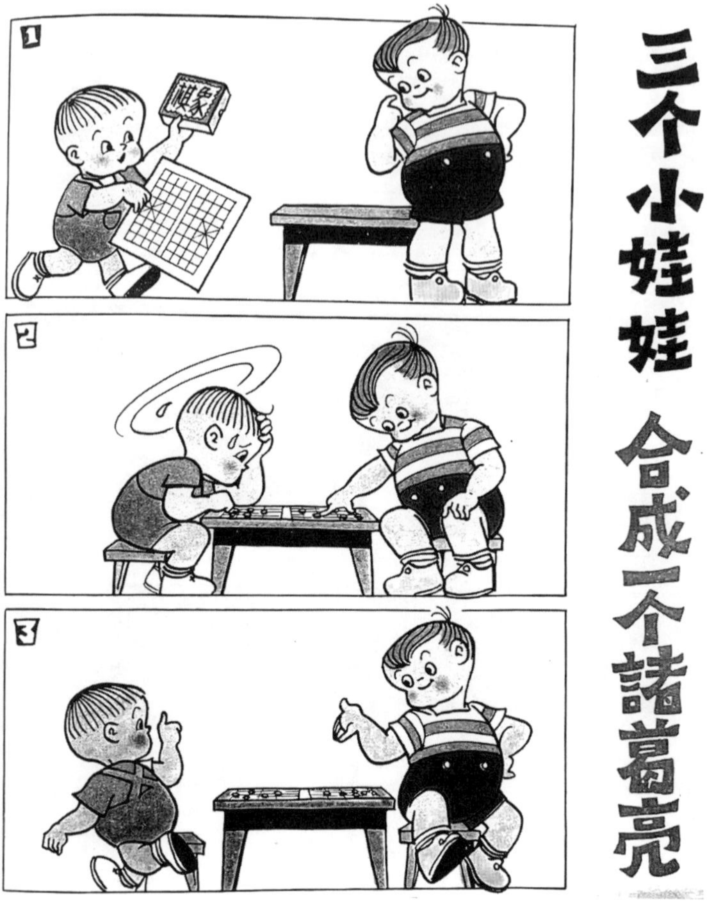

選自一九五九年五月十日香港《小朋友畫報》第二期第二十至二十一頁

謝謝你幫忙　請你涼一涼

選自一九五九年五月二十五日香港《小朋友畫報》第三期第十八至十九頁

小強的故事
——規矩一定要遵守

選自一九五九年十一月十日香港《小朋友畫報》第十四期第十至十一頁

小強的故事——弟弟送錯了

選自一九六二年九月十日香港《小朋友畫報》第八十二期第十四至十五頁

亭武

大翅膀

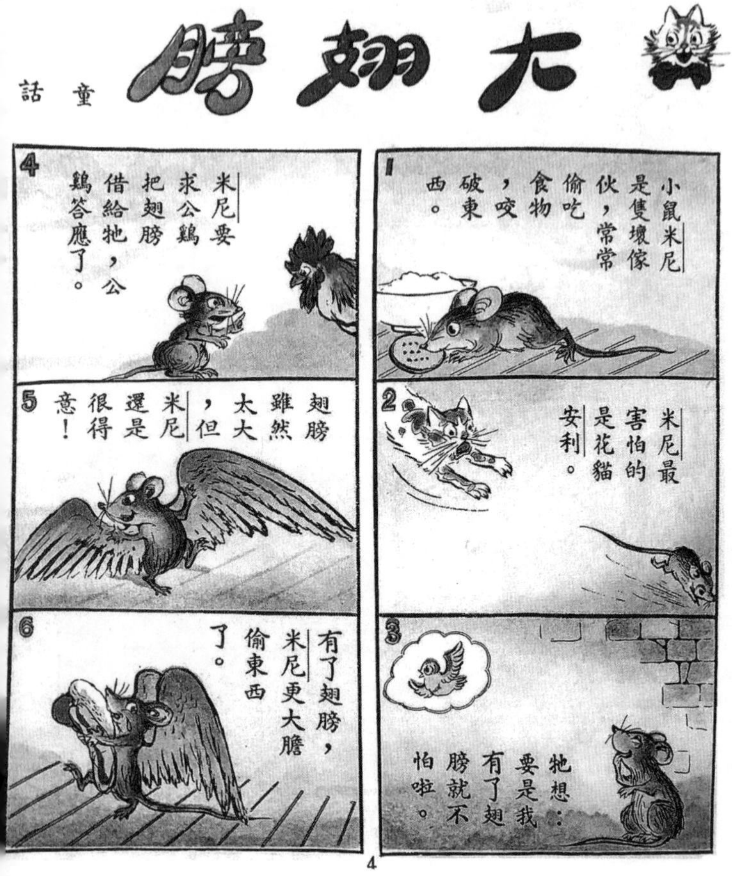
童話
大翅膀
1
小鼠米尼是隻壞傢伙，常常偷吃食物，咬破東西。
2
米尼最害怕的是花貓安利。
3
牠想：要是我有了翅膀就不怕啦。
4
米尼要求公鷄把翅膀借給牠，公鷄答應了。
5
翅膀雖然太大，但米尼還是很得意！
6
有了翅膀，米尼更大膽偷東西了。
4

選自一九五九年五月二十五日香港《小朋友畫報》第三期第四至五頁

丁丁

有始無終的小明

有始無終的小明
丁丁
小明不論做甚麼事都是有始無終，他替弟弟做飛機模型，沒有糊上飛機尾就算了。
還有，他替本班的小足球打氣，把氣打足了，可是沒有紮好球的氣管，他溜走了。
昨天他的夜課要做二十條習題，爸爸叮囑他一定要全部做完。
小明只做好十八條習題，把筆一放，又不見了。
10

媽媽對爸爸說：「這孩子總是說：『只剩一點點，甚麼時候都可以做完的。』」

爸爸想出一個方法，跟媽媽說了。媽媽高興地說：「那好極了，就這樣辦吧。」

（下接後頁）

請你把這圖對着光一看，便知謎底。

一把廚刀尖尖口，除了和尚家家有。（打用具一）

水在圓圓荷葉中，忙得人人鞠一躬。（打日常生活之一）

11

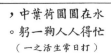

小明放學回來，爸爸說：「你的新衫，媽媽做好了。哥哥替你釘的小櫈也好了。」

小明忙去問媽媽，媽媽給他穿上那件新的衣服，還差一隻袖子，沒有縫上去。

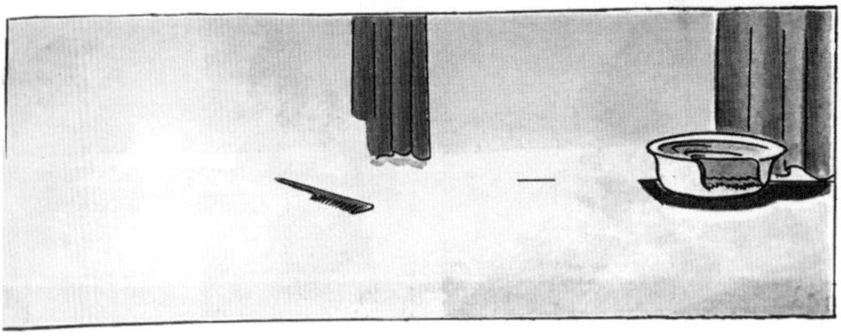

梳子　　洗面

小明又去向哥哥要櫈子，哥哥拿給他，可是，櫈子只有三隻腳，是用不得的。
哥哥也不等小明問他，就對小明說：「只剩一點點，隨便甚麼時候都可以做的。」
爸爸說：「你不是常說，只剩一點點，甚麼時候都可做嗎？」
他明白了，以後不論做甚麼事情，一定要做完，纔把它放下。
13

選自一九五九年五月二十五日香港《小朋友畫報》第三期第十至十三頁

歐霑

老鼠和象

老鼠和象
（寓言故事）
一隻老鼠，在路上行走，遇着了一隻象。
甚麼。你說些甚麼話？
於是老鼠很敏捷的跳到象的頭上。
象受了痛苦大發咆哮。
象想用鼻子挖牠出來，但用盡力氣也挖不出，反而覺得越是用力越是痛苦。
26

選自一九六二年九月十日香港《小朋友畫報》第八十二期第二十六至二十七頁

作者簡介

劉惠瓊（一九二一——二〇一七）

資深兒童文學作家，人稱劉姐姐。一九四八年從上海來香港後，即從事兒童節目廣播及兒童文學創作，曾主編《華僑日報·兒童週刊》。六十年代先後創辦《兒童報》及《少年報》。作品大受兒童歡迎，其中有的拍成電影。

區惠本（一九三六—）

廣東南海西樵人，筆名有孟子微、穆逸、鄧國英、慧庵、于徵等。幼年來港，在嶺英中學就讀初中時開始在《星島日報·學生園地》、《華僑日報·學生園地》等副刊發表作品，與西西、崑南等相識。其後就讀新亞書院時與黃俊東、扎克（麥仲貴）合組文社「微望社」。一九五九年畢業於新亞書院文史系，一九六一年在新亞研究所取得碩士學位。畢業後曾任小學教科書編輯、《明報晚報》副刊編輯、《香港電視》編輯等。作品發表於《大公報》、《文匯報》、《新生晚報》、《天天日報》、《星島日報》、《星島晚報》等副刊。

范　劍（一九三〇——二〇一一）

即香港著名作家海辛，原名鄭雄，又名鄭辛雄，筆名還有荷葉、呂平、范劍、魯沫等。生於廣東中山，抗戰時來香港西區石塘咀一帶投親避難。曾任香港中聯電影公司編劇，寫作題材多樣，作品甚豐，出版過二十多部中短篇小説集和長篇小説，其中有十多部曾在新加坡和香港推薦為中小學生課外讀物。

何紫（一九三八——一九九一）

原名何松柏，香港著名兒童文學家，山邊社創辦人，香港兒童文藝協會創會會長。先後擔任教師、《兒童報》編輯、《華僑日報》副刊編輯、特約撰稿人等，著作甚豐，深受兒童讀者歡迎。

阿濃（一九三四——）

原名朱溥生，浙江湖州人。另有筆名蘇大明、阿丹、濃濃、朱同等。一九四七年隨家人遷來香港。一九五三年入讀葛量洪師範學院，同時開始創作兒童故事，發表在《華僑日報．兒童週刊》上。此後也寫作散文、詩歌、小說等。師範畢業後任教曾中小學及特殊教育學校，共達三十九年，他的作品深受青少年讀者的歡迎。

秀娣（一九四七——）

原名陳重馨，另有筆名綠騎士，香港女作家、畫家。於香港聖士提反女子中學、香港大學英文系畢業。十五歲開始發表作品，一九七三年去法國，在巴黎國立高等美術學院學習。一九七七年起定居巴黎。

徐速（一九二四——一九八一）

原名徐斌，又名徐直平，江蘇省宿遷縣人。一九五〇年南下香港以寫作為職業，一九五二年在自由出版社任編輯，其後擔任《人人文學》雜誌編委，並創辦《海瀾》文藝雜誌和高原出版社，一九六六年創辦《當代文藝》月刊，並任主編。徐速著有長篇和短篇小說多部，大多由高原出版社或當代文藝社出版。其長篇小說《星星．月亮．太陽》（一九五三），不僅是暢銷書，也是其成名作。

姚　拓（一九二二—二〇〇九）

原名姚天平，河南人，早年在雲南昆明從軍，曾參與遠征軍滇西反攻之役。姚拓一九四九年後來港，曾改名姚匡（廣東話發音 Yiu Hong），寫作時曾用筆名張兆、魯莊、魯文等。一九五三年姚拓進《中國學生周報》任校對，兩個月後擢升為編輯，四個月後升任總編輯。一九五五年，姚拓與傑克、徐速、古梅、薛洛、岳騫、燕歸來、左舜生、易君左、徐東濱、胡菊人、司馬長風，成立香港中國筆會。一九五六年任《大學生活》社長兼主編。一九五七年赴新加坡任《學生周報》主編，同時參與《蕉風》編輯工作。一九五八年八月遷至吉隆坡定居，仍時有發表作品及參與文學活動。

王敬義（一九三三—二〇〇八）

江蘇青浦人。香港培正中學畢業，臺灣國立師範大學文學士，美國愛荷華大學文學碩士（英文創作）。五〇年代已開始在臺灣著名的《文學雜誌》發表小說，六〇年代開始主編《純文學》香港版、《南北極》、《財富》等月刊。著有中篇小說《選手》、《奔潮山莊》等，散文集《觀天集》、《偶感錄》等，短篇小說集《聖誕禮物》、《青蛙的樂隊》、《康同的歸來》等，九〇年代重新修改舊著作，結集為《囚犯與蒼蠅》一書，由國內廣東花城出版社出版。九八年六月再度把《純文學》復刊。

雪山櫻（一九三六——二〇一一）

原名林志英。廣東省台山人。一九五八年開始業餘寫作，以林蔭、雪山櫻、戈爾林等筆名寫詩、散文及小說。作品在當時的《文壇月刊》、《文藝世紀》、《中國學生周報》、《青年樂園》、《當代文藝》等刊物上發表。曾為電台、電視台編寫劇本。曾任香港作家協會副主席，其中有小說作品被選入法國《當代香港短篇小說選集》。

魯　沫

詳見范劍。

崑　南（一九三五——）

原名岑崑南，廣東恩平人，另有筆名葉冬，香港作家。畢業於香港華仁書院。早年曾在《香港時報》副刊「淺水灣」、《快報》副刊等撰寫小品文、詩歌、遊記等專欄。一九五五年出版《吻，創世紀的冠冕》，一九六一年自資出版第一部長篇小說《地的門》。一九五〇、一九六〇年代起陸續與人合資或獨資創辦《詩朵》、《新思潮》、《好望角》、《香港青年周報》、《新週刊》，其間還開過印刷廠。一九九八年出版了短篇小說集《戲鯨的風流》，二〇〇一年出版了長篇裝置小說《天堂舞哉足下》。曾任報章編輯。現為專欄作家。至今筆耕不輟，當中以詩集《詩大調》奪得第九屆香港中文文學雙年獎新詩組獎，評論集《打開文論的視窗》則獲第八屆香港中文文學雙年獎文學評論組推薦獎，另外亦以英文出版小說集《Killing the Angel》。

侶倫（一九一一—一九八八）

本名李林風，祖籍廣東寶安，出生於香港，小學未畢業即投筆從戎，成為北伐時期國民革命軍中的小記者。十五歲時在漢口《大光報》發表新詩〈睡獅集〉。一九二七年北伐失敗後，返回香港任香港體育協會文書。因愛好文藝開始寫作，作品發表於《伴侶》雜誌。一九二九年有小說在上海葉靈鳳主編的《現代小說》上發表。三十年代初加入香港《南華日報》任文藝版編輯。抗日戰爭爆發前後，編寫國防電影劇本《民族罪人》、《大地兒女》等。並且發表多部小說，是香港很有成就的本土作家。曾任香港作家聯會理事。其中代表作《殘渣》、《窮巷》成為五十年代香港文學的經典之作，並一度成為南洋的暢銷書。

夏颸（一九三九—）

即香港著名散文家兼學者盧瑋鑾，廣東番禺人，又有筆名小思、明川。從事中學大學教育三十多年，並創辦了香港中文大學的香港文學研究中心。長期致力於香港文學史料研究，散文創作也屢獲獎項。

藍子（一九三七—）

即香港著名作家西西，原名張彥，另有筆名張愛倫、皇冠、十四行、藍馬店。原籍廣東中山，生於上海，一九五〇年隨父母定居香港。一九五七年畢業於協恩中學。初中時代已開始投稿香港的報刊、雜誌。後入讀葛量洪教育學院，畢業後於官立小學任教。一九七九年提早退休後開始專職寫作，七〇、八〇年代與朋友創辦了《大拇指周報》（後改為半月刊，月刊）、《素葉文學》。創作豐富多元，作品備受國內、台灣、香港、海外評論者的肯定，被譽為香港最具代表性的一位作家。

周兆祥（一九四八—）

生於香港，少時於九龍旺角黑布街附近成長。香港大學中文系碩士，蘇格蘭愛丁堡大學語言學博士，並獲選為英國語言學會及香港翻譯學會會士。曾在中學教英文，曾任教於香港中文大學翻譯系及香港浸會大學英文系，為香港環保人士，環保組織綠色力量創辦人之一。

雪山草（？）

原名吳震良，生於澳門，後來移居香港，作家、詩人，曾任職小學國文教師。自五〇年代末起，在香港的《文藝世紀》、《青年樂園》、《文匯報·文藝與青年》等報刊發表作品。

舒　韻（一九四七—）

原名李玉菱，又名李秋瑩，一九六三年在漢華中學就讀時與幾位同班同學組織發起成立冬青文社。經常投稿《青年樂園》。後來在《新晚報》從事編輯「學生樂園」的工作。

綠騎士

詳見秀娣。

朱　同

詳見阿濃。

温健騮（一九四四——一九七六）

筆名包括石衣、馬清如、徐醒吾、默娘、林行雲、徐一雲等。廣東高鶴人，五歲來港。一九六四年台灣政治大學外交系畢業，在台期間於《文星》等刊物發表詩作。早期詩風頗受余光中作品影響。回港後作品大多發表在《中國學生周報》，並為該報撰寫評論詩專欄。一九六八年參加美國愛荷華的國際寫作計劃，曾先後在《今日世界》、《時代生活》擔任編輯。

温乃堅（一九四二——二〇一七）

肄業於台灣大學。七十年代曾是焚風詩社成員。詩作散見於《文壇》、《青年樂園》及《中國學生周報》等。二〇〇一年出版《溫乃堅詩選》。

黃慶雲（一九二〇——二〇一八）

筆名慶雲，另有夏莎、宛兒、昭華、是德安彌、敏孝、慕威、芳菲等等，在香港創辦第一本兒童文學雜誌《新兒童》並任主編，因設「雲姊姊信箱」與小讀者通訊，有「雲姊姊」之稱。曾獲「助華協會」獎學金到美國哥倫比亞大學師範學院學習。著有多種兒童文學作品及理論研究文獻。

黃炤桃（一九三八—）

又名香山亞黃，另有筆名照圖、趙陶、李乙、黃耀華，香港著名漫畫家、作家，廣東中山人，在澳門出生。一九五三年開始發表創作，作品散見《中國學生周報》、《今日世界》、《青年樂園》、《海光文藝》、《當代文藝》等期刊及香港各大晚報。

羅冠樵（一九一八—二〇一二）

香港插畫家，為香港暢銷兒童畫刊《兒童樂園》之創辦人。

王　江（一九二八—）

原名李石祥，又名李碩祥，筆名石祥。曾為《新兒童》廣西梧州兒童通訊員，因投稿《新兒童》獲賞識而受邀參與工作，負責插圖和美術，後為《小朋友畫報》美術主編。

小　平

原名李向陽，生平資料不詳，曾為《小朋友畫報》插圖。

亭　武

生平資料不詳，曾為《小朋友畫報》插圖。

丁丁

生平資料不詳，曾為《小朋友畫報》插圖。

歐霑（一九三一——）

原名歐陽乃霑。出生於廣東新會，七歲時定居香港。他的作品於五十年代入選「廣州華南美展」及「北京全國青年美術作品展」並獲獎。而自參加「庚子畫會」後常以名山大川為題材的水墨作品展出。

《香港文學大系一九五〇—一九六九》編輯委員會鳴謝
以下人士及單位，資助本計劃之研究及編纂經費：

李律仁先生

•

香港藝術發展局

•

香港教育大學 中國文學文化研究中心

香港藝術發展局
Hong Kong Arts Development Council 資助

香港藝術發展局全力支持藝術表達自由，
本計劃內容並不反映本局意見。

香港教育大學
The Education University
of Hong Kong

中國文學文化研究中心